polar
VERLAG

DARK PLACES

Chris Harding Thornton

Pickard County

Aus dem Amerikanischen von Kathrin Bielfeldt
Herausgegeben von Jürgen Ruckh

Polar Verlag

Originaltitel: Pickard County Atlas
Copyright: © 2021 by Chris Harding Thornton
Published by arrangement with MCD, an imprint of Farrar, Straus and Giroux, New York

Deutsche Erstausgabe, 1. Auflage 2022
Aus dem Amerikanischen von Kathrin Bielfeldt
Mit einem Nachwort von Marcus Müntefering

www.polar-verlag.de

Redaktion: Eva Weigl
Korrektorat: Andreas März
Umschlaggestaltung: Britta Kuhlmann
Coverfoto: © Tom /Adobe Stock
Autorenfoto: © Dana Damewood
Satz/Layout: Martina Stolzmann
Gesetzt aus Adobe Garamond PostScript, InDesign
Druck und Bindung: Nørhaven, Agerlandsvej 3, 8800 Viborg, DK
Printed in Denmark 2022

ISBN 978-3-948392-64-2

Für Paula

1

In der Tiefe einer Nacht Ende Juli bohrten die Scheinwerfer von Harley Jensens Streifenwagen einen Tunnel aus Licht über dem Highway 28 durch die Dunkelheit. Sie beleuchteten die Straße mit ihrer dünnen Asphaltdecke, an deren ausgefransten Rändern Horstgras nagte. Alles andere wurde vom grellen Schein getilgt. Nord-Mittel-Nebraska, die Gegend, in der Sand auf Lehm traf, hob und senkte sich um ihn herum, und zeichnete sich schwarz gegen den dunklen Himmel ab.

Wie in jeder Nacht auf Streife, hakte Harley unbewusst die Namen der vorbeiziehenden Ländereien ab, wie auf einer alten Flurkarte. Hier draußen war es üblich, dass Wiesen und Felder nach ihren lebenden Besitzern benannt waren. Wohnhäuser und Nebengebäude, die sich hinter Windschutzhecken zusammendrängten und deren Höfe nur von einer einzigen Laterne beleuchtet wurden, waren nach ihren Erbauern benannt. Die einzige Ausnahme bildete das verlassene Gehöft von Harleys Familie, dem er sich nun näherte und an dem er schnell vorbeiwollte. Wenn die Windschutzhecke als dunkler Hügel am Horizont auszumachen war, würde er an der Scheune vorbeifahren und sich mit einem kurzen Blick vergewissern, dass die Haustür noch verschlossen war. Dann würde er mit der Sohle seines Westernstiefels das Gaspedal durchtreten.

Die Jensen-Farm war von einem gewissen Braasch gebaut worden, und ein Braasch besaß sie auch heute. Bevor Harley dort vor siebenundvierzig Jahren geboren wurde, hatten andere Familien in dem stillen, zweistöckigen Gebäude gewohnt, doch es wurde Jensen genannt. Was bedeutete, dass es zwei Systeme der Namensgebung gab, vermutete Harley. Fleiß oder Schande. Was immer auch hängen blieb.

Im überwucherten Hof blitzte glänzendes Chrom auf, und sein Hals versteifte sich. Neben der Scheune parkte jemand.

Er fuhr am Haus vorbei und ließ den Wagen am Hang ausrollen. Dann bog er links auf den Schotter der County Road K ab und hielt an. Mit dem Ellenbogen im Fensterrahmen, nahm er einen letzten tiefen Zug an seiner Zigarette, die ihn wachhielt, und spuckte einen Tabakkrümel von der Zunge. Er rieb sich mit dem Fingerknöchel über die Schläfe und rang mit sich, ob er weiterfahren sollte oder nicht. So tun sollte, als habe er nichts gesehen.

Das Mindestalter für Alkoholkonsum war neunzehn, weswegen Highschool-Kids sich in den verfallenen Höfen trafen, die überall zwischen den Hügeln verstreut lagen. Sofern sie clever genug waren, sich einen Ort auszusuchen, der nicht direkt am Highway lag und ganz bestimmt keine Verbindung zu einem Deputy hatte, der die halbe Nacht Patrouille fuhr. Doch andererseits, vermutete Harley, zog besoffene, geile Kids nichts so sehr an wie ein Hauch von Zwielichtigkeit, ein paar gruselige Brocken Tratsch, die sie zu ausgewachsenen Horrorgeschichten spinnen konnten. Er fragte sich, was sie sich wohl hatten einfallen lassen. Zu seiner Zeit ging das Gerücht, dass in den dichten Pappelhainen entlang des Steinbruchs nackte Albino-Kannibalen Pärchen auflauerten, die in mondhellen Nächten dort parkten. Das war schwer zu toppen.

Er legte den Rückwärtsgang des Furys ein, trat aufs Gas, um die uneinsehbare Kreuzung schnell zu überqueren und bog dann in die Einfahrt des Hauses ein. Die Spuren waren kaum mehr als zwei leichte Kerben im kniehohen Gras. Das Abblendlicht fiel vor ihm auf eine Heckklappe. Über der Quecke und den wilde Esche-Setzlingen ragte die staubige Stoßstange eines roten F-250.

Paul Reddick.

Harley griff nach dem Mobilteil, das am Funkgerät klemmte. Sein

Finger lag auf der Taste, wartend, ohne zu drücken. Das Protokoll erforderte, sich zu melden, wann immer er jemanden anhielt. Genau genommen hielt er ja niemanden an. Er ließ das Mobilteil los.

Er nahm die Taschenlampe von der Rückbank und zuckte beim lauten Knacken des Türscharniers zusammen, dass er vergessen hatte mit WD-40 einzusprühen. Dann stand er im Gestrüpp und richtete den Lampenstrahl auf die Heckscheibe des Pick-ups. Die alte Winchester Kaliber 12 steckte in der Halterung hinter Pauls erdfarbenem, gut schulterlangem Haar. Aus dem offenen Fahrerfenster ragte ein brauner, geäderter Unterarm, als wolle er rechts abbiegen. Seine Faust zeigte Harley den Mittelfinger.

»Reddick«, grüßte Harley.

Paul ließ den Mittelfinger sinken und den Arm aus dem Fenster baumeln. »Jensen«, wehte wie ein Wie-geht's? zurück.

Bei dieser Wie-geht's-Art, dieser unerschütterlichen Ruhe, biss Harley unwillkürlich die Zähne zusammen. Es war keine Gelassenheit und keine Zurückhaltung. Über Gelassenheit und Zurückhaltung wusste Harley selbst eine Menge. Was Paul hatte, war die feindselige Gleichgültigkeit eines Menschen, der nichts wertschätzte. Diese Art besonderer Gehässigkeit, die daher rührte, nie irgendetwas gehabt zu haben, das ihm so viel bedeutete, dass er Angst hatte, es zu verlieren.

Es rührte mit Sicherheit von einem Bruder, der vor achtzehn Jahren gestorben war, und an den Paul sich bestimmt nicht mehr erinnerte, weil er zu jung gewesen war. Was Paul betraf, fand Harley, war es sicher noch schlimmer, sich nicht zu erinnern. Alles, was Paul kennengelernt hatte, war das Nachspiel.

Dell junior, der älteste der drei Reddick-Jungs, war sieben Jahre alt, als er von einem Landarbeiter namens Rollie Asher umgebracht wurde. Dell junior hatte Rollie erschreckt, als dieser auf dem alten Lukas-Gehöft damit beschäftigt war, Erde in einen eingestürzten Keller zu schaufeln. Seit Korea war Rollie nicht mehr ganz richtig im Kopf. Er schlug dem Jungen den Schädel ein, rief dann den Sheriff an, um mitzuteilen, dass er es getan hatte, und jagte sich danach eine Ladung Schrot in den Kopf. Nur hatte Rollie nicht erwähnt, wohin er die Leiche geschafft hatte. Im Sommer 1960 durchsuchten Harley und das Department jedes leerstehende Gebäude und drehten jeden Stein auf den Feldern und in den Gräben um. Doch sie fanden ihn nie. Sie fanden den Spaten, an dem Haare und Haut klebten. Sie fanden eine Stelle, in die mehr Blut gesickert war, als nach Harleys Wissen in einem Siebenjährigen fließen konnte. Nur keine Leiche.

Manchmal dachte Harley, dass es den Reddicks erheblich besser ergangen wäre, wenn das Department die Leiche gefunden hätte. Vielleicht hätte sich dann Virginia, die Mutter, nicht so von allem ausgeklinkt. Vielleicht wäre Dell senior dann nicht ausgezogen und hätte es den beiden kleinen Jungs überlassen, sich um sie zu kümmern. Wenn das Department nur diese Leiche gefunden hätte, vielleicht wäre dann Pauls Gefühl für das Ausmaß und die Schwere von Dingen, das Wissen, wann und warum man beunruhigt sein sollte, halbwegs normal. Doch wie die Dinge lagen, war das auch nicht ansatzweise der Fall.

Harleys Stiefel bewegten sich vorwärts, traten das Gras und die Erde platt, bis eine Bewegung im Führerhaus ihn innehalten ließ. Er rieb über die Druckknopfsicherung seines Holsters. Ein weiterer Kopf, dieser mit langen, zerzausten, blonden Locken, tauchte vom Sitz auf. Schläfrig blinzelte ihm ein Augenpaar entgegen. Ein Mädchen, vielleicht sechzehn. Paul musste inzwischen fast zweiundzwanzig sein. Es war eine kurze Überprüfung wert.

Harley richtete seine Taschenlampe durch das offene Fenster auf Paul, der nicht blinzelte. Stattdessen legte er den Kopf zurück, als würde er den grellen Schein durch eine Bifokalbrille mustern. Durch den Winkel wirkte sein Kinn noch kantiger, als es ohnehin war. Seine silbergrauen Augen sahen ihn unverwandt an.

»Sightseeing?«, fragte Harley.

»Ein bisschen frische Luft schnappen.« Die Worte klangen einen Tick zu laut, ein Effekt der Tonlage, nicht der Lautstärke. Pauls Stimme war klar und tief. »Solange ich noch nicht die Radieschen von unten sehe.«

Es war ein Scherz, den alte Männer in einer Futterhandlung reißen würden. Andererseits, das einzig Junge an Paul war das Alter in seinem Führerschein. Die feinen Falten um die Augen, Spuren von der Arbeit in Sonne und Wind, ähnelten Krähenfüßen.

»Zumindest einstweilen«, sagte Harley.

»Das klingt jetzt aber gar nicht gut.« Pauls Blick, dem man nicht die geringste Bedeutung entnehmen konnte, wanderte zum Haus hinüber. Im Profil waren seine Gesichtsknochen ausgeprägt, markant. So sehr, dass sie jeden Moment durchzubrechen und die Haut aufplatzen zu lassen schienen. Der Schein der Taschenlampe warf dunkle Schatten unter Pauls tief liegende Augen, zwischen Wangenknochen und Unterkiefer.

»Steig bitte aus dem Fahrzeug.«

Paul blickte auf seinen Schoß hinunter und fummelte mit den Händen herum. Harley schnipste den Sicherungsdruckknopf seines Holsters auf. Als Antwort kam aus dem Führerhaus das raspelnde Geräusch eines Reißverschlusses.

Die Tür des Pick-ups öffnete sich und Harley wartete darauf, dass Paul kurz blinzelte, als die Innenbeleuchtung aufflackerte. Nichts. Paul schob die Hände in die Taschen seiner zu engen Jeans und schlenderte durch das kniehohe Gras Richtung Haus. Sein abgetragenes schwarzes T-Shirt verschmolz mit der Dunkelheit der Nacht, und ein Hauch von herbem Aftershave hing hinter ihm in der Luft.

Harley packte das Lenkrad und nutzte das Trittbrett, um sich auf den Fahrersitz zu hieven. Er richtete den Lichtstrahl auf das Mädchen, obwohl sie im Licht des Wagens gut erkennbar war.

Sie starrte ihn mit großen Augen an und kniff sich mit Daumen und Zeigefinger in die Unterlippe.

»Bist du aus freiem Willen hier?«, fragte er.

Sie saß nur da, so stumm und verwirrt wie eine Schlafwandlerin.

»Ich habe gefragt, ob du absichtlich hier draußen bist?«

Das Mädchen sagte nichts.

Er leuchtete ihr zuerst in die eine, dann in die andere Pupille. Sie reagierten normal. Harley streckte die Hand aus und öffnete das Handschuhfach. Das Ding klappte mit einem dumpfen Geräusch auf.

»Da drin ist nichts«, rief Paul mehr oder weniger freundlich herüber.

Vermutlich war das so. Da war auch schon mal eine halb volle Pillenflasche mit Methaqualon gewesen, das Pauls Mutter verschrieben worden war, doch Glenn, der Sheriff, hatte sie weggeschmissen. Glenn sagte zu Harley, er solle es vergessen, die arme Frau hätte schon genug Probleme. Welche Probleme das genau waren, darüber gab es nur Kleinstadt-Mutmaßungen, da sie nie das Haus verließ.

Außer dem Fahrzeugschein und ein paar rauen Papierservietten befand sich nichts im Handschuhfach. Paul Reddicks F-250 zu durchwühlen fühlte sich immer so sinnvoll an, wie das brennende Ende einer Zündschnur abzuschneiden. Selbst wenn es den Funken kappte, spürte Harley, wie die Zündschnur mit jedem Mal kürzer wurde.

Auf der anderen Seite des Weges holte Paul mit dem Fuß aus, trat nicht gegen irgendwas, sondern schwang seinen abgenutzten Motorradstiefel durchs Gras, als würde er halbherzig nach etwas zwischen den Halmen suchen. »Haben Sie wegen der guten alten Zeiten angehalten?«, fragte er.

»Hab deinen Pick-up gesehen«, erklärte Harley und ließ den

Lichtstrahl über das Armaturenbrett, den Boden und den Sitz gleiten. »Ich dachte, ich vergewissere mich, dass noch niemand einen Fuß verloren hat oder von einem Stein erschlagen wurde.«

Lange Haare umhüllten Pauls Kopf, sodass es aussah, als trüge er eine Kapuze. Er nickte zustimmend. »Ist anscheinend meine Bürde. Weiß ich. Immer Zeugnis ablegen.«

»Bist einfach nur zufällig da, hm?«, sagte Harley. »Weißt du, wenn du oft genug zur falschen Zeit am falschen Ort auftauchst, dann scheinst du weniger ein Omen zu sein als vielmehr ein Grund.«

»Haben Sie irgendwelche Beweise für so was, Deputy?«

Hatte Harley nicht. Verdammt, er wünschte, er hätte. Er wandte sich wieder an die Kleine. Fragte sie nach ihrem Alter.

Siebzehn, antwortete sie.

Was sie vermutlich war. Sie drückte sich mit dem Rücken in die Ecke zwischen Sitz und Beifahrertür. Sie wirkte schuldbewusst wie ein Kind, doch angesichts ihrer geschminkten Wangen und ihrer unter einem dünnen Wilton-Panthers-T-Shirt erkennbaren Figur war sie alt genug, um es besser zu wissen. Er bat sie um ihren Ausweis.

Ihre Stirn legte sich in Falten. Sie stammelte, sie hätte sich aus dem Haus geschlichen, ihre Handtasche vergessen, dass ihre Eltern sie umbringen würden. Ihre Schultern bebten unter einem Schluchzen, und sie sackte in seine Richtung über die Sitzbank. Er wich zurück und umklammerte das Lenkrad, um nicht aus der offenen Fahrertür zu fallen. Sein Ellenbogen schlug auf die Hupe, und das laute, abgehackte Geschmetter durchschnitt die Stille. Harley mochte es nicht, angefasst werden. Nicht unerwartet.

Falls sich Paul bei dem Hupen erschreckt hatte, so ließ er es sich nicht anmerken. »Nee«, sagte er als Antwort auf irgendeine Frage, die Harley nicht gestellt hatte. »Nehme nicht an, dass Sie oft am alten Zuhause anhalten, wenn Sie's vermeiden können.«

In Harleys Lungen brannte ein tiefer Atemzug. Er hielt ihn dort. Er wies die Kleine an, sich zusammenzureißen, zum Streifenwagen zu gehen und darin zu warten. Als ihr Schniefen wieder zu einem panischen Geblubber wurde, sagte er ihr, sie solle sich beruhigen, er hätte genauso wenig Lust, sich um vier Uhr morgens mit den Eltern eines idiotischen Mädchens abzugeben wie sie. Er würde sie einen Block entfernt von ihrem Haus absetzen und sie könne die Gelegenheit nutzen, um sich wieder hineinzuschleichen.

Paul redete lässig weiter. »Wie hat sie's noch gemacht? Pistole? Erhängt?«

Harley glitt vom Sitz herunter. Er hielt den brennenden Atem tief in der Brust und ging über den Hof zu Reddicks schwarzem Umriss. »Das war vermutlich der Grund, warum du hier vorbeigekommen bist. Hast angenommen, ich würde es nicht tun. Wusstest, dass ich auf Streife direkt vorbeifahren würde.«

Paul atmete seufzend. »Interpretieren Sie nicht zu viel hinein. Ich habe etwas verlegt, das ist alles. Dachte, es könnte hierhergetrieben worden sein. Das ist Ihnen doch sicher auch schon passiert – haben etwas verloren und sind wie verrückt durch die Gegend gefahren, um es zu suchen.« Er machte eine Pause, flüchtig, ohne auf eine Antwort zu warten. »Ich war heute Abend überall. Und hier bin ich zufällig gelandet. Wo unsere Wege sich gekreuzt haben. Das ist Zufall, Harley. Nichts als Schicksal.«

Die Taschenlampe warf einen langen, rechteckigen Nebel über das Gras Richtung Haus. Zum Küchenfenster. Harley sah nicht hin. Er konzentrierte sich auf Pauls dunkle Gestalt. Wegen der leichten Hanglage des Hofes war er eine Spur größer als Harley.

»War wohl abgelenkt.« Paul reckte den Hals, um zurückzublicken.

»Also hast du dir Zutritt verschafft? Hast dich drinnen umgesehen? Hinten ist noch ein Rübenkeller. Hast du dort auch nachgesehen?«

»Nein, das wäre ja unerlaubtes Betreten. Sie sollten wissen, dass ich meine Lektion gelernt habe, was das betrifft.«

Er meinte die Nacht am Wasserturm. Deswegen war er am Ende angezeigt worden, wegen unerlaubten Betretens. Einen kurzen Moment stellte Harley sich vor, wie Paul kopfüber im Schein der Flutlichter des Turms baumelte, während die Läufe der Winchester auf Harley und den Streifenwagen darunter gerichtet waren. »Allein schon hier zu parken ist unerlaubtes Betreten«, sagte Harley. »Ich werde schauen, ob wir noch Einbruch drauflegen können.«

Pauls Stimme senkte sich leicht. Sie nahm einen besonnenen Klang an. »Dann werden Sie vermutlich Braasch anrufen müssen. Nachhören, ob er Anzeige erstatten will. Das hier gehört doch jetzt Loren Braasch, oder?«

Der Taschenlampenstrahl war ein Stück höher gekrochen. Die gewellte Scheibe eines Küchenfensters zwinkerte zurück. Harley senkte den Strahl wieder. »Willst du mir verraten, wonach du gesucht hast?«

»Will ich nicht, nein«, erwiderte Paul. »Wenn's Ihnen nichts ausmacht. Obwohl die Ermittlungsexpertise der County-Polizei natürlich hilfreich wäre.«

Harley hätte ihn am liebsten am Adamsapfel gepackt und die Lässigkeit aus ihm herausgeschüttelt. Stattdessen sagte er: »Abmarsch.«

Paul blickte gen Himmel. Harley hatte den Eindruck, er hätte vielleicht ein wenig geblinzelt, bevor sein Blick wieder zurück in die Dunkelheit fiel. »Oh, jetzt aber. Das war keine blöde Andeutung. Sie denken immer, ich würde auf irgendwas anspielen. Sie müssen diesen Scheiß loslassen, Harley. Wenn Sie den Scheiß nicht loslassen, bekommen Sie noch Magengeschwüre.«

»Abmarsch.«

Paul blieb noch einen Herzschlag stehen und schlenderte dann zum Wagen. Er sprang hinein und schloss die Tür. Harley folgte und richtete den Schein der Taschenlampe wieder auf sein Gesicht. Unter den tiefhängenden Lidern ließ der Lichtschein seine Pupillen zu kleinen Punkten schrumpfen. Kleine Löcher in der Iris, hineingebohrt wie Aluminiumtrichter. Als wären sie von dem Licht ausgehöhlt worden. Doch Paul zuckte nicht zusammen. Er zuckte nie zusammen. Nicht, als nach seinem nächtlichen Angsthasen-Wettstreit der junge Sawyer in einem Graben herumgekrochen war und entlang der umgedrehten Chevelle nach seinem abgetrennten Fuß getastet hatte. Nicht, als das Ferguson-Mädchen bei einem Du-traust-dich-nicht den Steinbruch-See verfehlt hatte und kopfüber in trockenen Granit getaucht war. Paul war der einzige Junge dort, der weder hektisch noch leicht taumelig war. »Sauberer Sprung«, hatte er kommentiert. »Weniger wie ein Kürbis, als man meinen würde.« Auch in der Nacht am Wasserturm war er nicht zusammengezuckt. Da verstand Harley. Es war nicht, dass mit Paul Reddick etwas nicht stimmte. Es stimmte einfach zu viel. Er war, zum verdammten Nachteil von allen anderen, viel zu helle.

»Ich will dich hier nicht mehr sehen«, sagte Harley zu ihm.

»Jepp.« Paul starrte direkt in Harleys Augen, obwohl er sie in dem grellen Schein eigentlich nicht sehen konnte. »Das kann ich mir denken.«

Der Schlüsselring klirrte und der Motor erwachte rüttelnd zum Leben. Reddick fuhr eine weite Kurve, ohne Eile, während die Reifen über das rollten, was einst ein Hof gewesen war, und kerbte das ein, was einst ein sorgsam gepflegtes Blumenbeet gewesen war. Die Haare auf Harleys Armen und im Nacken sträubten sich wie stechende Nadeln. Dann fuhr der Ford an ihm vorbei und die Rücklichter leuchteten auf, wo die Einfahrt auf den Highway mündete. Der Pick-up bog rechts ab und über die uneinsehbare Kreuzung hinweg. Dann verschwand er hinter einem Hügel.

Als sich Harleys Augen an die Sterne gewöhnt hatten, sah er, dass sein Schatten fehlte, verschluckt von dem Haus, das hinter ihm aufragte. Er ging langsam hinüber zu der Stelle, wo sein Streifenwagen im Mondlicht stand.

•••

Als Harley nach Osten in Richtung des Reviers fuhr, brach der Morgen an wie das Stillleben eines Feuerscheins, auf dem die Wolken sich zurückzogen, um einen zerklüfteten, honigfarbenen Sandberg anzustrahlen. Horstgras und Yuccas bewurzelten den größten Teil der dünnen Humusschicht, doch auf einem kahlen, erodierten Stück hatte ein Rancher alte Autoreifen nebeneinander aufgereiht wie eine dunkle Wunde. Der Gummi verhinderte, dass sich die vom Wind freigeblasene Stelle weiter ausbreitete. Nach einer Umdrehung des Kilometerzählers konnte er die Düne im Rückspiegel sehen. Ein Graben mit Rohrkolben und Schilf wurde von einer Ebene voll weinfleckfarbenem Dünengras abgelöst.

Pickard County's Erde war so unberechenbar wie das Wetter. Die Gegend war ein Scheitelpunkt und einst Anziehungspunkt für Menschen gewesen, die es gewohnt waren, an der Schwelle zu leben. Farmerkinder, Immigranten, Kinder befreiter Sklaven. Sie waren ein Jahrhundert zuvor gekommen, auf der Suche nach billigem Eisenbahnland und noch billigeren Ländereien für Gehöfte. Nach den Dürren und dem Staub zogen sie scharenweise wieder ab, und dann ein weiteres Mal wieder her, um über die Runden zu kommen, als die Konzerne anrollten und die Getreidereihen sich weiter und weiter schlängelten. Der Streifenwagen sauste in Richtung Kreisstadt, die hinter einem grünen Keil an Bäumen kauerte. Am Rande des Highways huschte das verschwommene Bild der struppigen Böschung stillgelegter Gleise vorbei. Die mit Teeröl überzogenen Schwellen und der pinkfarbene Gleisschotter waren der Grund, warum die Stadt Madson entstand, ein Ort, um zu Dampflok-Zeiten wieder aufzutanken.

Als Harley die holzbeplankte Brücke überquerte, die sich über eine Schleife des Wakonda spannte, warf er einen kurzen Blick auf den Tacho, bremste ab und fuhr dann über die einzige Kreuzung der Stadt. Er passierte das Geschäftsviertel und den Schulkomplex mit seinen ausgedehnten Anbauten, den Madson nur mit Glück je abbezahlen würde, dann das Gerichtsgebäude, aus dem das Büro des Sheriffs vor zwei Jahren von den Kisten mit Papierkram des County-Gutachters verdrängt worden war.

Er bog rechts auf den Kies ab und fuhr hinüber zum staubigen, weißen Container, der ihnen seitdem zugeteilt worden war. Die Blattfedern des Furys ächzten über die Gleise und vorbei an den Fundamenten des alten Wassertanks der Eisenbahn. Die Betonfundamente ragten aus dem Gras auf wie Friedhofs-Obelisken. Wilton, zwanzig Kilometer die Gleise weiter, hatte ein passendes Gegenstück.

Er parkte und ging die Stufen hoch. Drinnen, auf der gegenüberliegenden Seite des holzverkleideten Raums, der von gelben Leuchtstoffröhren beleuchtet wurde, saß der Sheriff an seinem Schreibtisch und füllte Papiere aus, den Glatzkopf auf eine Faust gestützt. »Harley«, sagte er als müden Gruß, ohne aufzusehen.

»Glenn.« Harley ging auf dem kürzesten Weg zur Kaffeemaschine. Auf einem Becher mit der Aufschrift ICH WÄR' LIEBER ANGELN hielt ein rotwangiger, rundlicher Mann eine selbst gemachte Angelrute. Glenns Frau hatte die Becher gestiftet, vielleicht, weil sie nicht zu ihrem Porzellan passten. Sie konnte sehr eigen sein. »Du bist früh dran. Wo ist der Streifenwagen?« Der Parkplatz war leer gewesen.

Glenn Cox war ein teigiger Mann, der einen pinkfarbenen Glanz annahm, wenn er frustriert war. Er war sichtlich frustriert. In der Werkstatt, sagte er. Der Motor hätte Schluckauf. Bei seinem Glück war's der Vergaser. Er erkundigte sich, wie Harleys Nacht verlaufen sei.

»Meist ruhig.« Harleys Daumen glitt über den Rand des dünnen Telefonbuchs auf seinem Schreibtisch. Die Seiten flüsterten wie abgenutzte Spielkarten. Er gab Glenn einen kurzen Abriss über die Ereignisse der Nacht: Ein Buschfeuer in Oakview Point, bereits gelöscht, als er dort eintraf; eine Anzeige wegen eines nicht gemähten Rasens; ein gestohlener Benzinkanister unten im Süden der Stadt. Wahrscheinlich verlegt.

»Hatte eine kurze Auseinandersetzung mit Paul Reddick«, sagte er schließlich.

Glenn gab ein leises Sauggeräusch von sich, Zunge gegen Zähne. »Lass Milde walten.« Er griff in seiner Schreibtischschublade nach der Mylanta-Flasche. »Hatten vermutlich eine Bestattung draußen auf dem Red Cedar. Wäre gut zu wissen gewesen – stand noch nicht mal in der Zeitung. Hab ich erst von Kirschner erfahren.«

Bill Kirschner war der Verwalter des Red Cedar Cemetery. Nebenbei war er Steinmetz für Grabsteine. Er machte vermutlich ein besseres Geschäft als jeder andere in der Stadt, da so ziemlich jeder junge Mensch Madson nach dem Schulabschluss verließ. Mussten sie. In einer Stadt von der Größe Madsons gab es so ungefähr drei Dutzend Jobs, und wenn einer frei wurde, konnte man darauf wetten, dass Kirschner den Grabstein fertigte. Deine beste Option war, Glück bei der Geburt zu haben, und als einziges Kind von Eltern, die keine lange Lebenserwartung hatten, einen Kälbermastbetrieb zu erben oder mit anderen Kids von der Junior High für zwei Dollar am Tag Unkraut zwischen den Bohnen zu jäten und Mais zu entfahnen, während man darauf wartete, dass der Hausmeister der Schule aus den Latschen kippte. »Wer ist gestorben?«

Glenn verharrte auf seinem Sitz, um zu starren und ernst zu gucken. »Sie haben die Urkunde beantragt. Für Dell junior. Stand im Amtsanzeiger, weißt du – dreißig Tage lang. Freitag kamen die Papiere.«

Harley fiel Pauls Seitenhieb über die Ermittlungsexpertise des Departments ein. Dieselben Nadeln, die ihn Stunden zuvor im Nacken gestochen hatten, kitzelten ihn wieder, doch er ließ sich nichts anmerken. »Als ich das letzte Mal in den Amtsanzeiger geguckt habe, habe ich gesehen, dass gegen mich die Scheidung eingereicht worden war. Es ist eine ganze Seite von Sachen, die niemanden etwas angehen.«

»Öffentliche Angestellte müssen öffentliche Anzeigen lesen, Harley.«

»Ich arbeite auf Stundenbasis.«

Glenn schüttelte die Flasche mit dem Säureblocker und ihm gefiel anscheinend nicht, was er hörte. Er warf sie mit einem dumpfen Geräusch in den Mülleimer und zog eine frische hervor. »Beerdigung ohne Leiche. Kannst du dir das vorstellen?«

»Bin nicht sicher, ob es merkwürdiger ist als eine Sterbeurkunde achtzehn Jahre später.« Harley wusste von Anfang an, dass es ein Fehler war, die Familie gehen zu lassen, ohne einen Antrag auf Tod in Abwesenheit einzureichen. Doch es war der Fall von Glenns Vater gewesen. Er war damals Sheriff. Und er sagte, es fühle sich nicht richtig an, die Reddicks dazu zu zwingen, den Tod des Jungen zu unterzeichnen, als das Department die Leiche nicht finden konnte, von dem Anspruch auf Gerechtigkeit wegen des Mordes mal ganz abgesehen. Was immer das zum Teufel sein sollte. Rollie war nach der Ladung Schrot im Jenseits.

»Wo hast du ihn denn überhaupt angehalten? Reddick.«

»Habe ich nicht. Er parkte, zusammen mit einem Mädchen aus Wilton. Drüben, auf dem ehemaligen Hof meiner Familie. Sagte, er hätte etwas verloren und hätte dort danach gesucht.«

Glenn verstummte. Er überlegte und wägte ab, was er als Nächstes sagte. »Verdammt schräger Ort, um sich zufällig dort zu begegnen.« Er nahm noch einen Schluck Säureblocker. »Hattest du den Hof kontrolliert?«

»Nein, Glenn. Ich bin vorbeigefahren.«

»Hätte dir keinen Vorwurf gemacht. Die Kids führen in diesen alten Häusern nie Gutes im Schilde.«

»Sie langweilen sich. Ist doch nichts dabei.« Harley hätte Glenn beinahe gefragt, ob er das nicht auch gemacht hatte, als er jünger war, aber ließ es dann. Selbst, wenn sein Dad nicht vor ihm Sheriff gewesen wäre, war seine Mutter eine notorisch streitsüchtige Frau, und dann, na ja, dann hatte er Miriam.

Glenn schwieg wieder. Überlegte und wägte ab. »Du darfst nicht zulassen, dass dir der Junge so unter die Haut geht.«

Harley zog seine Schreibtischschublade auf, blätterte durch Karteikarten und versuchte Glenn zu zeigen, dass ihn das nicht im Geringsten berührte. Doch dass Paul an dem Ort parkte, den Harley am meisten mied, war kein Zufall. Nicht, wenn es nur Tage nach einer Beerdigung war, die die Reddicks für eine Leiche abgehalten hatten, die das Department nie gefunden hatte. Was immer es war, Zufall war es nicht, und es war auch kein gutes Zeichen. Er zog einen Vordruck für einen Dienstbericht heraus.

Glenn schwitzte und glänzte wie eine Glühbirne. »Hör zu. Diese Sache zwischen euch beiden. Besonders seit dem Wasser –.«

»Lass gut sein.«

»Verdammt, du hast versucht, ihn zwangseinzuweisen. Herr im Himmel, Harley! In jeder Stadt gibt's irgendeinen blöden, besoffenen Jungen, der auf den Wasserturm klettert, einen bescheuerten Stunt abzieht …«

»Dieser blöde, besoffene Junge ist auf dem Weg ins Gefängnis oder ins Grab.« Harley sah kurz auf seine Uhr. Er schrieb das Datum ins Formular. Das Telefon klingelte. Harley war kurz dankbar für das Klingeln und wappnete sich dann für das missgelaunte Gemecker von Otto Ziske. In neun von zehn Fällen war's Otto Ziske.

Er hob ab. Es war Ziske. Heute rief der alte Mann an, weil seine wöchentliche *Pickard Post Gazette* nicht aufgetaucht war. Gene, der Herausgeber der *Gazette*, lieferte sie jeden Dienstag vor Sonnenaufgang. Ziske schimpfte weiter, seine Stimme – wie ein Holzhammer, der auf eine Tonne schlägt – verursachte bei Harley Ohrensausen. Damit es aufhörte, unterbrach Harley ihn und fragte, warum er nicht einfach Gene angerufen und um eine neue gebeten hatte. Warum rief er im Büro des Sheriffs an?

»Hab ich. Ich hab ihn angerufen. Wissen Sie, was dieser Hurensohn gesagt hat?« Ziske verstummte und wartete.

Harley schloss die Augen. »Nein.«

»Er sagte: ›Wenn ich es nicht besser wüsste, würde ich denken, Sie versuchen kostenlos ein weiteres Exemplar von mir zu bekommen.‹« Er wartete wieder, offensichtlich, damit das einsackte. »Also, was zum Teufel soll das denn heißen?«

»Also, Otto, ich vermute, das war ein Witz.«

Auf der anderen Seite des Raums schaffte es Glenn, ein wenig heiterer zu werden. Bei der Erwähnung von Ottos Namen wippte und kicherte er kurz.

»Ich brauche keinen verdammten Jack Benny«, fuhr Ziske fort. »Ich brauche meine Zeitung. Und wenn er abfällige Bemerkungen macht, dann werde ich ihn anzeigen. Er hatte kein Problem damit, den Scheck einzulösen.«

»Wissen Sie, wir haben hier eine Zeitung, und ich könnte –.«

»Ich wette, dass Sie eine haben. Ich wette, Sie haben direkt eine da. Sie sind das Gesetz. Selbst Gene ist nicht so blöd, das Gesetz zu bestehlen.«

Harley fuhr sich mit Daumen und Zeigefinger über seine Wimpern, und rieb den Schlaf heraus, den er für weitere ein, zwei Stunden nicht bekommen würde. Er schlug vor, sie würden nachsehen, was mit der Dienstags-Beilage passiert war. Wenn sie die Beilage nicht fänden, würde ihm jemand das Exemplar der Wache bringen und dann würden sie weitersehen.

Der alte Mann schnaubte. Durch die Nase, wie es sich anhörte, mit einem kleinen Flötenton im Anschluss. Doch er willigte zögernd ein und legte mit einem kurzen, zweifachen Klicken auf.

»Otto will, dass wir eine Fahndung herausgeben?«

»Er sagt, er will gegen Gene Anzeige erstatten.«

Glenn gluckste. »Ich sag's ja nicht gern, aber ich hatte schon einen Anstieg an Ziske-Anrufen erwartet, jetzt, wo er sich nicht mehr mit Christiansen zanken kann.«

»Das Ende einer Ära«, sagte Harley.

Die zwei alten Männer – Otto Ziske und Jack Christiansen – parkten gefühlt seit Anbeginn der Zeit jeden Wochentag am Tresen des Range, immer einen Hocker zwischen sich, die Tassen Kaffee nicht angerührt. Die Leute nannten sie Pershing und der Kaiser. Jack trug seinen Ansteckpin der American Legion für den Dienst während des Ersten Weltkriegs an der Werbekappe einer Saatgutfirma, und Otto war zur Hälfte Deutscher. Sie waren dort gewesen, als Jack vor vier Tagen tot umfiel. »Wie findet man so was?«, soll Ziske gesagt haben. »Der Mann überlebt einen Schuss durch den Unterschenkel bei den Kämpfen von Château-Thierry, um dann an einem schlechtem Schinken zu sterben.« Laut Krankenhaus war es ein Herzinfarkt.

»Weißt du, um wie viel Uhr heute Christiansens Beerdigung ist?«, fragte Glenn.

Harley zuckte mit den Schultern und warf ihm die Zeitung zu. Daraufhin schwieg Glenn. Er blätterte die Zeitung durch und hielt inne, um zu lesen. Harley entzifferte die nächtlichen Notizen und kritzelte dann einen Zweizeiler über das nächtliche Buschfeuer. Er genoss die Stille, die viel zu kurz war.

»Denkst du, sie haben die Sterbeurkunde beantragt, damit sie einen Grabstein aufstellen können?« Glenn war noch bei den Reddicks. »Ich nehme nicht an, dass sie eine Versicherung für ihn hatten.«

»Nein, vermutlich nicht.«

Glenn saugte wieder mit der Zunge an den Zähnen und murmelte, sich windend »Die arme Frau«.

Harley reagierte darauf gereizt. Glenn hatte ein gutes Herz, aber davon konnte man nur eine gewisse Menge auf einmal ertragen.

Glenn schwieg einen Moment, bevor er sagte: »Ich weiß, dass wir deiner Meinung nach an dem beteiligt waren, was aus Paul Reddick geworden ist. Aber du – und Dad – zum Teufel. Wir haben alles getan, was wir konnten. Um den Jungen zu finden.«

»Das weiß ich«, sagte Harley.

»Ist ja nicht so, als hätten wir auch nur eine verdammte Sache anders machen können.«

»Das weiß ich, Glenn.« Harley wusste es. Und das war zweifellos das Schlimmste daran.

2

Der Haufen trockener Handtücher auf dem Bett strahlte Hitze aus. Pam versuchte, mit ihren Fingernägeln einen Knoten im ausgefransten Frottee zu lösen, mit dem ein Geschirrtuch an einem Handtuch festhing. Der Kastenventilator des Trailers durchquirlte die Morgenluft, kühlte sie jedoch nicht. Pam wurde gekocht. Sie wurde gekocht wie diese Hobos, von denen ihre Mutter ihr einst erzählt hatte, die in einem Güterwaggon gegrillt worden waren. Pam wusste nicht, worin der Unterschied zwischen einem Trailer und einem Güterwaggon lag, wenn man's genau nahm. Vielleicht die Holzverkleidung. Teppich. Güterwaggons waren vermutlich stabiler gebaut.

Der Knoten löste sich nicht und ihr rann eine Schweißperle die Kniekehle hinunter. Sie kratzte daran und schlug dann so fest auf die Stelle, dass es schmerzte. Sie zog gewaltsam an dem Stoff. Er riss mit einem Zischen. Sie pfefferte das Knäuel gegen den Ventilator, der mit ratternden Flügeln schief gegen das Fliegengitter knallte. Sie brüllte nach Anna. Sagte ihr, sie solle ihre Schuhe anziehen. Sie würden ein paar neue verdammte Handtücher kaufen.

Bei jedem Schritt durch den Flur spürte Pam den Hohlraum darunter, wie der Boden unter dem dunkelorangen Zottelteppich und dem avocadogrünen Linoleum nachgab, das nie sauber blieb, allerdings nicht wegen der Dreijährigen, die alle zehn Minuten eine Sauerei veranstaltete, sondern wegen eines vierundzwanzigjährigen Mannes, der eher zwei war. Aus dem Schrank, der dem Kühlschrank am nächsten stand, zog sie die grüne Tupperdose für Mehl herunter und nahm die Tüte heraus. Auf dem Boden verteilt lagen die Geldscheine. Sie zählte. Sechs Zehner, zwei Fünfer, drei

Einer. In zwei Wochen waren fünfzig für die Parzellenmiete fällig. Sie brauchten Lebensmittel und Benzin. In der Woche danach kamen die Nebenkosten.

Sie beäugte den kleineren, passenden Zuckerbehälter ganz hinten im Schrank. Sie würde ihn nicht öffnen und sie würde ihn auch nicht anfassen. Sie musste nicht erst zählen, um zu wissen, was sich darin befand.

Im Moment waren es nur neunzig Dollar, doch wenn Dell senior, Ricks Scotch saufender Scharlatan von Vater, der Verkauf des Doppelbreiten gelänge, den er gefunden hatte, würde ihr Anteil direkt in die Zuckerdose wandern. Es würde direkt für die Anzahlung einer Behausung ohne Achsen zurückgelegt. Eine Behausung, die nicht auf Hohlblocksteinen stand, wie irgendeine zerbeulte alte Karre, die kein Mensch je reparieren würde. Das Geld wäre für ein Haus mit einem soliden Fundament, über das sie nie auch nur nachgedacht hatte, bevor sie in einem Trailer wohnte.

Das vertraute Geklapper von Blech zog durchs Fliegengitter herein. Ricks Arbeitstruck kam die Straße heraufgerumpelt.

Anna wartete im Eingangsbereich des Zimmers, still und mit großen, sorgenvollen Augen. Dieser starre Blick. Vielleicht war er nichts weiter als eine Erwartung, eine Aufmerksamkeit, wenn Pam etwas Schnippisches rief. Aber Pam hätte schwören können, dass sie Anna nur ein einziges Mal zuvor etwas so anstarren gesehen hatte: eine Wallcloud, eine Mauerwolke, die einmal vor dem Küchenfenster aufgetaucht war und den Himmel tiefgrün gefärbt hatte, kurz bevor die Tornadosirenen losheulten. Anna konnte Pam so beunruhigt anstarren, dass Pam selbst unruhig wurde. Sie wusste nicht, was Anna sah oder zu sehen erwartete. Vielleicht, dass Pam sich in einen wirbelnden Schwall aus baseballgroßen Hagelkörnern verwandelte.

Von dem Starren abgesehen war sie eine dreijährige Miniaturausgabe von Rick. Das gleiche dunkle Haar, der gleiche Teint, bei dem schon eine Glühbirne reichte, dass er braun wurde, die gleiche kurze, weiche Nase, die an der Spitze abgerundet war.

Nichts davon war Pam. Die aschblonde Pam bekam schon im Schatten einen Sonnenbrand und hatte eine Nase, die wie der Rest von ihr geformt war, lang und ziemlich spitz. Manche behaupteten, Anna hätte Pams Augen, da Ricks Augen blau waren. Aber die von Pam waren haselnussbraun. Annas Augen hatten das gleiche tiefe Braun wie die von ihrem Grandpa Dell. Anna hatte eindeutig Reddick-Augen.

»Egal«, sagte Pam.

Draußen kam der Motor des Vans bebend und keuchend zur Ruhe. Pam ließ das Mehl wieder in den Behälter fallen, drückte die Luft unter dem Deckel heraus und schob den Behälter auf das Regal. Teerüberzogene Arbeitsstiefel stapften die Stufen hoch und die Fliegengittertür schlug gegen den Pfosten. Die Feder war kaputt. Oder die Kette. Etwas, das Rick schon seit einem Jahr reparieren oder ersetzen wollte.

»Wie geht's meinen Mädels?«, fragte er. Anna rannte begeistert zu ihm. Er hob sie auf seine Hüfte.

Als er sich zu einem Kuss vorbeugte, versuchte Pam, die Dachversiegelung nicht einzuatmen. Das Zeug hatte sämtliche seiner Arbeitsjeans ruiniert. Sie fragte, warum er schon zurück sei. »Du musst dich rasieren«, sagte sie.

»Echt?« Er knuddelte Anna. Sie quiekte kichernd. Paul sei nicht bei ihrem Vater aufgetaucht, sagte Rick. »Der Junge sollte endlich mal seinen Scheiß geregelt kriegen.« Die Brüder trafen sich für gewöhnlich vor der Arbeit bei Dell senior. An diesem Tag hatte Paul offensichtlich angerufen und gesagt, er käme gegen Mittag rein. Rick hatte daraufhin das Dach einer alten Dame nördlich von Wilton allein versiegelt und war nach Hause gefahren, um einen Happen zu essen, während es trocknete. Wenn er gegessen hatte, würde er kurz vorbeischauen, Paul abholen und dann zurück nach

Wilton fahren, und sie würden die Arbeit beenden. »Eine weitere Schicht müsste eigentlich reichen. Morgen fangen wir mit einem Single an, den Dad in Arnold an Land gezogen hat.«

Ein Single in Arnold. Eine weitere Schweißperle kitzelte Pam in der Kniekehle, aber sie kratzte sich nicht daran. Der nächste Job sollte eigentlich der in Newman Grove sein. Der Doppelbreite. Der nächste Job sollte der Trailer sein, der sich schnell verkaufen ließ und hoffentlich einen anständigen Profit abwarf. »Arnold«, wiederholte sie.

»Ungefähr fünfzig Kilometer westlich von Broken Bow. An der 92.«

Sie wusste, wo das verdammte Arnold war. Sie atmete tief ein, das Versiegelungsmittel brannte in ihren Augen. »Was ist mit dem Doppelbreiten?«

Rick knuddelte Anna erneut. Sie quiekste nicht. Sie vergrub ihren Kopf an seinem Schlüsselbein. Er ging in die Hocke, um sie abzusetzen.

»Ist der Tee fertig?«, fragte er so fröhlich, dass ihm das nicht mal eine Dreijährige abkaufte. Anna hatte gerade eine Teeparty-Phase. Pam wusste nicht, woher sie das hatte. Aus dem Fernsehen? Bei ihnen gab es nie Tee. Pam kannte noch nicht mal jemanden, der Tee trank. Tee schien ein Getränk für affektierte alte Damen mit Pillbox-Hut und Handschuhen zu sein.

Anna schüttelte den Kopf und biss sich auf die Lippe. Rick und sie waren wie ein Paar Bücherstützen. Er war nur sonnengebräunter und schmutzig von der Arbeit.

»Ich bin ziemlich durstig«, sagte er. Anna nickte und lächelte ihn an, bevor sie den Flur hinunterlief.

Rick richtete sich mit einem Ächzen und knackenden Knien auf. Er nahm sich eine Dose Bier aus dem Kühlschrank, knackte sie und ließ den Verschluss auf den Küchentresen fallen.

Pam schnappte sich den Verschluss und warf ihn in den Müll

unter der Spüle. »Gibt er dir diesmal einen Vorschuss? Um nach Arnold zu kommen?«

»Pam –« Er sagte es mit einem schrill klingenden Seufzer, bei dem ihr die Zähne wehtaten. »Der Mann hat uns einen Ort zum Leben gegeben. Er wird das bestimmt zurückzahlen.«

Sie blieb stehen und blickte suchend in sein Gesicht zwischen den verschwitzten Haarsträhnen, die er hinter die Ohren gestrichen hatte. Seine Haut war ledern, rissig und hatte große Poren. Alles an ihm war schroff und grob, bis auf die Augen. Die waren so blau wie Zündflammen. Sie suchte nach einem Zeichen, irgendeinem Zeichen, dass er es besser wusste. Dass er die leiseste Ahnung dessen hatte, was alle anderen wussten: dass Dell senior ein Rechtsverdreher war. Doch sie sah nur, dass Rick sich einen Bart stehen ließ. Einen Fu Manchu. In dem etwas hing. Ein Stück Rührei, wie es aussah.

»Was?«, fragte er, als sie ihn anstarrte.

»Irgendein Wort über den Doppelbreiten? Oder sogar über den Sparbrief?« Mit einem Sparbrief hatte die ganze Sache angefangen. Jemand hatte ihn gekauft, als Ricks älterer Bruder, Dell junior, geboren wurde. Dell senior sagte, er wäre inzwischen so viel wert, dass man davon den Grabstein plus das Haus in der Nähe von Newman Grove kaufen konnte.

Rick presste die Lippen zusammen. Sein Blick fiel auf das Linoleum und er gab ein frustriertes Schnauben von sich. Da gab es etwas, das er nicht sagte.

»Was – ist es verkauft? Bevor er ein Angebot machen konnte?«

Sein Mund zog sich zu einer Schnute zusammen. Er rieb sich unter der Nase und das Stück Rührei fiel zu Boden. Sie wusste nicht, wo er Rührei gegessen haben sollte. Vielleicht war es Dämmwolle. »Nennwert«, sagte er. »Die Bank behauptet, der Sparbrief hätte nur den Nennwert.«

»Zum Teufel auch.« Sie spürte das vertraute, unwillkommene

Zittern unter dem Brustbein. Das Zittern eines makabren Lachens, das während Streitereien und auf Beerdigungen aus ihr herausbrach. Sie schluckte es hinunter. Sie sah an ihm vorbei, vorbei an dem Schein der Fliegengittertür, den Flur entlang zum Schlafzimmer, wo schäbige Handtücher drauf warteten, auseinandergerissen und weggeräumt zu werden.

»Schönes Ding, dieser Doppelbreite.« Er lehnte sich zurück gegen den Küchentresen und nahm einen Schluck. »Es wird sich etwas anderes ergeben.«

Sie wischte die bereits saubere Spüle. Ihre Hand, die den Spüllappen hielt, war taub.

»Wir kommen schon über die Runden«, sagte er mit gleichzeitig übertrieben ruppiger Stimme und in einem Singsang. Als wäre er der verdammte Smokey Bear. Er erinnerte sie daran, dass sie mehr hatten als so manch andere. Ein Dach über dem Kopf, Gesundheit, Anna –.

»Lass es.« Pam schloss die Augen. Der Schein der Sonne durch die Fliegengittertür leuchtete rot hinter ihren Augenlidern. Ihr Kiefer verkrampfte sich bei diesem verdammten Lächeln, das immer dann kam, wenn ein Lächeln am wenigsten angebracht war. Zum Beispiel, wenn ihre Mutter erzählte, dass eine Tante tot umgefallen war, dann kam dieses Grinsen. Klarer Beweis dafür, dass Pam ein schrecklicher Mensch war. Sie biss die Zähne zusammen und verkniff es sich. »Tu's nicht.«

»Ich sag ja nur –.«

»Nicht nötig.«

Er sah verwirrt aus. Dann ließ er es. »Ich hab ja noch nicht mal darüber geredet.«

»Du redest nie nicht darüber.« Jedes Mal, wenn sie versuchte, ihm zu sagen, dass sie in Schwierigkeiten steckten, jedes Mal, wenn sie versuchte zu sagen, dass das Wenige, das sie hatten, nur eine kleine Unannehmlichkeit von einer Katastrophe entfernt war, dass sie einen kaputten Reifen davon entfernt waren, in einem Pappkarton zu leben, brachte er Dell junior ins Spiel. Dass sie froh sein sollte, dass sie kein totes, vermisstes Kind hatten wie seine Eltern.

Er nahm einen großen Schluck. »Was ist mit deinen Eltern?«

»Was soll mit meinen Eltern sein?« Sie suchte wieder sein Gesicht ab. Diese Zündflammen-Augen konnten einen auf eine Weise flehend ansehen, die sie ausgewrungen zurückließ. Sie taten es jetzt. Pam hatte keine Lust, ausgewrungen zu werden.

»Wenn du denkst, dass wir ein Polster brauchen. Ich weiß nicht. Hundert als Rücklage.«

»Was – ich soll Babe fragen?«

»So schlimm ist sie doch gar nicht.« Er musste gehört haben, wie dumm das klang. »Was ist mit deinem Dad?«

Sie antwortete nicht. Ihre Hände und Füße pochten und die Luft im Trailer wurde stickig. Sie quetschte sich an ihm vorbei und schnappte sich die Träger ihrer Handtasche von der Rückenlehne eines Küchenstuhls. »Heiliger Himmel«, sagte sie.

»Pam –.«

»Geh und trink deinen Scheißtee.«

Die Sturmtür knallte hinter ihr zu und der Treppenabsatz vibrierte mit ihren Schritten. Ihre Beine trugen sie über den Kies, durch den Schatten des Trailers in die Sonne.

Sie schlüpfte auf den Sportsitz des halb ausgebeulten und grundierten Nova SS und zuckte, als sie sich mit der abgeschnittenen Jeans auf das glühend heiße Vinyl setzte. Der Motor röhrte mit hoher Umdrehungszahl. Sie hatte ihn schon ein Dutzend Mal gebeten, die Zündung richtig einzustellen. Sie trat einmal kurz aufs Gas, damit er sich beruhigte, bevor sie losfuhr.

Sie fuhr zum Haus ihrer Eltern nördlich von Madson, aber nicht wegen irgendwelchem gottverdammten Geld. Sie fuhr, um zu fahren. Sie fuhr, weil sie Luft brauchte.

Als sie weit genug die Kieseinfahrt hinuntergefahren war, um zu sehen, dass Dads Pick-up nicht da war, war es bereits zu spät. Ihre Mutter wusste immer, wann jemand kam, und wenn sie sah, wie Pams Wagen wieder umdrehte, würde sie mit selbstgefälliger Zufriedenheit denken, ihre jüngste Tochter hätte Angst vor ihr. Was Pam hatte. Babe Reinhardt hatte den Erziehungsstil einer der fieseren Vogelarten. Wenn sie dachte, man wäre alt genug, das Nest zu verlassen, dann tat man das, andernfalls pickte sie einem die Augen aus. Ganz abgesehen davon, dass sie finster war. Hatte jederzeit eine Anekdote über Hobos, die in Waggons gegrillt wurden, parat.

An der Hintertür legten sich Pams Finger um den Griff der Fliegengittertür. Hinter dem Maschendraht, auf der anderen Seite der Küche, hatte Babe ihr den Rücken zugekehrt und war an der Spüle beschäftigt. Vielleicht wusste sie letztendlich doch nicht, dass Pam da war. Vielleicht lief der Wasserhahn und sie hatte die Reifen nicht gehört. Vielleicht konnte Pam doch noch gehen.

»Rein oder raus.« Babes kurze, grau melierte Dauerwelle wippte, als sie sprach. Selbst ihre Dauerwelle war schroff.

Pam wählte den Weg des geringsten Widerstandes. Sie nahm die kürzeste Strecke zum Gesindetisch und setzte sich auf Dads Platz. Auf dem Tresen neben der Spüle dampften Einmachgläser. Mit kräuselnden Wellen füllte Babe direkt aus dem Topf eingekochte Tomaten hinein. Sie wischte die Ränder ab und setzte die Ringe und Deckel auf. Der Anblick von Dampf macht Pam in dieser Hitze nervös. »Wo ist Dad?«

»Im Futtermittelladen. Um Salz zu holen, sagt er.«

»Salz?«

Sie drehte den Kopf mit vom Dampf gerötetem Gesicht und sah Pam an, um sie wissen zu lassen, was für eine Idiotin sie war. »Für den Wasserenthärter. Wie lange hast du hier gelebt?«

Zu lange, wollte sie ausspucken, doch das hätte sie nicht so gemeint. Nicht ganz. Es gab Dinge, die sie vermisste. Zum einen konnte sie hier atmen, unter den hohen Decken. Die vermisste sie. Sie vermisste es, vor Sonnenaufgang in diesen Raum zu kommen und Dad mit seiner Perkolator-Kaffeekanne am Tisch sitzen zu sehen, wo er im Radio auf Mittelwelle den Zahlen für Getreide- und Vieh-Termingeschäfte lauschte. Immer dort, wie die Gläser in der Speisekammer.

»Salz, dass ich nicht lache. Diese alten Männer sind ein Haufen Hühner.« Babe nahm den Deckel von dem köchelnden Topf und die Luft erfüllte sich mit weiteren, feuchten Wolken. »Nun? Wo ist Anna und weswegen schmollst du?«

»Ich schmolle nicht.«

»Das wär' was Neues.«

»Bei Rick. Ich muss ein paar Erledigungen machen. Wir brauchen Handtücher.« Nachdem sie es ausgesprochen hatte, hörte sie, wie es klang. Babe dachte vermutlich, Pam würde sie um abgelegte Sachen bitten. Egal, Pam bat Babe nie um irgendeine gottverdammte Sache.

»Es liegen ein paar im Wäscheschrank, oberstes Fach. Ziemlich ausgefranst, aber wenn du neue möchtest, hast du kein Glück.«

»Ich bin auf dem Weg zu Gordons. Mal schauen, ob sie welche im Angebot haben.«

»Oh. Gut. Wir sind also vornehm.« Sie wechselte das Thema. »Wie geht's seiner Mutter?«

»Immer noch so durchgeknallt wie eine Scheißhausratte, denke ich.«

»Pass auf, was du sagst!«, schalt Babe, doch ihr massiger Rumpf wippte unter einem kurzen, stillen Lachen. »Was meinst du damit, du denkst? War sie nicht auf der Beerdigung? Oder der Gedenkfeier – wie nennt man so etwas, wenn man keine Leiche zum Beerdigen hat?«

Und schon ging es wieder los. Streute Leichen ins Gespräch ein, als würde sie Stühle oder Löffel erwähnen. »Ich weiß nicht. Ich war nicht dort. Anna ist zu klein, um es zu verstehen.« In Wahrheit hatte Pam Anna benutzt, um nicht auf die Beerdigung gehen zu müssen, oder die Gedenkfeier, oder was immer es war, für den Fall, dass Ricks Mutter dort sein würde. Die ganze Sache war morbid und Pam gruselte sich vor Virginia Reddick. Die Frau hatte die gleichen zündflammen-blauen Augen wie Rick, doch darin lag kein Flehen. Sie wrangen einen nicht aus. Sie landeten auf einem und verbrannten einen, sodass man fast das Zischen des Ofens hören konnte. Und dann starrten sie einen an, als wollten sie ein Loch durch einen hindurchbrennen.

»Was verstehen? Eine Beerdigung ohne Leiche? Wahrscheinlich bin ich auch zu jung, um das zu verstehen«, sagte Babe.

»Wie wär's ganz grundsätzlich mit Leichen?«

»Na, das gibt dann später ein böses Erwachen.« Babe packte den leeren Topf ins Spülbecken und stellte den Wasserhahn an.

Ohne gebeten zu werden, stand Pam auf und nahm sich ein trockenes Geschirrtuch. Nach dem Rauschen des Wassers versuchte Babe es mit Smalltalk. Sie fragte, wie es Rick ginge. Sie fragte, ob Pam ihn gut füttern würde.

»Ich füttere ihn, flicke seine Jeans, sauge seinen Dreck weg –.«

»Dann bist du also verheiratet.«

»Deiner ist zumindest nicht hilflos.«

Babe prustete kurz und beäugte Pam dann wieder, als wäre sie eine Idiotin. »Sie sind alle hilflos. Nur nützlicher als Babys, wenn sie einer Arbeit nachgehen.« Sie reichte Pam die Kaffeetasse ihres Dads zum Trocknen.

»Ich werde ihm erzählen, dass du ihn nur deshalb hierbehältst.«

»Das meinte ich mit ›verheiratet‹. Man behält jemanden bei sich. Ich will mir gar nicht vorstellen, was zum Teufel du geglaubt hast, was es bedeutet.« Sie unterbrach sich und zeigte mit einer Gabel über den Schaum. »Wenn man vom Teufel redet.« Sie wies

Pam an, den Becher vorn in die Mitte des untersten Regals im Hängeschrank zu stellen. Andernfalls fände er ihn nie.

Pam lauschte auf das Geräusch von Reifen in der Einfahrt, doch hörte nichts, bis die Feder der Fliegengittertür quietschte. Erleichtert atmete sie auf, drehte sich um und sah ihn an. Red trat ein und reinigte seine staubigen Stiefel an dem Flickenteppich. Er wurde langsam wirklich ein alter Mann. In seinem fadenscheinigen Bauernkaro und der abgetragenen Jeans wirkte er schlaksiger. Seine Ohren wirkten größer, standen höher ab und sahen sonnenverbrannter aus als sonst.

»Warum hat ein Hühnerstall zwei Türen?«, rief er zu niemandem Bestimmten.

»Ich hoffe, du wusstest noch, weswegen du dort warst«, sagte Babe.

»Wenn er vier Türen hätte, wär's 'ne Limousine.«

»Und die Schwester hier fragt sich, warum ich dich hierbehalte.«

»Wegen meines guten Aussehens.« Er blinzelte Pam zu, bevor er sie mit einem Arm an sich drückte. Er ging zu Babe und tippte ihr auf die Schulter. Sie wusch weiter ab, doch tauchte unter den Schirm seiner Cargill-Kappe für einen flüchtigen Kuss. Er streichelte ihr den Rücken, als wäre es der Nacken einer Kuh.

Wenn er im Futtermittelladen gewesen war, könnte er tatsächlich etwas Bargeld bei sich haben, wurde Pam klar. Keine Hundert, nicht genug, um eine Anzahlung spürbar zu erleichtern, aber vielleicht genug für etwas Benzin und einige Lebensmittel, damit sie nicht wieder an ihre Ersparnisse gehen musste.

Sie wollte ihn genau in dem Moment am dünnen Stoff seines Ärmels zupfen, als er außer Reichweite trat. Er gab Babe ein Bündel Banknoten. Pams Hand fiel herunter, leer und nutzlos. Sie war dumm gewesen, es überhaupt zu denken. Sie war in vielerlei Hinsicht dumm.

Babe fragte ihn, wann der Benzinlieferant käme. Donnerstag,

sagte er. Sie hätten noch reichlich Diesel, aber Normales gerade noch genug, um den Wagen und den Mähdrescher aufzutanken. Babe öffnete den Deckel der wie ein Bienenstock geformten Keramikdose und ließ die Scheine hineinfallen. Dann durchquerte Dad das Esszimmer und ging in den Flur.

Pam trocknete einen Topf ab und stellte ihn in einen anderen auf dem Küchentresen.

»Willst du die vielleicht auch wegräumen?«

Pam trug die Töpfe zum Schrank.

»Mutter!«, rief Dad vom Badezimmer aus. Die Worte hallten nach, und selbst in der drückenden Hitze fröstelte es Pam.

»Medizinschrank«, brüllte Babe. »Als ich heute Morgen saubergemacht habe, hab ich seinen ganzen Müll vom Waschbecken geräumt. Aber glaub nur ja nicht, dass er mal einen Schrank aufmacht und hineinsieht.«

Er hatte Babe tausendfach »Mutter« genannt, als die Kinder noch im Haus waren. Und Pam war jetzt hier. Aber plötzlich fragte sie sich, ob er Babe je anders genannt hatte. Und wenn nicht, würde das dann bedeuten, dass Babe recht hatte und sie alle nur ein Haufen riesiger, hilfloser, verdammter Babys waren, fragte sich Pam.

Der Gedanke machte sie etwas schwindelig, aber vielleicht war es auch nur der abklingende Adrenalinschub des Streits mit Rick. Sie wäre am liebsten hoch in ihr altes Zimmer gegangen und unter die frisch nach Bleiche duftende Bettdecke geschlüpft. Sie wollte am nächsten Tag als die Pam Reinhardt aufwachen, die sie gewesen war, bevor es Pam Reddick je gegeben hatte. Sie wollte in dieselbe Küche kommen, das monotone Geräusch der Vieh-Termingeschäfte hören und den Duft des Perkolators riechen. Doch da oben gab es kein Bett mehr. Nur eine Reihe von Kartons und Babes Nähmaschine.

Pam trocknete schweigend das Besteck ab und legte die Gabeln und Löffeln in die Schublade. Sie sagte, sie müsse gehen. Sie müsse nach Hause, damit Rick zu seiner Arbeit zurückkehren konnte.

Babe trocknete sich die Hände ab und folgte Pam nach draußen. Wortlos trennte sich der Weg der beiden. Babe umrundete den hinteren Teil des Hauses zur Garage und Pam glitt auf den Sportsitz des Novas. Als das Vinyl sie diesmal verbrannte, zuckte sie nicht. Sie trat aufs Gas, um das Röhren des Wagens zu unterdrücken und wendete dann den Wagen in drei Zügen Richtung Straße.

Der Wagen erklomm den Hügel, wo die Zufahrt in die Straße mündete. Pam blieb im Leerlauf stehen und lehnte sich automatisch über das Lenkrad, wie sie es immer tat, wenn sie an den Benzintanks vorbei freie Sicht auf die Straße haben wollte.

Hoch oben, auf einer Reihe staksiger Stahlbeine, ragten die rostroten Tanks wie kopflose mechanische Färsen aus den Büschen heraus.

Sie warf einen Blick auf die Tankanzeige des Novas. Etwas weniger als ein Viertel voll.

Es war noch genug Normalbenzin für das Auto und den Mähdrescher da, hatte er gesagt.

Sie warf einen Blick in den Rückspiegel. Babes Schatten war ein tiefer Hügel. Er rollte düster über den Boden.

Pam bog ab und fuhr nach Hause.

3

Als Pam zu Hause ankam, fuhr Rick zum doppelbreiten Trailer seines Vaters auf der anderen Seite des Platzes. Dell senior saß am Küchentisch und wartete auf Paul, der seinen Scheiß auf die Reihe kriegen musste. Aber wenn man ihn dazu bekam, lieferte der Junge anständige Arbeit ab. Rick bewunderte die Grundsanierung, die sie vor ein paar Jahren an dem Trailer vorgenommen hatten. Die erhöhte Küche hatten sie ringsum mit einem Aluminium-Geländer versehen, das leicht war, aber mit einer Pulverlackierung wie Schmiedeeisen aussah. Über zwei kurze Stufen kam man ins Wohnzimmer, wo die Wände mit bronzefarbenen Samtblumen tapeziert waren. Das mit der Tapete war knifflig gewesen, sah aber gut aus. Es war die verschwendete, von Kleister verklebte Rolle wert gewesen, selbst wenn Dad ihnen deswegen die Hölle heißgemacht hatte. Der Boden der unteren Ebene war ein Meer aus hochflorigem, weißem Teppich, der den Sockel einer Ritterstatue verbarg, die den Flur bewachte. Der kleine Kerl war nicht ganz eins zu eins, aber andererseits waren die Leute damals wahrscheinlich kleiner gewesen. Wie auch immer. Netter, kleiner Kerl.

Rick musste zugeben, dass sein Dad ein Auge dafür hatte, was schick aussah, bis hin zur einklappbaren Lampe, die bis tief hinunter zum Holzfurnier des Tisches gezogen worden war. In ihrem Schein saß Dell senior grübelnd mit seiner Bifokalbrille über seinem spiralgebundenen Auftragsbuch. Die Seite war mit einer so schweren, tief einkerbenden Handschrift beschrieben, dass man sie von vorne und hinten lesen konnte. Er schlug eine Seite um, die knisterte, als könne sie brechen.

Zumindest war Paul noch nicht da, was Rick die Gelegenheit gab, nach dem Geld zu fragen, um morgen nach Arnold zu kommen. Er kam nur dazu, zu sagen, dass es gerade eng war.

»Kann dir nichts leihen. Zumindest nicht, bis ich für diesen Wilton-Job bezahlt wurde. Hab vorgestern gerade zweihundert für den Grabstein hingeblättert, falls du dich nicht erinnerst.«

Rick erinnerte sich. Auf dem Friedhof hatte Dad gesagt, er hätte zum Glück einen Rabatt für die Grabstelle aushandeln können, da dort ja nie gebuddelt werden müsste. Eine Sekunde lang war Rick froh gewesen, dass Mom an dem Morgen für die Beerdigung nicht das Haus verlassen hatte wollen. Es hörte sich nicht richtig an, über Geld zu reden, wenn sie dort waren, um Dell junior zur Ruhe zu betten. Nach achtzehn Jahren ohne Leiche konnte Rick Dad den Versuch nicht verübeln. Aber Dad war sowieso kein Freund von Tränen und Reden. Die Art, wie seine Finger zitterten, als er sich hinkniete, um die Gravur zu begutachten, sagte genug.

Heute war die Hand, die gerade eine Seite umblätterte, ruhig. Ein paar messingfarbene Klunker, einer mit Freimaurer-Insignien, beringten seine Finger. Die meisten Männer brachten es nicht fertig, außer ihrem Ehering noch andere Ringe zu tragen, doch Dad schon.

»Ich meinte kein geliehenes Geld. Pam hatte sich nur gefragt …«

»Komm zur Sache. Was immer du fragen willst, frag.«

»Einen Vorschuss für Benzin, das Motel.«

»Ich weiß nicht. Denkst du, du schaffst es, die Quittungen aufzubewahren?«

»Ich sagte doch schon, dass mir das leidtat.«

Der Scheitelpunkt von Dads weiß gesträhnter Schmalzlocke war so gut gebändigt, dass er kaum Pomade brauchte. Der Gipfel kippte ein wenig nach vorn, als er sich vorbeugte und das Notizbuch studierte, und die gut getrimmte Linie seines schmalen Schnurrbarts zuckte kurz. Als würde etwas in den Seiten schlecht riechen. »Kein Grund, sich zu entschuldigen. Wenn du die Quittungen nicht aufhebst, wird dein Lohn gekürzt.«

Dad kratzte sich das kleine lockige Dreieck, das aus dem V-Kragen seines Hemds hervorschaute; nicht, als würde es jucken, sondern, als würde er es mit den Fingern kämmen. Unter dem Tisch flüsterten seine Arbeitshosen. Er lehnte sich auf dem Stuhl zurück und griff nach seiner Brieftasche. Er zog fünf knisternde Zwanziger heraus, fächerte sie auf wie ein Blatt Karten und steckte zwei zurück. Er ließ die Sechzig auf den Tisch fallen und wandte sich wieder seinem Notizbuch zu.

»Das sollte für zwei Nächte Motel plus Hin- und Rückfahrt und Restgeld für mich reichen. Im schlimmsten Fall also drei Tage.«

Die Haustür öffnete sich und Paul klopfte wie üblich mit den Fingerknöcheln dagegen. Er kam herein und strich sich dabei sein schlafzerzaustes Haar glatt. Er hatte zweifellos daran gedacht, sich Aftershave ins Gesicht zu klatschen, doch kam nicht auf die Idee, mit einem Kamm durchs Haar zu gehen. Das Licht hinter ihm fing sich in einzelnen Strähnen und er wirkte wie elektrisiert.

»Erledigt es in zwei«, sagte Dad und wandte seine Aufmerksamkeit Paul zu, indem er seine Stimme hob. »Ich bin froh, dass du es geschafft hast, uns einzuschieben.«

»Ich hatte gestern Abend ein Vorstellungsgespräch mit einer neuen Sekretärin. Gute Hilfe ist heutzutage schwer zu finden.«

Rick sagte: »Du solltest zusehen, dass du deinen Scheiß auf die Reihe kriegst, das wäre mal eine Hilfe.«

Dads schmaler Schnurrbart hob sich einseitig zu einem Grinsen hoch. »Gute Hilfe ist schwer zu finden«, wiederholte er mit einem tiefen Atemzug. »Wollte schon deinen Freund anrufen, diesen Jensen. Mal hören, ob ihr schon unten auf dem Revier in wilder Ehe zusammenlebt.«

»Nee. Mehr als fummeln lass ich ihn nicht. Das habe ich von dir besser gelernt.«

Dad schnaubte. Dad fand Paul zum Schießen. »War deine Mutter schon auf dem Friedhof?«

»Bin ich etwa der Hüter meiner Mutter, oder was?«

»Solange du mir auf der Tasche liegst«, erklärte Dad ihm.

Paul fragte, ob Rick startklar sei, und sagte, er würde selbst fahren. Er hätte hinterher in Junco noch etwas zu erledigen, sagte er. Rick wusste nicht, was zum Teufel das bedeuten sollte. Er wusste, dass er es vermutlich auch nicht wirklich wissen wollte.

Rick stand auf und steckte die Zwanziger in seine Tasche, hinter die Tabakdose. Er wünschte, er hätte Zeit kurz zu Hause vorbeizufahren, um Pam zu sagen, dass er einen Vorschuss von Dad erhalten hatte. Eine Sache weniger, über die sie sich grundlos Sorgen machen musste. Manchmal war es, als schalte ihr Gehirn in den höchsten Gang und lief auf Touren, bis die Kabel durchbrannten. Er wusste nicht, warum sie sich immer so aufregte. Sie kamen klar. Sie schafften das. Und inzwischen sollte sie wissen, dass Rick alles tat, was er musste, wenn es die Familie betraf.

•••

Rick und Paul fuhren getrennt raus nach Wilton, um eine zweite Schicht Versiegelung auf das Dach aufzubringen. Sie lehnten die Leitern an die beiden gegenüberliegenden Seiten des Mobilheims, kletterten hoch und trafen sich in der Mitte, um sich von dort zurückzuarbeiten.

Nach ein paar Pinselstrichen fing Paul an, »Electric Funeral« von Black Sabbath zu schmettern. Zwischen den Zeilen sang er laut das Beong-Beong der Gitarre.

»Sei leiser.« Rick war sich ziemlich sicher, dass die alte Dame, der der Trailer gehörte, zu Hause war. Keine alte Dame sollte Lieder über Atombomben und Höllenengel hören müssen. Könnte sie ja umbringen.

Paul schmetterte lauter.

Rick hatte keine Geduld mit ihm. Nicht, nachdem er am Morgen nicht aufgetaucht war. »Bist du wieder high?«

»High«, wiederholte Paul. »Hörst dich ja an wie 'n echter Insider. Nee. Hab aber was im Pick-up, wenn du willst. Fasse den Kram momentan kaum noch an. Bin high genug vom Leben.«

»Ist ja clever, das Zeug dabeizuhaben, wenn man alle Nase lang von einem Cop angehalten wird.«

»Jensen? Der ist doch fantasielos. Kontrolliert nie etwas anderes als das Handschuhfach. Inzwischen habe ich es unter der Hupe versteckt. Eine Seite löste sich und ich sagte mir: *Das Beste draus machen, Freund. Mach das Beste draus.*« Er tippte sich an die Schläfe. »Ideen muss man haben.«

»Dein Wort in Gottes Ohren. Das Letzte, was Mom gebrauchen kann ist, dass du in den Knast wanderst.«

»Was sie wirklich gebrauchen könnte, wäre eine Betäubungsspritze in den Nacken.«

Rick packte den Stiel des Mopps und ermahnte sich: Alles, was Paul kannte, war das Danach. Nachdem Dell junior fort war, nachdem Dad ausgezogen war, nachdem Mom dazu übergegangen war, im Sessel zu sitzen und Dad in ihr Schnapsglas mit Scotch hinein zu verfluchen. Alles, was Paul kannte, war nicht die Hochsteckfrisur, sondern nur ihr schlaff zur Seite hängendes, blondes Haar und die Kringel Zigarettenqualm, die an der Decke über ihr einen Schatten hinterlassen hatten. Jeden Abend verbrachte sie so, rauchend und trinkend, bis ihr Fluchen zu diesem typischen Vogeltrillern von ihr wurde. Sie trillerte zu George Jones. Begleitete mit ihrem Trillern jeden, der in dem großen Zenith Radio gespielt wurde.

Paul war gerade erst vier gewesen. Er erinnerte sich nicht mal mehr an Dell junior. Rick versuchte manchmal, sich das vorzustellen, doch schaffte es nicht. Er wollte nicht. Als er noch ein Kind war und noch bei seiner Mutter, schaute sich Rick jedes Mal, wenn das Bild Dell juniors verblasste, das Foto im Flur an. Da war er. Dell junior, wie er neben seinem Schwinn-Fahrrad im Hof stand.

»War sie noch nicht auf dem Friedhof?«, fragte Rick.

»Kann ich dir nicht sagen.«

»Warum nicht?«

»Darüber sollten wir reden, aber besser nicht auf einem Dach.«

Durch die Dämpfe und das grelle Licht der Aluminium-Versiegelung tränten Ricks Augen, als würde ihn jemand an den Nasenhaaren ziehen. »Was ist los?«

Paul verteilte die silberne Schicht und vergrößerte den Abstand der feuchten Linie zwischen ihnen. »Mutter hat das Feld geräumt.«

Rick hielt inne. »Was zum Teufel soll das denn heißen?« Der Holzstiel seines Mopps war dick und klebrig von altem Teer und Versiegelung.

Paul blinzelte in die Sonne, seine weißen Zähne blitzten im Licht. Er wischte sich mit der Schulter seines T-Shirts eine Schläfe ab. »Sie ist abgehauen«, sagte Paul. »Und reagier jetzt nicht über.«

»Was?«

»Ich hab dir doch gesagt, dass ihr die Sache mit dem Grabstein egal ist. Sie ist vorletzten Abend weggegangen.« Paul erzählte, sie hätte ihren alten, taubenblauen Plymouth Savoy genommen. Dad hatte all ihre Rechnungen bezahlt, also kam sie nur so weit, wie das Benzin reichte, was noch im Tank war. Wer wusste schon, wie viel das war. Vermutlich nicht viel. Der Wagen war jahrelang in der Garage gestanden. Einmal die Woche ging Paul hinaus, ließ ihn an und legte einen Gang ein, damit er sich nicht festfraß. »Sie war so angepisst wie eine Wildkatze«, sagte er mit einem kleinen Lachen, als wäre es etwas Besonderes. »Aber zu Recht. Wenn du mich fragst, hat sie die ganze Zeit darauf gewartet, dass er einen solchen Scheiß abzieht.«

»Wo ist sie?« Rick umklammerte fest den Stiel.

»In der Nähe von Dell junior, nehme ich an.«

»Sie weiß nicht, wo er ist, Paul.«

»Da ist sie anderer Ansicht.«

»Verdammt noch mal«, blaffte Rick und erinnerte sich dann an die alte Dame im Trailer. »Wenn er im Kriechkeller von jemandem einklemmt war, oder in den Kamin eines alten Hauses gestopft worden wäre, dann hätten sie ihn gefunden.«

Während die Cops immer noch suchten, während sie die Gräben ausbaggerten und den Steinbruch trockenlegten, sagte sie ständig: *Überprüft die Häuser. Überprüft die Häuser. Überprüft die Häuser.* Es ergab Sinn. Alte Häuser hatten die meisten Winkel und Ecken. Doch Rick versuchte, es ihr zu erklären. *Die Häuser haben sie zuerst überprüft, Mom. Damit haben sie angefangen.* Dann, nachdem sie die Suche eingestellt hatten, sagte sie von Zeit zu Zeit, sie hätte direkt gewusst, wo er war. Beim ersten Mal dachte Rick, er hätte sich verhört. Beim zweiten Mal fragte er nach. *Überprüft die Häuser,* sagte sie. *Die Häuser haben sie zuerst überprüft, Mom,* erklärte er ihr wieder.

»Zum Teufel«, sagte Rick. »Wenn sie wusste, wo er war, denkst du nicht, dass sie es dann inzwischen erzählt hätte? Sie besäuft sich und erzählt dann allen möglichen Scheiß.«

»Allen möglichen verrückten Scheiß? Willst du das damit andeuten?«

»Paul.« Rick hätte gern Ja gesagt. Ja, sie besoff sich und redete allen möglichen verrückten Scheiß, und deshalb durfte man sie nicht einfach so draußen herumlaufen lassen.

»Das sind Dell seniors Worte«, sagte Paul. »Ich würde seine Einschätzung der geistigen Gesundheit unserer Mutter mit Vorsicht genießen.«

Es hatte keinen Sinn, sich wieder darüber zu streiten. Alles, was Paul kannte, war das Danach. Das Danach war normal für Paul. »Sie bringt sich bei der Suche noch um.« Rick stellte sie sich vor, wie sie umherwanderte und vor sich hinmurmelte. Die Gräben und Felder durchkämmte. Unter ein Haus krabbelte und unter einem einstürzenden Kamin begraben wurde. Und währenddessen stand Paul hier und versiegelte ein Dach, wie an jedem anderen Tag, bei jedem anderen Job. »Blödsinn.« Rick ließ den Stiel des Mopps fallen und ging Richtung Leiter.

Paul rief ihm hinterher, laut, hart und ruhig. »Und, was ist dein Plan, Kumpel? Gehst du und erzählst es dem Alten?«

Rick blieb am Rand des Daches stehen und blickte auf die Leiter.

»Selbst, wenn sie in Flammen stünde, würde er nicht mal auf sie pissen.«

Rick starrte hinunter auf die rissige Erde und die Flecken Fingerhirse.

»Hat echt Ideen, Dell senior«, sagte Paul. »Stellt einen Grabstein auf, auf dem steht, wo er nicht ist.«

»Er meinte es gut.«

Hinter ihm tunkte Paul seinen Mopp ein und klatschte ihn dann über das Dach. »Mit diesem Eimer Asche hat er es auch gut gemeint. Da hätte ich keine Zweifel. Aber diesmal wollte er sein Gesicht wahren, während er einen Gewinn kassiert. Das, und ihr ans Bein pissen, indem er einen Schlusspunkt setzt. Schon wieder. Hat doch beim ersten Mal schon super funktioniert, oder?«

Es war kein Eimer. »Es war eine Dose«, sagte Rick. »Und du erinnerst dich noch nicht mal daran.«

An dem Tag, als sie die Suche für beendet erklärten – sie aussetzten, wie sie sagten –, hatte sich Mom eine alte Jeans und ein Flanellhemd angezogen und war wortlos hinausgegangen, ohne ihn oder Paul im Wohnzimmer anzusehen. Paul hatte Bauklötze gestapelt, sodass er den untersten wegtreten und zusehen konnte, wie der Rest zusammenfiel.

Als es langsam dunkel wurde, war sie immer noch fort und Dad war im Hof. Er kehrte Asche aus der Feuertonne in eine alte Blechdose mit Klappdeckel, für Kekse oder Kuchen. Rick wusste nicht, wo sie herkam, die Dose. Wie etwas, das Dad aus einem Trailer geborgen hatte. Er hielt eine Jeans und ein T-Shirt aus der Kommode der Jungs in der Hand. Er zündete das T-Shirt an, ließ es brennen und trat die Flamme dann aus. Dasselbe machte er mit der Jeans. Die verkohlten Reste warf er in die Dose.

Sie war zwei Nächte fort. In beiden Nächten betrachtete Rick den Mond durch die Fliegengitter auf der Veranda. Es war das Zimmer der Jungs, die hintere Veranda.

Sie kam bei Tageslicht nach Hause, verschmutzt und zerkratzt, das Flanellhemd zerrissen. Ihr blonder Lockenschopf war dunkel von Staub und Ruß und fiel ihr bis auf die Schultern. Wieder ging sie an Rick und Paul vorbei, ohne sie anzusehen, und schlängelte sich in die Küche. Sie glitt durch den Raum, als ob sie auf Luft schreiten würde. Als könnte der Boden sie nicht halten. Vor der Spüle blieb sie stehen und starrte aus dem Fenster. Ihre Finger umklammerten die Arbeitsplatte, als würde sie sonst davonschweben.

Als Dad hereinkam, war es zu schnell. Bei seiner Geschwindigkeit drehte sich Rick der Magen um. Er folgte ihr durch den offenen Zugang der Küche.

Er ist –, hauchte sie.

Dad knallte die Dose auf den Küchentresen, über den sie schrammte und eine Staubwolke aufwirbelte. *Da*, sagte er. *Da. Sie haben ihn gefunden und das ist alles, was von ihm übrig ist. Also find dich endlich damit ab!*

Sie starrte ihn an. Sie starrte ihn sprachlos an, wie jemand im Film, den man mit einer Ohrfeige aus einem panischen Anfall holt. Als sie wieder zu sich kam, starrte sie Dad böser an, als Rick sie je hatte starren sehen. Dann zog sie eine Salem aus der Brusttasche und zündete sie sich an.

Schluss mit diesem Scheiß, sagte Dad. *Dell ist nicht mehr dein*

Einziger. Das war er vielleicht mal, aber jetzt nicht mehr. Also find dich jetzt zum Teufel damit ab.

Sie blickte die Dose an, nahm das Stück verbrannten Kragen und blinzelte durch die Staubfahnen. Dann rieb sie mit dem Daumen über das Etikett. Sie lachte kurz und abgehackt und ließ es auf den Boden fallen. Sie griff sich eine Flasche Scotch und ein Glas aus dem Schrank, ging zum Wohnzimmersessel und stellte das Zenith an.

Dann hast du also nichts dazu zu sagen?, fragte Dad.

Nichts, was nicht warten könnte, sagte sie. Sollte sie es je erklärt haben, oder sollte sie je ein weiteres Wort mit ihm gesprochen haben, so hatte Rick es nicht gehört.

Dad stürmte wieder hinaus.

Rick schlich in die Küche und schaute aufs Etikett. Das T-Shirt war eines von seinen. Ein Erbstück. Es war Dell junior schon seit einem Jahr zu klein. Das hatte Dad wohl übersehen.

Im Wohnzimmer sammelte Paul seine Bauklötze ein und stapelte sie wieder, als wäre nichts gewesen. Genau da und dort fragte sich Rick, woran Paul sich wohl erinnern würde – ob alles, woran Paul sich je erinnern würde, das Danach war.

»Er ist ein verdammter Blödmann«, sagte Paul jetzt.

»Er hat auch ein Kind verloren, weißt du.«

»Du konzentrierst dich nur darauf, dass der ganze Scheiß normal weiterläuft«, sagte Paul. »Ausgezeichnet«, fügte er hinzu, weil er ein kleines Arschloch war. »Mach mal was, das aus dem Rahmen fällt. Wenn er herausfindet, dass Mom weg ist, schmeißt er ihren Scheiß auf den Müll und verkauft das Haus. Und gibt sie weiter bei der Steuer an, so wie er's bei Dell junior versucht hat. Als ich das letzte Mal hingesehen hab, gab es außer dir zwei Leute, für die du verantwortlich bist, und die kommen nur so gerade eben zurecht. Wenn Dell senior davon Wind bekommt, betrügst du sie auch.«

»Und du.« Wie Dad schon sagte, lag Paul Dad auf der Tasche.

Paul unterbrach seine Arbeit wieder und drückte den Mopp auf das Dach. Eine seiner Augenbrauen hob sich, wie zuvor Dads Schnurrbart, als hätte Rick etwas Witziges gesagt. »Genau. Ich lebe wie die Made im Speck.« Er tunkte den Mopp ein und klatschte ihn auf das Dach. »Dann muss ich mir wohl etwas anderes ausdenken. Wie auch immer, ich kümmere mich drum. Wie immer.«

»Scheint, als hättest du es eilig.«

»Selbst eine Wildkatze hat das Recht dort zu sein, wo sie möchte, Bruder. Man nennt das Selbstbestimmung. Freiheit«, sagte er. »Davon abgesehen, hatte ich schon eine Auseinandersetzung mit Jensen deswegen. Ist am besten, taktvoll vorzugehen.«

»Die Cops wissen, dass sie weg ist?«

»Klar. Bin direkt zu den Cops gegangen. Ich liebe die Cops. Benutz dein blödes Hirn. In der Stadt denken doch alle, sie ist durchgeknallt. Das erzählt Dell senior jedem, der zuhört. Die würden sie in eine Gummizelle stecken. Da würde ich ihr eher den Gnadenschuss geben, wie damals Old Yeller.« Paul zog den unteren Rand seines T-Shirts hoch, um sich den Schweiß aus den Augen zu wischen. »Scheiße, wahrscheinlich würden sie sich nicht mal die Mühe machen zu suchen. Würden mir nur meine Rechte vorlesen und darauf warten, dass eine Leiche auftaucht.«

Bei dem Gedanken an Old Yeller, dem Gedanken an eine Leiche – Moms Leiche – bewegte sich Rick nach vorn. Ein Stiefel trat in die frische Versiegelung.

Paul hob lässig den Mopp, sodass er seitlich hochstand wie eine Lanze. Es erinnerte Rick an Dads Statue. Paul war drahtiger und lebensgroß. »Habe ich nicht gesagt, du sollst nicht überreagieren?«

Rick hielt einen Atemzug die Stellung und trat dann zurück.

Paul senkte den Mopp.

Was die Cops anging, hatte er recht. Sie hatten es auf ihn abgesehen. Seit der Nacht, in der Jeannie Ferguson im Steinbruch gestorben war, hatten sie ihn auf dem Kieker. Oder sogar schon früher, als Vern Sawyer sich mit der Chevelle überschlug. Als wäre beides Pauls Schuld gewesen, nur, weil er dort war.

Himmel, das bedeutete, dass sie nicht mal zu den Cops gehen konnten, selbst wenn die Polizei nie besonders nützlich gewesen war. Rick überkam eine leichte Panik. »Du solltest dich eigentlich um sie kümmern, Paul.«

»Hab ich immer getan.« Er schwang seinen Mopp und kleckerte dicke Wolken über den Abschnitt, den sie bereits versiegelt hatten.

Die Sonne stach Rick in den Rücken wie die Haare einer Drahtbürste. Schweigend beendeten sie ihre Arbeit. Als sie fertig waren, sagte Rick ihm, er solle die Leitern, Eimer und den Rest einladen. Rick sagte, er müsse der Dame, die dort lebte, Bescheid geben, dass sie fertig seien.

Paul stellte das nicht infrage.

Rick schlich vorn um den Van zu Pauls Pick-up. Er griff durchs Fahrerfenster und fummelte vorsichtig an der Hupe. Unter dem Plastikstreifen spürte Rick zwei Bündel Zigaretten-Zellophanpapier. Er zog sie heraus. Beide waren mit grauweißen, teilweise zerstoßenen Tabletten gefüllt und mit Klebefilm verschlossen.

Er lauschte, ob er Paul hörte. Eine Aluminiumleiter kratzte über das Dach des Vans.

Es war nicht nur Mom zuliebe. Es war auch zum Besten von Paul. Früher oder später würde er das verstehen.

Rick versteckte die zerknitterten Plastikhaufen in seiner Faust und ging wieder um den Van herum. Er öffnete die Tür und verstaute die Pillen unter dem Fahrersitz.

•••

Es war schon fast sieben, als Rick endlich die Gelegenheit hatte, mit Pam zu reden. Sie hatte geputzt, während er ein paar Bier gekippt und ferngesehen hatte, ohne etwas davon zu behalten.

Anna war neben ihm auf dem Sofa eingeschlafen. Letzten Winter, als er im Westen immer noch von Hagel verdellte Verkleidungen von Mobilheimen ausbeulte, hatte sie ganz auf seine Brust gepasst. Sie musste die Beine anziehen, damit es passte, doch so hatte sie geschlafen. Auf seiner Brust zusammengerollt wie ein kleines Ei, während er Johnny Carson geguckt hatte. Vermutlich war es gut, dass sie wuchs.

Es war wahrscheinlich noch zu früh, aber er trug sie trotzdem in ihr Kinderbettchen, für das sie langsam zu groß war.

Er ging ins Elternschlafzimmer und setzte sich auf die Bettkante. Er zog die Stiefel aus, die keine Scheißluft an seine Füße ließen. Er pulte die durchweichten Socken von den Füßen, unter denen seine Haut bleich, aufgedunsen und gerissen war. Er schabte mit den Fußsohlen über das Lüftungsgitter im Boden. Pam würde sauer sein. Er ließ immer Streifen abgestorbener Haut zurück, die weggesaugt werden mussten. Doch er war müde und es fühlte sich gut an, die Haut loszuwerden. Wie ein tiefes Jucken und Kratzen gleichzeitig.

Gerade, als er dabei war, kam sie mit einem Arm voll gefalteter Wäsche herein. Sie blieb wie angewurzelt stehen, sah hinunter auf seine Füße und drehte ihm dann den Rücken zu. Sie riss Schubladen auf, räumte die Sachen weg und knallte sie wieder zu.

»Mach dir nicht die Mühe«, sagte er. »Ich sauge das morgen weg.«

»Morgen bist du im verdammten Arnold.«

Wo sie gerade davon sprachen, erzählte er ihr, dass er von Dad Geld für die Hin- und Rückfahrt bekommen hatte.

Ihr Rücken dehnte sich mit einem Atemzug aus und zog sich wieder zusammen. »Das wird helfen.«

Er suchte nach einer Möglichkeit, locker auf das andere Thema überzugehen, doch ihm fiel nichts ein. Also sagte er es einfach. »Mom wird vermisst. Sie ist abgehauen.«

Pam wandte sich zu ihm um, damit sie ihn ansehen konnte, und kniff die Augen zusammen, als würde er Kauderwelsch reden. Er war nicht sicher, ob sie es gehört hatte, ob sie in Gedanken abgeschweift war, oder ob er wirklich etwas gesagt hatte, das keinen Sinn ergab. Dann schien es einzusickern. Sie wirkte müde um die Augen. Bleich und klamm. Ihm kam in den Sinn, wie froh er war, dass Anna seinen Teint geerbt hatte. Seine Hautfarbe kam besser mit Sonne klar. War nicht so empfindlich.

Pam setzte sich schief aufs Bettende, sodass sie ihm zugewandt war. Sie schloss die Augen und kniff sich in den Nasenrücken. »Makaber«, sagte sie leise. »Einfach nur makaber.«

»Hast du Kopfschmerzen?«, fragte er sie.

Sie antwortete ihm nicht.

Er erzählte ihr alles, was Paul darüber gesagt hatte, dass Mom weggegangen war und warum er die Cops nicht um Hilfe bitten würde.

Sie schwieg eine Weile. Sie stützte sich auf ihren Knien ab und starrte geradeaus auf die Wand. »Er hat recht, weißt du.« Sie sagte es mehr zur Wand als zu ihm, was ihn nervös machte. Es erinnerte ihn an seine Mutter, die in ihren Scotch hinein fluchte. Zu George Jones im Zenith-Radio trillerte.

»Vermutlich. Die Cops sperren sie entweder ein oder kümmern sich einen Dreck um etwas. Suchen direkt nach Paul, weil sie denken, er hätte ihr etwas angetan.«

»Nein«, sagte sie. »Damit, dass sie Rechte hat. Damit, sie gehen zu lassen.«

Er betrachtete sie. Pam dachte nach. Das waren selten gute Nachrichten für einen von ihnen beiden. »Ich kann sie doch nicht durch die Gegend wandern lassen und erwarten, dass sie zurückkommt. Sie ist nicht ganz dicht.«

Er konzentrierte seinen Blick auf ein Astloch in der Holzmaserung der Wandvertäfelung. Sie sah aus, als schmiedete sie einen

Plan. Dachte sich etwas aus. Rick sah ihr beim Denken zu. Er stellte sich durchgebrannte Sicherungen vor. Geschmolzene Drähte.

»Du bist müde«, sagte er. »Ich hätte dich heute Abend nicht mit all dem belasten sollen.«

»Zu was zurückkommen?« Dann sah sie ihn an. Ihre Wangen erröteten. Sie sah aus, als wäre sie kurz davor zu lächeln, tat es jedoch nicht. »Was ist denn ihr Leben, Rick?«

Er rutschte auf dem Rand der Matratze zu ihr hinüber und legte ihr die Hand auf den Rücken.

Es würde alles gut werden, versicherte er ihr. Sie war müde. Sie brauchte nur etwas Schlaf, das war alles.

4

An jenem Abend wachte Harley auf und rollte sich hoch, um auf dem Sofa zu sitzen. Er trank aus, was noch im Becherglas übrig geblieben war, ein Schluck vollständig geschmolzener Eiswürfel, leicht karamellfarben durch den morgendlichen Bourbon. Das Sofa war hin. Er hatte es 1968 gekauft, kurz nach seiner Scheidung und dem Wechsel zur Nachtschicht. Das burgunderrote Polster war eine Art Polyester, rauer als Wolle, die Kissen bunt und billig. Doch selbst nach zehn Jahren hatte er sich immer noch nicht daran gewöhnt, tagsüber in einem Bett zu schlafen. Neben dem schwarzweißen Beistelltisch einzudösen, fühlte sich natürlicher an.

Er zündete sich eine Zigarette an und kam in einem Nebel von Müdigkeit und Rauch wieder zu sich. Alle zwei Stunden hatte sich eine Sprungfeder in seine Niere gebohrt, und jedes Mal, wenn er aufwachte, hatte er wieder an das Zusammentreffen mit Reddick gedacht und sich gefragt, ob es was mit der Todeserklärung zu tun hatte.

Als Harley am Revier ankam, stand der Studebaker von Miriam Cox auf dem Kiesparkplatz. Bevor er die Tür öffnete, wappnete er sich, und atmete dann erleichtert auf, als er Glenn allein in dem Mobilbüro sitzen sah, keine Spur von seiner Frau. Er machte Überstunden, was nicht ungewöhnlich war. Er arbeitete an den meisten Tagen länger, obwohl Miriam an den Wochenenden eine Grenze setzte. »Immer noch kein Streifenwagen?«, fragte Harley ihn.

»Der Vergaser muss gewechselt werden.« Glenn sah pinkfarben aus. Es gab nichts Schlimmeres, als aufzuwachen und Glenn leuchten zu sehen. »Konntest du etwas schlafen?«

»Nicht der Rede wert.« Harley setzte sich an seinen Schreibtisch und legte einen Ellenbogen über seinen Kopf, um sich zu recken.

»Mach's dir nicht zu bequem, das war reine Höflichkeit. June Christiansen hat angerufen. Jacks Witwe. Jemand hat während der verdammten Beerdigung bei ihr eingebrochen.«

Harley atmete überrascht aus, was wie *Fuh* klang.

»Jepp. Und das ist noch nicht alles.« Glenn senkte die Stimme, obwohl niemand sonst ihn hören konnte. »Sie haben Jacks Kleidung gestohlen.«

»Was?«

»Jemand hat gewartet, bis seine frisch verwitwete Frau draußen war, um ihren Mann zu beerdigen, ist dann dort eingebrochen und hat die verdammte Kleidung des Mannes gestohlen.«

Das war schon ein krasser Gesetzesverstoß, ein Einbruch während einer Beerdigung. Und die Sache mit der Kleidung war einfach nur schräg. Aber Harley versuchte, Glenns Drang zu zügeln, sofort vom Schlimmsten auszugehen. Er hatte eine Tendenz zu so etwas. »Nur die Kleidung«, sagte Harley.

»Schmuck, Fernseher, Hi-Fi – alles da.«

»Also hat vielleicht jemand versucht zu helfen. Ich weiß nicht. Sachen wegzupacken.«

Glenn stand auf und pflückte seinen flachkrempigen Stetson von der Papierablage. Er sagte, alle freiwilligen Helfer seien auf dem Friedhof gewesen. June hatte in Jacks Schrank gekramt, bevor sie gegangen war, und nach einer anderen Krawatte gesucht, mit der sie ihn begraben wollte. Da war alles noch da.

Weil Glenns Streifenwagen in der Werkstatt war, musste er sich von Harley fahren lassen. Die beiden Männer legten gemeinsam das kurze Stück durch die Stadt zurück.

Die Schotterstraße, die Madsons südlichste Ecke regierte, führte an Virginia Reddicks Haus vorbei. Dort lebte Paul mit seiner Mutter. Harley bremste nur so wenig ab, dass es Glenn nicht auffiel.

Nirgendwo zwischen den tief hängenden Ästen der Robinien war eine Spur von Pauls F-250 zu sehen.

Die schmale Straße bog nach links ab, als wäre sie begierig, der Wand an Robinien auszuweichen. Am dritten Haus hielt Harley an und stellte den Motor ab. Hinter Glenns Fenster fiel der Rand des schmalen Weges in einen tiefen Graben ab, bevor ein Feld voll mickrigem Mais himmelwärts anstieg.

Die Tür des Furys öffnete sich mit ihrem lauten Knacken. Glenn zuckte zusammen. »Da musst du mal mit WD-40 ran.« Der Mann quetschte sich ächzend über die Sitzbank und sagte, er würde auf Harleys Seite aussteigen, anstatt zu riskieren, im Graben zu landen.

Die steile Neigung des Hofgrundstücks der Christiansens ließ das einstöckige Schindelhaus höher erscheinen, als es war. Die runde, von einer Kuppel gekrönte und von Pfeilern umgebene Veranda erinnerte an ein Puppenhaus. Die Häuser in Madsons ältester Erweiterung waren Miniaturausgaben der viktorianischen Villen an der Main Street. Nur die Jahre sorgten für eine gewisse Angleichung, hatten Dächer und Anstriche gleichermaßen abgenutzt.

Als die Männer die Stufen hochkamen, erschien June Christiansen im Türrahmen, in einen rosa Hausmantel gehüllt, das Haar eine schütter werdende Menge Weiß. Sie lächelte verkniffen, die Augen hinter der Hornbrille wirkten wässrig. Sie bat sie hinein.

Glenn fragte, wie es ihr ginge. Seine Stimme war vor Mitleid so bewegt, dass sie in der Luft hing wie ein kurz zurückliegender Regenschauer.

»Ging schon besser«, sagte sie teilnahmslos. Sie hatte eine grelle Stimme mit Vokalen, die verkniffen aus ihrem Rachen kamen. Mit einem schmerzvollen, krummen Gang führte sie die Männer durch das Wohn- und Esszimmer in einen kurzen Flur, der an einem Schlafzimmer endete. Im Licht, das durch die Gardinen schien, schwebten Staubpartikel über der Bettdecke. Harley hatte mal gehört, Staub entstünde durch die Haut eines Menschen. Er fragte sich kurz, wie viel von Jack Christiansen sich in den Staubpartikeln befand, hier in diesem Raum, der vor wenigen Tagen noch seiner gewesen war.

Glenn trat zum Tatort, der offenen Schranktür. An der Holzstange hingen nackte Kleiderbügel. Er fragte, ob ihr seit ihrem Anruf noch etwas anderes aufgefallen sei, das fehlte. Sie zog eine Schublade auf. Harley stand am nächsten. Er linste hinüber und sah, dass sie leer war.

»Unterhosen und Socken«, sagte sie.

»Die Unterhosen und Socken des Mannes.« Glenns Stirn kräuselte sich wie altes Obst.

Selbst die Sachen mit den Löchern, sagte sie. Und diese verdammte, schäbige Kappe von DeKalb, die sie schon hundertmal gedroht hatte wegzuwerfen, denn offensichtlich konnte er sich nicht merken, dass die Dinger gratis waren. Während sie durch das Zimmer hoppelte, atmete sie schwer. Und währenddessen, sagte sie, lägen vierzig Dollar direkt in der Nachttischschublade. Sie riss sie auf und knallte sie dann wieder zu, als wäre sie persönlich beleidigt, dass das Geld noch dort lag.

Glenn sah aus wie ein begossener Pudel. »Man fragt sich wirklich, was aus der Welt geworden ist.«

June sah ihn bei diesem grenzwertigen Gefühlsausbruch argwöhnisch durch zusammengekniffene Augen an. Harley verkniff sich ein Grinsen. Sie milderte Glenns Betroffenheit mit einem schnellen »Ist ja nichts passiert« ab. Sie sagte, wäre die ganze Sache nicht so merkwürdig gewesen, hätte sie sich gar nicht die Mühe gemacht anzurufen.

»Irgendwelche Hinweise, wie sie hineingekommen sind?«, fragte Glenn sie.

»Ich wusste selbst nicht, wo meine Schlüssel sind, bis ich heute danach gesucht habe. Außer, sie wollten eine Herausforderung, sind sie vermutlich einfach durch die Haustür gegangen.«

Harley machte sich Notizen, damit er beschäftigt wirkte.

»Ist das Papier und die Tinte nicht wert.« June drehte die Knöpfe einer Schublade fest, bevor sie sie wieder schloss.

Glenn sagte, wenn es ihr nichts ausmache, würde er sich gern mal umsehen. Sie zuckte mit den Achseln und Glenn ließ sie im Schlafzimmer zurück. Harleys Stift kratzte über das Papier. Er spürte, wie sie ihn anstarrte.

Vermutlich sollte er etwas sagen. »Tut mir leid wegen Jack«, sagte er. Er kannte Jack nur flüchtig, hauptsächlich aus dem Diner.

Sie schenkte ihm ein gepresstes Lächeln. »Ja, mir auch.« Dann wischte sie mit der Hand über den Rand des Nachtschränkchens, der nicht von dem Zierdeckchen bedeckt war. Sie überprüfte ihre Fingerspitzen auf Staub und wischte sie am Hausmantel ab. »Jensen«, sagte sie, als versuche sie, das Thema zu wechseln.

Sein Unterkiefer verspannte sich. Die Muskeln hoben sich unter seinen dichten Koteletten wie ein Paar Steine.

War er einer der Jungs von Hans Jensen?, fragte sie sich laut. Nein, sagte er. Nein, sie waren Cousins. Er konzentrierte sich auf seinen Stift. Er schrieb das Wort *Unterwäsche*.

Es entstand eine kurze Stille, während sie ihre Rolle spielte, so tat, als füge sie die Teile zusammen und zöge die Äste des Familienstammbaums nach. Dann spürte er, wie ihre Hand leicht seinen Ellenbogen ergriff. Seine Schultern versteiften sich.

Hinter den Gläsern ihrer Hornbrille sahen die wässrigen Augen so aus, als würden sie zusehen, wie ein Welpe ertrinkt. Er holte geräuschlos, tief und gleichmäßig durch die Nase Luft und steckte dann das Notizbuch wieder in die Tasche. Er ermahnte sich, dass es für sie heute wahrscheinlich einfacher war, über die Tragödie von jemand anderem nachzusinnen, als sich mit ihrer eigenen zu beschäftigen. Er tätschelte kurz ihre Hand. Eine stille Bestärkung, dass auch das hier vorübergehen würde, selbst wenn es nicht so aussah. »Ist schon gut«, sagte er. »Ist lange her.«

Glenn stand wieder im Türrahmen. »Sinnlos«, nannte er den Einbruch. »Einfach sinnlos.«

Die Frau drückte Harleys Arm ein weiteres Mal leicht. Seine Nasenlöcher flatterten.

»Nun«, sagte sie, als würde sie eine Unterhaltung zu Ende bringen. »Sieht so aus, als bräuchte jemand löchrige Unterwäsche.«

Als die Männer wieder im Wagen waren, winkte sie einmal kurz von der Veranda aus, als verscheuche sie eine Fliege. Dann drehte sie sich wieder um und ging ins Haus.

Glenn nahm seinen Hut ab. Alles, was von seinem Haar übrig war, war eine Umrandung ergrauter Borsten. Er tupfte die nackte Haut darüber mit einem Stofftaschentuch ab. »Ich kapiere nicht, warum, zum Teufel, und noch weniger, wer.«

»Er könnte Ziske eine Tasse Kaffee geschuldet haben«, sagte Harley und versuchte damit Glenn genauso aufzuheitern wie sich selbst.

Glenn lachte einmal kurz auf. »Bagatelldelikte. Das passt zu Ziske.«

»Aber nicht zu heimlich.« Harley steckte den Schlüssel ins Zündschloss.

»Kannst du dir das vorstellen?« Glenn wurde heiterer. »Wie er, mit Kaiserhelm und allem, den Garten hoch- und wieder runterkeucht, und das alles mit seinem Rollator?« Er gluckste. »Mit Müllbeuteln voller Klamotten von Jack?«

Im Rückspiegel schaute Harley auf die Robinien, die ungeschnittenen Holunderbüsche, die fast alles verdeckten, bis auf das Schindeldach und den Schornstein von Virginia Reddick. Er starrte dorthin, während er den Motor anwarf.

Glenn stützte sich mit einer Hand am Armaturenbrett ab und drehte sich mühsam um, weil er sehen wollte, was Harley anschaute. »Schieß dich nicht gleich auf den Spinner ein«, sagte er. »Könnte jeder gewesen sein.«

Harley legte den Gang ein. »War es nicht«, sagte er.

Glenn lehnte sich im Sitz zurück, als der Fury anfuhr. »Weißt du, dass man sie dabei erwischt hat, wie sie nackt Müll verbrannt hat?«

»June Christiansen?« Für einen kurzen Augenblick stellte sich Harley vor, was unter dem rosafarbenen Hausmantel gewesen sein könnte. Dann versuchte er, an etwas anderes zu denken.

»Virginia Reddick. Dad war immer noch Sheriff, kurz nachdem Neiderbaugh mit der Müllabfuhr begonnen hatte. Die Leute am Stadtrand verbrannten immer noch ihren Müll. Himmel, Liebig war an der Fifth und der Spruce eingeteilt. Wenn man je jemanden gesehen hat, der einen Wutanfall hatte – dann war es Liebig auf der Sitzung des Stadtrats. Ich habe Flüche gehört, von denen ich gar nicht wusste, dass es sie gab.«

»Sie war nackt?« Harley hatte Paul vor Augen, wie er in der Nacht kopfüber am Wasserturm baumelte. Auch dieses Bild verbannte er aus seinem Kopf.

Glenn nickte. »Dell senior rief an, ein paar Tage, bevor er ausgezogen ist. Mein Dad hatte nicht den Mut, sich darum zu kümmern.« Als Harley sich eine Zigarette anzündete, kurbelte Glenn das Fenster auf seiner Seite einen Spalt breit herunter. »Dad ist nie dort rübergegangen, weißt du. Wo er doch nie die Leiche gefunden hat. Also haben sie mich hingeschickt.«

»Was hast du dagegen unternommen?«

»Hab ihr eine Decke umgelegt. Hatte sie im Streifenwagen – Dell senior wollte, dass wir sie in die Ausnüchterungszelle stecken, bis aus dem Haus Lärm kam. Gezanke. Eine dieser ›Gib das her‹-Streitereien zwischen Brüdern. Da sagte Dell, vergessen Sie's. Lassen Sie sie. Die Jungs brauchen eine Mutter, selbst wenn es eine Verrückte ist.«

»Der ist echt merkwürdig.«

»Ja, ein unangenehmer Mann. Aber er hatte gerade einen Jungen verloren.«

Harley vermied es, an Glenns Fenster vorbei auf das Feld zu blicken. Es dehnte sich bis zum Highway aus und grenzte an den alten Hof der Lukas'. Auf der Suche nach der Leiche hatte er jeden Zentimeter dieses Feldes durchkämmt. »Hast du herausgefunden, warum sie nackt war?«

Glenn schaute ihn verdutzt an. »Welchen guten Grund sollte sie gehabt haben, wenn sie nackt Müll verbrennt?« Er rutschte auf dem Sitz herum, um seinen Kopf aus dem Fenster zu stecken wie ein reisender Hund. »Nein, ich hab nur die Tonne woanders hingestellt. Auf die Rückseite des Hauses. Kannst du das Ding nicht aus dem Fenster halten?«

Als sie am Ende des Weges auf die asphaltierte Straße rollten, nahm Harley noch einen Zug. Dann ließ er die Zigarette, obwohl er sie sich gerade erst angesteckt hatte, aus Höflichkeit auf die Straße fallen.

•••

Üblicherweise wartete Harley mit seiner Patrouille bis zum Einbruch der Dunkelheit, wenn es etwas kühler wurde. Doch wenn Paul wirklich etwas in seinem früheren Zuhause verloren hatte, wäre es einfacher, das noch bei Tageslicht zu finden. Wer weiß? Vielleicht hatte Paul ja mal etwas halbwegs Normales im Sinn, Handel mit gestohlenen Waren oder Drogen? Vielleicht hatte er den Blowjob nicht nur deshalb bekommen, um sich die Zeit während des Wartens zu vertreiben. Harley neigte nicht zu solcher Art Optimismus, aber in diesem Fall schon.

Er raste an dem Haus vorbei, um dann zu wenden und dahinter zu parken, wo niemand den Streifenwagen sehen würde. Der Schotter der County Road K wirbelte zwischen einer Anhöhe mit hohem Goldhafer und einer wild wachsenden Windschutzhecke eine Staubwolke auf. Auf der alten Schleswig-Holstein Road bog er rechts ab, wo zwei ausgefahrene Spurrillen am hinteren Ende des Grundstücks entlangführten. An einem grünen, reflektierenden Schild, das an ein T-Stück geschraubt war, sah Harley, dass die Straße seit Kurzem »15« hieß.

Er wendete und fuhr die Böschung zum Hinterhof hinunter. Nachdem er ausgestiegen war, watete er durch das kniehohe Gras in Richtung Haustür, vorbei an einem Haufen verrotteten, gesplitterten Holz, das einst eine Kutsche gewesen war. Sie lag schon solange er denken konnte dort aufgetürmt neben der Windschutzhecke.

Harley ging am Haus vorbei, um in der Scheune nachzusehen, schob eine Seite des zweiflügeligen Tores auf, das Braasch eigentlich abgeschlossen haben sollte, obwohl es dort nichts zu stehlen gab. Auch draußen gab es nichts zu stehlen, soweit Harley sah. Er fuhr mit seinem Stiefel durchs Gras, wie Paul es am Vorabend getan hatte. Er sah niemanden, der hinter einem Fenster zurückschreckte, um einer Verhaftung zu entgehen.

Solange er hier lebte, hatte er sichergestellt, dass Loren Braasch zumindest so vernünftig war, das Haus immer abgeschlossen zu halten. Harley ging hinten herum und stieg die beiden kurzen Stufen zu dem Eingang hinauf, den sie für gewöhnlich benutzt hatten. Die Haustür, hatte seine Familie gewitzelt, war für Besucher und Vagabunden.

Er packte den Messingtürknauf. Die Scheiben in Kopfhöhe waren mit einem staubigen Film überzogen, doch er würde sowieso nicht hineinsehen. Er drehte den Türknopf. Das Holz bog sich von der Zarge nach innen, als wäre die Tür begierig, sich zu öffnen. Er riss sie zurück, bis sie einrastete.

Bei seinem ersten Gedanken errötete sein Gesicht. Einen kurzen Moment fragte er sich, ob das hier am Vorabend Pauls ganze Absicht gewesen war; ihn, Harley, an den letzten Ort zurückzuholen, an dem er sein wollte. Ihm unter die Haut zu gehen, wie Glenn sagte. Letztendlich war es genau das, was Paul ständig tat. Leute dazu zu bringen, idiotische Dinge zu tun, als wäre es die ganze Zeit ihre eigene Idee gewesen. Das hatte er mit dem Sawyer-Jungen gemacht, dem Ferguson-Mädchen und höchstwahrscheinlich auch dem Wagner-Jungen, der das Snowmobil gestohlen hatte. In der Nacht am Wasserturm hatte er es mit Harley versucht. Aber Paul war nicht zimperlich. Er war auf verlorene Gliedmaßen und zerschmetterte Köpfe aus. Paul vorzuwerfen, dass er hier stand, bedeutete zuzulassen, dass er Harley unter die Haut ging, allein aus Angst, dass er es könnte. So viel traute Harley Paul dann doch nicht zu.

Harley drehte sich um und ging die Stufen hinunter. Wenn er es nicht vergaß, würde er morgen Loren Braasch anrufen und dafür sorgen, dass der Hof verriegelt würde.

Auf dem Weg zum Streifenwagen entdeckte er die alte Feuertonne seiner Familie und blieb stehen. Er stellte sich Virginia Reddick vor, nackt im Schein der Flammen, und die leeren Schubladen und Schränke nur drei Häuser von ihrem eigenen entfernt. Nacktheit und Kleidung, die Todeserklärung für Dell junior und dann noch Paul, der hier auftauchte – wenn all das miteinander in Verbindung stand, mochte Harley gar nicht raten, wie.

Über das Summen der Zikaden hinweg atmete er tief ein und schaute an der Feuertonne vorbei auf die senkrechte Tür des alten Rübenkellers. Von der Seite konnte man die Lehmböschung sehen, die hinunter in den Boden führte. Doch wenn man aufrecht davorstand, wie er es als Kind oft getan hatte, sah man sie aus dem richtigen Winkel. In genau dem richtigen Winkel sah sie aus wie ein Tor zu etwas anderem. Etwas, das hinter dem Gras, hinter dem Hügel, hinter dem Haufen der verrotteten Kutsche und der absterbenden Windschutzhecke lag.

5

Um zwei Uhr früh an jenem Mittwoch saß Pam im Nova. Ihr großer P-Messinganhänger hing vom Zündschloss herunter und streifte alle paar Minuten ihr Knie. Sie schlug darauf, in der Annahme, es sei ein Insekt. Hinter der Windschutzscheibe verbreitete die Laterne einen weißen Nebel und die Schatten von zickzack fliegenden Motten huschten über die Seitenwand des Trailers.

Die Banknoten aus der Zuckerdose lagen in losen Bündeln verstreut auf ihrer Handtasche. Einige kamen von dem letzten Job, den sie gehabt hatte, in der Snack Shack in Madson, bis die Wehen anfingen. Der Rest kam von Geburtstagen, Weihnachten. Fünfer, die Dad heimlich in die Karten steckte, wenn Babe nicht hinsah. Vor drei Monaten waren es noch fünfundzwanzig Dollar mehr gewesen. Drei Monate davor waren es noch hundertfünfzig.

Selbst wenn sie durchhielt und nicht klagte, wenn sie lernte, mit kaputten Fliegengittertüren und dem Loch unter dem Sperrholzboden zu leben, und mit der toten Haut, die sich um das Lüftungsgitter kringelte, wäre das Geld fort, noch bevor Anna alt genug war, um in die Vorschule zu gehen. Es wäre alles fort, bevor Pam einen Job annehmen und sie aus dem Loch holen könnte.

Und selbst dann blieben Reddicks immer Reddicks. Und sie wäre immer noch an sie und all ihre morbiden Probleme gekettet. Selbst Virginia, die morbideste von allen, war so klug gewesen, alle Brücken abzubrechen und zu verschwinden.

Das Gaspedal streifte ihren Fußballen. Sie hatte ihre Schuhe auf dem Küchentresen liegen lassen, als sie sich das Geld geschnappt hatte. Wenn sie wieder hineinging, könnte sie Anna und Rick aufwecken.

Sie brauchte die Schuhe nicht. Es waren Sandalen aus dem Fünfzig-Cent-Drugstore. Sie konnte sich später am Morgen neue holen.

Pam kniff die Augen fest zusammen, als würde das die Welt um sie herum vor dem Rumpeln und Stottern des Motors abschirmen. Sie drehte den Schlüssel. Der Motor röhrte auf. Immer noch stehend trat sie aufs Gas und der Leerlauf summte leise. Sie parkte aus. Mit dem nackten Fuß auf der Bremse, beobachtete sie die Fenster des Trailers und vergewisserte sich, dass der Vorhang nirgendwo zurückgezogen wurde und die Dunkelheit dahinter sie angaffte. Nichts. Natürlich nicht. Es konnte ihn sowieso nie etwas wecken. Nicht, solange der verdammte Ventilator im Fenster lief.

Pam raste die Whitmore hinunter, vorbei an Trailern mit Namen wie Ambassador, Silvercrest und Prestige. Rick konnte sie herunterleiern wie Oldtimer. »Der da ist ein 72er Shangri-la«, würde er sagen, und sie beäugte dann den Sockel, das Wellblech, das die Betonsteine verbarg, auf die der Trailer aufgebockt war. Shangri-la, von wegen.

Sie nahm die County-Landstraßen in den Norden von Madson, wo die Gebäude weniger wurden und breite Maisterrassen in den Hügeln angelegt waren, strohgelb und vertrocknet. Als sie den Laternenpfahl ihrer Eltern sah, schaltete sie die Scheinwerfer aus und hielt neben den Benzintanks an. Babe zickte immer herum, dass die Tanks am Ende der Einfahrt standen. Seit Jahren nervte sie Dad damit, er solle sie näher ans Haus stellen, vermutlich, damit sie mit der Schrotflinte vor Ort war, wenn jemand das versuchte, was Pam im Begriff war zu tun. Aber sechzig Liter würden sie drei, vier Stunden von hier fortbringen. In drei, vier Stunden ginge die Sonne auf und die Tankstellen öffneten, damit sie nachtanken konnte.

Um nicht wieder das Risiko einer hohen Drehzahl einzugehen, ließ Pam den Motor laufen. Als sie auf den Schotter trat, bohrten sich die kantigen Granitsteine in ihre Fußsohlen. Sie schloss die Tür so weit, dass die Innenraumbeleuchtung verlosch, und ging langsam und vorsichtig zum Tank. Sie nahm die Zapfpistole, ging zum Tankdeckel und lauschte. Kein quietschendes Geräusch von der Fliegengittertür. Keine Babe, die vom Haus aus hochbrüllte. Als Pam den Hebel betätigte, lauschte sie wieder, diesmal auf den Durchfluss. Der Tank gurgelte und der Schlauch verstummte. Sie probierte es erneut. Es kam nichts heraus. Sie zog die Zapfpistole weit heraus und schlug den Schlauch hin und her, falls er verstopft sein sollte, falls etwas, das sich darin verklemmt hatte, freigeschüttelt werden musste. Dann lauschte sie wieder, diesmal auf das Laden von Babes 12-Kaliber-Flinte. Pam fragte sich, ob ihre Mutter einen Warnschuss abfeuern oder sie einfach abknallen würde.

Sie betätigte ein weiteres Mal den Hebel. Stille. Der Tank war leer.

Pam hängte den schlaffen Schlauch über die Tankanzeige, stieg wieder in den Wagen und sank auf den Sitz. Sie zog leise die Tür zu, bis es klickte. Nachdem sie den Gang eingelegt hatte, fuhr sie mit Standgas an, ihre Zehen zu taub, um aufs Gaspedal zu drücken.

Am äußersten Ende der Landstraße saß Pam mit zitternden Unterschenkeln da, bis die Taubheit einer anschwellenden, nutzlosen Energie wich. Nach der Fahrt dort raus hatte sie noch ein Sechzehntel Benzin im Tank. Bestenfalls. Damit könnte sie höchstens bis Madson, bis zur Tankstelle fahren und dort warten. Doch Rick musste am nächsten Morgen nach Arnold. Und wenn er außerhalb einen Job zu erledigen hatte, war sein erster Halt morgens immer die Tankstelle, direkt wenn sie öffnete.

Es gab keinen anderen Weg als zurück. Zurück in die stickig heiße, baufällige, holzgetäfelte Blechdose. Zurück zu der kaputten Fliegentür, den schäbigen Handtüchern und Annas ständig alarmiertem Starren. Zurück zu Rick, seinen zerrissenen Jeans und seiner abgestorbenen Haut an den Füßen.

Sie umklammerte das Lenkrad und biss die Zähne zusammen, um einen Schrei aus dem Bauch heraus zu unterdrücken. Er kam dann lang und rau heraus, ein oszillierendes Grunzen. Sie schaltete das Licht ein, gab Vollgas und schleuderte mit dem Nova über die Kreuzung.

Sie raste über Schotterpisten, bog zu schnell ab, jagte über eine kilometerlange Strecke, die von einem heftigen Regen, der vor Monaten gefallen sein musste, ausgewaschen war, bis sie den Staub auf ihrer Zunge schmeckte und ihr Körper spürte, wie das Adrenalin nachließ.

Am Highway kam der Nova langsam zum Stehen, direkt am Rande des »Beckens«, einer tief liegenden, von Hügeln gesäumten Ebene. Sie bog rechts ab und schaute nach, was von der Einfahrt des Anwesens der Lukas' noch übrig geblieben war. Dort hatte sie während der Highschool geparkt. Das hatten sie alle. Sie waren dorthin gefahren, um Zigaretten zu rauchen und Bier zu trinken, das sie aus den Kühlschränken ihrer Eltern geklaut hatten. Das, und sie hatten einander Angst eingejagt wegen der Sache mit Dell junior, und sich gefragt, wo in ihrer Nähe die Leiche sein könnte. Er war nicht weit entfernt gestorben, irgendwo im Tal zwischen dem Gehöft der Lukas' und dem des alten Ziske, direkt nördlich davon.

Sie musste durchatmen. Sie musste aus dem Wagen aussteigen und durchatmen.

Sie hielt zwischen dem Gestrüpp an, parkte und ging zum Heck des Novas. Sie setzte sich auf die geneigte Kofferraumklappe und blickte in der Dunkelheit über die Ebene. Auf der anderen Seite des Beckens waren die schlecht einsehbare Kreuzung und das Haus der Jensens. Der Hof war so überwuchert, dass sie vielleicht nie erfahren hätte, wo er sich befand. Aber natürlich hatte Babe ihr davon erzählt. Babe war einfach nur düster.

In den alten Oldsmobile, zwischen Zimtkaugummi-Schmatzern und dem Mitsummen von Jim Reeves-Songs, ließ ihre Mutter bröckchenweise Informationen fallen, wahllose Bomben über Verstümmelungen durch landwirtschaftliche Geräte, grauenvolle Morde, Kindesmisshandlungen und Selbstmorde. Frauen, die tot umfielen und explodierten, weil, wie Babe betonte, »eine Leiche sich in der Hitze aufbläht«.

Pam war damals schon so groß gewesen, dass ihre Zehen die Fußmatte im Wagen ihrer Mutter berührten. »Siehst du das Haus da drüben?«, fing Babe an. »Da haben die Jensens gelebt – Gott. Wann war das? In den Dreißigern? Passiert ist es 1938. Pete, der war Farmer. Marge hat sich ums Haus gekümmert.« Sie erzählte, sie wären in der Stadt in die evangelische Kirche gegangen, hätten zwei Kinder gehabt, einen Jungen und ein Mädchen. Das Mädchen sei ein oder zwei Klassen unter Babe gewesen, der Junge war jünger.

Als sie die Einleitung beendet hatte, sagte sie: »Kurz vor dem Abendessen war Pete draußen auf dem Feld und die Kinder waren im Hof mit irgendetwas beschäftigt. Marge kochte zu Ende, deckte den Tisch und stellte die Schalen, Teller und das Besteck hin. Dann ging sie hin und blies sich den Kopf mit Petes Flinte weg. Direkt dort in der Küche.«

Der Zimtkaugummi knackte. Pam zuckte zusammen. Und die Anekdote, wenn man es überhaupt so nennen konnte, legte sich über alles, wie der staubige Ölfilm im Innenraum des Oldsmobiles.

Schließlich fragte Pam, warum. Mehr, um die Luft in Bewegung zu setzen, als alles andere.

»Oh, ich weiß nicht«, sagte Babe in dieser tiefen, mürrischen Welcher-Vollidiot-stellt-denn-so-eine-Frage-Stimme. »Warum zum Teufel geht irgendwer hin und bläst sich mit einer Flinte den Kopf weg?« Dann summte sie wieder, zwischen ihrem Kaugummikauen, und sang mit bei »I'm Beginning to Forget You«. Bis zu dem Teil mit dem Pfeifen. »Los, pfeif du«, sagte sie zu Pam.

Babe ruinierte sie. Wenn man ab dem Kindergartenalter stetig mit Geschichten über Hausfrauen gefüttert wurde, die sich die Köpfe mit Flinten wegpusteten oder ihre Männer mit Pick-ups überfuhren und die Räder genau so ausgerichtet hatten, dass sie damit über den Hals fahren konnten – wer war das, ein Pooley? Ein Pooley. Wenn man schon als Kind mit solchem Scheiß gefüttert wird, ist es nicht verwunderlich, dass man zickig wird, wenn es um Heirat oder Kinderkriegen geht. Oder darum, gottverdammte Handtücher zu falten, nebenbei gesagt.

Pam ließ sich rücklings gegen die Scheibe fallen. Sie schloss die Augen. Sie lauschte auf den Wakonda unten im Becken, das leise Blubbern in der Schneise, die der Fluss durch die Erde gezogen hatte.

Doch stattdessen erhob sich ein trockeneres Geräusch. Das Rauschen von Rädern auf Kies. Pam hob den Kopf und hielt über den Weg hinweg nach Wagen Ausschau. Nichts. Doch das mahlende Geräusch ging weiter, das Aufbrechen von Steinen, die platzten und in den Radkästen schepperten. Ein Paar Scheinwerfer schoss in einer Staubwolke die Landstraße hinunter. Sie hielten auf die uneinsehbare Kreuzung des Highways zu.

Pam glitt vom Kofferraum und ging mit so wenigen Schritten wie möglich über den steinigen Weg zur Fahrertür. Sie stieg ein, warf den Motor an und blickte zurück in Richtung der Lichter. Die hatten bereits gedreht und überquerten die rostige Brücke. Sie legte den Rückwärtsgang des Novas ein und setzte zurück, als der andere Wagen über die Ebene flog, die Scheinwerfer wie Stroboskope zwischen den Maisfahnen. Sie fuhr los und er gab Gas. Dann ging das Blaulicht an. Ein Cop. Pam richtete die Räder aus und fuhr auf den Seitenstreifen.

Der Streifenwagen drehte in einer Schleife über den leeren

Highway und hielt hinter ihr an. Sie stellte den Motor ab und schaute im Rückspiegel zu, wie eine hochgewachsene, breitschultrige Gestalt, eine schwarze Silhouette vor dem Blau des mondbeschienenen Highways, sich aus dem Wagen entfaltete wie ein Klappmesser.

Als er ihr Fahrerfenster erreicht hatte, schien das Licht seiner Taschenlampe bis auf ihre Beine. Ein Faden ihrer Hotpants kitzelte sie am Bein. »Bist du eins von Reds Mädchen?«, fragte er.

Sie versuchte, an dem grellen Licht, das ihr jetzt ins Gesicht schien, vorbeizublinzeln. Er senkte den Lichtstrahl, sodass er nun auf die Schultern ihres abgetragenen T-Shirts fiel. Sie blinzelte wieder und versuchte ihn um die Leere herum, die in ihre Netzhaut gebrannt war, zu erkennen. »Was?«

»Bist du eine Reinhardt?«

Pam nickte, senkte den Blick und bohrte ihre Fingernägel in den juckenden Jeansfaden. Als sie wieder aufsah, wurde sein Bild klarer, als würde es aus trübem Wasser aufsteigen. Unter seinen zusammengekniffenen Augen und Wangenknochen lagen dunkle Höhlen, die in Koteletten übergingen und an einem breiten, eckigen Kinn endeten. Als er immer weiter auftauchte, kitzelten die Haare in ihrem Nacken unter dem Eindruck, dass sie sein Gesicht kannte. Dass es ihr sehr vertraut war.

»Woher kenne ich Sie?« Die Frage kam leiser und atemloser heraus, als sie beabsichtigt hatte.

Er richtete sich auf und leuchtete mit dem Strahl seiner Taschenlampe in die Ferne. »Ich wüsste nicht woher.«

»Sie vielleicht nicht – aber ich tu's.«

»Alles in Ordnung? Probleme mit dem Wagen? Du wartest doch nicht auf irgendwen, oder?«

»Nein, ich – alles in Ordnung. Sind Sie auf die Madson gegangen?«

Sein Mundwinkel zog sich an einer Seite hoch und vertiefte die

Falte zwischen Wangenknochen und Mund, und er neigte ein wenig den Kopf. Sie kannte dieses Lächeln. Es war ein unwillkürliches. Ein Lächeln, das zum Teil traurig war und zum Teil etwas anderes. Etwas, bei dem Pam warm im Gesicht wurde. Etwas, bei dem sie erstarrte, wie beim plötzlichen Anblick einer defekten Hochspannungsleitung, die einem den Weg versperrt.

»Klar«, sagte er. »Habe vermutlich in dem Jahr meinen Abschluss gemacht, als du geboren wurdest.«

Die Trophäen-Vitrine. Im Flur direkt vor der Sporthalle. Auf dem Schwarzweißfoto hatte er bereits einen Bartschatten. Sein Haar war eine dicke Pomadenwelle. Er sah aus wie ein dunklerer, rauerer James Dean. »Harley Jensen?«

Er nickte. Er zog eine Zigarette aus einem Softpack, dessen Folie aus seiner Hemdentasche guckte. Er schnipste ein Feuerzeug auf. Als er mit angezündeter Zigarette zu sprechen begann, atmete er blaugraue Wolken aus, die in den Himmel aufstiegen. Er fragte sie, ob sie eine wolle. Sie sagte, sie wolle.

Sie nahm die Zigarette, während das Feuerzeug wieder aufklappte. Sein Daumen strich über das Reibrad. Er hielt die Flamme an die Spitze und schützte sie mit seiner hohlen Hand, sodass seine Handfläche golden schimmerte. Sie paffte und die Zigarettenspitze leuchtete glühend auf und wurde wieder kleiner, wie ein kleiner Pulsschlag. Nachdem sie entfacht war, hielt er die Flamme immer noch an die Spitze und sie merkte, wie sie auf seinen nackten Ringfinger schaute. Ihr Blick hob sich zu seinem und sie hatte wieder dieses Gefühl einer defekten Hochspannungsleitung und spürte die Hitze in ihrem Gesicht.

»Welches von den Mädchen bist du?«, fragte er.

»Pam. Die Jüngste. Woher wussten Sie das?«

»Die Ähnlichkeit.«

Sie stellte sich Dad vor, nur Knochen und Sehnen, in abgetragenen, karierten Cowboyhemden und Jeans. Der ständige Sonnenbrand auf seinen übergroßen Alte-Männer-Ohren, die seitlich unter seiner Cargill-Kappe herausragten.

»Die Augen«, sagte er, ohne sie anzusehen. »Und das Hagere.« Der weiße Dunst seiner Taschenlampe glitt über die Spitzen nahe gelegener Gräser und verschwand kurz vor den weit entfernten Hügeln, den Bäumen und dem Gestrüpp, das unaufhörlich das verlassene Gehöft überwucherte. »Also, was bringt dich um zwei Uhr morgens hier heraus, Pam Reinhardt?«

Sie korrigierte ihn nicht. »Ich brauchte frische Luft.«

Er beäugte sie, ohne den Kopf zu drehen, mit einem Blick, der verunsichert wirkte. Als würde er in ihr lesen. Dann schien er das zu finden, wonach auch immer er gesucht hatte. Oder hatte entschieden, dass das, wonach auch immer er gesucht hatte, nicht dort war. »Dann hast du also niemand anderen hier draußen gesehen, oder?«

»Nein, warum?«

Seine Worte stiegen mit sich kringelnden Rauchwolken auf. »Egal.« Seine Lampe warf nun einen langen, schmalen Schein auf den Asphalt. »Bin aber nicht sicher, ob du so ganz allein hier draußen sein willst.«

Sie erinnerte sich daran, dass sie mit einem Cop sprach. »Ich schätze, kein Ort ist mehr so sicher, wie er es einmal war.«

»Hab meine Zweifel, ob das jemals der Fall war.«

Die nächtliche Stille wurde von einem Quaken unterbrochen, bei dem Pam zusammenzuckte. Sein Funkgerät. Er entschuldigte sich und ging zurück zum Streifenwagen.

Pam wartete und schaute auf die schwarze Hügelkette vor dem Himmel. Sie hatte Bilder von Mähdreschern und Hälsen unter Traktorreifen vor Augen. Sie spürte, wie das seltsame, verdammte Lächeln wieder aufstieg, und zog die Lippen fest an die Zähne. Trotz der Temperaturen lief ihr ein Schauer über den Rücken.

Er kam kurz zu ihrem Fenster zurück. Seine Stimme war tief

und kräftig. »Bin nicht sicher, wo du hinwillst, aber du solltest jetzt fahren. Einen Kilometer von hier ist ein Feuer ausgebrochen. Das Einzige, was es braucht, ist eine kleine Brise.« Sein Blick war gesenkt, in den Wagen hinein. Sie schaute hin. Ihre Oberschenkel wirkten auf dem dunklen Vinyl sehr hell, ein gespenstisches Weiß, das sich bis hinunter zu ihren Unterschenkeln und den nackten Füßen zog. Nachdem er wieder Blickkontakt mit ihr aufgenommen hatte, klopfte er aufs Autodach. »Und beim nächsten Mal sieh zu, dass du Schuhe anhast.« Das angedeutete Lächeln wurde schief. »Wenn ich dich wieder erwische, muss ich dich vorladen.«

Pam bemerkte erst, dass sie die Luft angehalten hatte, als sie ausatmete. Sie nickte.

Er klopfte wieder aufs Dach, zweimal, und trat dann zurück. Er warf einen kurzen Blick zu dem verlassenen Gehöft in der Ferne, bevor er zu seinem Streifenwagen ging.

Die Autoschlüssel klapperten, als sie den Wagen anließ, und das Dröhnen des Motors erfüllte ihren Kopf mit einem Schlag. Sie brachte ihn kurz auf Touren und er beruhigte sich. Sie wartete, um zu sehen, ob er als Erster los- und den Highway hinunterfuhr. Was er nicht machte. Der Wagen stand da, kein Licht innen oder außen, nur der schwache rötliche Schein seiner Zigarettenspitze. Sie leuchtete kurz auf, wie ein orangefarbener Leuchtkäfer.

Sie legte den Gang des Novas ein, doch hatte den Rückspiegel im Blick, selbst als sie ins Becken hineinfuhr und wieder hinaus. Sie fuhr an der Windschutzhecke und dem dicht bewachsenen Hof bewusst nicht langsamer. Der Hof, auf dem er, wie sie wusste, eines frühen Abends im Gras spielte, bis aus der Küche ein Schuss ertönte.

6

Rick fühlte sich wie lebendig begraben. Er lag auf dem flachen Erdboden, die Fußbodenbalken einen guten halben Meter über ihm. Es war Morgen, doch unter dem Mobile Home war es nasskalt und dunkel wie im Keller. Die Batterien seiner guten Taschenlampe waren fast verbraucht.

Seit er aufgewacht und zu Dad gefahren war, war er genervt. Paul war spät hereingeschlendert gekommen und als Rick ihn hart angestarrte und nach einem Hinweis gesucht hatte, irgendwelchen Neuigkeiten über Mom, starrte Paul genauso hart zurück. Emotionslos. Dann, als sie losfuhren, bestand Paul darauf, allein zu fahren. Sie fuhren nie separat zu Jobs, die weiter als eine Stunde entfernt waren. Nie. Es war dumm, so viel für Benzin auszugeben. Vielleicht hatte er vor, loszufahren und sich um diese Sache mit Mom zu kümmern. Sie nach Hause zu bringen.

Andererseits hatte es vielleicht etwas damit zu tun, dass Rick die Drogen gestohlen hatte.

Was auch immer es war, blieb eine Grauzone, und Rick mochte Grauzonen nicht besonders.

Während Paul sich Zeit ließ, nach Arnold zu fahren, stellte Rick fest, dass der Trailer Schrott war. Der Unterbau war in einem üblen Zustand. Die Leitungen waren im letzten Winter gefroren. Kupferleitungen, gute Leitungen, doch sie waren durchgefroren, aufgebrochen und hatten alles unter Wasser gesetzt. Der Trailer hatte seit Monaten leer gestanden und die Glasfaser-Isolierung war hinter der Plane aufgequollen wie Beulen. Sie war entweder durch Verrottung oder durch Tiere aufgerissen, und nun hing die Isolierung in wolligen rosa Fetzen herunter.

Während Rick den Lichtkegel der Taschenlampe über die Bodenbalken gleiten ließ, kam Pauls Pick-up angefahren und parkte. Aus der Fahrerkabine dröhnte »When the Levee Breaks«. Der Motor und die Mundharmonika verstummten. Dann dröhnte die Musik weiter. Er musste vorgehabt haben, die verdammten vollen sieben Minuten zuzuhören.

Rick arbeitete mit dem Teppichmesser an den herunterhängenden Fetzen der Plane, die Schneide nagte sich durch die rosa Füllung. Er spuckte den Staub weg, der auf seinen Schnurrbart fiel und dort hängen blieb, und beging den Fehler, einen Sekundenbruchteil darüber nachzudenken, wie wohl seine Lungen aussähen. Höhlen aus rosa Glasfaser, die wie Quarz glitzerten.

Als das Lied zu Ende war, öffnete sich die Tür von Pauls Pick-up quietschend und schlug zu. Er brüllte und fragte, wo Rick steckte. Rick rief zurück und hörte, wie Paul sich unter den Trailer schob. Rick fragte, wie es an seinem Ende aussah.

»Wie Zuckerwatte.« Paul schrappte über den Boden. »Aber schmecken tut's wie Scheiße.«

»Dad will das in zwei Tagen erledigt haben. Max in drei.«

»Wie wär's mit fünfzehn Minuten?«, schlug Paul vor. »Du schmeißt das Terpentin um, ich lasse das Streichholz fallen.«

Rick war fast versucht. Er wusste, dass Paul es todsicher ernst meinte. Rick wollte im Grunde nur nach Hause. Aber wenn er dort ankam, wollte er, es wäre noch vor dem Morgengrauen. Und er wollte, dass Pam noch im Bett lag und schlief, so wie er sie heute Morgen verlassen hatte. Er würde zurück unters Laken kriechen und sein Gesicht in ihrem Haar vergraben. Normalerweise duftete es nach warmer Seife. Heute Morgen hatte es allerdings leicht nach altem Zigarettenrauch gerochen. Er fragte sich, ob sie wieder heimlich draußen geraucht hatte. Jetzt gerade würde sie vermutlich *Donahue* gucken, in den Werbepausen staubsaugen, und ihr Gehirn würde auf Hochtouren laufen, sodass sie, wenn er nach Hause kam, wegen irgendwas tierisch angepisst sein würde, was auch immer das dann wäre.

Der Strahl seiner voluminösen Taschenlampe schrumpfte zu einem Punkt zusammen. Er nahm sie fest in die Hand und klopfte mit dem hinteren Ende ein paarmal neben sich auf den Boden. Der Strahl wurde wieder breiter und beleuchtete den Staub. »Also, nichts? Keine Neuigkeiten?«

»Ich hab doch gesagt, ich kümmere mich drum«, antwortete Paul. »Was hältst du von diesem Drecksloch?«

»Du kannst sie doch nicht einfach in der Gegend herumlaufen lassen, Paul. Sie ist nicht richtig im Kopf.«

»Das würde man gern glauben«, sagte Paul. »Wär ja auch bequemer.«

Es hatte keinen Sinn, darüber zu streiten, ob Mom noch alle Sinne beisammenhatte. Rick umklammerte die Taschenlampe so fest, dass ihm die Knöchel wehtaten. »Bist du deshalb mit dem Pickup rausgekommen? Damit du losfahren und sie suchen kannst?«

»Hat nichts damit zu tun.« Er fummelte gerade mit Panzerband herum. »Etwas ist verschwunden. Hab beschlossen, meinen Scheiß künftig da aufzubewahren, wo ich ihn sehen kann. Fühle mich vermutlich ein wenig hintergangen.«

Rick pulte geistesabwesend am Kopf eines Nagels. Er musste entweder mit der Sprache rausrücken oder den Dummen spielen. »Was fehlt denn?«

»Das Zeug hinter der Hupe, weißt du noch? Der Scheiß, von dem ich dir gestern erzählt hab?«

Rick riss sich am Balken einen pieksenden Splitter in den Finger. »Ja? Und?«

»Weg.«

»Was?«

»Ziemlich blöd.«

Ricks Herz klopfte heftig, aber er sagte nichts. Er wartete.

Auch Paul schien zu warten. »Na ja«, beendete er schließlich das Schweigen, »schätze, Jensen wird's wohl genommen haben.«

»Was? Wieso?«

»Keine Sorge. Ist nichts, was man nicht regeln könnte.«

»Warum denkst du, dass er's war?« Rick hatte die Pillen immer noch im Van, unter dem Sitz. Er hatte beschlossen, sie nicht wegzuwerfen, vor allem für den Fall, dass so ein Scheiß wie jetzt passierte und er sie zurücklegen müsste, damit Paul sich nicht wie ein Idiot verhielt. Besser, wenn er wegen Drogenbesitzes ins Gefängnis ging als für das, was er diesem Cop möglicherweise gern antun würde. In dieser Hinsicht war Paul wie Dad. Der Junge war sehr nachtragend.

»Logische Schlussfolgerung. Außer dir und mir wusste keiner, dass es da war.« Das Rohrsystem an Pauls Ende löste sich und fiel runter, und seine Stimme wurde deutlicher. Er sagte, Jensen sei neulich abends in den Pick-up gestiegen, hätte das Handschuhfach durchwühlt und dann wäre die Hupe losgegangen. Paul hatte es für ein Versehen gehalten. »Aber dann bin ich gestern Abend los, um ein paar Schwachköpfen aus Junco was zu verticken, und was soll ich sagen? *Simsalabim* – alles weg. Und, wie schon gesagt, außer dir und mir wusste keiner, dass sie dort waren.«

Vielleicht könnte Rick sagen, er müsste mal pinkeln und dann die Pillen tief ins Lenkrad hineinschieben, damit Paul dächte, sie wären hineingerutscht. Nein. Da war nicht genug Platz. »Du kannst einem Cop nicht nachstellen. Nicht bei dieser Scheißsache mit Mom.« Vielleicht könnte Rick sie unter den Sitz werfen.

»Ich hab mir schon gedacht, dass du so denkst. Aber, weißt du, was wir hier haben, ist eine illegale Durchsuchung und Beschlagnahmung, Bruder. Da geht's ums Prinzip.«

»Sie sind vermutlich nur rausgefallen. Wie dieser Messerspachtel, den wir monatelang nicht finden konnten«, sagte Rick. »Wenn wir fertig sind, helfe ich dir suchen.«

»Oho, aber ich habe aus dem Messerspachtel meine Lehre gezogen. Hab jeden Zentimeter Bodenraum abgesucht, jeden Riss, Spalt und jedes Fach. Die Pillen sind weg.«

Das war nicht gut. Dieser Cop machte ihnen schon genug Sorgen, auch ohne dass Paul einen Vorwand hatte, sich kopfüber auf ihn zu stürzen.

Am besten wäre er ehrlich und sagte es ihm, dachte Rick. Sagte, dass er die Pillen genommen hatte, denn wo immer Mom auch war, sie konnte keinen Jungen im Knast gebrauchen. Nicht bei einem getöteten Kind und einem Ehemann, der ihre Rechnungen zahlte, aber keinen Fuß in denselben Raum setzen würde. Rick stellte sich ihren blonden Lockenkopf vor, der ihr seitlich vom Kopf hing, während sie die Gräben durchkämmte und dabei wie ein kleiner Vogel zu irgendeinem Lied von George Jones trällerte. Der Scheiß machte ihn fertig.

»Du bist ziemlich still da drüben, Partner«, sagte Paul. »Nachdenklich.«

»Was?«

»Was, was? Ich warte auf dich. Mach hier jetzt mal 'ne Ansage.«

Ricks Taschenlampenstrahl schrumpfte zu einem kleinen Fleck zusammen. Er klopfte mit dem hinteren Ende wieder neben sich und die Lampe leuchtete wieder auf. Er begutachtete die beschädigte Plane. Die Wahrheit war, dass sie es in einem Tag schaffen konnten. Es war eigentlich unter seiner Würde, doch es ginge. Sie konnten die zerfetzte Isolierung drinnen belassen und die ganze Sauerei abdecken. Die Rohre auswechseln und das Mistding mit größeren Lagen Plane abdichten. Es würde zwar immer nach Schimmel stinken, aber drauf geschissen. Wenn sie neuen Teppich verlegten, würde das Ding die ersten Monate nach neuem Teppich stinken. Zeit genug für Dad, das Teil zu verhökern.

Andererseits könnten sie den Job auf zwei Tage strecken, wenn sie die Unterseite erneuerten, drei, wenn sie das Teil vernünftig herrichteten. Das bedeutete, Pam über Nacht allein zu lassen, wo sie ihr Hirn grillte und Sicherungen durchbrannten, bis er nach Hause kam. Es bedeutete, Mom Gott weiß wo da draußen herumwandern zu lassen. Doch bei einem Extratag würde Paul vielleicht etwas herunterkühlen.

Rick neigte sich nach rechts zu dem sauberen Loch, das er geschnitten hatte. Ein paar Zentimeter weiter hingen noch mehr Fetzen.

»Fang einfach an, das Zeug herauszureißen«, sagte Rick. »Hier unten ist nichts mehr zu retten.«

7

Harley wurde von der Asphaltstraße heruntergewunken, einer Straße aus nacktem, staubigem Schotter, die nicht mehr mit Bitumen überzogen worden war, seit die Leute aufgehört hatten, »chaussiert« zu sagen. Er betrachtete den Sonnenaufgang und wartete, bis die Freiwillige Feuerwehr damit fertig war, das verlassene Gehöft der Jipps zu durchtränken. Das Feuer war klein gewesen und hatte sich auf das Haus beschränkt, doch bei der Trockenheit konnten sie kein Wiederaufflammen riskieren. Wenn sie fertig waren, würde er hinübergehen und nachsehen, was die Ursache gewesen war.

Es gab schon Nächte, in denen mehr los gewesen war, doch die letzte klebte an seiner Haut wie verschwitzte Kleidung nach einem kurzen Tiefschlaf. Der letzte Notruf war von einem Unfall in der Nähe der Oakview-Strecke gekommen, in den nur ein einzelner Wagen verwickelt war. Harold Zurcher war mit einem von Frank Tvrdys Rindern zusammengestoßen. Zurcher hatte ordentlich einen im Tee, also war er recht locker drauf, als er das Rind auf den Kühler nahm. Verletzt wurde nur das Tier.

Es war ein Red Angus, kaum größer als ein Kalb. Seine Wirbelsäule war gebrochen, das knochige Hinterteil fast abgerissen. Harley beendete die Sache und stoppte die panischen verwirrten Augen und das abgewürgte Brüllen mit einem Schuss, den er genauso ungern setzte, wie Tvrdy es getan hätte. Dann räumten die beiden Männer die Straße frei und zerrten den Kadaver an den Beinen in den Graben. Danach richteten sie per Hand die umgekippten Zaunpfähle wieder auf, sodass sie einigermaßen geradestanden.

Dann spuckte das Funkgerät einen weiteren Fetzen statisches Rauschen aus und ein raspelndes Kratzen. »Harley? Carol.« Er unterdrückte den Drang, sie abzuschalten. Wann immer er die Polizeistation verließ, leitete er die Notrufe zu Carols Besenkammer von Büro im Gerichtsgebäude weiter. Manchmal musste er sich daran erinnern, dass sie mehr war als ein kreischender Ton aus dem Lautsprecher. Er nahm das Mobilteil von der Gabel und fragte, was es gäbe.

Sie bräuchten jemanden, der in der Stadt mal nach einer älteren Dame schaute, Doris Luschen. Ihre Schwiegertochter hatte aus Omaha angerufen und gesagt, Doris sei seit einem Tag nicht mehr ans Telefon gegangen. Harley startete den Streifenwagen und machte sich auf den Weg nach Madson.

Im Schatten einer hohen Pappel klopfte er zweimal an die Hintertür der Frau und probierte es dann mit dem Türknauf. Nicht abgeschlossen. Er klopfte erneut. Keine Antwort.

Er holte kurz tief Luft und ging hinein. Er würde sich nie daran gewöhnen, ungebeten das Haus eines anderen Menschen zu betreten.

Er rief laut und teilte mit, wer er sei, in der Hoffnung, dass sie keinen Herzinfarkt bekam, wenn sie nicht schon einen hatte. Über das Pochen in seiner Brust hinweg hörte er etwas, das so klang wie das Miauen eines Kätzchens. Er ging ein paar Schritte weiter und rief erneut. Und hörte es wieder, leise. Gedämpft durch den Boden. Das Geräusch kam von einer rissigen Kellertür hinter ihm. Er hatte es für eine Vorratskammer gehalten.

Er zog die Tür auf. Am unteren Treppenabsatz lag ein bleicher Fuß. Bei dem Anblick wurde sein Mund trocken. Ein dicker Kloß, der nichts mit Doris Luschen zu tun hatte, bildete sich in seinem Hals. Er schluckte ihn hinunter.

Er sagte, sie soll dortbleiben, sich nicht bewegen. Sie sagte, danke, sie hätte sowieso vorgehabt, heute Abend zu Hause zu bleiben, und lächelte matt. Harley rannte raus zum Wagen, bat Carol über Funk um einen Krankenwagen und ging wieder hinein.

Im schwachen Licht einer einzelnen Glühbirne wirkten Doris Luschens Haar frisch geschnitten, kurz, schick und champagnerfarben gefärbt, doch ihre Beine unter ihrem hochgerutschten Rock lagen abgespreizt da. Man sah die untere Hälfte ihrer beigefarbenen Unterwäsche. Ihre knotigen Hände versuchten, den Stoff hinunterzuziehen, um sich zu bedecken. »Ich mach schon«, sagte Harley. Er versuchte, so gut es ging, sie zu bedecken, ohne sie zu bewegen. »Ruhig liegen bleiben.«

»Darin werde ich langsam zu gut«, sagte sie mit einem weiteren schwachen Lächeln. Sie wusste nicht, wie lange sie schon dort unten war. Sie dachte, es sei immer noch abends, obwohl es bereits morgens war. Und sie hatte Sorge, sich die Hüfte gebrochen zu haben. Sie könne die Beine nicht bewegen, sagte sie. Und es war deutlich, dass es ihrem linken Arm auch nicht besonders gut ging.

Sie reckte und drehte sich, um ihren Körper komplett sehen zu können. Harley musste an die verdrehten Augen von Tvrdys Kalb denken.

Jetzt würde alles gut, sagte er ihr. Die Sanitäter seien auf dem Weg. »Sie haben Glück gehabt, dass Sie so beliebt sind.« Sie fragte, wer angerufen hätte. Er sagte, ihre Schwiegertochter in Omaha.

»Ah, ja«, sagte sie trocken. »Ja, das passt zu ihr.« Dann verdrehte sie wieder den Kopf und mühte sich ab, den Schaden zu begutachten. »Sieht nicht gut aus, oder?« Dann musterte sie ihn und suchte in seinem Gesicht nach Anzeichen, was er dachte. Sie hatte große, deutlich hervortretende Zähne, wodurch sie vermutlich immer eher auffallend gewesen war als hübsch. Ihr Blick, in dem Tiefe lag, war eisern und flink.

»Lassen Sie uns abwarten, was die Sanitäter sagen.«

»Vermutlich sagen sie, es wäre an der Zeit, mich in den Garten zu tragen und einzuschläfern.«

Harleys Augen schossen zu dem gegossenen Betonboden.

Sie fing gackernd an zu lachen, was in einen rasselnden Husten überging. »Was für ein mordserstes Date.«

Als die Sanitäter aus Wilton sie auf einer Trage hinausschafften, war sie auf dem Weg der Besserung und regte sich wahnsinnig darüber auf, ihr schmutziges Frühstücksgeschirr zurücklassen zu müssen. Sie fragte Harley, ob es ihm etwas ausmachen würde, abzuwaschen.

Das sei vermutlich das Mindeste, was er als Gegenleistung für die Peepshow tun könne. Das hatte ein weiteres Gegacker zur Folge, als die Sanitäter die Türen des Krankenwagens schlossen.

Als sie abfuhren, verließ Harley den Schatten einer Palme und ging zum Fury. Er stand dort in der prallen Morgensonne und bereits zwei Stunden nach Tagesanbruch war es im Wagen stickig heiß. Sowie er den Motor angeworfen hatte, legte er den Gang ein, begierig auf den Durchzug.

Er fuhr zum Gehöft der Jipps, um zu hören, ob ihm jemand sagen konnte, wer was getan hatte. Brände waren so spät im Sommer keine Seltenheit. Alles, was das ganze County davon abhielt in Flammen aufzugehen, waren ein paar staksige Bögen Kreisberegnungsanlagen. Doch bei dem Jipp-Hof hatte es am Vorabend keinen Blitz gegeben, keinen Kurzschluss und keine Weizenstaub-Explosion. Jemand musste dort Feuer gelegt haben.

Er raste gen Westen über die enge, holzbeplankte Brücke, die den Wakonda überspannte. Der Bach war nur ein Rieseln in seiner Erdfurche. Vorbei an vereinzelten Bäumen, hügeligen Feldern und Windmühlen, kaum höher als ein Mensch. Sie brauchten nicht höher zu sein. Der Wind reichte so dicht über der Erde aus.

Er bremste ab, bog rechts auf die Asphaltstraße ein und dann links auf die alte Schleswig-Holstein ein. Die Straße teilte die nördliche und südliche Hälfte des Quadratmeilen-Bereichs. Ziskes und das Zuhause waren südlich, und nördlich gehörte nun alles außer dem Old German Cemetery zu Lonny Logemanns Land. Die Straße war von Zäunen gesäumt, ohne nennenswertes Durchgangsrecht. Links hatte Ziske Stacheldraht und knorrige, verwitterte Pfosten errichtet. Rechts hatte Logemann T-Pfosten mit Elektrodraht errichtet, die einen Zugang zum Friedhof und zum verlassenen Jipp-Hof dahinter frei ließen.

Lonny, der dank seines unermüdlichen Einsatzes jeden Abend der letzte Gast im Avark war, war derjenige gewesen, der das Feuer entdeckt hatte. Auf dem Nachhauseweg hatte er in der Ferne einen leuchtenden Schein gesehen und war nach Hause gerast, um es zu melden. Er hatte Glück gehabt, dass er nicht seinen neuen Zaun mitgenommen hatte.

Harley wurde langsamer und bog rechts auf den verlassenen Jipp-Hof ab, und zu dem, was vom Haus, der Scheune und den Nebengebäuden noch übrig war.

Als der Fury den Friedhof passierte, streifte Gras die Radkästen und den Unterboden.

Harley ging ein Stück um das quadratische, gedrungene Gebäude herum, dessen Stuck den Wind davon abhielt, das Holz wegzublasen. Das Walmdach war von Löchern punktiert, die die Feuerwehrleute hineingeschlagen hatten, um Hitze und Rauch abzulassen.

Im Hof passte er auf, wo er hintrat, denn er erinnerte sich an einen Sturmkeller, dessen Türen verrottet waren, oder geplündert. Er kannte den Jipp-Hof. Er hatte einen Sommer während der Highschool mit Marylene, dem Carberry-Mädchen, dort verbracht.

Die schwache Erinnerung ließ ihn an Reds Tochter denken, der er in der vergangenen Nacht zufällig begegnet war. Sie trug einen Ehering, korrigierte ihn aber nicht, als er sie Reinhardt nannte. Er entschied sich, besser nicht zu analysieren, was das zu bedeuten hatte.

Im Wohnzimmer blätterte die Tapete von den Wänden. Überall auf dem Boden lag abgebröckelter Putz. Hinter einem alten gusseisernen Ofen führte ein schwarzer Brandfleck die Wand hoch. Harley ging daran vorbei, in einen breiten, offenen Flur, der zur Rückseite des Hauses führte. Der Brand hatte nur einen Raum unberührt gelassen. Die einzige Verzierung war ein grauweißer Negativschatten, wo einst ein Kreuz gehangen hatte.

In der hinteren Ecke war der Platz, den er mit Marylene geteilt hatte. Seine Erinnerungen waren nur noch wie ein verschwommener Schnappschuss, ruiniert von einem Finger über der Linse. Ein Flecken Blau von einem Slip oder Rock, ein Schleier an Haut – ob seine oder ihre, wusste er nicht mehr. Der Rest, das Gefühl oder etwas des Gesagten, war längst fort.

Was dort noch war, waren zwei Brotpackungen Wonder Bread. Sie waren vollgestopft mit zerknüllten Servietten und Krümeln. Daneben standen zwei riesige Magnum-Flaschen Cutty Sark Whisky. Eine war leer. In der anderen befanden sich die Zigarettenstummel einer guten Stange Salem Filter. In Anbetracht der Anzahl, hatte derjenige, wer auch immer es war, das Haus regelmäßig besucht oder sich eine Weile dort aufgehalten. Mindestens einige Tage. Und die Flüssigkeit, die sich am Flaschenboden gesammelt hatte, deutete darauf hin, dass sie erst kürzlich hier gewesen sein mussten. Vielleicht erst letzte Nacht, als das Feuer ausgebrochen war.

Harley ging wieder ins vordere Zimmer. Mit seiner Stiefelspitze drehte er rauchgeschwärzte Putzbrocken um, bis ihm etwas leuchtend Gelbes auffiel. Er hockte sich hin und hob die herabgefallenen Brocken beiseite.

Dort auf dem Boden befand sich ein Dreieck aus bekanntem gelben Netzgewebe. Das Plastik hing an dem fest, was mal der Schirm einer Kappe gewesen war. Eine DeKalb-Kappe. Und obwohl die kostenlose Kappe eines Saatgutherstellers, von denen

Hunderte verschenkt wurden, nicht ausreichte, um eine Verbindung zwischen dem Diebstahl und dem Brand herzustellen, genügte dafür der Ansteckpin der American Legion vollkommen, der den Stoff von Jack Christiansens Kappe durchbohrte.

Immer noch in der Hocke, entdeckte Harley eine merkwürdig dunkle Stelle auf einem Stück heruntergefallener Tapete. Das Zeitungspapier war durchfeuchtet und verwaschen, aber was vom Titel der Dienstagsausgabe der *Pickard Post Gazette* übrig geblieben war, war gut zu lesen.

Er benutzte eine Leiste, um die Asche im Bauch des Kanonenofens durchzugehen und hörte ein blechernes Geräusch. Er griff hinein, tastete durch den Staub, der sein Gefühl in den Fingerspitzen abstumpfte, und zog etwas heraus, das aussah wie die Niete einer Jeans oder die untere Hälfte eines Druckknopfs. Er stocherte weiter. Knöpfe, Reißverschlusskrampen, ein Paar Overall-Schnallen. Alles Reste von Kleidungsstücken. Alle angezündet mit zusammengeknülltem Zeitungspapier und, in Anbetracht des Gestanks und der Schüttmuster, mit mehr als einem Spritzer Benzin. Unter der Schicht aus zerbröckeltem Putz befanden sich weitere verbrannte Kleidungsstücke. Sie waren im Halbkreis um den Ofen aufgeschichtet.

Mit dem Fetzen der Kappe in der Hand kehrte Harley aufs Revier zurück. Glenn fragte, wie die Nacht war. Harley listete die Einsätze auf: Tvrdys Rind, Doris Luschens Sturz, der Brand bei Jipps. Er ließ das, was von Jacks Kappe übrig war, auf eine Ecke von Glenns Schreibtisch fallen. »Von dem Brand.«

Glenns Finger streckten sich zum Kappenschirm aus, berührten ihn aber nicht. Er verschränkte die Unterarme auf dem Schreibtisch. »Noch etwas?«

Harley erzählte ihm alles über die Brottüten, die geleerten Flaschen und die Zigarettenstummel. Als er das tat, versuchte er sich daran zu erinnern, ob er Paul mal gesehen hatte, wie er Salems rauchte. Oder andere Zigaretten. Paul rauchte zweifellos. Und zweifellos mehr als nur Zigaretten.

Glenn fuhr sich mit der Hand über den glänzenden Skalp, als würde er Phantom-Strähnen zurückstreichen. »Denk jetzt nicht gleich wieder an Reddick.«

Harley fragte sich, ob er verräterische Zeichen von sich gab, wie ein schlechter Pokerspieler. »Ich verstehe, dass du das vorsichtig angehen willst, aber sollten wir es ausschließen? Er wohnt drei Häuser von Christiansens entfernt und ist bekannt dafür, in letzter Zeit verlassene Häuser aufzusuchen – und dann die Geschichte der Mutter, die nackt Müll verbrennnt?« Harley ging zu seinem Schreibtisch und zog ein leeres Formular für den Dienstbericht heraus. »Ich weiß nicht, zum Teufel – eine Fixierung auf Klamotten, Feuer anzünden. Du kennst doch das Sprichwort, der Apfel fällt nicht weit vom Stamm.« Er sagte es laut, ohne nachzudenken, ohne seine eigenen Bäume in Betracht zu ziehen.

Das Telefon klingelte. Harley wappnete sich für Ziskes Gebell, doch es war Carol, die sich abmeldete. Ihre Stimme war nicht so schmirgelnd wie über das knatternde Funkgerät, doch sie hatte immer noch einen bedauernswert näselnden Tonfall. Sie sagte, Doris Luschen hätte im Krankenwagen einen Schlaganfall bekommen, was bedeutete, dass sie wahrscheinlich wegen eines Schlaganfalls überhaupt erst im Keller gelandet war. Sie hatten sie ins Krankenhaus gebracht, doch es stand auf der Kippe. Carol dachte, Harley würde das wissen wollen. Er dankte ihr, bevor er auflegte.

»Hast du genug Notizen, um den Dienstbericht in der nächsten Schicht zu machen?«

Harley bejahte.

»Dann mach Schluss für heute.« Glenn wandte seinen Blick von der Kappe ab und schaute Harley abwesend an. »Geh und tu, was immer du so tust.«

Jede Arbeitswoche von Harley wurde mit diesem Satz beendet.

Wenn er bessere Laune hatte, riet Glenn wild drauflos, was Harley in seiner Freizeit machte. Schwarzbrennerei, Taxidermie, Waffenschmuggel für die IRA. Harley ließ ihm das Vergnügen und erwähnte weder Gartenarbeit noch Einkaufen, obwohl beides einen guten Teil davon ausmachte. Normalerweise legte er sich bis kurz nach Einbruch der Dämmerung schlafen, aß Abendessen zum Frühstück, und nachdem die Fernsehsender sich abgemeldet hatten, legte er eine Platte auf oder las ein Buch. Trank mehr Jim Beam, als er brauchte. An nüchterneren Morgen ging er runter ins Avark, wenn Frank noch allein dort war. Dann spielten die beiden Darts.

»Erzähl mir nur einfach nichts davon«, sagte Glenn wie üblich, allerdings ohne die Raterei.

Harley heftete seine Notizen an den leeren Bericht. »Es gibt einen Grund, warum er der übliche Verdächtige ist, Glenn. Vern Sawyers überschlagene Chevelle? Das Ferguson-Mädchen im Steinbruch? Der Wagner-Junge mit dem gestohlenen Schneemobil –.«

»Sechs Jahre, Harley. Das Feiglingsspiel ist sechs Jahre her. Fergusons Mädchen ist seit vier Jahren tot. Die Wagner-Sache – die einzigen Kids, die da waren, die wir überhaupt kannten, waren Wagner und der Bruder, der es gemeldet hat.«

»Weil der Rest weggelaufen ist. Es waren minus dreizehn Grad. Wir wussten, dass dort noch mehr waren. Wir haben die Spuren gesehen.«

»Reddick neigt dazu, Leuten gerade ausreichend Leine zu lassen. Das räume ich ein.« Glenn benutzte einen Kuli, um die verbrannte DeKalb anzutippen, als wäre es vielleicht ein totes Eichhörnchen. »Aber Leute dazu zu bringen, dumme, sinnlose Sachen zu machen, erklärt nicht, womit wir es hier zum Teufel zu tun haben.«

Da gab Harley ihm vermutlich recht. Doch das war kein Trost.

Als er ging beschloss er, sich den Kopf frei zu machen. An gar nichts mehr zu denken. Er mähte den schmalen Streifen Schwingelgras zwischen dem Haus und dem Maschendrahtzaun. Das Gras war seit letzter Woche nicht gewachsen, doch er mähte es trotzdem, um sich müde zu machen. Die Arbeit war schnell getan, da er alles, was an Garten da war, schmucklos ließ, obwohl Sherry im letzten Frühling, in dem sie noch da gewesen war, ein Beet Pfingstrosen gepflanzt hatte. Harley ließ sie bis zum Herbst stehen und mähte dann darüber. Das hatte er im ersten Jahr getan, in der Annahme, es sei das Ende des Beetes. Doch offensichtlich war es nur ein effektiver Weg, Pfingstrosen zu pflegen.

Er duschte, schenkte sich einen Drink ein und legte sich aufs Sofa. *Hollywood Squares* lief auf dem Dreizehn-Zoll-Bildschirm. Nachdem er den Bourbon mit einem hastigen, metallisch brennenden Schluck runtergestürzt hatte, schloss er die Augen. Alles, was er hinter seinen Lidern sah, war der Ansteckpin. Das blaue Emaille und das Messing waren verkohlt, aber der geriffelte Rand und das geprägte *US* waren immer noch ziemlich deutlich zu erkennen.

Bei den Christiansens sagte Glenn, er könne sich nicht mal ansatzweise vorstellen, warum, geschweige denn wer. Was das »Wer« betraf, hatte Harley eine gute Vorstellung. Das »Warum« war es, das ihm Sorgen bereitete. Aber er ahnte nicht, dass ein wenig Schlaf die Sache klarer machen würde.

8

An jenem Nachmittag saß Pam am Küchentisch. Die zurückliegende Nacht und der Versuch, zu gehen, hing ihr wie ein Traum nach. Den ganzen Tag über hatte sie so ein Gefühl, wie man es hatte – zumindest hatte sie das gehört –, wenn gleich ein Blitz einschlägt. Sie wartete darauf: Ein Blitzschlag wie eine Art heilige Strafe, an die sie noch nicht einmal glaubte.

Die Singer-Nähmaschine vor sich im Anschlag, steckte sie einen Aufbügelflicken fest, der sich im Schritt von Ricks Arbeitsjeans gelöst hatte. Arbeitsjeans. Als würde er eine Jeans besitzen, die nicht mit Teer, Farbe, Priem und Schnodder versaut war. Sie versuchte, sich zu konzentrieren, doch stach sich immer wieder mit den Stecknadeln und zuckte zusammen. Dazwischen erhaschte sie kurze Blicke auf Anna im Wohnzimmer. Sie war ungewöhnlich aufgedreht und rollte sich auf dem Flauschteppich vor dem Fernseher vor und zurück. Wann immer ein Arm oder Bein an ihrem Sichtfeld vorbeischlug, ermahnte sich Pam: Sie hatte nicht versucht, Anna umzubringen.

Jedes Mal, wenn sie sich hinsetzte und zu nähen versuchte, war es dasselbe, seit Anna zwei Jahre alt gewesen war. Pam sagte sich: Sie hatte nicht versucht, Anna umzubringen. Und sie spulte wieder vor ihrem geistigen Auge ab, was sie gesehen hatte. Sie hatte Anna auf dem Rautenmuster des Linoleumbodens sitzen gesehen. Sie sah Annas pummelige kleine Hände mit der scharfen, glänzenden Nadel spielen. Und sie sah Anna direkt neben der Steckdose in Bodenhöhe sitzen. Das hatte Pam gesehen. Das war, was sie noch wusste. Dann hatte sie hinunter auf ein Gewirr von rotem Faden über der Spule geschaut. Im Hintergrund ein tiefes, elektrisches Pochen, die Stille, Anna, die tief Luft holte, und dann das Heulen.

Doch das war es gewesen. Anna ging es gut und nun wusste sie, dass man nicht an Steckdosen herumfummelte. Selbst Babe sagte immer, es sei nichts falsch daran, Kinder Fehler machen zu lassen. Auf diese Weise lernten sie.

Pam wusste nicht, ob Anna sich daran erinnerte. Doch jedes Mal, wenn Pam wegen einer lächerlichen Kleinigkeit ausrastete und dieses Starren sah, fragte sie sich das unwillkürlich.

Pam steckte sich drei Nadeln zwischen die Lippen und behielt dabei Anna im Auge, die sich andauernd durch ihr Blickfeld rollte. Sie hatte ihren Babyspeck verloren, als wären ihre Arme und Beine aus der Masse gewachsen, die sich um die Knie, Knöchel, Ellenbogen und Handgelenke gekräuselt hatten. Ihr dunkelbraunes Haar, das letzten Winter fast schwarz gewesen war, war immer noch flaumig und dünn, reichte ihr aber inzwischen bis zu den Schultern.

Nachdem alle Nadeln saßen, zog Pam den Hosenbund von Ricks Jeans unter der Nadel durch und trat dann das Pedal hinunter. Die Nadel machte einen Schluckauf-Stich und zog den Faden locker und verheddert durch den Stoff.

In der *Sesamstraße* lief ein Sketch. Ein Lied über die Zahlen eins bis zwölf. In Pams Augenwinkel rollte Anna herum, bewegte sich ruckartig vor und zurück und sang das Lied wieder und wieder.

Pam drehte die Nadel wieder hoch, und zog den Stoff zurück. Der Faden darunter war verwickelt.

Anna rollte und zuckte und die Zahlen begannen erneut: *Eins-zwei-drei-vier-*

»Anna.«

Die Nadeln lösten sich von Pams Lippen, fielen auf ihren Schoß und prallten dort ab. Langsam bewegte sie den Jeansstoff zur Seite und versuchte, sie zu finden, bevor sie weiter neben ihre nackten

Füße herunterfielen. Sie steckte den Kopf unter den Tisch und suchte das Linoleum ab.

Als etwas ihren Ellenbogen streifte, zuckte sie zusammen und sie stieß sich den Kopf an der Tischkante. Anna stand neben ihr. Sie hielt eine Stecknadel in der Hand, die zu Boden gefallen war. Sie starrte sie mit diesen riesigen braunen Augen besorgt an. Augen wie auf diesen Zeichnungen von Mädchen mit riesigen Köpfen und Twiggy-Frisuren und winzigen, spindeldürren Körpern. Nicht Pams Augen, die haselnussbraun waren. Und normal groß.

Pam nahm die Stecknadel.

Anna blickte mit zusammengezogenen Augenbrauen hinunter und suchte den Linoleumboden nach den anderen ab.

»Ich werd sie schon alle finden«, sagte Pam zu ihr. »Geh und schau Fernsehen.«

Sie ging zurück zu der Stelle vor dem Fernseher und ließ sich dort im Schneidersitz nieder, diesmal kein Gewusel von Armen und Beinen mehr. Annas Lieblinge Ernie und Bert brachten sich gegenseitig aus dem Konzept. Aus irgendeinem Grund hatte Bert eine lilafarbene Hand.

Pam überprüfte den Jeansstoff und fand die Nadeln. Anna, in ihrem Augenwinkel, saß zu still. Sie schmollte nicht. Sie machte keinen Schmollmund. Natürlich nicht. Dann wäre sie ja so wie Pam als Kind. Nein, Anna wartete, dass die Zeit verging, dachte Pam. Anna wartete ab, bis sie alt genug war und nicht länger mit der heraufziehenden Wolkenfront namens Pam leben musste.

Eine Schweißperle lief mit einem Kitzeln Pams Kniekehle hinunter. Das Kitzeln ließ sie einen Moment erstarren und sie wartete auf diesen Gewitterblitz. Er kam nicht. Sie kratzte.

»Zieh deine Schuhe an«, sagte sie. »Es ist zu heiß. Ich brauche frische Luft.«

Anna verschwand den Flur hinunter. Pam schnappte sich ihre Handtasche vom Stuhl neben sich. Das Bündel Geldscheine lag noch darin, obwohl sie sie ganz bis nach unten geschoben hatte, falls Rick an der Tasche vorbeikam. Er wühlte nie darin herum. Selbst wenn sie ihm sagte, er solle etwas daraus holen, reichte er sie an den Riemen herüber und ließ sie wühlen. Aber andererseits war er auch nie daran vorbeigegangen und hatte darin ein Bündel Geldscheine gesehen.

Als sie im Gordon's ankamen, war die Luft dort eiskalt. Das Warenhaus war Madsons merkantiles Äquivalent eines Kaufhauses im neunzehnten Jahrhundert. Das Gebäude war schmal und hatte nur zwei Etagen, mit Backsteinwänden, die sich hoch zu einer gestanzten Blechdecke erstreckten. Oben, in der Bekleidungsabteilung, durchsuchte Pam einen Haufen Männer-Jeans im Angebot nach der Größe zweiunddreißig-vierunddreißig. Sie waren ausverkauft. Sie ging in die Damenabteilung.

Pam durchkämmte einen Ständer mit karierten Blusen mit Perlmuttknöpfen. Sie hielt sich einen Bügel an die Schultern und den Stoff an die Hüfte. Anna spielte ihr übliches Spiel, kroch unter die hängende Kleidung und kauerte sich in die Mitte der Garderobenkarussells.

Auf dem Preisschild der Bluse stand $4,99. Sie schaute über die Reihen und Kreise der Ständer hinweg auf der Suche nach einem roten Ausverkaufsschild. Auf der anderen Seite entdeckte sie eines mit *40% RABATT.*

Mit über Stangen kratzenden Bügeln blätterte Pam durch Bustiers und Spaghettiträger. Sie sah die Größen Small und Medium durch, bis sie irgendwann bemerkte, dass Anna immer noch am anderen Ende des Warenhauses war, irgendwo versteckt zwischen Herrensakkos und Overalls. Pam hob das Kinn und öffnete den Mund, um Annas Namen zu rufen, brachte jedoch keinen Ton heraus.

Stattdessen bewegten sich Pams Beine gleichmäßig und langsam die Stufen zu den Haushaltswaren hinunter. Sie sah einen

Stapel dicker, weißer Badehandtücher durch. Sie zog sie heraus, schüttelte sie aus und inspizierte sie. Dann ging sie an Töpfen, Pfannen und kleinen Haushaltsgeräten vorbei und lauschte auf das Knarren des Holzes unter ihren Schritten Richtung Kasse. Dort angekommen, legte sie die Handtücher auf den Tresen und beäugte die birnenförmige Verkäuferin, deren Dauerwelle wirkte wie ein ungeschorenes Schaf. Pam versuchte, sich an ihren Namen zu erinnern. Nicht Gordon. Nelson. Helen Nelson.

»Mrs. Nelson?« Pams Handflächen waren schweißnass.

Die Frau vor ihr blickte sie über eine Lesebrille hinweg an. Sie kam herüber, wobei sie den langen Tresen nutzte, um ihr Gleichgewicht zu halten. Sie bewegte sich langsam und pendelnd. Als sie endlich an der Kasse angekommen war, hätte Pam ihr am liebsten den Stapel Frottee entgegengestoßen.

»Heiß da draußen, oder?« Die Frau sah Pam nicht an. Sie sagte es zu den Preisschildern, die sie mit zusammengekniffenen Augen ansah. Sie schob die Lesebrille hoch und ließ sie dann wieder den Nasenrücken herunterrutschen. Dann tippte sie die Zahlen in die Registrierkasse ein und las die Summe vor.

Pam hörte es nicht. Sie öffnete ihre Handtasche und wühlte eine hoffentlich überzeugende Weile darin herum.

»Haben sie für dieses Wochenende immer noch Regen angekündigt?« Helen Nelson holte eine Tüte für die Handtücher.

»Mist«, sagte Pam. »Ich glaube, ich habe mein Portemonnaie im Wagen liegen gelassen.«

»Wird sich wahrscheinlich sowieso nicht abkühlen. Wird vermutlich nur schwül.«

»Ich gehe mal kurz raus und hole es.« Sie lauschte auf Schritte hinter sich oder im Obergeschoss.

Helen sagte, das sei in Ordnung. Sie würde die Handtücher direkt hier auf dem Tresen liegen lassen. Dann watschelte sie Richtung Büro.

Pam drehte sich mit angehaltenem Atem um, in Erwartung, Anna dort stehen zu sehen. Aber keine Spur von ihr.

Pam ging. Sie ging das kurze Stück auf das grelle Licht hinter der Doppeltür zu und holte tief Luft. Sie drückte die Klinke hinunter und schob sich hindurch. Unter den Sohlen ihrer Sandalen spürte sie das unnachgiebige Eisen der obersten Stufe und die stöhnenden Bohlen unter jedem weiteren Schritt. Während sie den betonierten Bürgersteig überquerte, drang die schwere Hitze in ihre Haut, wie eine plötzliche Erleichterung von der Kälte drinnen. Das kribbelnde Gefühl wie kurz vor einem Blitzschlag war vorüber. Der Nova stand wartend am Straßenrand. Sie stieg ein. Sie warf einen Blick auf die Schaufenster des Gordon's. Nichts bewegte sich. Niemand beobachtete sie. Sie zog die Schlüssel aus ihrer Handtasche und warf den Wagen an. Sie kalkulierte, wie weit sie mit neunzig zerknüllten Dollarscheinen kommen würde. Zwei Tankfüllungen würden sie sechs bis sieben Stunden weit fortbringen und sie hätte dann noch siebzig Dollar übrig. Mit dem Fuß auf der Bremse, legte sie den Rückwärtsgang ein.

Helen Nelson kannte Babe, doch sie würde möglicherweise nicht die Verbindung herstellen. Pam könnte von der Telefonzelle einer Tankstelle aus anrufen, Babe oder Dad sagen, wo Anna war, und dann auflegen.

Im Schaufenster blitzte etwas Weißes auf und verschwand dann wieder. Pams Fuß stand noch auf der Bremse. Sie hob ihn langsam an. Sie rollte direkt zurück auf die Straße, ohne sich zu vergewissern, ob sie frei war. Sie sah, wie die Eingangsstufen des Gordon's sich entfernten, als würden sie von der Ebbe zurückgezogen.

An der leichten Kante des Bürgersteigs hinter ihr kam der Wagen zum Stehen. Helen Nelson kam herausgewatschelt. Sie warf einen Arm in die Luft, dessen Unterseite wie ein Bettlaken auf der Wäscheleine flatterte. Ihr anderer Arm war in einem Winkel nach hinten ausgestreckt. Pam brauchte nicht hinzusehen, wo er endete. Sie wusste, was sie sehen würde.

Der Nova blockierte die ganze Hauptstraße. Ein mintgrüner Pick-up war angehalten und stand im Leerlauf dort. Der Fahrer wartete, zweifellos unsicher, was er tun sollte. Helen Nelson starrte. Der Ausdruck von Panik und Verwirrung wich aus ihrem Gesicht. Sie wartete, genau wie der Pick-up, und hielt Abstand. Sie blickte durch die Windschutzscheibe, als suche sie etwas in Pams Blick.

Pam legte den Vorwärtsgang ein und fuhr wieder in die Parklücke. Sie schaltete den Motor ab und stieg aus. Der Pick-up hinter ihr glitt vorbei und nahm erst nach der Kreuzung das normale Tempo wieder auf.

Pam ging zum Fuß der Treppe. Ohne Überzeugung sagte sie: »Ich weiß nicht, was mit mir los ist.« Sie rieb sich die Stirn. Die Geste verbarg ihre Augen.

»Haben vermutlich Ihr Portemonnaie zu Hause liegen gelassen.« Das Gesicht der Frau war ausdruckslos, ihre Stimme schmeichelnd. »Wollten es gerade holen und haben jemanden vergessen.« Sie hielt nach wie vor Annas kleine Hand. Anna stand unbeweglich da. Pam konnte sie nicht ansehen, erkannte nur ihre Umrisse. »Man ist vermutlich erst dann eine Mutter, wenn einem das mal passiert ist.«

Pam versuchte, betreten und erleichtert zu lächeln, doch sie schaffte es nicht. Als sie Helen schließlich in die Augen sah, wandte diese den Blick ab und schaute zu Anna, die Pam nicht so ansah, als wäre sie ein sich zusammenbrauender Sturm. Anna sah Pam an, als würde sie die Verwüstung ansehen, den ein bereits vorbeigezogener Tornado hinterlassen hatte. Mit einer müden Traurigkeit, die nicht zu einer Dreijährigen passte, starrte Anna sie an, als sähe sie eine schreckliche Unvermeidlichkeit.

In Pams Haut zuckten die Nerven. Anna ließ Helens Hand los und ging vorsichtig und langsam die Treppen hinunter.

9

Nachdem sie abgemessen und Aussparungen für die Rohre und Leitungen geschnitten hatten, setzten Paul und Rick den Unterbau wieder ein. Jeder arbeitete sich mit einem Hammer, einander gegenüber, an einer Seite des Trailers entlang. Rick hatte sich den Nacken verzogen und einen fiesen Krampf in der Schulter und arbeitete langsam. Aber es kam darauf an, Paul zu beschäftigen und ihn davon abzuhalten, dem Cop nachzustellen.

Seit dem Morgen hatte Paul weder Jensen noch die Drogen erwähnt, ein gutes Zeichen, dass er sich beruhigte. Abgesehen von einem gelegentlichen Limerick oder Jingle, war er still gewesen. Er hatte eine Geschichte über einen Jungen erzählt, der mit einem Snowmobil, das er gestohlen hatte, prahlen wollte, wie schnell es fuhr. Rick hatte davon gehört. Der Junge sei direkt durch einen Stacheldrahtzaun gebrettert, erzählte Paul. Ihm musste ein Arm ab dem Ellenbogen abgenommen werden. Hätte Glück gehabt, dass er nicht geköpft worden sei, sagte Paul.

Jetzt rief er in mädchenhaft hoher Stimme: »*Mister Wizard –*.« Er dehnte die Worte so, dass sie klangen, als kämen sie von einem Geist oder aus einem tiefen Brunnen. »*Mister Wizard*«, sagte er wieder, »ich möchte kein Mobilheim-Reparateur mehr sein.«

Aus welchem Grund auch immer, jedenfalls erwischte er bei Rick genau den richtigen Ton. Rick brachte ein atemloses Lachen heraus. Paul hatte so ein Händchen fürs Timing. Als könnte er spüren, dass Rick kurz davorstand, loszubrüllen und mit dem Krallenende des Hammers auf die Scheiße einzuhacken. Paul erkannte, wann die Nerven maximal gespannt waren wie eine Saite, und er spürte genau, wann er sie zupfen musste.

In Momenten wie diesen dachte Rick, dass Paul doch noch die Kurve kriegen könnte. Vielleicht musste er nur irgendeinen Scheiß aus seinem System bekommen. Dass er irgendwelchen Scheiß aus seinem System bekommen musste, ergab Sinn. Er hatte in seinem ganzen Leben nur die schlechten Zeiten und das Danach kennengelernt. Doch vielleicht würde er irgendwann jemanden finden, so, wie Rick Pam gefunden hatte, und ein Kind haben, so wie Rick Anna hatte. Vielleicht brauchte Paul nur ein paar Menschen, die ihn zusammenhielten. Jemand, der ihn brauchte, rückte die Dinge in die rechte Perspektive. Das war es, was Paul brauchte. Perspektive.

Rick hämmerte die letzten Nägel ein und sagte Paul, sie könnten eigentlich Schluss machen. Morgen würden sie dann die neuen Leitungen und Rohre verlegen und drinnen den neuen Boden legen. Paul war einverstanden. Er wäre dann jetzt weg, sagte er.

»Hilf mir noch, das Werkzeug einzuladen«, sagte Rick. »Ich gebe dir das Geld fürs Motel.«

»So verlockend eine Nacht im Motel auch klingen mag«, erwiderte Paul, »reizt mich die Vorstellung, sie mit meinem Bruder zu verbringen, echt überhaupt nicht.«

Rick lag noch im Dreck, als er Paul herumtanzen hörte. »Dad will, dass die Scheiße hier morgen erledigt ist.« Ricks Stimme vibrierte gegen die Plane. »Wenn du jetzt gehst, bist du bei Tagesanbruch nicht hier. Und wir müssen noch einen neuen Unterboden verlegen. Den Teppichboden.«

Die Tür des Vans glitt auf. Werkzeug polterte, wo Paul es hingeworfen hatte. »Hab noch zu viel vor, Bruder. Mom finden, Rache üben, ein heißes Date mit einer kleinen blonden Maus.«

»Wir haben noch nicht mal die Rohre durchgespült.«

»Muss mich um ein anderes Rohr kümmern. Muss auch gut gespült werden«, sagte Paul. »Die Zweideutigkeit hat nicht so funktioniert, wie ich gehofft hab. Aber es reicht, wenn ich sage, dass ich zurückkommen werde. Vielleicht nicht bei Tagesanbruch, aber das Scheißding steht dann immer noch hier.«

»Stell dem verfickten Cop nicht nach, Paul.«

»Wird nicht nötig sein, denke ich. Normalerweise kommt er zu mir. Hast du geschnallt, dass das mit dem Rohr eine Metapher war? Für meinen Penis?«

Die Tür von Pauls Pick-up öffnete sich quietschend. Rick rutschte unter dem Trailer heraus, brüllte Pauls Namen und sagte, er solle warten. Was er tat, aber die Tür wurde dennoch zugeschlagen.

»Hör zu«, sagte Rick, als er die offene Seitenscheibe erreichte. Er war nicht sicher, was er eigentlich sagen wollte.

Paul wartete, den Kopf zurückgelegt, die Zähne zusammengebissen, die Augen halb geschlossen, als würde er die Verzögerung nur mit größter Anstrengung ertragen können.

Rick wog seine Optionen ab. Er konnte Paul von dem Speed erzählen. Er konnte die Pillen aus dem Van holen und sie dem Blödmann an den Kopf werfen.

»Also, hast du jetzt etwas zu sagen?«, fragte Paul.

Doch das Problem, wenn er Paul von dem Speed erzählte, war folgendes: Paul vertraute ihm. Und das sollte etwas heißen. Paul vertraute niemandem. Er hatte nie Grund dazu gehabt. Vertrauen war etwas, das aus dem Wissen entstand, dass man sich auch auf andere Menschen außer nur auf sich selbst verlassen konnte.

Rick suchte nach etwas. Irgendetwas. Ihm zog ein leichter Hauch von Aluminiumversiegelung in die Nase und er sah den Eimer vom Vortag auf der Ladefläche des Pick-ups. »Wofür ist die Dachversiegelung?«

»Ein Gefallen.«

»Der Eimer ist fast leer.«

»Kleine Sache. Wenn du was zu sagen hast, dann sag's.«

»Ich hab nachgedacht«, sagte Rick. »Vielleicht hat dir der Cop ja einen Gefallen getan. Hat das Speed beseitigt, ohne Anzeige zu erstatten, genau wie mit den Quaaludes.«

»Was?«

»Vielleicht behält er dich im Auge, damit du keinen Ärger kriegst.«

»Du meinst, er passt auf mich auf?« Eine seiner Augenbrauen hob sich ein Stück. »So was wie eine Vaterfigur?«

»Klar. Ich weiß nicht. Ja. So was in der Art.«

Paul wirkte auf Rick so traurig wie nie. Als wäre ihm etwas endgültig klar geworden. Dann sagte er: »Das ist rührend, Rick. Das berührt mich echt zutiefst.«

Manchmal hätte Rick am liebsten diesen Kopf mit dem langen, strähnigen Haar gepackt und ihn direkt in das Härteste gerammt, was gerade am nächsten lag.

»Ich hab nicht gesagt, dass du Feierabend machen sollst, weiß du«, sagte Paul. »Meinetwegen kannst du die ganze Nacht arbeiten. Teufel auch, ich würde dir das Speed geben, wenn ich es noch hätte. Das würde dich wachhalten.« Er zwinkerte ihm zu und startete den Pick-up. Der Kassettenrekorder schaltete sich wieder ein und über das Brummen des Motors hinweg brüllte Robert Plant das erste *Hey, hey, Mama* von »Black Dog«. Paul legte den Rückwärtsgang ein und schoss nach hinten. Dann winkte er kurz, bevor er in einer Staubwolke verschwand.

Rick stand da und sah zu, bis die Heckklappe nur noch ein kleiner Punkt war.

Er ging zum Van, um seinen Kautabak zu holen. Er hatte ihn aus seiner Gesäßtasche genommen, um den ganzen Tag auf dem Rücken liegen zu können. Seine Schulter schmerzte vom Hämmern in schlechtem Winkel, und das Kitzeln des Tabaks an seinem Gaumen würde ihn von dem Krampf ablenken. Es würde ihn davon ablenken, dem kleinen Arschloch am liebsten etwas Vernunft einzuprügeln.

Das dazu, ein Auge auf Paul zu haben. Und nun fühlte Rick sich verpflichtet, zwei, drei Tage an diesem Teil zu arbeiten, was bedeutete, dass Pam die Nacht allein zu Hause verbringen musste, wo sie sich in Nichtigkeiten hineinsteigerte. Rick zog sich auf den Fahrersitz und griff in den Fußraum vor dem Beifahrersitz. Er schnappte sich ein Falstaff aus dem Styropor-Kühler und öffnete es.

Andererseits: Wenn er das Geld statt fürs Motel für Benzin ausgab, hätte er trotzdem Quittungen. Verdammt, er könnte Dad sogar ein paar Mäuse sparen. Rick könnte zurück nach Hause, würde Pam dort nachts nicht allein lassen. Er würde dann zwar morgen nicht so früh anfangen können, aber Paul kam sowieso immer zu spät.

Dad sagte, sie sollten es in zwei Tagen durchziehen. Das könnte Rick schaffen. Er brauchte Tageslicht und Paul, um den Teppich zu verlegen, doch die Rohre waren schon geschnitten. Jetzt mussten sie nur noch alles verlegen und die Verbindungsstellen verlöten. Das, und eine neue Belüftung einbauen. Das konnte er alles allein. Und es spielte auch keine besondere Rolle, ob's hell war oder dunkel. Unter dem Trailer war es sowieso immer Nacht.

Mit dem Speed, hatte Paul gesagt, könnte Rick die ganze Nacht durcharbeiten, wenn's sein musste.

Rick stellte das Bier in die Mittelkonsole und hielt sich am Lenkrad fest. Dann griff er unter den Sitz und streckte den Arm mit der verkrampften Schulter. Er tastete in den Rillen des Metallbodens, bis er das Knistern von Zellophan hörte.

10

Harley wurde vom Klingeln des Telefons in der Küche wach. An seinen Socken vorbei schimmerte der Fernseher auf dem Beistelltisch mit statischem Rauschen, das sich mit einem wandernden schwarzen Balken abwechselte. Der Schein machte den Sinn der zugezogenen Wohnzimmervorhänge zunichte, doch er schaffte es trotzdem, sich das Schienbein am Sofatisch zu stoßen. Draußen war es dunkel, merkte er. Durch die Vorhangspalten sickerte kein Licht herein.

Glenn war am Apparat. Harley versuchte, die Uhr am Herd auszumachen, um zu sehen, wie viel er verschlafen hatte. Dann fiel es ihm wieder ein. Heute Abend hatte er frei. Er wechselte sich bei den Schichten mit Ray Ecklund ab. Beide arbeiteten eine Woche vier Tage nachts, drei Tage normal, dann die nächste drei nachts und vier normal. Dies war die nächste Woche. Mittwochnacht sollte eigentlich frei sein.

»Ecklund hat sich verletzt«, sagte Glenn mit verschlafener Stimme. »Hat sich den Knöchel gebrochen, nehmen sie an.« Lonny Logemann hatte in der Zentrale angerufen und gesagt, jemand würde auf dem Jipp-Hof herumfahren. Lonny dachte, es könnte der Brandstifter sein. Ein Krimineller, der zum Tatort zurückkehrt, so wie in manchen Krimis. Als Ecklund dort ankam, war er hinten herumgegangen und könnte Stein und Bein schwören, dass ihn jemand zum Stolpern gebracht hat. Er war in dem offenen Sturmkeller gelandet. Ist über ein Tier gestolpert, schätzte Glenn. »Opossum?«, sagte er. Was immer es war, ist im Gras davongehuscht. Wie auch immer, er brauchte jemanden, der die Streife übernahm.

Harleys Blick konzentrierte sich taumelig auf den schwarzen Balken im Fernseher, der langsam nach oben wanderte, zögerte, verschwand und dann unten wieder auftauchte. Der Klang seiner eigenen Stimme weckte ihn. »Hat Lonny einen Blick auf das Fahrzeug werfen können?«

Zu dunkel, sagte Glenn. Alles, was er gesehen hatte, waren Scheinwerfer und Rücklichter.

»Klar, ich fahr' raus.«

Glenn antwortete nicht, blieb aber in der Leitung. »Carol hat heute Morgen noch mal angerufen«, sagte er schließlich. »Nachdem du gegangen warst. Wegen Doris Luschen.«

»Sieht nicht gut aus?«

»Sie ist gestorben.«

Harley erinnerte sich an den bleichen Fuß am Ende der Kellertreppe. Das Frühstücksgeschirr, das niemand sehen sollte. Eine Sekunde war er versucht, hinzufahren und abzuwaschen.

»Gut, ich fahre raus«, sagte er und legte auf.

Es hätte jeder wegen des Feuers zum Jipp-Hof hinausfahren und gaffen können. Zu dieser späten Stunde war es wahrscheinlich eine Wagenladung gelangweilter Kids, vermutlich aus der Stadt, da es auf dem Land nicht mehr viele davon gab. Als Harley ein frisches Unterhemd aus dem Trockner zog, hatte er dennoch die roten Rücklichter eines F-250 vor Augen, teilweise verborgen von Gras und Baumschösslingen.

Er fuhr zum Jipp-Hof hinaus und machte eine kurze Runde, um nachzusehen, ob sich seit dem Morgen etwas verändert hatte. Es fiel ihm nichts auf.

Auf seinem Weg zurück zum Streifenwagen hörte er ein Rascheln. Er suchte das Gras mit dem Strahl seiner Taschenlampe ab und lauschte. Es stoppte. Vermutlich Ecklunds Opossum.

Da der Brandstifter sich eine Weile auf dem Jipp-Hof aufgehalten hatte, überprüfte Harley die anderen verlassenen Höfe, die abseits der Landstraßen lagen. Er kontrollierte den Schneider-Hof, dann das Rasmussen-Haus. Beide standen seit den 1950ern leer, während sich Nachbarn mit glänzenden, neuen Landmaschinen, die nur für Weizen taugten, das Land unter den Nagel gerissen hatten. Die Häuser waren mit Brettern vernagelt und abgeschlossen.

Auf der Carberry Farm hörte er nach dem Aussteigen auf seinem Rundgang ein tiefes Brummen wie ein entfernter Motor. Das Haus stand etwas von der Schotterstraße entfernt auf einer ebenen Fläche. Er richtete den Strahl der Taschenlampe auf die Straße. Das Licht verschwand im Nebel und man konnte nichts erkennen.

Harleys Nerven lagen blank, entweder vom chronischen Schlafmangel oder weil er panisch aufgewacht war. Bei jedem Rascheln im Gebüsch, jedem knackenden Ast zuckte er zusammen. Er ging zurück zum Fury.

Sein altes Zuhause lag nicht völlig abseits, aber er nahm an, es könnte nicht schaden, mal vorbeizufahren und einen kurzen Blick auf alles zu werfen. Er bog auf die County Road K ab und fuhr auf dem Highway nordwärts.

Als er vorbeifuhr, pulsierte in dem dunklen Stück zwischen Haus und Scheune der rötliche Schein einer Flamme in einem seltsamen Rhythmus.

Er verließ den Randstreifen des Highways. Dort, wo sie das Lenkrad hielten, pochten seine Handflächen unentwegt. Er bog in die Einfahrt ein, ließ den Wagen aufs Gras zwischen Haus und Windschutzhecke rollen und stieg aus. Jedes Knacken des trockenen Wildroggens unter seinen Stiefeln versetzte ihm einen Stich in den Nacken. Er trat um die hintere Stoßstange herum, vergewisserte sich, dass das Auto von der Straße aus nicht gesehen werden konnte, und holte sich die dicke Wolldecke, die er im Kofferraum aufbewahrte. Er würde sie benutzen, um das Buschfeuer zu löschen, falls es das war, was er gesehen hatte.

Er lauschte an seinem Atem und seinen Schritten vorbei, als er den Hof überquerte und zwischen Haus und Scheune nach hinten ging.

Der Feuerschein kam von der Verbrennungstonne neben der Tür zum Rübenkeller. Die Flammen waren niedrig, das Feuer kurz davor, zu erlöschen. Ein beißender Gestank, stechend und scharf, stieg aus dem Rauch auf.

Er ließ den Lichtkegel seiner Taschenlampe über das Grundstück wandern. Weiter über die hintere Treppe, den Windschutz und den Haufen mit gesplittertem Kutschenholz. Niemand.

Die Flammen kamen aus einem kleineren Behälter, der in der größeren Verbrennungstonne stand – wie zwei merkwürdige Matroschkapuppen. Das Feuer brannte dicht am Boden und züngelte an den Seiten hoch. Er knüllte die Decke zu einem lockeren Ball zusammen, hielt wegen der Dämpfe die Luft an und drückte dann das dichte Gewebe hinein, um so die Flammen zu ersticken. Mithilfe der Decke zog er die kleinere Tonne heraus. Es war ein zwanzig Liter fassender Metalleimer mit Dachversiegelung. Harley wusste nicht, wie leicht das Zeug in Flammen aufging oder wie lange es brannte. Was wusste er schon, der Eimer hätte neulich schon hier gewesen sein können.

Er wusste, dass er das Haus überprüfen sollte. Einen Augenblick stellte er sich Paul vor, der aus einem der Fenster linste und beobachtete, wie er wieder hierherkam. Ihm fiel Glenns Bemerkung ein, Harley würde voreilige Schlüsse ziehen. Vielleicht. Aber Verbrennungstonnen, Brände, Kleidung und Nacktheit schienen wie die Lichtpunkte eines Sternbildes, dessen Form Harley nicht erkennen konnte.

Er ging wieder zur Vorderseite. Im Sternenlicht sah er das eingesackte Dach der Veranda, das sich langsam ablöste. Die Rollos in beiden Zimmern im Obergeschoss waren zerrissen und hingen in Locken herunter. Er ging die Stufen hoch, ließ die dritte aus, weil sie knarrte, und ging durch den Eingang, der für Fremde reserviert war. Die Tür öffnete sich gähnend mit einem Seufzer, der ihm zu Herzen ging. Seine Erinnerungen ergänzten den Klang, der daraufhin immer folgte, das Tapsen ihrer Füße und das trockene Kratzen des Strohbesens. Der einzige Zeitpunkt, an dem diese Tür geöffnet wurde, war der Moment, in dem seine Mutter eine Wolke von Staub und Flusen hinauskehrte.

Er holte tief Luft, als könne er die frische Außenluft mit hineinnehmen. Er nahm das Wohnzimmer im Licht der Taschenlampe in Augenschein. Der Raum war kleiner, als er ihn in Erinnerung hatte. Die Decke zu hoch. Das Licht der Nacht wurde von den Bäumen draußen gedämpft, obwohl der Kücheneingang zu seiner Rechten bläulich schimmerte. Er sah nicht hin.

Ein quietschendes Kratzen hinter der Tür ließ ihn erstarren. Er wartete. Als es wieder kratzte, zog er die Tür auf und sah einen Ast, der über das Wohnzimmerfenster scheuerte. Auf dem Boden darunter lagen zwei Zigarettenstummel und drei leere Dosen. Zwei Buds und ein Coors.

Er ging in die Hocke. Die Dosen waren warm. Leer. Man konnte nicht sagen, wie lange sie schon hier lagen. Und die Zigarettenstummel waren keine Salems. Eine Marlboro und eine Camel. Die Marlboro war geknickt und auf dem Boden ausgedrückt worden. Er nahm sie hoch. Ein ovaler Fleck hatte sich durch die Lagen Wachs gebrannt, die sie in die Dielenbretter poliert hatte. Sie hatte dafür eines von Dads alten Hemden genommen, das nicht mehr zu reparieren war.

Harley hatte sich immer gesagt, dass das Haus, so direkt am Highway, vor Eindringlingen sicher war. Als er in den 1960ern, auf der Suche nach der Leiche des Jungen, einen Rundgang gemacht hatte, war das Haus unberührt gewesen. Daran hatte er sich selbst heute Morgen erinnert, als er den Hörer abnahm, um Loren Braasch anzurufen, damit er das Haus verschloss. Doch Harley hatte aufgelegt, bevor er auch nur eine einzige Nummer gewählt hatte.

Weil es keinen Weg gab, das Thema anzusprechen. Harley hatte den Großteil seines Lebens damit zugebracht, von diesem Ort Abstand zu halten und anderen Menschen zu versichern, dass er genauso wenig mit dem zu tun hatte, was hier geschehen war, wie sie. Das musste er. Ansonsten wäre jede dritte Interaktion wie die mit June Christiansen in ihrem Schlafzimmer gewesen, die ihn ansah, als wäre er ein ertrunkener Welpe. Offensichtlich brauchten die Leute das. Sie brauchten das Wissen, dass man eine Sache wie die, die hier passiert war, hinter sich lassen und weitermachen konnte. Das, oder dass du einfach kaputt warst – kaputter, als sie je sein würden. Auch das funktionierte prima. Das Einzige, was sie nicht ertragen konnten, war, dass man einfach damit lebte. Dass man damit trank, schlief und die Wäsche machte. Dass man damit bei der Kfz-Zulassung wartete und damit morgens und abends die Uhr stach.

Er knibbelte an der verkohlten Asche. Als er den Blick abwandte und einatmete, war das nicht gut. Abgestandene Luft füllte seine Brust, und der schwarze Fleck klebte an seinem Blick. Der Schein des Kücheneingangs drückte auf seinen Rücken. Wer wusste schon, was er dort drinnen finden würde? Welchen Müll Kids in den Ecken zurückgelassen hatten? Welche Worte sie in den Anstrich und den Putz gekritzelt oder geritzt hatten? Er stellte sich die Tür zu ihrem Schlafzimmer direkt darüber vor. Dad hatte es nie ausgeräumt. Er hatte die Tür abgeschlossen und schlief hier, wo die Couch gestanden hatte, die gleiche Schrotflinte, die sie benutzt hatte, zwischen den hölzernen Klauenbeinen versteckt.

Harley war sich nicht sicher, was schlimmer war, den Ort verwüstet zu sehen, oder so, wie er mal war. Wie sein Dad wusste auch Harley, dass man manche Türen besser verschlossen ließ.

Er rang mit sich. Er musste einmal durchs Haus gehen. Im

Geiste Inventur machen. Doch er wusste auch, dass kein kettenrauchender Brandstifter hier war. Das erkannte er an der Luft. Nicht nur das Fehlen von Rauch. Auch das Abgestandene und Schwere daran.

Draußen auf dem Highway summte ein Motor. Das Geräusch war noch entfernt, näherte sich aber. Er sammelte die Dosen und Zigarettenstummel ein und ging hinaus auf die Veranda. Er ließ den Müll fallen und trat gegen eine Dose, die auf dem Boden gelandet war. Als das Brummen und Rollen der Reifen stetig lauter wurde, ging er die Stufen hinunter zum Heck des Streifenwagens. Er lehnte sich gegen den Kofferraum und holte eine Zigarette aus dem Softpack in seiner Brusttasche. Er schnipste das Feuerzeug an. Dann stand er dort, von den Büschen verdeckt, und beobachtete den Highway. Nachdem seine Zigarette zu glühen begann, wurde der Wagen langsamer und fuhr vorbei.

11

Pam schlich aus dem Schlafzimmer in den Flur, Handtasche und Sandalen in der Hand. Den ganzen Nachmittag und Abend über hatte sie das Bild von Helen Nelson vor Augen, die ihrem Blick auswich, und Anna, die sie von der Ladentreppe aus trostlos anstarrte, und sie spürte wieder dieses Kribbeln, als warte sie auf den Blitzeinschlag. Doch er hatte nicht eingeschlagen. Trotzdem hatte sie auf dem Rückweg von Gordon's bei Mobil angehalten und den Wagen aufgetankt.

Beinahe hätte sie eine Tasche gepackt. Diesmal hätte sie es tun können, denn Rick war zur Arbeit in Arnold. Sie blätterte durch die Bügel im Schrank, durch die gefalteten Lagen in den einzelnen Schubladen. Es gab nichts, was sie wollte. Es gab nichts, was sie nicht in besserer Qualität für einen Vierteldollar im Secondhandladen einer Kirche finden könnte.

In Annas Zimmer leuchtete das Pu-der-Bär-Nachtlicht. Pam drückte vorsichtig die Tür auf, um zu sehen, ob Anna schlief. Tat sie. Sie schlief unter der knopfäugigen Bewachung eines mit Jeansstoff bezogenen Bauschs an Füllwatte namens Mr. Turtle und eines braunen Teddybären, der ein klimperndes Schlaflied spielte, wenn man die Kurbel in seinem Hinterteil drehte.

Anna würde bis morgen früh schlafen. Sie schlief so tief und fest wie Rick, aber über längere Zeiträume. Und falls es zum Schlimmsten kommen sollte, wenn dieser Blitz einschlug und Pams Wagen kopfüber in einem Feld landete und den letzten Atemzug aus ihr herauspresste, bevor sie Babe anrufen und ihr sagen konnte, wo sie Anna fand, dann war eine ausgestopfte Schildkröte vermutlich in jeder Hinsicht ein guter Muttterersatz.

Annas Haar war schweißnass und kringelte sich, als wäre es auf Lockenwicklern gewesen. Dieses Haar. Hatte es von Rick, doch als Pam es zum ersten Mal sah, damals nur ein schwarzes Büschel über ihrem dunklen Gesicht, das aussah wie eine Kartoffel, dachte Pam, das Baby sei schwarz oder indianisch. Irgendwas. Irgendetwas, das nicht Pam war. »Das ist nicht mein Baby«, hatte sie ihnen verkündet und meinte es genau so.

Es schien immer noch nicht richtig zu sein. Es schien nicht richtig zu sein, dass sie neun elende Monate lang ein Baby in ihrem Bauch mit sich herumtrug, das Baby von demselben Blut lebte wie sie, dasselbe aß wie sie, und dann poppte es heraus und war jemand, den sie bei einer Gegenüberstellung nicht erkannt hätte. Da wusste Pam es. Sie wusste, wenn sie sich ein oder zwei Minuten Zeit genommen hätte, darüber nachzudenken, was zum Teufel das alles bedeuten würde, einen Menschen zu machen – wenn sie sich nicht der neuen Erfahrung hingegeben hätte und es nicht so angegangen wäre wie das erste Mal, als sie Hasch geraucht und einen dicken Betonbrocken gegen den Nova geworfen hatte, einfach nur, weil sie es konnte –, wenn sie *Warum?* statt *Warum nicht?* gedacht hätte –, wenn sie sich nur ein oder zwei verdammte Minuten genommen hätte, richtig darüber nachzudenken, anstatt wie die letzte Idiotin über die Absurdität des Ganzen zu staunen, dann nein. Dann hätte sie es nicht getan.

Unter ihren leisen Schritten den Flur hinunter und durch das Wohnzimmer, spürte Pam den Hohlraum, wie er nachgab.

Sie zog die Tür auf und trat auf das Metallgitter der Veranda.

Vielleicht war sie für all das einfach nicht gemacht. Vielleicht war's so, wie einige Menschen von Natur aus gut in Mathe waren und andere konnten gut buchstabieren; vielleicht waren andere gut darin, Vater-Mutter-Kind zu spielen und zu vergessen, dass sie irgendwann sterben würden, und, dass alle Menschen, die sie kannten, sterben würden. Vielleicht konnten andere Menschen damit leben, dass die anderen um einen herum einen ständig daran erinnerten, wie schnell wir alle verschwanden, und dass es okay für sie war, in den Traum davon einzutauchen, jeden Tag den Traum von gleichbleibenden Gesichtern und Orten, und vielleicht machte es ihnen keine Scheißangst, wenn sie von Zeit zu Zeit aufwachten, gerade lang genug, um zu begreifen, dass ihr ganzes Leben in einem Nebel, aus Staubsaugen, aus Rechnungen schlau werden und dem Flicken von Jeans, an ihnen vorbeigezogen war. Vielleicht war's genau das. Sie zog die Tür hinter sich zu.

Als sie den Schlüssel drehte und der Motor aufheulte, wusste sie, dass es das war. Dass das richtig sein musste. Denn wenn sie einen angeborenen mütterlichen oder ehefraulichen Instinkt besäße, über den sie sich hinwegsetzen wollte, dann würde sie das doch jetzt zu einem schrecklichen Menschen machen, oder? Und Pam fühlte sich nicht wie ein schrecklicher Mensch. Aber wenn sie darauf wetten sollte, was machte das dann aus ihr? Möglicherweise keinen schrecklichen Menschen, aber ließ es sie etwas tun, was ein schlechter Mensch tun würde? Sie würde sagen, dass die Wahrscheinlichkeit sehr viel höher war, wenn sie etwas tat, das sich nicht richtig anfühlte. Etwas, das ihr nicht leichtfiel.

Sie legte den Rückwärtsgang ein, parkte aus und legte den Vorwärtsgang ein.

Anna war mit der Schildkröte besser dran, denn Mütter, die ihre Babys umbrachten, und Frauen, die ihre Ehemänner umbrachten, waren wahrscheinlich nicht der Typ Mensch, der über gute mütterliche und ehefrauliche Instinkte verfügte. Sie waren vermutlich Leute wie Pam, die wussten, dass sie zunächst mal nicht für diesen Scheiß gemacht waren, aber die es einfach schluckten – es jeden einzelnen Tag ihres Lebens schluckten und dann loszogen und so zu tun versuchten, als wären sie etwas, das sie nicht waren, ihren eigenen Instinkten zum Trotz, bis es sie in den Wahnsinn trieb und sie mit dem Traktor zurücksetzten und über den Hals ihres Ehemanns fuhren oder Rattengift unter die gestampften Möhrchen ihrer Kids mischten.

Sie bog auf den Hauptweg des Trailerparks ein und sah die Rückseite des Schildes mit der Aufschrift *Fall Meadows Estates.* Estates. Ihr Landsitz auf den Fall Meadows Ländereien. Absurd. Ost oder West. Sie bog rechts auf den Highway ab. Also nach Osten.

An der nicht einsehbaren Kreuzung der County Road bremste sie. Letzte Nacht hatte sie das nicht getan. Sie war nicht langsamer gefahren. Vielleicht, weil es gestern völlig egal gewesen wäre, wenn jemand von der Seite in sie reingekracht wäre und sie einfach aus dieser Welt gewischt hätte.

Gestern hatte sie es auch eilig gehabt, am alten Hof der Jensens vorbeizukommen. Jetzt kroch sie vorbei. Jetzt erlaubte sie sich, direkt in die Dunkelheit zu blicken.

Da. Ein orangefarbenes Licht pulsierte wie ein falsch gefärbter Leuchtkäfer. Wie ein Zeichen.

Obwohl die Luft heiß war, zitterten ihre Knie, als sie das Gaspedal durchtrat. Sie raste über die Ebene, vorbei an den hohen Stängeln und Rispen und über die Stahlträgerbrücke, deren schmale Doppel-T-Träger mit Generationen von Initialen bemalt waren. Sein Gesicht von gestern Abend, das von Harley Jensen, tauchte wieder in ihrem Kopf auf, als würde es aus genau diesem trüben Wasser aufsteigen.

Sie wusste nicht, ob er es war, den sie gerade gesehen hatte. Es hätte jeder gewesen sein können, der an diesem Ort herumschlich. Und es gab keinen guten Grund anzuhalten, wenn er es war.

Es gab auch keinen guten Grund, in die Lukas-Einfahrt einzubiegen, zu parken und in ihre Sandalen zu schlüpfen. Doch nachdem sie das getan hatte, ging sie nach hinten zum Kofferraum und setzte sich darauf. Sie lehnte sich zurück und forderte sich selbst heraus, die Augen zu schließen und dem leise blubbernden

Wakonda zu lauschen. Mit geschlossenen Augen war die Welt lauter, schärfer, doch ihre Haut hüllte sie ein. Ihr eigenes, gleichmäßiges Pumpen des Bluts, das Geplapper in ihrem Kopf und das Zucken ihrer Nerven gaben ihr das Gefühl, als wäre sie in einem Raumanzug gefangen, durch ihren eigenen Körper von allem abgeschnitten, ohne die Luft um sich herum zu fühlen oder zu atmen.

Dann hörte sie es. Das tiefe Brummen eines Motors, das Abrollen von Rädern auf dem Highway. Sie öffnete die Augen und setzte sich auf, war bereit, abzuhauen, falls er es nicht war. Doch er war es.

Der Streifenwagen zog denselben weiten Halbkreis über den Highway und bog von der Straße ab, um zu parken. Nachdem der Motor abgeschaltet wurde, hörte man nur die Grillen. Die Tür öffnete sich mit einem Knacken und wurde mit einem weiteren geschlossen. Die Verschlusskappe des Feuerzeugs klickte. Das Reibrad raspelte, und seine Schritte streiften über das Gras.

»'n Abend«, sagte sie. Obwohl es dunkel war, schirmte sie ihre Augen mit der flachen Hand ab. Als würde sie sonnenbaden. Sie zwang sich, die Hand herunterzunehmen.

»Morgen.« Er ging nicht zu ihr. Er ging zu der offenen Fläche der Einfahrt hinter dem Nova. Blauer Rauch stieg auf wie ein sich auflösender Zopf. Er blickte in die Ferne, zu dem dunklen Windschutz auf der anderen Seite. »Brauchten Sie mal frische Luft?«

»Jepp.«

»Tragen Sie Ihre Schuhe?«

Sie streckte sie vor sich aus, damit er sie sehen konnte, und suchte krampfhaft nach Worten. Alles, was sie hörte, war das Pumpen von Blut und dessen Gemurmel in ihrem Kopf.

»Möchten Sie eine Zigarette?«

Sie sagte, sie möchte, und er ging zu ihr, wobei er aufpasste, wo er hintrat. Sie nahm die angebotene Zigarette, und er gab ihr Feuer. Sie paffte und schaute auf, als der Deckel des Feuerzeugs sich schloss. Er rückte etwas ab und blickte über das Tal. Eine Weile sagte er nichts. Sein Schweigen war lauter als die Grillen.

Sie nahm einen Zug und sah das Funkeln der Sterne auf ihrem Finger. Ihr Ehering. Wenn er den sah, könnte er nachfragen, und wenn er fragte, wüsste sie nicht, was sie antworten sollte. Allein der Gedanke zu sagen, dass sie sich mit dieser Familie eingelassen hatte, machte ihr schwer zu schaffen. Sie benutzte ihren kleinen Finger und Daumen, um den Ring locker über ihren Knöchel zu schieben.

»Ist wahrscheinlich schon eine ganze Weile her, falls ja«, sagte er, »aber haben Sie je in einem dieser verlassenen Häuser herumgestöbert?«

Natürlich hatte sie. Jeder, der hier aufwuchs, hatte. Aber sie wusste nicht, warum er fragte. Und er war immer noch ein Cop, und rein faktisch war sie immer noch eine Reddick. »Hab hier ein paar Mal gechillt.« Sie stopfte den Ring in die Tasche ihrer abgeschnittenen Jeans. »Das Haus war bereits weg. Mom sagte immer, an diesen Orten gäb's Ratten und tollwütige Eichhörnchen.«

Er lachte leise. »Babe kann Eindruck machen.«

Pam nahm einen weiteren tiefen Zug. Sie fühlte sich beduselt.

»Auf dem Jensen-Hof sind Sie nie gewesen?«

Sie schüttelte den Kopf. »Niemand war. Zumindest soweit ich weiß.«

Er sah sie an wie in der Nacht zuvor, als ob er nach etwas suchte. Sie einzuordnen versuchte. Dann ließ er den Kopf mit einem kurzen Nicken sinken. »Also, ich geh wirklich nur ungern so schnell wieder.« Er blickte zum Haus hinüber. »Komische Frage …«, sagte er, und dann: »Nein.« Er winkte, um anzudeuten, dass er jetzt ginge.

»Was?«

Er hatte ein paar Schritte zu seinem Wagen gemacht. Er blieb stehen, schwieg und dachte nach. »Ich nehme nicht an, dass Sie mir dort hinunter folgen wollen.«

Sie kannte diesen Mann nicht. Er hatte eine Waffe. Und er bat sie, mit ihr zu einem leeren, verfallenen Haus zu gehen, in dem sich seine Mutter den Kopf weggeblasen hatte.

Pam versuchte, über ihr pumpendes Blut hinweg die Grillen zu hören. Es gelang ihr nicht. »In Ordnung«, sagte sie.

»Natürlich nicht rein. Es ist nur –«, setzte er an. »Wissen Sie, falls das Dach einstürzt, wär's vielleicht gut, wenn jemand davon weiß. Um Hilfe zu holen.«

Sie sagte, das würde sie.

Er sagte, sie solle ihm folgen und an der Seite des Hauses neben seinem Streifenwagen parken.

Pam parkte im hohen Gras und sah durch den dünnen Stoff ihres weißen T-Shirts das Klopfen ihres Herzens. Nur wenn jemand die Einfahrt hochkam und direkt neben den beiden Autos parkte, waren sie zu sehen. Niemand hatte eine Ahnung, dass sie hier war. Sie stellte sich Anna vor, die noch schlief. Sie dachte an die Schildkröte, die Wache hielt.

Sie spürte den Griff ihrer Autotür und zog daran. Dann ging sie zur hinteren Stoßstange seines Furys.

Er war bereits am Fußende der Treppe, hatte ihr den Rücken zugewandt. In einer Hand hielt er eine Taschenlampe und die andere lag auf seinem Gürtel, sodass sie nur seinen Daumen sehen konnte, als würde dieser Daumen ihn erden und seinen Körper an Ort und Stelle halten. Sie stellte sich diesen Daumen in der Kuhle vor ihrem Hüftknochen vor. Wie er sie unten hielt, an Ort und Stelle. Er stieg die Stufen hinauf und überquerte die Terrasse. Als er durch die Tür ging, ließ er sie hinter sich offen. Sie sah, wie der Schein seiner Taschenlampe über die Wände strich.

Im Gestrüpp, ein paar Meter hinter der Haube ihres Wagens,

raschelte etwas. Dann ein lautes Knacken, als ob jemand auf einen Ast getreten war.

Pam rannte zur Terrasse. Ehe sie sich versah, stand sie in der Tür.

Ein quietschendes Geräusch, wie Fingernägel über Glas. Sie packte seinen Arm mit den Fingerspitzen. Er zitterte ganz kurz.

»Ein Ast«, flüsterte er scharf, ohne hinzusehen. Der Taschenlampenstrahl stoppte an der Kante, wo der Raum in den nächsten überging, als wäre er gegen eine Barriere gestoßen. »Gehen Sie wieder nach draußen«, raunte er.

»Ich hab ein Geräusch gehört.«

Er antwortete nicht. Er schüttelte den Kopf, griff mit einer Hand nach hinten und nahm ihr Handgelenk. Er stellte die Taschenlampe aus. Sie lauschte. Sie wusste nicht, wie er etwas hören konnte. Alles, was sie hörte, war das Rauschen von Blut in ihren Ohren.

»Wahrscheinlich ein Opossum«, sagte er.

Durch die Fenster des anderen Zimmers sickerte blaues Licht herein. Als die Blätter draußen in einer Brise flatterten, kräuselte sich das Licht wie reflektierendes Wasser. Er wich davor zurück und lehnte sich in ihre Richtung, doch er blickte über sie hinweg und vorbei. Mit gerunzelter Stirn schien er über ein Problem nachzudenken, das anscheinend nichts mit ihr zu tun hatte, selbst als seine Handfläche ihre Taille fand. Sie spürte seine Wärme durch ihr T-Shirt. Sie versuchte, den Daumen kraft ihres Willens nach unten zu schieben, in Richtung der Kuhle, dorthin, wo ihre Hotpants tief auf der Hüfte saß. Doch der Daumen bewegte sich nicht. Und es war auch nicht diese Art von Berührung. Es fühlte sich eher an, als nutze er ihre Taille, um sein Gleichgewicht zu halten.

Sie bewegte sich trotzdem auf ihn zu, wie auf Knopfdruck, um die Daumenschwiele zu spüren, die nicht da war. Ihre Sandalen schrammten über den Boden wie Sandpapier und rissen ihn aus seinem Starren in die Ferne. Sie konnte seine Augen nicht sehen.

Sie waren überschattet. Und dennoch fühlte sie den Schock der defekten Hochspannungsleitung. Sie wartete. Sie blickte auf die Kontur seines Mundes, dann wieder hoch zu der dunklen Stelle, wo seine Augen waren. Sie fragte sich, ob er sehen konnte, wie ihr Blick sich auf ihn fokussierte.

Er machte einen kurzen Schritt auf sie zu. Sein Stiefel erwischte hart die Stelle unter dem Nagel ihres großen Zehs. Ihre Augen tränten, aber sie blinzelte nicht. Seine Brust war nah genug, um seine Wärme zu spüren. Seine Gürtelschnalle strich kalt und hart gegen ihren Bauch. Aber er machte keine Anstalten, sich zu ihr zu beugen, nicht einmal, als sie seinen Mund anstarrte.

Seine Hand ließ ihre Taille los und griff in seiner Tasche nach einer Zigarette. Er fummelte an der Folie herum. »Wir sollten rausgehen«, sagte er leise. Er führte sie zurück auf die Veranda und die Treppe hinunter.

Sie fühlte sich warm, benommen und musste sich setzen. Sie zog die Schuhe aus und schob sich auf den Kofferraum des Novas hoch. Sie ließ Platz zwischen ihren nackten Knien und lehnte sich auf die Handballen gestützt zurück, während er zu seinem Wagen ging. Er ließ die Taschenlampe durch das offene Beifahrerfenster fallen. Dann stand er mit etwas Abstand vor ihr und zündete sich eine Zigarette an.

»Hat Ihr Dad dieses Haus gebaut?«, fragte sie. Die Worte platzten heraus, um die Stille zu füllen, die reglose Luft in Bewegung zu versetzen, doch stattdessen stockte alles.

»Scheiße, so alt bin ich auch wieder nicht. Loren Braaschs Großvater Ole hat's gebaut. Scheint nur recht, dass sie es zurückbekommen haben, selbst wenn niemand darin wohnen will.«

Sie hatte die Luft angehalten. »Tut mir leid.«

Wieder ein Geräusch. Diesmal irgendwo auf der anderen Seite des Hofs, vor der Scheune. Er hob die Handfläche und signalisierte ihr, zu bleiben, wo sie war. Sie wartete, völlig starr, bis sich seine Hand schließlich wieder senkte. Sie sprach nicht und atmete kaum, bis er einen weiteren Zug nahm. Er hatte vermutlich recht. Wahrscheinlich irgendein Tier im Gras.

Die Grillen zirpten. Er zog das Zigarettenpäckchen aus der Tasche und hielt es ihr über die Entfernung hin, um ihr eine anzubieten.

Sie spannte die Beine an, um das Gleichgewicht zu halten, als sie sich vorbeugte. »Das Haus scheint ziemlich solide zu sein.«

»Ist es«, sagte er. Er nahm einen kurzen Zug und ließ den Rauch durch die Nase entweichen, während er einen weiteren nahm. Er hielt ihn in der Lunge und atmete ihn erst beim Sprechen wieder aus. »Das war nicht ganz ehrlich. Meine Besorgnis, das Dach könnte einstürzen.«

Ihr Herz machte einen Satz, den sie bis in den Bauch spürte. »Warum sollte ich dann mitkommen?«

»Falls ich festgestellt hätte, das Haus wäre verwüstet worden«, sagte er. »Würde aussehen wie die Brücke da drüben.« Er nahm einen weiteren tiefen Zug. Er meinte die Brücke über den Wakonda. Voller Graffiti mit Initialen und den Zahlen der Abschlussjahrgänge. »Wusste nicht, wie es mir dabei gehen würde.«

»Und Sie dachten, wenn ich dabei wäre, würde das was ändern?«

»Nee.« Er atmete aus. »Aber würde mich davon abhalten, darauf zu reagieren.« Er strich sich mit der Daumenspitze über die Lippe, als würde er nachdenken.

»Kann ich mal Feuer haben?«

Er trat zu ihr, um nahe genug zu sein und die Flamme vor der Brise abschirmen zu können, die es nicht gab. Er stand schräg vor ihr, den Körper halb zum Haus gewandt, und sie spürte das kühle Leder seines Gürtels. Der raue Stoff seiner Hose streifte sie zwischen den Knien. Sie drückte sie zusammen, um seine Taille festzuhalten. Einen Atemzug lang stand er still. Zwei Atemzüge. Dann steckte er das Feuerzeug wieder in die Tasche, drehte sich zu ihr, schob ihre Beine weiter auseinander und trat dazwischen. Er zog ihr die angezündete Zigarette mit derselben Hand aus den Lippen, mit der er seine eigene hielt. Er ließ beide zu Boden fallen und trat die Glut aus. Eine seiner Handflächen legte sich auf ihr Kreuzbein und zog sie die geneigte Kofferraumhaube hinunter. Er roch nach warmem Old Spice. Sie spürte ihn, drückte sich an ihn, und sein Mund fand ihren. Seine Finger fuhren durch ihr Haar, und seine Hand legte sich um ihren Hinterkopf.

Seine andere raue Handfläche und sein Daumen glitten ihren Hals hinunter, fuhren unter dem Ohr entlang bis zum Schlüsselbein und verharrten dort.

Ein weiteres Geräusch. Diesmal das Brummen eines Motors. Es wurde lauter.

Sein Körper löste sich von ihr und nahm seine Hitze mit. Ein Frösteln überkam sie, so wie das, wenn man aus einem Nickerchen aufwacht. Ein völlig grundloses Frösteln, ganz egal, wie heiß der Tag sein mochte. Doch ihr Kopf war mit warmem Wasser gefüllt, und die Haut um ihre Lippen war bereits wund von seinen Stoppeln. Sie beobachtete ihn. So, wie er sich auf den Hügel konzentrierte und auf das Fahrzeug wartete, war es, als wäre sie gar nicht da.

Die Welt hinter ihm erstrahlte in Scheinwerferlicht. Dann waren die Lichter vorbei, verschwanden hinter dem Mais und fuhren den fernen Hügel hinauf.

Der dunkle Höcker, der auf dem Highway vorbeiraste, sah aus wie ein Van. Ihr Herz machte einen weiteren Satz. Er hatte ausgesehen wie Ricks Firmen-Van. Nur, dass er es nicht gewesen sein konnte. Er war über Nacht in Arnold. Und selbst wenn er nicht dort war, ganz sicher würde er nicht morgens gegen drei Uhr Richtung Madson fahren.

Harley zog zwei weitere Zigaretten heraus. Er steckte sie an und reichte ihr eine.

Es sei denn, Rick suchte nach ihr. Es sei denn, er wäre beim Trailer gewesen, hätte sie dort nicht angetroffen und wäre nun auf dem Weg in die Stadt oder zum Haus ihrer Eltern.

Oder es sei denn, es gab jemanden in Madson, zu dem Rick auf dem Weg sein könnte. Sie nahm einen tiefen Zug und fühlte, wie das warme Wasser in ihrem Kopf abfloss. Billie vom Bowling? Sie hatte schon immer auf Rick gestanden. Pam stellte sich die beiden vor, auf Billies Bett, so wie es in ihrer Fantasie aussehen musste. Rote Satinbettwäsche und eine glänzend schwarze Tagesdecke. Pam wusste nicht warum, doch sie nahm an, dass sich in der Nähe ein Regal mit kleinen Kristalltieren befand. Ein schwarz lackiertes Regal mit vergoldeten Kanten. Sie stellte sich vor, wie Rick Billie von hinten nahm, einen ihrer vermutlich von Krampfadern überzogenen Schenkel festhielt, während Billie durch ihre Schmetterlingsbrille auf den Fernseher starrte und dabei die ganze Zeit rauchte. Pam ließ das Bild auf sich wirken. Sie stellte es sich so deutlich vor, wie sie konnte, und wartete auf ein Gefühl wie einen Schlag vor die Brust. Es kam nichts. Vielleicht, weil es nicht real war, egal wie sehr sie es sich vorzustellen versuchte. Weil er in Arnold war, zusammen mit seinem Bruder, in einem billigen Motel.

Sie nahm einen weiteren Zug. Die Spitze war leicht feucht von Harleys Lippen.

Sie stellte sich Rick stattdessen in Arnold vor. Sie stellte sich ihn und seinen Bruder und ein paar nuttige Kellnerinnen mit kleinen Puppengesichtern und perfekten Schenkeln vor, die ins Motel kamen und sagten, in ihren Trailern müssten neue Leitungen verlegt werden.

Nee. Immer noch nichts.

In der Ferne, am Rande der Welt hinter der Lucas-Einfahrt, leuchtete wieder ein Paar Scheinwerfer auf. Als sie den Abhang hinunterleuchteten, sah sie, dass es der gleiche schwarze Höcker von einem Van war. Er verschwand zwischen den Mais-Reihen. Als er sich näherte, lauschte sie genauer hin. Diesmal hörte sie es. Das Klappern von Blech. Dieses ganz spezielle Tuckern des Firmen-Vans, der Motor, der sich immer anhörte, als sei er zugekleistert von altem Öl. Er war nicht lange genug in Madson gewesen, um Billie zu vögeln, aber todsicher war er nicht in Arnold.

Als der Van an der langen Einfahrt vorbeifuhr, hätte sie schwören können, dass er langsamer wurde. Aber andererseits hatte sich die Zeit selbst verlangsamt. Ihr Herzschlag. Ihre Füße wurden kalt.

Der Van fuhr vorüber.

Sie stellte sich vor, wie Rick in den Trailer ging. Sie sah ihn, wie er Anna anblickte, Mr. Turtle. Und da war er. Der Schlag vor die Brust.

»Ich sollte jetzt besser gehen«, sagte sie.

12

Rick war nicht der Typ für Pillen. Er war ein Bier-Typ. Doch als er Merna erreichte, vierzig Kilometer östlich von Arnold, dachte er an die lange Fahrt, die noch vor ihm lag, und tastete unter dem Sitz herum. Er griff sich das Päckchen und fischte sich eine weitere kreidige Pille heraus, so wie die zwei, die ihm geholfen hatten, die Rohr- und Leitungsarbeiten zu beenden. Der Scheiß funktionierte.

Es würde schon spät sein, wenn er in der Stadt ankam und runter zu Moms Haus fuhr, doch er konnte sich zumindest vergewissern, dass es noch stand. Nachsehen, ob sie von allein zurückgekommen war. Nachsehen, ob Pauls Pick-up dort stand. Wenn nicht, dann hoffte er, dass Paul draußen war und sie suchte, und nicht immer noch eine Blondine nagelte oder im Knast gelandet war, weil er den Cop angegriffen hatte. Wie auch immer es war, konnte Rick danach umdrehen und nach Hause fahren und für ein paar Stunden zu Pam ins Bett kriechen, bevor er zurück nach Arnold fuhr. Das würde gut sein. Sich ein wenig in seinem eigenen Bett auszuruhen. Sie für eine Weile davon abzuhalten, ihre Leitungen durchzubrennen.

Als er in Madson ankam, war sein Mund ausgetrocknet, seine Achselhöhlen waren nass und er konnte spüren, wie sein Haar wuchs. Er kratzte sich am Kopf und spürte den Krampf in jeder Haarwurzel, der davon rührte, dass man eine Kappe zu lange getragen hatte. Er war in die Walnut abgebogen, die Scheinwerfer beleuchteten die Robinien rund ums Haus. Zum ersten Mal kam ihm der Gedanke, dass der Straßenname nicht passte.

Der Asphalt ging in Schotter über und machte einen Bogen um

das Haus. Als wäre die Straße zu gut für das Haus. Als gefielen ihr die grünen Gärten besser, die die andere Seite säumten.

Moms Haus lag auf der rechten Seite, so weit in der hintersten Ecke der Stadt, wie ein Haus liegen konnte, um nach wie vor in der Stadt zu sein. Eine Reihe schneegleicher Holunderbüsche trennte den heruntergetrampelten, ausgetrockneten Garten von einem Feld.

Rick versuchte, sich an die Holunderbeeren zu erinnern, doch schmeckte nur das säuerliche Stechen, das die Pillen auf seiner Zunge hinterlassen hatten. Nicht, dass Mom die Beeren überhaupt noch nutzte. Sie aß Brot, das Paul aus dem Laden mitbrachte, und dazu, was auch immer es in Dosen gab, wenn sie daran dachte zu essen. Früher, als sie noch Kinder waren, hatte sie Marmelade gemacht. Damals, als sie diese Picknicks machten. Sie hatten noch ein paar Mal, nachdem Dell junior verschwunden war, Picknicks gemacht. Sie waren durch das hohe Gras eines alten, leeren Hauses mit einer großen Scheune gestampft und hatten auf den Stufen der Veranda Fleischwurst-Sandwiches gegessen. Eine Weile hatte sie es noch versucht. Dass alles halbwegs normal war.

Über die gewölbten Schindeln auf Moms Dach zog sich ein langer, rostiger Streifen vom Schornstein bis zur Regenrinne, die lose war. Paul hätte sie reparieren sollen. Rick würde vorbeikommen und es machen, wenn er eine Chance dazu hatte. Unter der Rinne schimmerte es rot durch die Gardinen des Wohnzimmerfensters. Sie hatte die Lampe angelassen, wenn sie auf dem Sessel eingeschlafen war. Das Rot kam von den Gardinen. Es war tröstlich, dieses Rot. So sahen die Dinge aus, wie sie immer aussahen.

Rick rannte das kurze Stück bis zum Fenster. Durch den schmalen Spalt zwischen den Vorhängen konnte er die Rückseite des Sessels erkennen. Keine Spur von ihren blonden Locken, die seitlich abstanden. Keine Spur von ihrem kleinen Glas Scotch auf der

Armlehne. Keine Spur von Rauch, der in Schwaden zur Decke aufstieg. Sie war immer noch fort.

Im Hof war auch keine Spur von Pauls Pick-up zu sehen. Hoffentlich war er unterwegs und suchte.

Rick biss die Zähne zusammen. Mahlte sie. Als er wieder in den Van sprang und der Schotterstraße folgte, die vom Haus wegführte, lockerte er bewusst seinen Unterkiefer. Er bog links auf die Main ein und raste an den stillen zwei- und dreistöckigen Gebäuden vorbei. Sie sahen aus wie Lebkuchenhäuser. Belebt. Mit handgedrechselten Holzpfosten und Schnörkeln, die jede freie Stelle ausfüllten. Als hätten damals alle, die die Stadt gebaut hatten, versucht, den Nachbarn zu übertrumpfen. All dieses dünn geschnitzte Holz. Einfach nur noch mehr Scheiß zum Verrotten und Kaputtgehen. Bei Tageslicht sahen die Häuser so hübsch aus wie immer, doch im dunstigen Licht der Straßenbeleuchtung wirkten sie schmuddelig, und Rick hatte das Gefühl, dass die gleiche Schicht Dreck auf seiner Haut juckte. Als er an der Kreuzung zum Highway anhielt, kratzte er sich sein wachsendes Haar.

Er bog links ab, um die Stadt Richtung Westen zu verlassen. Er wollte zurück zum Trailer und zu Annas leisem, schnurrendem Schnarchen. Er wollte nach Hause zu Pam, die warm in ihrem Bett lag.

•••

Der Nova war fort.

Rick hielt neben der Stelle, wo er stehen sollte, und schaltete den Motor des Vans aus. Er würgte und ratterte, als würde er neu starten wollen, sodass das Blech und seine Haut vibrierten. Er kratzte sich. Er sprang hinunter und warf die Tür fester zu, als er wollte. Dann überquerte er den Kies und nahm jeweils zwei Verandastufen auf einmal, ohne seine Füße unter sich zu spüren. Er berührte den Türknauf. Er drehte ihn. Unverschlossen.

Mit drei großen Schritten war er im Wohnzimmer, wo er lauschte, doch alles, was er hörte, war das summende Geräusch von überhaupt keinem Geräusch. Dann ein Tick. Oder ein Plopp. Aus der Küche. Seine Hand packte das Klappmesser-Holster an seinem Gürtel und sein Kopf fuhr herum Richtung Geräusch. Ein Tick. Oder ein Plopp. Der tropfende Wasserhahn.

Er ging Richtung Flur, wünschte sich dabei, er würde in seinen Stiefeln leisere Schritte machen, bis er hörte, dass das Pochen nicht seine Stiefel waren, sondern sein Herz. Als er sich dem Licht aus Annas Zimmer näherte, pochte es laut und schnell. Die Tür war weit offen, nicht angelehnt, wie sie sein sollte, wie sie es immer war, und er hastete in den Raum, gleichgültig, ob er Lärm machte, nur, um sie dort zu sehen, wo sie sein sollte. Schlafend. In Sicherheit.

Sie lag hinter den Stäben des Kinderbettchens, aus dem sie herausgewachsen war. Sie lag still da. Einen Moment schaute er sie an und suchte nach Bewegungen. Er lauschte auf das Schnurren ihres Atems, doch konnte es über die Geräusche in seinem Kopf hinweg nicht hören. Er trat näher heran und sie schlug mit einem Handgelenk gegen die Stangen und murmelte etwas. Er atmete zitternd aus, während sein Herzschlag sich beruhigte.

Dann ging er in den nächsten Raum, ihr Schlafzimmer. An der Bettkante rutschte sein Stiefel über etwas. Stoff, irgendeine Kleidung. Er blinzelte und versuchte, in der Dunkelheit den sanften Hügel von Pams Hüfte zu erkennen. Er tastete an der Stelle, wo sie sein sollte. Nur zerknitterte Laken. Die flache Matratze.

Er wollte Anna nicht wecken. Sie sollte nicht erfahren, dass ihre Mutter sie allein gelassen hatte. Er schloss die Tür zu ihrem Schlafzimmer und schaltete dann das Licht ein. Ihre Kleidung hing immer noch im Schrank. Ihre BHs und Unterwäsche lagen immer noch in der Schublade.

Er schaltete das Licht aus. Dann ging er leise wieder zurück auf den Flur und aus der Haustür hinaus, die er offen stehen gelassen hatte. Er setzte sich auf die Kante der Terrasse, stellte seine Füße auf die zweite Stufe darunter und stützte seine Ellenbogen auf die Knie. Er hielt seinen Kopf, sein verkrampftes Haar, und verfluchte das Speed. Durch Speed verging die Zeit langsamer, nicht schneller. Bei dem Namen sollte Speed die Zeit eigentlich schneller vergehen lassen.

Sie würde zurückkommen. Sie hatte ihre Unterwäsche dagelassen. Könnte sie es sich leisten, neue Unterwäsche zu kaufen? Er wusste es nicht. Sie hatte ihre Ausgaben im Blick. Letzte Woche war sie sauer gewesen, als sie Hackfleisch für Hamburger zurücklegen musste. Später am Abend war sie angepisst gewesen, weil er seine Hornhaut an der Heizungsöffnung abgeschabt hatte. Er spürte die schwammige Nässe in seinen Socken und das Jucken seiner kribbelnden Haut. Er hatte die Erleichterung im Kopf, die er verspürte, wenn er mit seinen Füßen über die Rillen der Lüfteröffnung rieb. So große Erleichterung, dass er sich am liebsten die Schuhe von den Füßen gerissen und seine Socken ausgezogen und es genau jetzt getan hätte. Doch das würde er nicht. Und wenn sie zurückkam, würde er das auch nicht. Wenn sie zurückkäme, würde er seine Füße nie mehr über die Lüfteröffnung reiben.

Das Geld. Er wusste, dass sie es irgendwo in der Küche aufbewahrte. Wenn das Geld noch da war, dann wüsste er, dass sie ihn nicht für immer verlassen hatte.

Bevor er aufstehen und hineinrennen konnte, um die Schubladen und Schränke zu durchsuchen, hörte er knirschenden Schotter und ein sich näherndes Fahrzeug. Die Front des Novas schob sich an dem Silvercrest am Ende des Blocks vorbei. Dann bog sie in ihre Straße ein. Sie bremste, bis sie nur noch Schritttempo fuhr, und blieb kurz vor dem Van und ihrem Parkplatz stehen. Er versuchte, ihr Gesicht zu erkennen, um zu sehen, was sie denken mochte. Doch alles, was er sah, war ein heller Fleck. Sie bog ein und stellte die Automatik auf Parken. Der Leerlauf war zu hochtourig. Er musste die Zündung sauber einstellen. Das vergaß er immer wieder. Er würde sich direkt morgen darum kümmern. Sie schaltete den Motor aus, und er rieb über die Oberschenkel seiner Jeans, war bereit aufzustehen, ohne direkt aufzustehen. Noch nicht. Er fühlte sich, als beobachtete er ein Reh. Als würde sie in die Dunkelheit hinter dem Trailerpark flüchten, wenn er eine plötzliche Bewegung machte. Er wartete. Sie saß im Wagen. Sie bewegte sich nicht, saß einfach nur da.

Er winkte mit einer ruckartigen Bewegung, die er gar nicht machen wollte. Dann saß er da. Wartete.

Die Wagentür öffnete sich. Sie warf die Sandalen auf den Boden und schlüpfte hinein. Er blieb, wo er war, immer noch aus Sorge, sie könnte abhauen. Sie ging hoch zum Geländer und hielt sich fest. Wo ihr Goldring sein sollte, war ein weißer Streifen. Sie schaute auf seine Stiefel.

»Musste mal frische Luft schnappen«, sagte sie.

»Konntest du nicht schlafen?«

Sie schüttelte den Kopf.

»Anna schläft noch«, sagte er, um ihr auf den Zahn zu fühlen. Sie konnte nicht einfach so gehen und Anna allein lassen. Das musste sie doch wissen. Genau dann passierten Dinge, die man nicht zurücknehmen konnte. Nicht ungeschehen machen konnte. Wenn man mal nicht hinsah. Wenn man nicht da war, um etwas zu hören und zu sehen. Aber er hatte immer noch das Gefühl, Pam könnte mit dem nächsten Windhauch verschwinden. Sich von jetzt auf gleich in Luft auflösen. Und er war immer noch viel zu erleichtert, dass sie dort vor ihm stand, als zu riskieren, sie wütend zu machen.

»Hab's mir gedacht«, sagte sie.

»Bist also herumgefahren? Weil du nicht schlafen konntest?«

Sie nickte und eine lange Haarsträhne fiel ihr ins Gesicht. Sie strich sie zur Seite und starrte auf die Spitzen seiner Stiefel. Es sah aus, als hätte sie schon ein schlechtes Gewissen, weil sie Anna allein gelassen hatte. Es gab keinen Grund, es noch schlimmer zu machen.

Und es war ja nicht ihre Schuld, dass sie ohne ihn nicht schlafen konnte. Sie hatte sowieso schon Schlafprobleme. Die halbe Zeit landete sie ohnehin unter einem Extralaken auf dem Sofa. Er sagte ihr immer, schließ einfach die Tür ab und lausche auf den Ventilator. Konzentriere dich auf den Ventilator und lass ihn alles andere übertönen. Aber wenn er nicht da war, schaltete sie ihn überhaupt nicht ein.

Also konnte sie heute Nacht nicht schlafen und wollte Anna nicht durch das Geräusch des Fernsehers im Wohnzimmer wecken. Also war sie durch die Gegend gefahren. Das war alles. Natürlich war es das. Er war nur gereizt wegen der Sache mit Mom. Er hatte versucht, sich zu beruhigen, doch er war nervös. Reizbar. Vermutlich kam das vom Speed.

Er schielte auf den hellen Streifen an ihrem Finger. Sie musste den Ring vor dem Zubettgehen abgenommen haben. Und ihn morgens wieder anstecken. War ihm noch nie aufgefallen.

»Wir sind morgen mit der Arbeit in Arnold fertig. Früh genug, dass ich zum Abendessen zu Hause sein werde«, sagte er. »Dann kannst du dich mal ausruhen.«

Ihr Gesicht war leer. Ausdruckslos. Das war gut. Es bedeutete, dass ihr Gehirn nicht überhitzte. Sie blickte weiter zu Boden und ging vorsichtig an ihm vorbei. Er streckte die Hand aus und berührte ihr Schienbein mit den Fingern. Bei der Berührung erschrak sie und zuckte etwas zusammen, als sie die Tür aufzog. Er stand auf und folgte ihr hinein.

13

In der Stunde vor Anbruch der Dämmerung kontrollierte Harley noch einen letzten Hof auf kettenrauchende, illegale Bewohner, die literweise Cutty Sark tranken. Der Knudsen-Hof lag versteckt an der County Oil Asphaltstraße, direkt neben dem Highway, einen Kilometer außerhalb der Stadt. Das Land gehörte den Penkes, die die Nebengebäude als Lager benutzten. Sie beleuchteten den Hof stets gut, weswegen Eindringlinge unwahrscheinlich waren. Wenn der Eindringling allerdings Paul war, dann traute Harley ihm diese Frechheit durchaus zu.

Harley lauschte. Er wurde das Gefühl nicht los, dass sich die ganze Nacht irgendwo jemand ein Stück außerhalb seiner Sichtweite aufhielt. Er ging erneut die Geräusche im Kopf durch: ein Streichen über Gras, knackende Zweige und das leise Brummen eines Motors. Jetzt hörte er nur noch Stille. Eigentlich sollte das seine Nerven beruhigen, doch das tat es nicht. Seit Glenn angerufen hatte, war er gereizt, und noch gereizter seit dem Feuer in der Tonne. Dann war da noch das, was mit Pam Reinhardt passiert war. Das hatte ihm auf eine Weise zugesetzt, mit der er nicht gerechnet hatte.

Im weißen Schein der Laterne sah er, dass der Brutstall zu war und die Tür fest verriegelt. Ein Pferdestall war nicht abgeschlossen und großteils leer. Die Ställe waren ausgeräumt worden. Im hinteren Teil führte eine Leiter mit runden Sprossen zu einem halben Heuboden. Harley kletterte ein paar Sprossen hoch, weit genug, um ein paar schimmelige Ballen und einen Generator zu sehen.

An der größeren Heuscheune schob er die zweiflügelige Tür

beiseite und sah die Chromverzierung eines bauchigen Plymouth Savoy mit seinen Heckflossen. Die Nummernschilder waren abgelaufen, immer noch mit THE BEEF STATE bedruckt, und das Schild in der rechten Ecke war von 1960. Er fragte sich, wo, wann und warum Penke ihn sich geholt hatte. Abgesehen von dem Wagen enthielt die Scheune allen möglichen Krempel. Ein paar alte Luftpumpen, eine Sammlung von alten Fliegengittern.

Er schob die Tür wieder zu und überquerte den Hof Richtung Veranda. Er kontrollierte den Türknauf. Verschlossen. Die Gartentür hinten, über dem dicken Fundament, hatte keine Stufen, war geschlossen und zu hoch, um sie zu erreichen.

•••

Harley wartete bis zum Morgengrauen auf dem Revier, bis die Beilage der Dienstagsausgabe der *Post Gazette* gegen die mobile Seitenwand rumste. Er schnappte sie sich und machte sich auf den Weg zu Ziske.

Ziskes Land lag neben der County Oil Asphaltstraße und dem ehemaligen Hof von Harleys Familie. Seine Einfahrt ging von der alten Schleswig-Holstein ab, direkt gegenüber des Old German Cemetery und dem Jipp-Hof. Vielleicht hatte er in den letzten paar Tagen etwas gehört oder bemerkt. Er rief ja auch sonst weiß Gott oft genug im Revier an.

Die Kieseinfahrt hatte zu Ziskes Haus hin und den Nebengebäuden, die zwischen zwei verdorrten, goldenen Grashügeln lagen, ein Gefälle.

Die Betontreppe samt Treppenabsatz war ein Stück versackt, sodass sie sich von der Haustür weg neigte. Harley lehnte sich vor und linste durch die verschlossene Fliegengittertür. Im hinteren Teil des Hauses plärrte ein Radio ein blechernes, fieberhaftes Akkordeonstück. Er rief zweimal Ziskes Namen, bis das Radio abgeschaltet wurde.

Der alte Mann kam zur Tür geeilt und verfluchte leise sein Gehgestell. Er flippte den Riegel hoch und drehte sich wieder um. »Bist früh dran, Zeitungsjunge.«

»Dachte, Sie sind schon mindestens zwei Stunden wach.«

»Zwei, drei. Ich hab Kaffee.«

»Ich kann nicht lange bleiben.«

»Für eine Tasse Kaffee haben Sie Zeit.« Er schob sich den Flur hinunter.

Harley hatte Ziske noch nie ohne seinen Cowboyhut gesehen und jetzt wünschte er sich wirklich sehr, er würde ihn wieder aufsetzen. Die Kerbe vom Hutband war so tief, dass sie sich bestimmt nie mehr ganz zurückbilden würde, und was von dem Haar des alten Mannes übrig war, verlief in sich schlängelnden weißen Strähnen über die Beulen und Höcker seines Kopfes. Wo die Kopfhaut durchschien, war es schwer zu sagen, wo die Altersflecken aufhörten und seine eigentliche Hautfarbe begann.

Ziske schenkte Harley eine Tasse Kaffee ein, die aussah wie Tee. So tranken die alten Leute ihn zweifellos den lieben langen Tag. Was sie Kaffee nannten, war kaum dunkler als rostiges Leitungswasser.

Harley ließ die Beilage auf den Tisch fallen. »Da. Wenn sie jetzt nicht auftaucht, denkt Gene nicht, dass Sie ihn betrügen wollen.«

Ziske grunzte und stützte sich beim Hinsetzen an seinem Gehgestell ab. Er bat Harley, sich einen Stuhl heranzuziehen.

»Haben Sie in den vergangenen Nächten jemanden beim Jipp-Hof gesehen?« Harley setzte sich. »Irgendwen in einem roten Pick-up?«

»Glauben Sie, ich kann so weit gucken? Himmel! Der Jipp-Hof ist hinter dem Friedhof. In die Richtung sehe ich nur Pappeln und ein paar Grabsteine.«

»Hat doch was Tröstliches.«

»Neulich«, sagte Ziske, »habe ich da oben einen Feuerwehrwagen gehört, wann auch immer das war. Wenn Sie mich fragen, hat Logemann den Hof abgefackelt. Damit er noch ein paar Reihen dort pflanzen kann, wo es schon schwer genug ist, Präriegras zu halten.« Lonny Logemann war dem alten Mann wegen der gemeinsamen Grundstücksgrenze ein Dorn im Auge. Er besaß auf der Nordseite alles außer dem Friedhof. »Dieser Hurensohn – der wartet doch nur darauf, dass ich sterbe. Sie werden sehen. Der wird ein weiteres Darlehen aufnehmen, sich diesen Hof schnappen und ihn dann an die Bank verlieren. Verdammter Säufer.«

»Lonny hat den Brand gemeldet. Ich bezweifle, dass er ihn gelegt hat.«

Ziske atmete schwer ein. Ein verärgertes Zugeständnis.

»Wissen Sie, ob er irgendwelche Dacharbeiten durchgeführt hat? Er oder Braasch? Jemand hat nebenan einen Eimer Dachversiegelung in der Feuertonne zurückgelassen. Hat letzte Nacht Feuer gefangen.«

»Versiegelung? Himmel, selbst Logemann ist nicht dumm genug, um sich ein Flachdach zu bauen.«

»In die Richtung haben Sie dann also nichts gehört oder gesehen?«

»Kann mich selbst kaum sehen oder hören. Ist langsam Zeit für einen eigenen Schlaganfall.« Ziske nippte an seiner zierlichen Porzellantasse. Es war eine Tasse, die seine Frau, wenn sie noch lebte, wahrscheinlich für das wöchentliche Kartenspiel oder Thanksgiving reserviert hätte. »Haben Sie Doris Luschen gefunden?«

Harley bejahte. Und was für ein Jammer es sei.

»Alt zu werden ist ein verdammter Jammer.« Ziske zeigte auf ein Hochzeitsfoto an der Wand. »Cousine ersten Grades meiner Frau.«

Harley erkannte die alte evangelische Kirche. Ziskes Hochzeitsgesellschaft drängte sich in dem schmalen Raum zusammen, Frauen vorn, Männer hinten, alle blickten finster, wie bei einer Testamentseröffnung. Doris war die Ausnahme. Sie zeigte Zähne.

So viel Zähne, dass sie sie womöglich nicht bedecken konnte. Vielleicht hatte sie gar keine andere Chance, als zu lächeln.

»Breite Hüften«, sagte Ziske. »Ein Ausgleich für das Pferdegebiss. Wann ist die Beerdigung?« Mit einem dicken, gekrümmten Finger zeigte er auf die Zeitung. »Sieh mal nach, ob's da schon drinsteht, sagte Betty gestern Abend. Mein Betty-Mädchen ist immer noch eine alte Jungfer. Zu alt, um selbst noch zu werfen, aber den Haushalt führen, das kann sie. Würde Sie nicht umbringen, sich jemanden zu holen, der den Haushalt besorgen kann.«

Während Harley das durchblätterte, was in erster Linie aus Kleinanzeigen bestand, stellte er sich Betty Ziskes dichte, braune Dauerwellen-Rübe vor, und ihre plumpe Taille, über der die Rüschen und Spitzen des Hochzeitskleides zeltförmig abstanden. Dann stellte er sich vor, wie Pams Bauchgegend wohl aussähe. Lang und bleich, dachte er. Mit einer ganz leichten Bauchwölbung zwischen den Hüften.

»Denken Sie, ich binde Ihnen einen Bären auf?«, wollte Ziske wissen.

»Nehme ich nicht an.«

»Wie alt sind Sie, fünfzig?«

»Siebenundvierzig.«

»Fünfzig Jahre alt. Noch auf der Suche danach, was Sie wollen? Das weiß keiner. Ist besser so. Was man nicht weiß, macht einen nicht heiß. Wenn man es weiß und es bekommt, will man nur etwas anderes.« Ziske nahm eine Schere aus einem Korb auf dem Tisch. Er schubste sie ihm über die Tischplatte zu. »Schneiden Sie's für mich aus«, sagte er und meinte die Todesanzeige. »Schon gehört, wo sie die Trauerfeier für den Jungen abgehalten haben?«

»Hab ich, ja.« Es ist eine Schere für Haare, dachte Harley. Oder etwas Medizinisches. Etwas, das für seine Hände zu zierlich war. Er entdeckte die Todesanzeige von Doris. »Vollständige Anzeige folgt«, stand da. Es war kein Bild dabei, das der Zeitungsdruck verunstalten konnte, aber er stellte sich trotzdem eines vor: Doris lehnte sich an einen alten Mercury, blinzelte lächelnd in die Sonne und verdunstete. Er las das Geburtsdatum: 23. August 1893. Sie war einen Monat vor ihrem fünfundachtzigsten Geburtstag gestorben. Sie war ein Jahr jünger als seine Mutter gewesen. Sie hatte ihn spät bekommen, seine Mutter.

»Kirschner sagte, er hätte einen Stein für ihn behauen. Rosa Granit.«

»Vermutlich was Besonderes.«

»Sagt, zumindest stünde da jetzt einer.« Ziske strich mit den Händen über die Tischplatte. Die Oberfläche war abgenutzt und hatte Rillen, wie ein alter Metzgerblock. »Ich habe ihn verwirrt, wissen Sie. Rollie. An dem Morgen.«

»Rollie war schon lange vorher verwirrt.« Der alte Mann hatte sich immer mitverantwortlich gefühlt. Er hatte Rollie angestellt, nachdem er die zweihundert Hektar der Lucas' gekauft hatte und sich damit den ganzen Abschnitt des südöstlichen Viertels gesichert hatte. Rollie durfte im Gegenzug für seine Arbeit in dem leerstehenden Haus wohnen. An dem Morgen, an dem es passierte, fuhr Ziske mit einer Wagenladung Erde hinunter zu einem eingestürzten Keller. Auf dem Lukas-Gelände gab es zwei, einen stabilen neben dem Haus und einen eingestürzten, knapp hundert Meter weiter. Wahrscheinlich ein Überbleibsel eines Grassodenhauses, an das sich niemand mehr erinnerte. Rollie hatte geplant, es an diesem Tag zu füllen, und wartete bereits dort. Er bemerkte Ziskes Kommen nicht, also drückte der alte Mann auf die Hupe. Was Rollie erschreckte. Aber ihn erschreckte alles. Dass Ziske sich die Schuld daran gab, was passiert war, war genauso unsinnig, als würde man Dell junior die Schuld geben, der nichts weiter getan hatte, als in dem staubigen Sand nach Pfeilen und Büffelknochen zu suchen. Und genau genommen war es genauso unsinnig, dass Ziske sich selbst die Schuld gab, wie Rollie die Schuld zu geben.

Er hatte genauso wenig Kontrolle über seine Reaktion, wie ein Schaufelbagger gehabt hätte.

»Vermutlich ist er inzwischen bis ins Meer gespült worden«, sagte Ziske. Darauf hatte man sich irgendwann geeinigt, dass Rollie Dell junior in den Wakonda geschmissen hatte. An der Seite des Pick-ups hatte man verschmiertes Blut gefunden, einen See davon in der Aufschütterde, eine frische Fußspur, die zum Bach führte und zurück. Doch sie hatten ihn kilometerweit ausgebaggert. Sie hatten sich auf den Wakonda geeinigt, weil sie sich auf irgendetwas einigen mussten.

Harley beendete sein schiefes Ausgeschnippel von Doris' Todesanzeige. Er schob sie über den Tisch. »Hätte Sie gar nicht für jemanden mit Sammelalbum gehalten.«

»Um wie viel Uhr ist die Beerdigung? Kann das Gedruckte nicht lesen.«

»Wenn Sie das Gedruckte nicht lesen können, warum, zum Teufel, kümmert es Sie, ob die Zeitung kommt oder nicht?«

»Ich bezahle für das verdammte Ding.«

»Die Beilage ist kostenlos«, sagte Harley, während er den letzten Abschnitt überflog. »Zehn-dreißig. Morgen, auf dem Zion.«

»Das geht ja flott.« Ausnahmsweise klang Ziske beeindruckt. »Verbuddeln sie die Straße hoch bei den anderen, denke ich. Wenn ich jetzt losgehe, komme ich gleichzeitig mit ihr dort an.« Er meinte den Old German Cemetery. »Bin seit dem Feuer gar nicht mehr dort oben gewesen. Kann ich mir gar nicht vorstellen, dass der Jipp-Hof weg ist. Zugegeben, das Haus war schon seit Baubeginn marode. Wissen Sie, was ich bereue – den Lucas-Hof abgerissen zu haben. Ole Braasch konnte verdammt gute Häuser bauen.«

Ziske wurde wohl langsam schrullig. »Ole Braasch hat den Jensen-Hof gebaut«, korrigierte Harley ihn.

Der alte Mann guckte finster und blaffte dann: »Ich weiß, welche gottverdammten Häuser Ole Braasch gebaut hat. Lucas hatte ihn angeheuert. Hat für Lucas das gleiche Haus gebaut wie für eure Familie. Selbe Scheune, alles gleich. Bis hin zum Nagel fürs Papier im Plumpsklo. Ole kannte vielleicht nur den einen Grundriss, aber den konnte er bauen. Ist ’ne verdammte Schande, dass das Haus Ihrer Familie leer steht.«

Harley betrachtete Ziskes milchig blaue Iris unter den wilden Augenbrauen und versuchte herauszufinden, ob er, genauso wie zuvor June Christiansen, auf etwas anspielen wollte. Aber, nein. Ziske neigte nicht zu Anspielungen. Wenn er etwas zu sagen hatte, könnte man ihn auch mit Geld nicht davon abhalten.

»Verflucht noch mal, ich wünschte wirklich, ich hätte das Haus nicht abgerissen«, sagte er wieder. »Hätte stattdessen dies hier plattmachen sollen.«

»Sie haben getan, was Sie tun mussten.«

»Hab das gemacht, was einfach war. Es war einfacher, es abzureißen, als Rollies Hirn aus dem Teppich zu shampoonieren.« Kaum war es ihm über die Lippen gekommen, zuckte Ziske zusammen und versteifte sich. »Oh, verdammt.«

»Kein Ding.«

Ziske nahm einen letzten Schluck Kaffee. Harley nutzte das, um aufzustehen, dem alten Mann nachzuschenken und dann zu gehen. Ziske nahm einen Schluck, schüttelte den Kopf und guckte angewidert. »Baufällig oder nicht«, sagte er, »diese Häuser abzureißen ist, wie auf Gräber zu spucken. Die meisten dieser Häuser wurden von Leuten gebaut, die nicht mal einen Pinkelpott besaßen. Wenn sie einen gehabt hätten, wären sie nicht hier gelandet. Alte Häuser sind alles, was von ihnen übrig ist.« Er starrte wieder auf das alte Hochzeitsfoto an der Wand. »Die Indianer waren klug, wissen Sie. Die wussten, dass das Land hier draußen nur zum Grasen taugte. Oder zum Jagen. Oben, auf der nördlichen Weide, habe ich Pfeilspitzen gesehen, als der Regen sie aufgeweicht hat. Wann war das, als wir all den Regen hatte, vor acht Jahren?«

Mehr oder weniger, sagte Harley. Er erklärte dem alten Mann, dass er nun gehen müsste.

Ziske winkte, als würde er ihm mit der Tasse zuprosten. »Ich werde immer noch Anzeige erstatten, wenn diese Beilage nicht kommt.«

»Ich nehme an, das werden Sie auch versuchen, wenn sie doch kommt«, sagte Harley und winkte ihm auf dem Weg hinaus zu.

14

Das Letzte, an das sich Pam von der Nacht zuvor erinnerte, war der kurze Moment, bevor sie eingeschlafen war. Rick hatte sie mit einem Arm und einem Bein umklammert und heiß an ihrem Rücken gelegen. Doch er hatte nie leise gezuckt, woran sie erkannte, dass er einschlief. Er hatte nie angefangen, lang und flach zu atmen. Zumindest nicht, während sie wach war.

Als sie ihren Kopf drehte, strich der Kissenbezug über ihren Mund. Er war von Harleys Stoppeln noch ein wenig rau. Sie dachte an die letzte Nacht zurück und wie sie auf der Kofferraumhaube des Novas ihr Gleichgewicht gehalten hatte. Sie wartete auf eine sie versenkende Schuld, eine grippeartige Schwere. Die nicht kam.

Sie stand auf und ging durch den Flur. Im nächsten Zimmer war Anna aus ihrem Kinderbettchen geklettert und saß auf dem Boden. Sie hatte Papierbögen von einem Notizblock vor sich ausgebreitet. Zeichnungen und gekritzelte Briefe. Sie sortierte sie und brachte sie in irgendeine Reihenfolge. Ihr Haar war ein Vogelnest, doch sie hatte ihren Pyjama ausgezogen und sich ein T-Shirt und eine geflickte Jeans angezogen. Pam fragte, ob sie Hunger hätte. Anna sah sie nicht an. Sagte nur, in einer Minute.

Das Telefon an der Küchenwand klingelte. Es war Babe. Pam klemmte sich den Hörer zwischen Ohr und Schulter, öffnete die Brotdose auf dem Tresen und zog zwei Teller aus dem Schrank. Argwöhnisch hörte sie zu, wie Babe ein oder zwei Sätze lang versuchte, Smalltalk zu machen.

»Dann ist jemand hingegangen und hat den verdammten Benzintank geleert«, sagte sie.

Pam erstarrte, eine Hand auf dem Griff des Kühlschranks, in dem die Butter lag. Sie tat so, als hätte sie es nicht richtig gehört. Sie fragte, was Babe gesagt hatte und hörte genau zu.

»Ich sage Dad schon seit Jahren, dass er die Tanks stattdessen unten neben die Scheune stellen soll.«

Pam hatte kein Benzin gestohlen, doch sie hatte es ganz klar versucht, und nun lauschte sie, ob es einen leisen Verdacht gab. Es gab keinen. Es hörte sich eher so an, als wäre Babe stolz darauf, recht gehabt zu haben.

»Hast du deswegen die Cops angerufen?« Pam stellte sich Harley vor. Seine Gürtelschnalle, seine Schulter, die rauen Handflächen. »Das solltest du«, sagte sie merkwürdig erregt. »Ich würde das tun.«

Babe gab ein schnaubendes Geräusch von sich. »Als würden die irgendwas deswegen unternehmen.« Dann schwieg sie. Pam wartete. »Bin heute Morgen zu Gordon's gefahren«, sagte Babe. Rein oberflächlich klang ihre Stimme, als sagte sie es so nebenbei, doch darunter lag ein harter Ton, wie kühles Metall.

Pam verstummte, die Butterdose in der Hand, und schwieg. Sie stellte die Butterdose auf die Ecke des Tisches und wickelte sich die Telefonschnur um den Finger.

»Ich musste dort *Konservierwachs* kaufen«, sagte Babe, als wäre sie richtig böse auf das Konservierwachs. Sie wartete, als wäre jetzt Pam an der Reihe, etwas zu sagen.

Pams Fingerspitze am Ende der Schnur wurde lila und pochte. Wenn sie genau hinhörte, vernahm sie in der Leitung ein statisches Rauschen. Sie wickelte die Telefonschnur wieder von ihrem tauben Finger.

»Ich hatte eine kleine Unterhaltung mit *Helen Nelson.*« Babe hatte fest zugebissen und war kurz davor, Pam zu schütteln wie eine alte Socke. »Hör zu, ich hab keine Zeit, den ganzen Tag mit dir ein verdammtes Katz-und-Maus zu spielen, also sag ich es dir direkt: Du hast Glück, dass Helen Nelson nicht bereits der halben Stadt erzählt hat, was gestern passiert ist, und wenn du meinst, sie hätte wirklich gedacht, dass du nur *versehentlich* eine Dreijährige in diesem Laden zurückgelassen hast, dann bist du noch viel dümmer, als ich dachte.«

»Was sagst du da?« Pam biss zurück, obwohl es schriller klang als beabsichtigt, und dieses verfluchte morbide Grinsen, das immer in völlig unpassenden Momenten auftauchte, verkrampfte ihre Wangen. Als sie die Worte wiederholte, pfiff sie beinahe. »Worüber redest du überhaupt?« Sie wusste, dass Babe ihr Lächeln hörte. Dafür hatte Babe sie seit Tante Sophias Beerdigung gehasst, da war Pam acht Jahre alt gewesen. Pam versuchte, es mit Sarkasmus und Lautstärke zu kaschieren. »Ja. Du hast völlig recht. Ich hab Anna zwischen den Kleiderständern im Gordons's zurückgelassen ... so wie ein geschwängerter Teenager« – sie suchte nach Worten –, »der seinen kleinen Bastard auf der Veranda eines Klosters absetzt.« Auf der Veranda eines Klosters? Sie hatte noch nie ein Kloster gesehen. Hatten Kloster eine Veranda?

Babe sprach langsam und kalt. »Pass auf. Du regst dich jetzt mal eine Runde ab, Schätzchen, und anschließend hörst du mir mal richtig gut zu.«

Das aufdringliche Grinsen flachte wieder ab, ohne dass Pam sich auf die Wangen beißen musste. Babe schwieg. Wartete, dass Pam sich gottverdammt wieder beruhigte.

Dann sprach sie weiter, eindringlich und leise. »Ich sage dir das jetzt ein einziges Mal, und ich gehe nicht davon aus, es noch mal sagen zu müssen.«

Pam hörte zu.

»*Du* hast dir das eingebrockt. *Du* allein.«

Babe ließ das so stehen und sacken, was es auch tat. Es rieselte durch Pams Eingeweide, als hätte sie Sand geschluckt.

»Du denkst, du willst da raus. Nach meiner Rechnung hast du

noch fünfzehn Jahre, bevor du überhaupt darüber nachdenken kannst.«

Die Bedeutung dieser Worte schlug Pam auf den Magen. Sie fühlte sich wirr im Kopf.

»Wünschst du dir, du hättest alles anders gemacht? Meinst du, du hättest etwas Besseres verdient?«

»Ich habe nicht …«

»Das war eine rhetorische Frage, Pamela Jean.« Sie holte tief Luft. »Du verdienst es nicht besser, Kindchen. Du hast bekommen, was du haben wolltest. Sie nicht. Das ist der Unterschied. So einfach ist das.«

Nachdem Babe aufgelegt hatte, sank Pam auf einen Küchenstuhl. Sie starrte ins Leere, ohne zu blinzeln. Auf der anderen Seite des Tisches befanden sich ihre Handtasche und die Singer-Nähmaschine. Sie lauschte auf Anna. Die still in ihrem Zimmer saß. Und dieses Papier sortierte und was immer darauf war.

Schließlich stand Pam auf, zog die Singer aus der Steckdose und wickelte die Schnur um die Maschine. Sie trug sie zum Flurschrank, dachte an all die Dinge, mit denen er vollgestopft war, und ging weiter ins Schlafzimmer. Sie schob die Nähmaschine zwischen die Beine des Nachttisches.

Zurück in der Küche, konnte sie ihre Hände nicht spüren, als sie die Handtasche auf das raue Holz warf. Sie sah ihren eigenen Fingern zu, wie sie die Geldscheine, die sie aus dem Zuckerbehälter genommen hatte, einen nach dem anderen herausholte und auf einen ordentlichen Haufen legte. Dann ging sie zum Schrank und zog den Mehlbehälter herunter. Sie hob die Tüte darin an und ließ die Scheine zum Rest fallen, als würde sie die Miete für den Stellplatz durch den Briefschlitz des Hauptbüros werfen. Eine weitere Rate einer Rechnung, die sie nie abbezahlen würde.

Es würde keinen Neuanfang geben. Es würde kein Haus mit einem soliden Fundament und Decken geben, die hoch genug waren, um darunter zu atmen. Es würde keine Benzintanks geben, die sie von alledem wegbringen würden. Es würde das hier geben und nur das hier. In Summe.

Sie verschloss die Dose. Dann stellte sie den Behälter zurück ins Regal.

15

Der Teppich ließ sich leicht ablösen. Genau wie die Unterlage. Wer immer sie verlegt hatte, hatte eine gute Teppichunterlage benutzt – und hatte das Zeug auch nicht auf dem Sperrholz aufgeklebt. War nicht nötig gewesen. Strapazierfähiges Zeug. Kam direkt mit den Klammern hoch, einfach popp-popp-popp. Zumindest auf einem Ohr. Ricks anderes Ohr war dicht. Er bekam es nicht frei. Er schluckte, er hielt sich die Nase zu und pustete ein paar Mal, doch es nützte nichts. Es machte alles in seinem Kopf laut und alles außerhalb dumpf.

Ansonsten fühlte er sich trotz Schlafmangel gut. Er hatte zu Hause nicht geschlafen. Er hatte zu viel Sorge gehabt, nicht früh genug aufzuwachen. Doch er fühlte sich ziemlich gut. Richtig konzentriert. Und der Teppich ließ sich leicht ablösen. Sie hatten eine richtig gute Unterlage benutzt.

Er hockte sich mit dem Teppichmesser hin und schlitzte die karierte Rückseite des Bodenbelags in lange Streifen, die er aufrollen und hinaustragen konnte. Ein scharfes Quietschen durchdrang die Taubheit seines Ohrs. Rick schaute über den Rand des Schlafzimmerfensters hinweg. Pauls Pick-up war angekommen. Es war das Quietschen der Tür. Dann quietschte es wieder, als sie geschlossen wurde. Es war beinahe elf Uhr morgens. Der Junge musste mal seinen Scheiß geregelt kriegen.

Rick hörte, wie er durch die Haustür kletterte. Draußen gab es keine Stufen. Sein Hintern oder Bauch rumste auf den Boden. Rick rief und sagte, er sei im Schlafzimmer. Er zog an einer weiteren Ecke des Teppichs und wegen des befriedigenden Popp-popp-popps auch an der Unterlage. Er kniete sich hin und zog die Rasierklinge über den Teppichrücken. Pauls Stiefel stampften über den Flurboden.

Rick blies ein weiteres Mal durch die Nase und versuchte, das Ohr freizubekommen. Es ging nicht. »Und, Glück gehabt? Bei Mom, meine ich?« Seine Stimme klang laut in seinem Kopf. Er fragte sich, ob sie auch für Paul so laut klang.

»Du hörst dich an wie eine verdammte Schallplatte.« Paul ging an ihm vorbei. Er griff in die Styropor-Kühlbox in der Ecke des Raums. Sie stand auf dem nackten Sperrholzboden. Er holte sich ein Bier heraus.

»Ist noch nicht mal Mittag«, betonte Rick.

»Zur Kenntnis genommen, Carrie Nation.« Paul fragte, was an diesem Tag anstand. Wollte wissen, ob er unter den Trailer kriechen und die Wasserleitungen verlöten sollte.

»Schon erledigt. Das und die Belüftungsrohre. Hab ich gestern Abend gemacht.«

»Meine Güte. Ich wette, du kannst bestimmt ein Nickerchen gebrauchen.«

Rick behielt den Blick weiter auf der Klinge, auf dem Teppich. Er wusste nicht, ob Paul es ihm ansehen konnte, dass er auf Speed war. »Da du hier bist und nicht im Knast, hast du dich vermutlich von dem Cop ferngehalten.«

Paul trank einen großen Schluck und ließ seinen Blick und die Finger über das nackte Sperrholz neben dem Streifen Teppichnägel wandern. »Jensen? Bin ihm eine Zeit lang gefolgt.« Paul sagte, das Holz sähe anständig aus. Lediglich ein paar Wasserflecken.

»Du bist einem verdammten Cop gefolgt?«

Er nahm noch einen Schluck und rülpste leise. »Ich bin um ein paar alte, verfallene Häuser herumgeschlichen, er ist um ein paar alte, verfallene Häuser herumgeschlichen.«

Rick wartete, was noch kam. »Und? Irgendetwas? Hast du inzwischen wenigstens eine Ahnung, wo sie sein könnte?«

»Klar. Renoviert ihre Ferienhäuser. Hat eins schon fertig.«

»Scheiße, bist du schon wieder high?«

»Nee. Du?«

Die Spitze des Teppichmessers rutschte von ihrer geraden Linie ab. »Mist.« Er schwitzte. Er hob die Schulter und rieb sich die Stirn an seinem T-Shirt, damit ihm der Schweiß nicht in die Augen lief.

»Ich weiß noch, dass ich dir gesagt habe, du sollst den Scheiß locker angehen.«

»Glaubst du, dass ich den Teppich nur so zum Spaß rausreiße?«

»Du bist gestern Abend nach Madson gefahren.«

Woher wusste er das? Rick konzentrierte sich darauf, die Teppichrückseite zu zerschneiden. »Ach ja? Na und? Du hast nur einen Job, Paul: ein Auge auf Mom zu werfen. Wenn du's nicht tust, ist das auch mein Problem.«

Paul lachte kurz auf. Ein dumpfes Ausatmen. »Du hast schon genug Probleme, Kumpel.«

»Einen verfickten Scheiß habe ich, ich hab –.« Er schaute zu Paul auf und hielt das Teppichmesser wie einen Zeigefinger in die Höhe. Er stocherte in der Luft vor sich herum. »Du bist derjenige, der seinen Scheiß geregelt kriegen muss. Jemanden finden, so wie ich, und eine verdammte Familie gründen. Deine Prioritäten richtig setzen.«

Paul hielt seinem Blick stand. Diese schwebenden, silbernen Iris waren halb verborgen. Sein Mund verzog sich zu einem winzigen Lächeln, doch er schwieg, als halte er etwas zurück. Sein ganzes Leben lang hatte Rick sich gewünscht, Paul möge den Mund halten. Und nun, wo er es tat, war es nervenaufreibend.

Himmel, Rick war schweißnass unter den Achseln. Er kratzte sich den Kopf.

Paul lehnte den Kopf an die Wand hinter sich. Doch sah ihn weiterhin an. Rick fühlte sich, als würde man ihn ins Visier nehmen. »Du bist echt gut darin, nur das zu sehen, was du sehen willst, weißt du das? War schon immer so. Wie bei Mom und diesen Picknicks. Wie sie mit Dell juniors Kram losgezogen ist.«

»Fang nicht damit an. Sie weiß nicht, wo er ist, Paul. Sie hat versucht, etwas Nettes zu tun, hat versucht, in dem ganzen Scheiß Normalität zu bewahren, und du verdrehst alles.«

Die Picknicks, auf die sie die beiden nach Dell juniors Verschwinden mitgenommen hatte, waren so ungefähr die letzten guten Zeiten, an die sich Rick mit Mom erinnerte, und Paul wollte ihm sogar das nehmen. Sie hatte draußen auf dem Land, neben einem verfallenen Haus, im hohen Gras eine Häkeldecke und Tupperdosen ausgebreitet und davon gesprochen, das Haus kaufen zu wollen. Es zu reparieren. Das Haus war in keinem guten Zustand, das Dach der Veranda war schief, doch es war trotzdem schön gewesen, wie sie davon geredet hatte, in welchen Farben sie die Zimmer streichen wollte und welche Vorhänge dort hängen sollten. Doch Paul ritt nur darauf herum, dass sie den Jungs gesagt hatte, sie sollten dort sitzenbleiben, während sie allein ein wenig durch die Gegend ging. »Sie wollte vermutlich ein wenig Ruhe für sich. Zum Teufel, vielleicht musste sie auch pinkeln.«

»Und all die Spielsachen? Die silberne Rakete?«

Die hatten Dell junior gehört. Paul wollte sie einmal unbedingt mitnehmen. Mom hatte irgendwann genug davon, dass Rick und er sich darum zankten und hatte sie ihnen weggenommen, bevor sie umherwanderte. Rick wusste nicht, was sie damit getan hatte. Vielleicht in ihre Handtasche gesteckt. Auf dem Weg nach Hause hatte Paul in der zusammengeknüllten Häkeldecke und den Tupperdosen herumgewühlt und sie war verschwunden gewesen. Danach fiel Paul auf, dass auch andere Dinge verschwanden. Eine alte eiserne Lokomotive. Ein Murmelspiel. Ein Kreisel mit einer Spindel, die man drückte und anhob, damit er sich drehte. Baseballkarten und Comics.

»Wahrscheinlich hast du den Kram genommen. Wahrscheinlich

hast du den Kram mit zur Schule genommen und ihn dort vertickt.«

»Gott, das bewundere ich an dir«, sagte Paul. »Wie du die Dinge siehst. Und was du nicht siehst. Das ist eine verdammte Gabe, mein Freund.«

Rick wollte, dass Paul zu reden aufhörte. »Hilf mir lieber, diesen Teppich rauszureißen.«

»Du siehst nicht besonders gut aus«, sagte Paul. »Alles okay bei dir?«

»Was?« In Ricks Brust klopfte es dreimal laut. »Mir geht's gut«, sagte er. »Es ist nur diese Sache mit Mom. Wir müssen einen kühlen Kopf behalten. Und gerade jetzt zusammenhalten.« Er wechselte das Thema. »Wäre schön, wenn wir hier heute früh wegkämen.« Er bat Paul, das neue Sperrholz auszumessen und zuzuschneiden.

Paul sagte, das Sperrholz sähe gut aus. Sie bräuchten das Sperrholz nicht zu ersetzen.

Vermutete Rick auch. Er vermutete, das Sperrholz sei in Ordnung. Dann putzte er sich gründlich die Nase. Sein Ohr poppte mit einem lauten Luftzug auf.

»Aus den Augen, aus dem Sinn«, sagte Paul mit einer so deutlichen Stimme, dass sie schrill klang.

Sie arbeiteten schweigend. Durch das Schweigen verging die Zeit langsamer. Nicht wie letzte Nacht vor dem Trailer, als Rick auf Pam gewartet hatte. Diesmal war's wie Schlamm. Wie Schlamm, der aus einem Rohr entfernt werden musste. Das einzige Geräusch war das Wummern seines Knies, das gegen den Teppichspanner stieß. Als Paul hinausging, um zu pinkeln, fischte Rick zwei weitere Pillen aus seiner Tasche. Er spülte sie mit einer halben Dose labberigem Bier hinunter. Ein paar Stunden musste er noch wach bleiben.

•••

Sie entschieden, sich zu Hause bei Dad zu treffen, in der Hoffnung, für den Wilton-Job bezahlt zu werden. Rick traf natürlich zuerst ein. Rick brachte die Quittungen mit. Fünf Stück zerknittertes Papier. Dad beäugte sie durch die Lesebrille. Er zog den schmalen Schnurrbart hoch, als würden die Quittungen schlecht riechen. Rick fragte sich, ob er schlecht roch. Er musste sein T-Shirt wechseln. Es war unter den Achseln klitschnass, fühlte sich zu eng an und klemmte seine Achselhaare ein.

Dad tippte auf seiner Rechenmaschine. Als sie die Reihe von Zahlen ausspuckte, hörte die Maschine sich an, als würde sie kauen. »Kein Motel«, sagte er. »Habt ihr wie ein paar Hippies im Van geschlafen? Auf dem Van steht mein Name, weißt du.«

»Ich musste zurück zu Pam fahren –.« Rick verstummte und dachte nach. Er dachte darüber nach, mit welchem Grund er rechtfertigen konnte, zu Pam gefahren zu sein. Im fiel lediglich ein, dass die Zündung des Novas eingestellt werden musste. Er hatte es nicht erledigt und es war kein Grund, der es rechtfertigte, nach Hause gefahren zu sein.

Dad redete sowieso schon weiter. »Das ist alles fürs Benzin. Wenn der Van das nächste Mal eine Wartung braucht, geht das auf dich. Firmenfahrzeug. Glaubst du, ich zahle Versicherung und Unterhalt, nur damit du Spritztouren machen kannst?«

Paul klopfte zweimal und trat ein. Die Tür öffnete sich mit einem Luftschwall, obwohl es draußen nicht windig war, dachte Rick.

Dad sagte laut – zu laut – und offensichtlich zu Paul: »Sag deiner Mutter, dass ich die verdammte Grundsteuer bezahlt habe. Nicht, dass sie wüsste, was das ist. Nicht, dass du wüsstest, was das ist. Du und deine Mutter, ihr habt da einen ziemlich guten Deal laufen, lebt richtig schön auf meine Kosten.«

Paul prustete. Als wäre das witzig.

Rick stieß auch Luft aus, was so viel heißen sollte wie Echt jetzt?, doch es klang zu hart und laut. Alles war zu laut.

»Ist das irgendwie witzig?« Dad beäugte Rick.

»Nein, nein – nur – ich weiß es«, sagte Rick, um seine Absicht zu verdeutlichen. »Der Junge weiß nicht, wie gut er es hat.«

Paul zog sich einen Stuhl heran.

»Ach ja?«, sagte Dad. »Dann kann sie vielleicht bei dir einziehen. Spart mir Grundsteuern.«

»Nee, nein.« Ricks Stimme klingelte in seinen Ohren.

»Hatte ich auch nicht angenommen«, sagte Dad. »Versuch du mal, mit dieser Frau zusammenzuleben.«

Paul starrte Dad von seinem Platz aus mit diesem leeren Blick an. Er war leerer als sonst. Er blinzelte nicht. Rick wusste nicht, wie Paul so lange gucken konnte, ohne zu blinzeln.

»Nein, ich weiß es.« Rick lachte kurz auf, doch es klang falsch. Zwei schnelle Hehs. Heh-heh. Lachte er immer so?

Dad hob den Blick, um Rick wieder anzusehen, ohne dabei den Kopf zu bewegen. »Mit dir irgendwas nicht in Ordnung?«

»Nein?«

»Ich habe schon vorhin gedacht, er sieht aus, als käme er von etwas runter. Als hätte er sich was eingefangen, meinte ich«, sagte Paul laut und fest.

Dad starrte. »Schwitzt wie ein Schwein und siehst aus wie ein Geist.«

»Nein? Ich weiß nicht. Bin nur müde, das ist alles.«

Dad widmete sich wieder seinem Notizbuch. »Wie auch immer, sie ist eure Mutter. Und ein Mann spricht nicht so von seiner Mutter.« Er kritzelte und murmelte. »Ihr *wisst*. Ihr *denkt*, ihr wisst. Dell junior zu verlieren, hat vielleicht die Schraube aus dem Loch befördert, doch die saß sowieso schon locker.« Er blätterte zu einer neuen Seite um. Dann ritzte er mit seinem Kugelschreiber die frische Seite ein und schrieb so groß, dass Rick wusste, dass es Anweisungen für einen neuen Job waren. »Wie auch immer, sie ist eure Mutter.«

Paul sah Dad wieder hart und kalt an. Rick kannte den Blick. Nicht bei Paul, aber er war genauso vertraut. Es erinnerte Rick an etwas, das er nicht einordnen konnte.

Dads Worte hallten in seinem Kopf nach. *Saß schon locker. Dell zu verlieren.* Daran blieb er hängen. Dell zu verlieren. Dell junior: Eine Spitzzange, irgendwo abgelegt, doch niemand wusste mehr, wo. Dell junior. Ein Messerspachtel, schon so lange verlegt, dass irgendwann keiner mehr danach suchte. Jetzt war Mom der Messerspachtel. Verlegt.

Mom. Das war der Blick, mit dem Paul Dad ansah. Ihre Augen waren unterschiedlich, die von Paul und Mom. Seine waren silbern, ihre blau. Doch es war Moms Blick, der da aus Pauls Augen kam.

Rick rieb sich mit den stumpfen Fingerspitzen schnell über die Kopfhaut. Zu schnell. Es war alles ein Hin und Her. Langsam und schnell. Schnell und langsam. Er brauchte Schlaf. Wegen der Hitze, dem Job, dem verzogenen Nacken – Paul und Mom – brauchte Rick etwas Schlaf.

»Habe in Seneca einen Trailer erworben. War eine Unterkunft für Landarbeiter. Hat gebrannt«, sagte Dad. Der Typ, von dem Dad ihn gekauft hatte, behauptete zunächst, es sei die Stromleitung gewesen, doch dann rutschte ihm heraus, dass es auch eine Zigarette im Bett gewesen sein könnte. »Rettet das Ding, wenn ihr könnt. Ansonsten schlachten wir ihn aus.« Er riss die Seite aus seinem Notizbuch, wobei die Metallspirale durch jedes Loch riss und einen schmalen Streifen Papier zurückließ. Mit einem lauten *Ssshhh* schob er das Papier über den Tisch.

Rick zog die Seite zu sich auf den Schoß, um sie zu falten.

Dads Blick lag auf ihm. Das Weiße und die Iris der Augen waren angeschwollen. Wie Glubschaugen. Von der Lesebrille. Rick konnte die Venen sehen – klein und rot –, das waren Blutkapillaren, dachte Rick.

»Junge, siehst du scheiße aus«, sagte Dad.

Seneca. Dad wollte, dass sie jetzt nach Seneca fuhren. Ein weiterer Job, mehr als drei Stunden entfernt. Rick würde fragen, ob das nicht bis Montag warten konnte. Wenn es bis Montag warten konnte, hatte er ein paar Tage zu Hause mit Pam. Pam kam mit all diesen Auswärtsjobs nicht zurecht. Auch sie musste mal anständig schlafen.

»Montag wäre gut«, erklärte er Dad. »Für diesen hier. Bis Montag hätte Pam mal eine Pause. Sie könnte eine Pause gebrauchen. Von den Auswärtsjobs.«

Rick spürte, wie Paul jetzt ihn ansah. Er hatte genug von Pauls Guckerei. Rick blickte böse zurück und war kurz davor, ihn zu fragen, warum zum Teufel er ihn anstarrte.

Doch Paul sah gar nicht aus wie Paul. Oder Mom. Pauls Blick war ausnahmsweise nicht sauer oder gelangweilt oder leer. Ausnahmsweise guckte er einfach nur. Wenn es nicht Paul gewesen wäre, hätte Rick angenommen, er würde besorgt schauen. Oder mitleidig. Paul starrte wie jemand, der gerade gesehen hatte, wie ein Reh angefahren wurde und von dem Kühler des Vans in den Graben geschleudert wurde, wo es nun lag und noch versuchte wegzulaufen.

»*Pam*«, Dad schaltete sich dazwischen wie ein Entenruf und Rick kehrte ruckartig in die Gegenwart zurück. »Alles, was ich von dir höre, ist *Pam*. Wenn du etwas für deine Frau tun willst, dann nimm gute Arbeit an, wenn du sie kriegen kannst«, nörgelte Dad. »Montag. Glaubst wohl, du bist ein Banker.«

Rick gab ein Ächzen von sich. »Scheiße, nein. Banker.«

Paul sagte: »Ich würde annehmen, dass ein Banker nicht in einem Trailer wohnt.« Paul sah wieder wie Paul aus und starrte Dad eindringlich an.

Dad machte das nichts aus. Er starrte zurück. »Du sitzt in einem Trailer, Sohn.«

»Tja«, sagte Paul, »das hier ist ein doppelt Breiter. Doppelbreite spielen in einer ganz anderen Liga.«

Rick begriff nicht, was Paul da machte. Warum er versuchte, Dad zu verärgern, der ihn mit seinen Glubschaugen ansah. Die Stiefel aus Schlangenleder strichen über den Berberteppich, als er sich über den Tisch beugte. »Aus diesem Doppelbreiten kommen dein Brot und Butter, falls du das vergessen haben solltest.«

»Hat sogar ein Extrazimmer«, sagte Paul. »Wie wär's, wenn ich eine Wohnung bekomme, anstatt Steuern für das alte Haus in der Stadt zu zahlen? Und deine alte Dame hierherzuholen?« Er verhakte seine Finger hinter dem Kopf. Und lehnte sich zurück, als mache er es sich gemütlich. »Könntest ein paar Pennys dadurch sparen.«

Dad starrte ihn über das Furnier des Tisches kalt an.

»Ich kann rüberfahren und sie direkt abholen, wenn du möchtest«, sagte Paul.

Ricks Blick schoss zu Paul.

Dads Mund verzog sich zu einer schmalen Linie. Er lehnte sich in seinem Stuhl zurück. »Touché, Junge.«

Paul fragte nach der Bezahlung des Wilton-Jobs.

Dad zog aus dem hinteren Teil des Notizbuches zwei Umschläge hervor. Einen für Rick, einen für Paul. Er ließ sie mit zwei weiteren Zischlauten über die Tischplatte gleiten. Er sagte, gebt nicht alles auf einmal aus. Und diesmal gäbe es keinen Vorschuss für die Fahrt, da er nicht wüsste, was zum Teufel er da gekauft hätte. Keine Ahnung, wie lange es dauern würde. Er zähle auf Rick, sagte er, dass er morgen anriefe und berichte, wie er aussähe.

Das musste doch etwas bedeuten, dachte Rick. Dass ihr Alter auf sein Urteil vertraute. Das wusste Rick zu schätzen. Er stand auf und gähnte. Zumindest versuchte er es. Er brauchte frische Luft. Und er brauchte seinen Tabak. Er hatte ihn in der Konsole des Vans liegengelassen.

Draußen begleitete Paul ihn zum Van und bat ihn um die Adresse.

Rick zog das Papier aus seiner Tasche und entfaltete es. »Wann sollen wir uns hier treffen? Vier? Halb fünf?«

Paul las noch. Er sagte, er würde wieder separat fahren. Musste sich heute Abend noch um irgendeinen Scheiß kümmern. Könnte sein, dass er am nächsten Morgen etwas später käme.

Das hörte sich nicht gut an. »Stell nicht wieder diesem Cop nach. Du musst dich von diesem Cop fernhalten.«

Paul sah nicht auf. Er las noch, obwohl auf dem Zettel nicht mehr als vier Zeilen standen. Ricks Zeitgefühl wurde wohl gerade wieder schwammig. »Geh und schlaf dich aus«, sagte Paul, faltete den Zettel und gab ihn zurück. »In einer Sache hat der alte Dell senior recht. Du siehst echt scheiße aus.«

Paul klopfte Rick einmal auf die Schulter. Er packte sie und ließ sie wieder los. Das sah Paul gar nicht ähnlich. Aber es war ein gutes Zeichen. Es war ein gutes Zeichen, dass er sich beruhigte. Er musste kapiert haben, dass sie diese Sache mit Mom nicht zu nah an sich heranlassen durften. Er musste endlich kapiert haben, dass Familie zusammenhalten musste.

16

An jenem Abend fuhr Harley um Viertel nach elf in Kreisen um Junco herum und versuchte in dem 400er-Hausnummernblock der Jeffersons einen entlaufenen Hund zu finden. Er fuhr nicht besonders gern in Junco herum. Die Stadt war wie ein entfernter Verwandter auf einem Familientreffen, ein Cousin, dem jeder aus dem Weg ging, weil er einen ein wenig zu lange anstarrte und die unkontrollierbare Angewohnheit hatte, sich ständig die feuchten Lippen zu lecken. Warum Junco so war, wusste niemand. Es war klein und es war arm, und es war »ländlich«, wie jemand es mal ausgedrückt hatte. Doch all das konnte man auch über Wanahee sagen, das knappe fünfzig Kilometer nördlich lag. Anders. Junco war anders.

Carols Stimme kam stotternd über Funk rein. Im Avark gäbe es einen Tumult, sagte sie. Harley nahm die nördliche Auffahrt auf den Highway und fuhr nach Osten. Nachdem er am Trailerpark und der nicht einsehbaren Kreuzung der County Road K vorbeigekommen war, warf er einen kurzen Blick auf sein altes Zuhause, und zum ersten Mal waren seine Gedanken nicht bei Paul, bei gestohlener Kleidung oder brennenden Feuertonnen.

Letzte Nacht hatte er einfach nur gehofft, dass es einfacher wäre, durchs Haus zu gehen, wenn Pam dabei wäre. Er hatte gesehen, was er gesehen hatte, Sprühfarbe, mutwillig zerstörten Putz, und er hatte die Ruhe bewahrt, denn jemand anderes war mit dabei gewesen und hatte zugesehen. Darum passte der Job so gut zu ihm. Er hatte wegen des regelmäßigen Gehaltsschecks unterschrieben, nicht wegen eines unerschütterlichen Glaubens an das Gesetz. Der Job passte, weil er eine lebenslange Übung darin hatte, im Beisein von anderen die Ruhe zu bewahren. Es hatte sich nie wie eine Schwäche angefühlt, da es ziemlich viel Arbeit gekostet hatte, es zu kultivieren. Aber jetzt war er sich nicht mehr so sicher.

Er fragte sich auch, worauf Pam aus war, denn Ziske hatte recht: Harley war nicht gerade ein junger Kerl. Und dann wäre da noch der Ehering, den sie am ersten Abend getragen hatte. Wahrscheinlich war Harley nur eine kurze Ablenkung. Er wusste nur nicht, wovon. Er wusste nicht, ob sie kürzlich geschieden worden war, traurig oder nur eine gelangweilte junge Hausfrau. Nicht, dass eines davon ihm etwas ausgemacht hätte, solange Babe Reinhardt nichts davon erfuhr. Babe Reinhardt würde ihn häuten.

Nachdem er die County Oil überquert hatte, warf er einen kurzen Blick auf den Knudsen-Hof und dachte, dass er hinter dem Wohnzimmerfenster einen matten Schein gesehen hatte. Doch bevor er bremsen konnte, war das Fenster wieder dunkel. Wahrscheinlich eine Reflexion der Scheinwerfer.

Harley bremste nur so weit ab wie nötig, um auf die Main einzubiegen und ignorierte das Stoppschild. Straßenlaternen beleuchteten den Geschäftsbezirk wie eine Kulisse, die gleich weggerollt wurde. Alles hinter den hohen Fassaden war schwarz. Selbst die Schatten wirkten flach, angemalt, wo der Mörtel zwischen den Ziegeln tiefer saß und wo Namen und Daten in die Geschäftsfront eingemeißelt waren. Auf dem vor ihm stand 18 SCHMIDT 83.

Er stieg aus und ging an dem blau-roten Old Style Bier-Schild vorbei. Im Fenster des Avarks leuchtete das matte Gold eines perforierten Lampenschirms. Die Tür aus Glas und Stahl schickte ein Zwinkern über den Asphalt, und durch den Eingang drang ein Gemisch aus kratzigen Silben und gedämpfter Musik. Kein Gebrüll und nichts, was ungewöhnlich klang. Loren Braasch kam heraus und winkte jemandem zum Abschied zu. Harley kam in den Sinn, ihn auf sein altes Zuhause anzusprechen, das er verriegeln sollte. Harley könnte den Jipp-Brand erwähnen und ihm sagen, es gäbe Anzeichen dafür, dass ein Durchreisender sich in den alten Farmgebäuden aufhielt.

»Du bist nicht derjenige, wegen dem ich hier bin, oder, Loren?«

»Kommt darauf an«, sagte Loren und lächelte hinter seiner Hornbrille und der Netz-Kappe einer Saatgutfirma hervor. Er streckte seine Hand zum Schütteln aus. Wie bei einer Kirchenbegrüßung, legte er die andere auf Harleys Arm, der kurz zuckte. »Kommst du, um mich zu der armen Farm mitzunehmen?«

»Hab gehört, jemand würde Krawall machen. Dachte, das passt zu dir.«

»Das stimmt. Das stimmt. Leb schnell, stirb jung und hinterlass eine hübsche Leiche, war schon immer mein Motto. Das werde ich umsetzen, sowie ich das mit dem Hübsch hinbekommen habe.« Sein Lachen verstummte mit einem hohen Seufzer. »Nein, es geht um den jüngsten Reddick, weißt du. Ist hier besoffen und krawallig reingekommen, doch inzwischen ist er recht gut gebändigt. Ist in einer Sitzecke eingeschlafen. Hab noch nie gesehen, wie jemand ohne Schlag so schnell weggetreten ist.« Er sagte, Frank, der Besitzer des Avarks, musste wohl nach der Infanterie gerufen haben. »Sofern du eine Schubkarre besitzt, solltest du keine Probleme mit ihm haben.«

Harley fragte, ob er eine zur Hand hätte. Loren wünschte ihm Glück und klopfte Harley ein weiteres Mal auf den Arm. Dann wankte er zu seinem geparkten Chevy hinüber, doch er war nicht betrunken, sondern schonte nur sein krankes Knie.

Harley zog eine Zigarette aus seiner Tasche, suchte nach dem Feuerzeug und erinnerte sich dann wieder, dass er es im Handschuhfach liegen gelassen hatte. Er hatte Streichhölzer. Er knickte eines über dem Rand des Heftchens und riss es an. Zwischen dem Anreißen und dem Aufflackern der Flamme atmete er tief ein und wappnete sich. Er schüttelte das Streichholz aus und betrat das Halbdunkel. Die Kneipe roch nach abgestandenem Bier und Rauch.

»Harley«, sagte Frank zur Begrüßung. Er zog das Geschirrtuch von seiner Schulter und scheuchte ihn damit in Richtung der hintersten Sitzecke.

Pauls langes, erdfarbenes Haar lag ausgebreitet auf dem Tisch, doch sein Kopf war nicht zur Seite gedreht. Seine Stirn lag direkt auf dem Tisch. Harley hatte in der Geschichte des Alkohols noch nie jemanden gesehen, der so ins Saufkoma gefallen war.

Frank ließ einen Aschenbecher über die Theke schlittern und legte die Unterarme auf die solide Kugel seines Bauches. »Ist vor zwanzig Minuten sternhagelvoll reingekommen und hat Unsinn gebrüllt.«

»Hast du was verstanden?«

»Nee, war Kauderwelsch. Nur Gebrüll.« Frank kratzte sich mit seinen kurzen Fingernägeln an dem hervorstehenden, verlaufenen Klecks eines alten USMC-Tattoos. »Ich hätte ihn ja selbst rausgeworfen und gut is', aber bei dem da weiß man nie. Kommt vielleicht zurück und sprengt die Hütte mit einem Molotowcocktail in die Luft. Dachte, eine Nacht in der Ausnüchterungszelle würde ihm vielleicht guttun.«

»Glaubst du, er war nur betrunken?«

»Ich hoffe doch sehr, dass er nicht nüchtern herumläuft, Blödsinn quasselt und an Tischen einschläft. Vollidiot.«

»Nein, ich meine, bist du sicher, dass er nicht von etwas anderem high war?«

»Ach, woher zum Teufel soll ich das denn wissen? Der kleine Pisser hat nicht mal ein Bier bestellt.«

Pauls Arme lagen wie ein U um seinen Kopf. Harley bat um ein Glas Wasser. Frank füllte eines, schob es ihm zu und beschäftigte sich dann damit, die Bar zu wischen.

Harley ging zur Sitzecke, die Knöchel schon bereit, um Pauls Schulter, die wirkte, als würde sie gleich den dünnen Stoff des T-Shirts sprengen, einen Stoß zu versetzen. Stattdessen gab er Pauls Stiefel mit seinem eigenen einen Tritt. Schlaff wie eine Stoffpuppe.

»Reddick«, sagte er scharf. Keine Antwort. Paul war nicht im Saufkoma, da war sich Harley sicher. Doch er war sowieso geneigt, die ganze Nummer mitzuspielen.

Harley packte eine Faust voll Haare, hob sie an und spritzte Wasser in Pauls Gesicht, um ihn zu wecken. Sein Mund öffnete und schloss sich, wie ein Fisch, der nach Luft schnappt. Seine Lippen verzogen sich zu einem leichten, selbstgefälligen Grinsen. Er linste mit einem Auge, wie ein Kind, das beim Versteckspielen schummelt.

»Harley«, begrüßte er ihn. Seine Augen waren hell, klar und wirkten kein bisschen glasig. Seine Pupillen waren gleichmäßige schwarze Punkte, ohne geweitet zu sein. »Ihnen wollte ich in die Arme laufen.«

»Ich wünschte, du würdest dir ein neues Hobby suchen.«

Harley hielt Paul vor sich, wo er ihn sehen konnte. Paul glitt ohne Mucken auf die Rückbank des Streifenwagens und sie fuhren die drei Blocks zum Gerichtsgebäude, dem hohen Ziegelsteinquader an der Third und der Spruce. Harley bog mit dem Fury in die Einmündung der Gasse. Bevor er ausstieg, rauchte er zu Ende und warf einen Blick auf die Uhr. Er brauchte die Uhrzeit für den Haftbericht. Mit einem elektrischen Summen und einem dumpfen Klick sprang die 8, die letzte Zahl von 23:08, um. Er schaute Paul im Rückspiegel an. Während der Fahrt hatte Paul beide Arme oben auf die Lehne der Rückbank gelegt, als wäre es sein Sofa. Jetzt beugte er sich dicht an das Fenster heran, hauchte auf die Scheibe und malte ein Herz.

»Niedlich«, sagte Harley. Er drückte die Zigarette aus. »Ich weiß nicht, welchen Scheiß du hier abzuziehen versuchst. Ich nehme an, du hast es auf eine Nacht in der Zelle abgesehen. Brauchst du ein Alibi oder eine allgemeine Abwechslung?«

»Was ist mit Kaution? Wahrscheinlich hätte ich vorher die Tarife checken sollen.«

»Keine Kaution.« Harley fragte sich, wo der Pick-up stand. Bei seiner Ankunft an der Kneipe hatte er die Main unter die Lupe genommen und den F-250 nicht gesehen. »Wenn du nicht in der Nähe geparkt hast, kannst du morgen früh anrufen, wen immer du willst.«

Paul gab nichts über den Verbleib des F-250s preis. Harley führte ihn durch den Hintereingang des Gerichtsgebäudes und die Stufen hinunter in den Keller. Die Zelle war alt und klein. Der Backsteinraum des ehemaligen Büros des Sheriffs wurde zum Großteil von der Sekretärin des County-Gutachters als Stauraum genutzt. Stapelweise braune Kisten mit aufgekritzelten Daten und Codes säumten die Wände und machten den bereits engen Raum noch schmaler.

Harley sorgte dafür, dass Paul in der winzigen Zelle ein Bett bekam. Auch dort wirkte er entspannt und legte sich etwas zu schnell auf die Drillichmatratze.

Harley packte die Zellentür. Sie war altmodisch, aus dicken verwobenen Stahlbändern, die miteinander vernietet waren. Die offenen Quadrate zwischen den Streifen waren klein. Da der Raum klaustrophobisch genug war, ließ er die Zellentür offen. Auf diese Weise war Paul vom Schreibtisch aus zu sehen.

»Sagen Sie mal, solange ich Sie hier habe –«, sagte Paul.

»Einfach nur reizend.« Harley zog einen Haftbericht aus dem staubigen Papierfach auf dem Schreibtisch und versuchte, sich an das Datum zu erinnern. Zu viele Schichten in Folge hinterließen ihre Spuren.

»Hatten ja kaum die Gelegenheit, ein bisschen miteinander zu quatschen und auf Stand zu bringen, als wir uns letztens abends bei Ihrem alten Zuhause getroffen haben.«

Harley atmete tief ein, um etwas Geduld heraufzubeschwören. Wenn man sich bei Paul auf eines verlassen konnte, dann war es, dass er reden würde, wenn auch in Rätseln. Mit ein bisschen Glück ließ er den einen oder anderen Hinweis fallen, warum jemand die Kleidung eines Toten stehlen und sie in einem verlassenen Haus in Brand stecken würde. Obwohl Harley nicht scharf auf das Gequassel war, selbst wenn es dem Zweck diente.

»Irgendwelche großen Fälle, an denen Sie gerade arbeiten? Verfolgen Sie gerade irgendeine heiße Spur?«

Harley füllte seine Personalnummer aus. »Warum? Hast du etwas zu beichten? Solange du mich hier hast?«

»Nee. Sie?«

»Diese Quaaludes gehörten deiner Mutter.« Paul hatte sie vor ein paar Monaten während einer Routinekontrolle des Handschuhfachs des Fords erwähnt. Er hatte unterstellt, dass Harley sie selbst genommen hatte, da keine Anzeige gefolgt war. »Bist du deswegen im alten Haus meiner Familie gewesen? Hast dir gedacht, wenn ich eurer Familie Probleme bereite, bereitest du meiner ebenfalls welche?«

»Was? Wegen acht Ludes? Nee, das hab ich einfach so durchgehen lassen.«

»Danke.«

»Davon mal ganz abgesehen, warum sollte ich mir diesen Ort aussuchen, um Ihnen Probleme zu bereiten? Selbst, wenn jemand das Haus dem Erdboden gleichmacht, wäre Ihnen das egal. Himmel. Nach dieser Suche nach Dell junior haben Sie sich bestimmt von allen Häusern rund um den alten Lucas-Hof ferngehalten.«

Harley ging im Kopf noch mal die Geräusche der letzten Nacht durch, das Streichen über Gras und der entfernte Motor. Der Dachversiegeler in der Feuertonne. Trailer hatten Flachdächer. Paul arbeitete für seinen Dad und reparierte Trailer. Harley stellte sich wieder vor, wie Paul aus einem Fenster des Hauses linste. Vielleicht war diese Vorstellung überhaupt nicht paranoid.

»Ich habe das von dem Jipp-Hof gehört, oben am Friedhof«, sagte Paul.

»Jo. Ich vermute nicht, dass du irgendwas aus erster Hand weißt?«

»Ich weiß, dass es zu schade ist, dass niemand das alte Haus Ihrer Familie angezündet hat. Vielleicht könnten Sie es dann abschütteln.«

»Was abschütteln?«, sagte Harley, was eher eine Herausforderung war auszusprechen, was Paul im Kopf herumging, als eine Frage.

»Ist doch immer wieder dasselbe.« Das Bett knarrte unter seinem Gewicht. »Ist doch dasselbe, was Sie schon am Wasserturm so persönlich genommen haben.«

Der verdammte Wasserturm.

Ungefähr zu der Zeit, als Paul seinen Abschluss an der Highschool hätte machen sollen, es aber nicht tat, kletterte er splitterfasernackt und betrunken den Wasserturm hoch und taumelte dort herum. An sich war das nichts Bemerkenswertes. Die Kids kletterten regelmäßig dort hoch und sprühten ihre Graffiti. Normalerweise markierten sie ihn mit ihren Initialen oder deklarierten eine unsterbliche Liebe. Obwohl in Junco einige Vollpfosten mal ein Hakenkreuz gemalt hatten, aber natürlich rückwärtsgerichtet, wie alles andere in Junco auch.

Harley war vorbeigefahren, hatte Pauls Pick-up gesehen und dann jemanden nackt auf dem Laufgang. Er hatte Wilton angefunkt und um einen Krankenwagen gebeten. Das Ferguson-Mädchen war damals gerade zwei Monate tot. Einen Krankenwagen zu rufen war nicht übervorsichtig. Es ging dabei um Präzedenz.

Der Streifenwagen kroch die lange Versorgungszufahrt am Sockel des Turms entlang, bis Harley erkannte, was er sah. Paul war allein und hatte offensichtlich nichts mit einer Sprühdose zu verkünden. Er hatte sich ausgezogen, war hochgeklettert und hing nun kopfüber, mit den Kniekehlen, am Geländer des Laufgangs. Er schwankte nicht und hatte offensichtlich auch keinen Spaß, sondern baumelte nur dort, während sein Pimmel und die Klöten Richtung Boden zeigten. Das Einzige, was nicht Richtung Boden zeigte, war seine 12-Kaliber-Winchester.

Harley hatte das Mobilteil gepackt, das wieder am Funkgerät klemmte, doch nahm es nicht von der Gabel. Er forderte keine Verstärkung an. Das hätte das Protokoll verlangt – bei einem bewaffneten Verdächtigen in einer Pattsituation forderte man Verstärkung an. Doch Harley hatte es nicht getan.

Die 12-Kaliber war dieselbe, die Paul stets in seiner Halterung hängen hatte, ein Model 24, mit zwei nebeneinanderliegenden Läufen. Nicht gerade ein Scharfschützengewehr. Das Teil war zum Dosenschießen. Es konnte einigen Schaden anrichten, aber es lag in seiner Armbeuge und Paul hielt es nur mit einer Hand, der Schaft an den Rippen abgestützt. Außerdem hing er kopfüber und war betrunken. Harley sorgte sich weniger, wo ein Schuss landen würde, sondern wo Paul landete. Allein vom Rückstoß könnte er mit dem Kopf voran abstürzen. Und wenn er weiter so dort baumelte, würde es sicherlich sowieso in dieser Richtung ablaufen.

Harley parkte am Sockel des Turms und zielte als Vorsichtsmaßnahme mit der Dienstwaffe auf ihn. Er brüllte ihm aus dem Schutz der Streifenwagentür etwas zu. Wies Paul an, die Waffe auf den Laufgang zu legen. »Komm jetzt runter, Junge«, befahl Harley. »Mit den Füßen zuerst.«

Paul sagte, nein danke. »Wie gut können Sie schießen?«

»So mittelprächtig.«

Paul ließ den Doppellauf mehr in die Richtung von Harleys Stimme schweifen.

Da wurde Harley klar, dass Paul ihn gar nicht sehen konnte. Nicht an den Strahlern vorbei.

Paul schloss die Augen. Er lächelte hinaus in die Nachtluft. Seine nackte Brust dehnte sich unter einem tiefen Atemzug aus.

Harley brüllte ihm wieder zu, er solle die Waffe auf den Laufgang legen.

»Ich lasse sie nicht fallen, Harley. Aber sagen Sie es ruhig ein drittes Mal. Ich glaube, das verlangt das Protokoll, oder? Dreimal?«

In diesem Moment wurde klar, worauf Paul es abgesehen hatte. Die Tragweite fühlte sich an wie ein harter Samen oder Kern, der sich hinter Harleys Brustbein eingenistet hatte. Er schwoll hinter seinen Rippen an wie Hitze, bis er aufbrach. Es durchflutete seine Knochen, Muskeln und die Haut.

»Du willst sterben, Paul? Dann lass los.«

Paul öffnete im blendenden Flutlicht die Augen. Das Lächeln blieb. Es wurde breiter, als sei er froh darüber, dass Harley verstand. »Ich dachte, das wäre poetisch. Ist es geschmacklos?«

Vom Highway kam das entfernte Jaulen der Krankenwagensirene.

Paul gab einen inszenierten, lauten und verärgerten Seufzer von sich. Dann legte er die Flinte auf den Laufgang. Er schwang sich hoch, als würde er auf einem Spielplatz am Klettergerüst hängen. Leicht und locker kletterte er hinunter und als seine Füße den Boden berührten, wehrte er sich nicht. Harley machte sich noch nicht mal die Mühe, ihm Handschellen anzulegen.

Nachdem der Krankenwagen Paul und seine Klamotten eingeladen hatte und gefahren war, kletterte Harley auf den Turm, um die Flinte zu holen. Sie war gesichert. Er kippte den Lauf ab. Sie war nicht geladen. Er hatte Paul schon ein Dutzend Mal angehalten. Und fast genauso häufig hatte er den Kipplauf geöffnet. Es war nicht illegal, eine geladene Waffe in der Halterung mit sich zu führen und Paul gehörte immer zu denen, die ihre Rechte nutzten.

Harley kletterte hinunter, die Winchester fest im Griff. Dann ging er zum Ford und steckte die Waffe wieder in die Halterung.

Das Bett in der Zelle quietschte wieder und Harley sah auf. Paul machte es sich bequem und zog die Wolldecke zurecht. »›Füße zuerst‹, haben Sie gesagt. ›Komm mit den Füßen zuerst runter.‹ Ich würde sagen, das deutete auf eine Fixierung hin.«

»›Fixierung‹. Hast du das bei deiner Übernachtung in der Psychiatrischen gelernt?«

»Entschuldigung – es waren zwei Nächte.«

Zwei Nächte. Dann hatten sie ihn bis zum Verhandlungstag in die North-Central Jugendeinrichtung überstellt. Harley hatte bezeugt, dass die Nacktheit und Pauls Baumeln vorn am Laufgang als launisches Suizidverhalten gewertet werden könnte. Der Richter war nicht überzeugt. Er gab ihm eine Verwarnung wegen unerlaubtem Betreten, sah keinen Grund für weitere Gutachten und entließ Paul in die elterliche Fürsorge.

»Mittlere Initiale«, sagte Harley. Er brauchte sie für den Bericht.

»Ach, kommen Sie, Harley. Das müssten Sie doch inzwischen wissen. *D.* Für Dell. Auch der mittlere Name meines Bruders. Der, der noch am Leben ist, natürlich. Nicht der, den ihr *Keystone Kops* nie gefunden habt. Kennen Sie meinen Bruder?«

Tat Harley nicht. Er kannte noch nicht mal den Namen des anderen Bruders.

»Er hat ein Kind, und eine hübsche, junge Frau –.« Paul verstummte, als warte er darauf, dass Harley ihm das Wort abschnitt.

Paul versuchte zweifellos die Stille zu füllen, Zeit zu schinden, was vermutlich bedeutete, dass Harley irgendwo anders sein sollte, um etwas zu verhindern, was Paul nicht verhindert haben wollte.

»Er ist der Grund, warum ich Ihnen heute Abend begegnet bin«, sagte Paul. »Mein Bruder sieht gern das Gute im Menschen, vergelt's ihm Gott, und denkt, dass Sie vielleicht auf mich aufpassen. Mein Wohlergehen im Sinn haben. Ist es das, Harley? Haben Sie deshalb diese Ludes weggespült?« Er machte eine dramatische Pause. Er hatte durchaus Begabung. Dann sagte er, als wäre es ihm jetzt erst eingefallen, obwohl dem mit Sicherheit nicht so war:

»Haben Sie deshalb die Flinte zurückgesteckt? Und nie einer Menschenseele davon erzählt? Haben den Bericht und die Zeugenaussage, die mich ins Gefängnis hätte bringen können, nur halbherzig geschrieben? Bin ich einfach nur der Sohn, den Sie nie hatten?«

»Nee.« Harley schlug mit dem Klemmbrett auf den Tisch und ging zur offenen Zelle. Er zog die Tür zu.

Er hatte an jenem Abend nicht aus Edelmut keine Verstärkung angefordert. Es war, weil Harley wusste, was das Gefängnis aus jemandem wie Paul machen würde. Wenn er schon beim Einfahren gefährlich war, konnte man sicher sein, dass er bei der Entlassung noch schlimmer sein würde.

Harley hatte die Waffen-Konfrontation nicht gemeldet, denn das beste Szenario der Welt, einschließlich Pauls, war eine Psychiatrie. Oder zumindest eine Jugendeinrichtung. Wenn man in einem solchen Fall den Krankenwagen gerufen hatte, kam das Jugendgericht ins Spiel. In diesem Fall bestand zumindest eine kleine Chance, dass jemand erkannte, dass Paul von einer verdammten Therapie profitieren könnte. Das hatte Harley vor der Konfrontation vermutet. Hinterher wusste er es.

»Hab' ich irgendwas gesagt?«, rief Paul durch das Metallgitter hindurch.

Harley ging, um Streife zu fahren.

•••

Kurz vor zwei Uhr morgens, nachdem er eine erhebliche Strecke über die Asphaltstraßen zurückgelegt hatte, die das in Quadratmeilen unterteilte County überzogen, war er wieder zurück auf dem Highway 28. Er parkte in der Lukas-Einfahrt und wählte sich durch das AM-Gerausche auf der Suche nach einem Sender, den er bereits eingestellt oder nie gelöscht hatte. Er fand einen aus der Gegend von Vermillion und stellte ihn leise genug, damit er Carol über Funk hören konnte, wenn es sein musste. Dann saß er da, hörte Hank Snow, Connie Smith und einen alten Song von Ray Price, die Stationskennung, einen Wetterbericht und das Geleier der Getreide-Termingeschäfte. In dieser Zeit fuhr ein Pick-up vorbei, der bis zur zulässigen Geschwindigkeit abbremste, da der Fahrer den Streifenwagen auf dem Hügel gesehen haben musste.

Sie kam nicht. So war es dann eben. Und letztlich war er ein Dummkopf, weil er gewartet hatte.

•••

Als er zurück ins Gerichtsgebäude kam, öffnete Harley die Zellentür, hinter der Stille herrschte. Die Wolldecke lag zerknüllt zwischen der Wand und Paul, der auf dem Rücken schlief. Sein Brustkorb unter dem dünnen T-Shirt hob und senkte sich kaum. Jetzt sah Harley, dass darauf ein nackter, geschlechtsloser Engel abgebildet war, der mit ausgestreckten Flügeln entweder auf- oder herabstieg. Er konnte die Worte darüber und darunter lesen. LED ZEPPELIN und UNITED STATES OF AMERICA 1977.

Mit geschlossenen Augen und ohne einen Ausdruck auf dem Gesicht, wirkte er jünger. Sein Mund war zu einem O aufgeklappt, was einer Figur ähnelte, die Harleys Tante Mae gehörte. Eine Hummelfigur, dachte er. Ihr Junge hatte sie ihr aus Deutschland geschickt.

Kurz nach dem Morgengrauen hörte Harley aus der Zelle das Ächzen von jemandem, der sich reckt. Er sagte Paul, er solle herauskommen, wenn er seinen Anruf tätigen wolle.

Harley blätterte durch eine Ausgabe der Beilage, die er oben neben dem Fenster der Kfz-Zulassungsstelle gefunden hatte. Er vermied die letzte Seite, doch sah immer noch die lächelnde Doris Luschen mit ihren Zähnen vor sich.

Ein Paar Stiefel schlurfte über den Zellenboden und Paul erschien, der sich den Schlaf aus den Augen rieb. Harley schob das

Telefon mit der Wählscheibe an den Rand des Schreibtisches. Bei der Bewegung klingelte es leicht.

Er hörte zu, als Paul seinen Anruf tätigte. »Ist Rick schon losgefahren?« Eine Stimme antwortete murmelnd, die Stimme einer Frau. »Nee, unten in Madson.« Sie sagte etwas. »Gefängnis«, sagte er. »Hör zu, ich weiß, dass du jede Menge mit Anna zu tun hast, aber mein Pick-up steht in Wilton.« Er blickte zu Harley und zwinkerte aus unbekanntem Grund. Es herrschte Stille, dann ein Murmeln am anderen Ende. »Nein, keine Kaution. Ich brauche nur jemanden, der mich abholt.« Eine weitere Pause, dann, kaum hörbar, etwas Kurzangebundenes. Paul legte auf.

»Hat's geklappt?«

»Ja, meine Schwägerin.« Paul gähnte und streckte die Arme zur Decke wie der Engel auf seiner Brust. »Sie wird gleich hier sein«, sagte er vergnügt. Dann ging er zurück in seine Zelle und legte sich auf das Bett, um zu warten.

17

Draußen vor dem Hintereingang des Gerichtsgebäudes lief Pam ein Schweißtropfen den Nacken hinunter. Sie kratzte mit ihren abgekauten Fingernägeln daran.

Paul hatte gesagt, er bräuchte keine Kaution. Und wenn er keine Kaution brauchte, musste sie auch nicht hineingehen. Vielleicht hörte er sie, wenn sie hupte. Sie hupte.

Sie hatte die letzte Nacht gefangen im Trailer bei Rick verbracht, der seine beste Eigenschaft verloren hatte, nämlich seine Fähigkeit, zu schlafen. Er hatte sie wieder umklammert, obwohl das gar nicht nötig war. Sie fühlte sich seit Babes Anruf sowieso viel zu niedergedrückt. Die Aussicht, dass Helen Nelson sich den Mund darüber zerriss, was an dem Tag bei Gordon's passiert war, war unwichtig. Was die Leute von Pam dachten, was die Leute von ihr als Mutter oder Ehefrau hielten, das machte vielleicht Babe etwas aus, aber Pam war es scheißegal. Was sie belastete, war der Rest.

Babe hatte recht. Anna hatte nicht darum gebeten, geboren zu werden, genauso wenig wie Pam, genauso wenig wie Babe oder sonst irgendwer in der Geschichte der Menschheit. Was wirklich bemerkenswert war. Denn die Menschen taten es immer weiter, oder? Machten mehr Menschen, die nicht darum gebeten hatten, geboren zu werden, und es oft gar nicht wollten. Und Babe hatte recht damit, dass Pam es nicht besser verdient hatte. Nachdem sie so etwas getan hatte, verdiente Pam etwas viel Schlimmeres, als sie je bekommen würde, denn am Ende bekamen alle das Gleiche, verdammt noch mal.

Auf dem Beifahrersitz schlug Anna die Sohlen ihrer Sandalen mit einem dumpfen Schlag zusammen, wieder und wieder und wieder.

Harley war vermutlich nicht mal hier. Im Fernsehen hatten die Gefängnisse immer Gerichtsdiener. Fette Männer in Khakihosen, die die Zellen bewachten und keinen Sprechtext hatten, außer wenn sie Häftlinge anbrüllten, die Krawall machten. Manchmal sah man noch nicht mal ihre Gesichter. Manchmal sah man nur ihre feisten Rücken, wenn sie die Zellentüren öffneten oder schlossen, oder ihre Schlagstöcke über die Gitter streiften.

Sie hupte wieder.

Er könnte inzwischen keinen Dienst mehr haben. Es war mittlerweile taghell und sie konnte ihn sich nicht in der Helligkeit vorstellen. Sie konnte sich ihn nicht anders vorstellen als so, wie sie ihn gesehen hatte, in Schwarzweiß als Foto in der Trophäenvitrine, oder von der Nacht grau gefärbt oder von einem Feuerzeug rot erleuchtet.

Und jetzt Paul, das Arschloch. Ein weiterer Reddick. Die waren doch sowieso alle wild entschlossen, ihr Leben zu ruinieren. Obwohl sie vermutlich selbst dabei ganz anständig mitgewirkt hatte.

»Warte hier«, befahl sie Anna.

Nein, sagte Anna, es sei zu heiß. Sie hatte recht. Es war zu heiß. Sie ächzte und zog am Chrom-Türgriff. Als er sich nicht öffnen ließ, lehnte sie sich zurück, um an dem Türknopf herumzufummeln, der bereits oben war.

Pam ging herum zu Annas Seite und hob sie heraus. »Ich trage dich.« Wenn Pam schon da reinging, dann sollte es zumindest schnell gehen.

Nein, sagte Anna, sie wolle laufen.

Pam setzte sie ab, nahm Annas geballte Faust und überquerte den Kiesparkplatz bis zur Hintertür. Sie war mit einem schlichten, gemalten Schild beschriftet: GEFÄNGNIS EINGANG. Kein Grund, es auszuschmücken, vermutete Pam.

Sie gingen die Treppe Stufe für Stufe hinunter, mehr schafften

Annas Beine nicht. Als sie das untere Drittel erreicht hatten, sah Pam ihn unter der schräg abfallenden Decke. Sein schwarzer Stiefel stand im Schein der Leuchtstoffröhre auf dem Betonboden. Es war der Stiefel, der zwei Nächte zuvor die brennenden Zigaretten ausgetreten hatte. Ein weiterer Schritt und sie sah den anderen Stiefel auf sein Knie aufgestützt. Sie nahm Anna auf den Arm.

Nein, sagte Anna.

Pam blickte sie an. Sah, wie sich die kleinen Augenbrauen über ihrem Nasenrücken in kleinen Falten zusammenzogen, nicht mehr wie bei einem Kind, sondern wie bei einer winzigen alten Frau. Einen kurzen Augenblick vermisste Pam die entsetzt geweiteten Augen. Jetzt war es beinahe so, als wüsste Anna alles, was passiert war und war darauf aus, Pam dafür zu bestrafen. Sie zu zwingen, diese ganze Sache in Slow Motion durchzuziehen.

Anna bog den Rücken durch und schob sich weg, doch Pam drückte ihren sich windenden Körper fest an sich. Sie atmete so tief ein, dass es in ihren Händen prickelte. Die Luft war kühl und feucht und sie wünschte, sie wäre wieder draußen, wo die Hitze bereits erdrückend war. Sie machte einen letzten Schritt.

Zunächst schien er sie nicht wiederzuerkennen. Als mache es sie zu jemand anderem, wenn sie woanders war und nicht draußen in der Dunkelheit auf dem Land. Vielleicht zu einer ihrer Schwestern. Einer anderen von Reds Mädchen. Doch dann sah sie es. Seine Augenlider senkten sich ein wenig. Die schmalen Linien auf seiner Stirn glätteten sich. Seine Augen bekamen ein wärmeres Braun. Sie waren braun, das sah sie jetzt, und ihr wurde klar, dass sie das vorher nicht gewusst haben konnte. Er blickte auf das Kind, das schwer und zappelnd auf ihrer Hüfte saß. Ein Mundwinkel hob sich mit etwas wie leichter Belustigung. Er schüttelte den Kopf. Dann sah er fort.

»Reddick«, sagte er.

Sie öffnete den Mund und schloss ihn dann wieder. Er meinte Paul.

Der sich natürlich alle Zeit der Welt ließ. Selbst in der kalten Luft bildeten sich Schweißperlen in ihren Kniekehlen. Irgendwo hinter der offenen Zellentür schlurfte er umher. Sie streckte die Hand nach Harleys Hemdsärmel aus, spürte, wie Anna sie beobachtete und zog die Hand zurück. Er sah sie nicht an. Sein Stift schwebte bewegungslos über einem Kreuzworträtsel.

Paul erschien, schlenderte heraus und grinste breit. Er griff nach Anna. Pam quälte sich noch kurz mit Annas Gewicht ab, bevor sie nachgab. »Nimm sie«, sagte Pam, gab sie ihm und wünschte dann, sie hätte es nicht getan. Sie wünschte, ihre Hände hätten noch etwas zu tun. »Muss ich noch irgendetwas unterschreiben, Sir?« Er könnte sie zumindest ansehen.

»Nee. Wir haben alles.« Er kritzelte irgendeine Notiz an den Rand der Zeitung. Sie beäugte die schmalen Kringel seiner Handschrift und fragte sich, was dort wohl stand.

»Dann also keine Kaution?« Im Augenwinkel wippte Paul Anna auf seiner Hüfte. Er wickelte Annas kleine Finger um einen von seinen.

»Nee«, sagte Harley.

»Und? Dann war's das jetzt, ja?« Die Anspannung in ihrer Stimme war wie ein dünner, fester Faden, der aus ihr herausgerissen wurde.

Schließlich blickte Harley auf, mit einer gehobenen Augenbraue, wie um zu sagen, sie sei ein Schwachkopf, dass sie fragte. Sie fühlte sich wie einer dieser toten Schmetterlinge auf einem Brett, aufgespießt von seinen schwarzen Pupillen. Sie biss sich innen auf die Lippe.

»Jepp. Das wär's dann.« Er widmete sich wieder seinem Kreuzworträtsel.

»Ich denke, wir sind hier durch«, sagte Paul. Viel zu aufgekratzt.

Er ließ Anna auf seiner Hüfte hüpfen. »Allerdings«, begann er. »Allerdings sind wir hier noch nicht fertig, Anna.«

•••

Paul hatte Anna auf dem Schoß, Pam fuhr. Sie hielt das Lenkrad fest und verzog keine Miene, als sie am Jensen-Haus und der uneinsehbaren Kreuzung vorbeifuhren. Sie musste Paul im Auge behalten. Bis sie wusste, ob er Verdacht schöpfte. Bis sie wusste, was als Nächstes kam, wenn er es tat.

»Wieso wurdest du festgenommen?«, fragte sie ihn.

»Ist einfacher als man denkt, wenn ein Cop einen auf dem Kieker hat«, sagte er. »Nur ein paar gut geplante Finten.«

Ihr Blick schoss zu ihm hinüber, dann zurück auf die Straße. »Du hast es absichtlich gemacht?«

»Genug von mir«, sagte er. »Wie lange kennt ihr euch schon?«

»Was?«

»Die Chemie zwischen euch. Greifbar.«

Pam strich sich eine umherfliegende Haarsträhne aus dem Auge und warf sie zurück zu den anderen, die im offenen Fenster flatterten. »Du redest Blödsinn«, sagte sie. Sie würde es nicht zugeben. Nichts davon. »Vermutlich wirfst du wieder diese Pillen ein wie Bonbons.«

Anna bat um Bonbons.

»Nein. Keine Bonbons«, sagte Pam. Der Wind und das Rollen der Räder auf dem Asphalt waren so laut in ihrem Kopf, dass sie nicht denken konnte. Sie wechselte das Thema. »Du hast deine Mutter vermutlich noch nicht gefunden, oder? Rick sagt, du würdest dich ja mächtig ins Zeug legen bei der Suche. Sagt, du würdest sie eher besoffen, durchgeknallt und jammernd herumlaufen lassen.«

»Sie hat ein Recht darauf«, sagte er nüchtern. »Und sie ist nicht verrückt.« Er spitzte die Lippen und kniff die Augen zusammen, als würde er sinnieren. »Außer, man nennt es verrückt, wenn jemand berechtigterweise so richtig, richtig angepisst ist.« Er schien darüber nachzugrübeln. »Ich denke, einen gewissen Grad an berechtigtem Angepisstsein könnte man verrückt nennen. Aber dann könnte man auch einen gewissen Grad an Glücklichsein oder Dummheit so nennen. Wenn man solche Sachen analysiert, löst sich die Bedeutung einfach auf, stimmt's?«

Und während Pam sich in letzter Zeit auch gefragt hatte, ob Virginia, weil sie abgehauen war, nicht sogar die Gescheiteste von ihnen allen war, versuchte sie gleichzeitig, Paul auf der verdammten Spur zu halten. »Rick hat Angst, dass sie da draußen stirbt, weißt du, betrunken und in der Hitze.«

»An irgendeinem Ort wird sie irgendwann sterben. Bin nicht sicher, ob drinnen oder draußen da eine Rolle spielt.«

Das klang plausibel.

»Und nur, dass das klar ist: Ich habe nach ihr Ausschau gehalten. Nicht per se gesucht. Es ist eher ein Beobachten.« Er blickte konzentriert aus dem Fenster, auf das vorbeiziehende Weidegras. »Zum Beispiel habe ich den Jensen-Hof beobachtet. Vorletzte Nacht.«

Pams Atem wurde flach, als würde das offene Fenster die ganze Luft aus ihr heraussaugen.

»Pam, ich bin kein Musterbeispiel an Moral.« Paul legte Anna die Hände auf die Ohren. Sie versuchte sie wegzuziehen, doch er hielt sie dort und senkte die Stimme. »Menschen bauen Scheiße. Das Einzige, was ich sagen will, ist, bau keine Scheiße mit Harley. Mit ihm ganz speziell. Nicht jetzt, wo er die Punkte verbindet. Was immer du für meinen Bruder fühlst, er gibt sein Bestes.« Er ließ die Hände von Annas Ohren fallen. »Er tut sein persönliches, idiotisches Bestes, besser als jeder andere, den ich kenne. Und wenn irgendwer voller guter Absichten ins Kreuzfeuer stolpert, dann ist es dieser Vollidiot.«

Als sie versuchte, ihre eigenen Punkte zu verbinden, schwirrte ihr der Kopf. Sie schaffte es nicht. Nicht in diesem Augenblick.

»Und halte dich in der Zwischenzeit von leerstehenden Häusern fern«, sagte er.

Sie fragte, warum sein Pick-up in Wilton stand. Das war alles, was ihr gerade einfiel. Sie fragte, ob er dort nach seiner Mutter gesucht hatte.

»Nein«, sagte er und zog das Wort so lang, dass es höher endete, als es angefangen hatte, als wäre die Antwort offensichtlich. Als wäre Pam schwer von Begriff. »Das war deshalb, damit mich heute Morgen jemand abholen konnte.«

Anna zwickte sich in einen Finger. Sie fragte, welcher das sei. Das ist der, der die Pflaumen schüttelt, sagte er.

Pam musste Zeit schinden. Sie musste herausfinden, was das alles zu bedeuten hatte. Was das Kreuzfeuer sollte und was als Nächstes kam. Sie sagte, sie könne ihn gerade nicht nach Wilton fahren. Sie hätte eine Ladung Handtücher im Trockner und der Timer würde nicht funktionieren. Wenn sie nicht zurückfuhr, könnte er den ganzen Trailer abbrennen. Und Anna müsste etwas essen und ihren Mittagsschlaf machen. Sie würde ihn später nach Wilton bringen.

Im Trailer wärmte Pam die Reste eines Thunfischauflaufs im Ofen auf, wodurch es anschließend drinnen so heiß war, dass sie genauso gut den Ofen hätte ausschalten und die feuerfeste Schüssel auf dem Küchentresen stehen lassen können. Das Essen wäre genauso schnell heiß geworden.

Dann brachte sie beide ins Bett. Pam wollte Paul aus den Augen haben. Sie hielt den Klang seiner Stimme nicht mehr aus. Sie legte Anna in ihr Kinderbettchen, für das sie inzwischen zu groß war und schickte Paul in Ricks und ihr Schlafzimmer. Als sie allein war, versuchte sie, die Erinnerung an Harleys Augen, die sie aufspießten, loszuwerden.

Statt die Nähmaschine herauszuholen, flickte sie Ricks Jeans per Hand. Während sie nähte, erschütterte der Trockner mit den

Handtüchern im Badezimmer jede Schicht Sperrholz, Metallplatten, Linoleum und die Spitzen des orangefarbenen Flauschteppichs im Wohnzimmer, bis sie davon abstumpfte.

Als sie endlich etwas fühlte, war es Panik. Der Trockner. Sie hatte den Grund vergessen, warum sie überhaupt zurück zum Trailer musste. Der Trockner lief seit dem frühen Morgen. Sie rannte hin, um ihn auszuschalten. Als sie es tat, war sie zunächst erleichtert, dass nichts passiert war. Der zweite Gedanke war der, wie hoch die Stromrechnung sein würde. Der dritte war, wenn sie das Ding einfach anließ, mit den Handtüchern darin, ob sie dann vielleicht Feuer fingen und die ganze, verdammte Angelegenheit sich damit erledigt hätte. Und wenn der Trailer nicht abbrannte, dann vielleicht die verdammten Handtücher, deren Fransen sich wieder verheddert hatten.

Sie zog die halbe Ladung raus auf den Trockner, jeder Frottee-Lumpen war mit dem nächsten verknotet. Die andere Hälfte fiel aus der offenen Tür, wie bei diesem Trick, bei dem der Zauberer Tücher aus einem offenen Mund zieht – wie der dünne, feste Faden ihrer Stimme, der auf dem Polizeirevier aus ihr gerissen wurde. Sie spürte wieder das Stechen seiner Pupillen. Doch anstatt sich wie ein totes Insekt zu fühlen, erinnerte sie sich an das Stechen seiner Bartstoppeln und den Daumen, den sie sich in der Kuhle ihres Hüftknochens wünschte. Und während sie daran zurückdachte, spürte sie eine Hitze, die nichts mit Öfen oder Trocknern zu tun hatte, die zu lange in einem Trailer gelaufen waren, der jeden Tag in der sengenden Julisonne stand, sodass die Hitze ihn nie verließ, egal wie viele Ventilatoren man in die Fenster klemmte.

Sie ging in die Küche, um sich eine Schere zu holen und die Handtücher auseinanderzuschneiden. Sie zog die Sammelschublade auf. In der hinteren Ecke sah sie das Telefonbuch unter einer Lage von übriggebliebenen Schrauben und Muttern, die nicht mehr dort waren, wo sie hingehörten, was vermutlich der Grund dafür war, dass jede einzelne Sache in ihrem Leben nicht mehr funktionierte. Da lagen die Schrauben und Bolzen zu jedem einzelnen Teil im Trailer, das nach wie vor kaputt blieb, während Rick nach Arnold oder Bayard oder Burwell fuhr, um den lieben langen Tag genau diese Teile für andere Leute, die er nicht kannte, zu reparieren. Sie zog das dünne Buch aus der Schublade und legte es auf den Küchentresen. Sie blätterte zu J.

Es gab Jensens in Wilton, in Wanahee, und da, in Madson. Jensen, Harley: 513 N Linden, MADS 68596 … 6462. Da war er. Sie ließ das Buch aufgeklappt. Dann legte sie es zurück in die Schublade, auf die Schrauben, Muttern und Bolzen.

18

Rick hatte immer noch nicht geschlafen.

Vorletzte Nacht hatte er nicht geschlafen, weil er nicht konnte. Er hatte wieder raus zum Trailer in Arnold gemusst. Aber letzte Nacht, als er hätte schlafen können, hatte er beschlossen, es nicht zu tun. Nicht bei dem Duft von Pams Haar nach warmer Seife und dem Geräusch von Annas schnurrendem Schnarchen aus dem Nebenzimmer. Es war so laut, dass sie direkt neben seinem Ohr eingekuschelt hätte liegen können. Rick hatte die ganze Nacht über eine Art Gänsehaut gehabt wie ein gerupfter Vogel, aber es war durchaus angenehm gewesen. Warm. Sie waren nahe zusammen. Alle drei. Er wusste ja vielleicht nicht, wo Mom war, und er würde vielleicht nie erfahren, wo Dell junior am Ende gelandet war, aber er wusste, wo er, Pam und Anna waren. Er wollte nichts anderes, als dass es genau so blieb. So sollte es nämlich auch sein.

Jetzt wünschte er sich allerdings, er hätte geschlafen. Die Sonne war zu hell. Sie trocknete seine Augäpfel aus. Und er könnte schwören, dass der Highway nicht den Vorschriften entsprach. Er war zu schmal. Fast zu schmal für den Van.

Andererseits konnte es aber auch sein, dass die Straße nicht zu schmal war, sondern die Hügel zu breit. Große und sanft hügelige, dann schiefe und zerklüftete Formen. Sie verdeckten den Highway für alle, die nicht darauf fuhren. Diese Hügel verbargen alles Mögliche. Sie verbargen Flüsse, die sich so sehr schlängelten und wanden, dass sie unecht aussahen. Ausgehobene Gräben, die absichtlich ausgefallen gestaltet waren. Hinter den Hügeln verbargen sich Farmen. Seen. Ganze Städte. In der Grundschule hatte er eine Geschichte über zwei Schwestern gehört, die sich in den Hügeln verlaufen hatten. Sie waren auf der Suche nach Wildblumen gewesen. Eine lief los, um Hilfe zu holen, und wurde am Ende wie ein Schmorbraten gegrillt.

Die Geschichte hatte er in der vierten Klasse gehört. Er saß ganz vorne, und die Lehrerin wurde nach der Hälfte nervös und beeilte sich mit dem Ende. Sie hatte ihn nicht angesehen. Sie tat Rick leid. Er wollte ihr sagen, es sei schon okay. Dell junior wurde in den Sandhügeln nicht wie ein Schmorbraten gegrillt. Oder wenn doch, dann erst, nachdem er mit einer Schaufel erschlagen worden war.

Der Trailer, den Dad gekauft hatte, war nicht wegen eines Kurzschlusses abgebrannt. Es war todsicher durch eine Zigarette im hinteren Raum geschehen. Die Dämmung hing herunter wie schmutziges Fell, wie in einem Western, den er mal gesehen hatte. Es wirkte wie ein Geschäft für Bergausrüstung in einem alten Western. Der Cowboy musste getrunken haben, bis er seine Zigarette vergessen hatte. Bis seine Hand schlapp auf die Matratze sank. Jemand musste den Brand schnell gelöscht haben, jedoch nicht schnell genug für den Cowboy. In den anderen Räumen sah alles normal aus und lediglich leicht verrußt. Sofa, Tisch, Stühle, Bücher, einige Videokassetten. Alle anderen Räume sahen normal aus, bis auf diesen einen, in dem es weder Bettgestell noch Federkernmatratze gab, und noch nicht mal Stahlfedern. Das Einzige in diesem Schlafzimmer war ein schwarzer, gerissener Nachttisch, der Blasen geschlagen hatte. Deswegen musste der Eigentümer zunächst gelogen haben. Dachte wohl, Dad würde den Trailer nicht kaufen, wenn darin jemand eingeäschert worden war.

Dad würde nur froh sein, dass die Stromleitungen nicht das Problem waren. Der Trailer brauchte eine Kernsanierung, doch Rick konnte ihn retten. Er fuhr in die Stadt zum Postamt, wo er von einem Münzfernsprecher aus telefonierte. Er rief seinen Vater an und teilte ihm seine Einschätzung mit. Vier Tage. Rick wusste nicht, wie er darauf kam, auf die vier Tage. Er wusste auch nicht, ob das überhaupt reichte. Dad sagte, dann mach es in drei. Nachdem er aufgelegt hatte, rief Rick bei Pam an. Sie sagte, sie sei gerade dabei, seine Jeans zu flicken und die Wäsche zu machen. Sie wirkte zickig oder abgelenkt. Was auch immer es war, es hinterließ bei ihm ein mulmiges Gefühl im Bauch, wie Käfer, die überall herumkrabbelten. Als die Vermittlung sich einschaltete und ihn aufforderte, weitere Münzen einzuwerfen, sagte er, er würde sich später noch mal melden.

An diesem Nachmittag riss er die Wandverkleidung im Bad heraus. Sein lederumhülltes Transistorradio leistete ihm dabei Gesellschaft, aus dem Musik eines AM-Sender aus Valentine dudelte.

Das Waschbecken war in Ordnung. Die Wandverkleidung war auch nicht schlecht, doch die musste raus. Sie war rauchverfärbt und stank derartig, dass selbst massenweise Bleichmittel da nicht helfen würde.

Die Fliegengittertür schlug zu, der ganze Trailer vibrierte. Dann schwere Schritte. Er griff nach dem Brecheisen, als sie sich näherten und den Boden erschütterten.

»Rick.«

Rick holte tief Luft. Es war Paul. Das beruhigte das Flattern in seinem Bauch.

»Schicke Bude.« Paul ließ einen Zwölferpack High Life auf den Waschtisch fallen.

»Ich weiß.« Rick schob den scharfen Keil des Brecheisens zwischen Wandverkleidung und Bolzen. »Bin in die Stadt gefahren und hab Dad angerufen. Er sagt, wir sollen in drei Tagen damit durch sein.«

Paul sah sich um. »Weißt du, Trailer haben schon von Haus aus nur eine begrenzte Nutzungsdauer. Ich denke, den hier können wir guten Gewissens abschreiben. Ich denke, wir sollten ihn am besten ausschlachten.«

»Nee, wir können ihn retten. Aber drei Tage. Das wird eng.«

Die Wandverkleidung löste sich mit einem Kreischen, bei dem Rick die Augen zusammenkniff. Pauls Aftershave war auch keine Hilfe.

»Wie ich sehe, hast du geschlafen.« Paul starrte Rick über den verrußten Spiegel an. Rick sah sich flüchtig aus dem Augenwinkel, schaute nicht zu genau hin. Er sah teigig aus. Die Augen verquollen. Er sah beschissen aus.

»Kann Pam nicht drei Tage allein lassen«, dachte Rick laut. »Hätte sie heute Morgen nicht verlassen sollen. Sie hat sich heute Morgen schon giftig angehört.«

»Hast du mit ihr gesprochen?«, fragte Paul.

»Ja?«

Warum fragte er das? Natürlich hatte Rick mit Pam gesprochen. Rick rief Pam immer an, wenn er außerhalb arbeitete und angekommen war. Warum hätte er nicht mit Pam sprechen sollen?

Paul riss den dünnen Karton des Zwölferpacks auf und griff sich eine Flasche. Er fragte, ob sie noch eine weitere Brechstange hätten. Und wo.

»Warum fragst du mich das?«, sagte Rick.

»Was?«

»Ob ich mit Pam geredet hätte.«

Rick beobachtete ihn über den Spiegel. Seine Miene war ausdruckslos. Pauls Miene war nie ausdruckslos, aber jetzt schon. Er starrte hinunter auf das Loch im Waschtisch. »Ich habe sie heute Morgen gesehen, das ist alles. Sie ist gekommen und hat mich aus der Ausnüchterungszelle geholt. Dachte, das hätte sie vielleicht erzählt. Mein Pick-up stand in Wilton, sie hat mich hingefahren.« Paul zuckte mit den Achseln. »Ist nichts.«

Doch da war etwas, das er nicht erzählte.

Nichts. Das mulmige Gefühl kehrte zurück, schlimmer als zuvor. *Nichts* hieß, da war etwas. Rick wusste nicht, was *Nichts* war, aber er wusste, da war etwas.

»Hat wahrscheinlich gedacht, dass du dann sauer wärst. Wegen der Sache mit der Ausnüchterungszelle.« Er fragte wieder nach der Brechstange.

»Hast du schon gegessen?«, fragte Rick.

»Was?«, fragte Paul, als würden Ricks Worte keinen Sinn ergeben.

»Ich brauch eine Pause. Ich brauch was zu essen.« Er wusste, dass er etwas essen musste, obwohl er nicht hungrig war. Wann hatte er gegessen? Gestern Abend. Er hatte in dem Thunfischauflauf herumgestochert, den Pam gemacht hatte.

»Du brauchst 'ne Mütze Schlaf, das brauchst du.«

Sie fuhren mit dem Van zu einem Highway-Diner in Thedford. Davor gab es eine Telefonzelle. Rick sagte zu Paul, er solle schon mal reingehen. Rick sagte, er würde Dad wegen des Trailers anrufen. Nachhören, ob sie ihn stattdessen ausschlachten sollten.

Rick schloss die Ziehharmonikatür der Telefonzelle. Die Sonne brannte durch die Scheibe und er fühlte sich wie eine Ameise unter einer Lupe, so als würde seine Armbehaarung gleich Feuer fangen. Der Klingelton schnurrte durch den Hörer. Sechsmal. Es klingelte sechsmal, bis Pam abhob und Hallo sagte. Als wäre sie neugierig. Als wäre sie nicht sicher, wer es sein könnte.

Wer könnte es sonst sein?

Sie fragte, wo er sei.

Er hatte ihr schon am Morgen gesagt, wo er war. »In Thedford«, sagte er. »Einen Happen essen.«

Sie seufzte. Ein genervtes Seufzen. »Hättest du mich daran erinnert, hätte ich dir Sandwiches eingepackt.«

»Nein – ich weiß. Ich habe Brot und etwas Fleischwurst mitgenommen.« Hatte er nicht. »Paul brauchte was zu essen. Paul ist aufgekreuzt.« Er wartete.

»Und?«

Warum brauchte sie so lange, um was zu sagen? War ihre Stimme höher als sonst? Im Hintergrund plapperte Anna irgendetwas. Er war froh, sie zu hören, doch er wollte Pam hören. Er dachte, er hätte jemand anderen gehört. Eine Stimme in einem Tunnel. »Hast du den Fernseher laufen?«

Sie sagte, ja.

»Ja, Paul ist endlich aufgekreuzt«, wiederholte er.

»Das ist gut«, sagte sie. »Dann müsstest du ja auch früher fertig werden, stimmt's?«

Nichts. Nichts davon, dass sie Paul aus dem Gefängnis abgeholt hatte.

»Kommst du heute Abend zurück?«, fragte sie.

»Er sagt, du hättest ihn heute Morgen aus dem Gefängnis abgeholt.« Er versuchte, sich am Ende ein kurzes Lachen abzuringen, als wäre das alles irgendwie witzig. Wahrscheinlich hätt's das auch sein sollen. Die Sonne schien grell durch die Scheibe. Das Glas hielt die Luft draußen. Er trat halb aus der Telefonzelle, um einen Luftzug zu spüren. Um tief durchzuatmen.

Bitte werfen Sie fünfundzwanzig Cent ein, sagte die Frau von der Vermittlung, die sich kurz in die Leitung schaltete. Er kramte in der Tasche nach Münzen, klemmte dabei den Hörer zwischen Ohr und Schulter und suchte nach dem passenden Kleingeld. Im Hintergrund quietschte etwas. Wieder der Fernseher.

»Bist du noch dran?« Er fütterte den Schlitz mit fünf Fünf-Cent-Münzen und einem Zehn-Cent-Stück und hoffte, dass Pam sie nicht hören konnte. Außerdem hoffte er, dass der Apparat das Zehn-Cent-Stück annahm. Es hörte sich nicht so an.

»Ich bin hier.«

»Du klingst irgendwie atemlos.«

»Ich versuche zu –«, blaffte sie und verstummte. Dann sprach sie weiter. »Ich rolle Teig aus.«

»Aha.«

»Für Nudeln.«

»Okay.«

»Für einen Thunfischauflauf.«

»Ich sagte, okay.« Stopp. Sie hatte gestern Abend Thunfischauflauf gemacht. »Hast du nicht gestern Abend Thunfischauflauf gemacht?«

»Ja, und dann hat dein Bruder ihn aufgegessen, und was anderes kann ich nicht machen.« Ihre Stimme klang inzwischen gepresst. Auf der Palme.

Paul hatte die Reste gegessen. Hatte Paul den ganzen Morgen dort verbracht? Sie hatte ihn aus dem Gefängnis abgeholt, und er hatte dort gegessen. War er bereits da, als Rick heute Vormittag angerufen hatte? Als sie telefoniert hatten, warum war es da keine Erwähnung wert gewesen, dass sie Paul aus dem Gefängnis abgeholt und er den ganzen Morgen über dort verbracht hatte?

Jetzt fing sie an herumzustänkern, und er konnte sie sich vorstellen, als stünde sie direkt vor ihm. Diese Sehne an ihrem Hals, direkt über dem Schlüsselbein, stand hervor. Er kannte diese Sehne und auf irgendeine Weise tröstete ihn das. Doch da war noch etwas anderes. Etwas, das er nicht wusste. Etwas, das er sich nicht vorstellen konnte. Er konnte es nur spüren. Sie meckerte immer noch herum. Sie listete jede Zutat auf, die sie im Haus hatte. »Oh. Und ein Stück Scheißbutter«, sagte sie. »Ich denke, Anna und ich könnten uns ein Stück Scheißbutter teil...«

Ein Klick. *Bitte werfen Sie fünfundzwanzig Cent ein.* Den Zehner hatte der Apparat ganz klar nicht angenommen. Die Vermittlung hörte sich so nah an. Als säße die Frau direkt dort in diesem Glaskasten. Während sich Pam und Anna so weit weg anhörten. Noch ein Klick. Etwas rauschte im Fernseher. Applaus. Er wühlte in seiner Tasche. Ein Vierteldollar.

»Bist du noch dran?« Er hätte nicht fragen sollen. Er wusste, sie war es. Er konnte den Fernseher hören. »Was macht Anna gerade?«

»Der geht's gut«, sagte sie, obwohl es nicht das war, was er gefragt hatte. »Sie ist hier bei mir.« Auch danach hatte er nicht gefragt.

Es war kurz still. Dann wieder das entfernte Rauschen von Applaus.

»Dann bleibst du also dort? Heute Nacht?«, fragte sie.

Er blickte zu den Fenstern des Restaurants hinüber. Er versuchte zu erkennen, wo sein Bruder saß, aber die Scheiben befanden sich zu weit oben in der Backsteinwand. Alles, was er sah, war die Spiegelung der Regenrinne eines Hauses hinter ihm. Sie hatte noch die alte U-Form, die Regenrinne.

Irgendetwas stimmte nicht. Irgendwas direkt vor seiner Nase. Etwas, das zu groß oder zu nah war, um es zu sehen. Als stünde er auf halber Höhe eines Sandhügels und konnte die Düne nicht sehen, sondern nur die Erde, das Gras und die Blumen. Er schaute wieder zu den Fenstern des Diners. Sich selbst konnte er in der Spiegelung nicht sehen. Er sah noch nicht mal das Dach der Telefonzelle.

»Ja«, sagte er. Die Lüge kam ihm verbraucht und zähflüssig über die Lippen. »Ja, ich werde über Nacht in Thedford bleiben.«

19

Am späten Morgen, mitten in Harleys Nacht, lag er ausgestreckt auf der Couch, den Kopf auf der Armbeuge. Der Fernseher flimmerte, aber er sah nur Pam mit dem Mädchen auf ihrer Hüfte. Er brauchte zwei Fingerbreit Bourbon, um das warme Summen zwischen seinen Ohren herbeizuführen, und einen weiteren, um damit aufzuhören, sich alles zusammenzureimen.

Zunächst dachte er, sie hätte Paul gedeckt. Sie hätte mit Harley rumgemacht, um ihn, aus welchem Grund auch immer, von Pauls Fährte fernzuhalten. Doch die Nummer im Avark und Pauls Gefasel in der Zelle über die Frau seines Bruders, klärte die Sache auf. Wenn nicht das, dann hätte es sein Gesichtsausdruck getan. Paul hatte sich dermaßen darüber amüsiert, es geschafft zu haben, dass Harley und Pam sich im selben Raum befanden. Paul war das Tonband gewesen, das in der vorletzten Nacht in Harleys Kopf in Endlosschleife lief: das Knacken von Zweigen, das Rascheln von Gras, die entfernten Motoren. Paul war Ecklunds Opossum, und Paul hatte die Dachversiegelung angezündet. Was bedeutete, dass die Vorstellung, wie Paul seinen Spaß dabei hatte, Harley zu beobachten, wie er immer wieder den elterlichen Hof aufsuchte, nicht paranoid gewesen war. Paul hatte zugesehen, wie sich seine Schwägerin und Harley nähergekommen waren. Was auch bedeutete, dass Harley es jetzt mit zwei Reddick-Jungs zu tun haben könnte.

Auf den ganzen Rest, den Diebstahl, den Brand und die Gründe für alles, konnte sich Harley keinen Reim machen.

Das Fernsehbild wanderte nach oben, senkte sich und blätterte um. Zwischendurch füllten zwei Phyllis Dillers den Bildschirm. Unten war ihr Kopf zu sehen, oben ihre Schultern und ihre Brust.

Er stellte sein Glas auf den Beistelltisch und schloss die Augen.

Das Klingeln des Telefons riss ihn aus dem Schlaf. Ein Moderator im Fernsehen trug einen breiten Schlips und eine noch breitere Tolle. Harleys Herz raste. Er dachte, er hätte bis zu den Zehn-Uhr-Nachrichten geschlafen. Dann sah er zum Fenster. Wie bei einer Sonnenfinsternis schien die Sonne grell um den Rand der Vorhänge herum. Er schaffte es zum Telefon.

»Ich bin's«, sagte sie.

»Heiliger Himmel.«

»Treffen wir uns wieder an derselben Stelle wie neulich abends?«

Bevor er sich bremsen konnte, platzte ein Lachen aus ihm heraus. »Verdammt, nein.«

Eine Weile sagte sie nichts. Dann: »Ich werde trotzdem dort sein. Nur, damit du's weißt, ich werde da sein.« Dann legte sie auf.

•••

Sowie er den Container betrat, sah Harley um Glenns Mund einen dünnen, weißen, perfekten Kreis. Die Flasche mit Säureblocker stand auf dem Schreibtisch, so wie es auch ein Becher Kaffee getan hätte, in Reichweite seiner dicken kurzen Finger.

Seit seiner Zeit als Deputy brachte der Job Glenn um. Er war nicht dafür gemacht. War er noch nie. Er hatte ihn nie gewollt und hatte nie darum gebeten. Er hatte ihn geerbt. Die Hälfte der Leute sahen seinen Nachnamen und dachten, sie würden seinen Dad wiederwählen. Der Rest kreuzte ihn auf dem Wahlzettel an, weil er ohne Gegnerkandidat aufgestellt worden war.

Harley ging zur Kaffeemaschine. »Du solltest echt in den verdammten Ruhestand gehen, Glenn.«

»Doris Luschens Haus wurde ausgeraubt.«

Harley erstarrte mitten im Einschenken und drehte ihm weiter den Rücken zu. »Wann?«

»Die Beerdigung war um halb elf, ging bis, ich weiß nicht – bis

Mittag? Die Schwiegertochter hat angerufen. Dieselbe, die uns angerufen und gebeten hatte, mal nach der alten Dame zu sehen. Doris ist wahrscheinlich gestorben, um sie endlich loszuwerden. Jedenfalls sagte sie, es ist während der Beerdigung oder des Gottesdienstes passiert, oder – ach, was weiß denn ich. Harley, diese Frau kannte jede einzelne Haarnadel im Badezimmerschrank. Jedes Hühnerbein im Eisfach. Wahrscheinlich hatte sie diese kleinen Preisschilder, diese bunten Punkte auf alle Sachen der alten Dame geklebt, bevor sie auch nur niesen konnte.«

Harley ging mit einer Tasse Kaffee, der ihm nicht schwarz genug war, zu seinem Schreibtisch. Damit er in die Gänge kam, brauchte er etwas Stärkeres.

»Kam rein und hat ein paar Konserven gestohlen, einen Laib Brot aus dem Brotkasten, einen Benzinkanister aus der Garage und dann, man glaubt es nicht, Doris' ganze verdammte Garderobe. Ihre verdammten Klamotten.«

Harley stellte sich Doris vor, wie sie sich mit dem Rücken gegen den Mercury lehnte und langsam verblich. Der Anblick ihres Fußes am Ende der Treppe. Es gab eine Menge, was er Glenn erzählen musste, aber im Moment musste er erst mal heruntergekühlt werden. »Verdammt, Glenn. Ich weiß nicht.«

Glenn gab einen gedämpften, leichten Rülpser von sich, dann sagte er geschwätzig: »Es wurde noch ein Brand gemeldet, wir finden eine weitere leerstehende Farm niedergebrannt vor, diesmal wurde die Kleidung von Doris Luschen geklaut – je schräger es ist, desto schlimmer endet es. Das muss ich dir nicht erst sagen. Denk nur an diese Sache unten in Junco.«

»Du hast da was –.« Harley zeigte mit dem Finger, machte Glenn auf die Spuren des Säureblockers aufmerksam.

Glenns Blick schweifte über das Büro, als ob sich in irgendeiner Ecke Doris Luschens Unterwäsche befinden könnte. Er öffnete die Stiftschublade seines Schreibtisches, zog eine Serviette heraus und feuchtete sie mit der Zunge an. Dann wischte er sich den Mund ab. Das Papier blähte sich in kleinen Böen auf, wie der gebrochene Flügel eines Vogels. »So was eskaliert leicht. Wie die Sache unten in Junco. Fängt damit an, dass irgendwer in Häuser einbricht, öffentliche Toiletten mit seinen Fäkalien beschmiert, und am Schluss ist jemand in Gülle ersoffen.« Er sah aus, als stünde er kurz vor einem Herzstillstand.

»Bevor du dich noch mehr aufregst, denk daran, das war in Junco. Wir sind hier aber in Madson.«

Glenn machte eine Verschnaufpause und dachte nach. »Vermutlich«, räumte er ein. »Ich schätze, ein paar mehr Äste am Stammbaum da unten würden helfen.«

»Wir finden das schon raus.« Harley trank einen Schluck des labberigen Kaffees und überlegte, was er als Nächstes tun sollte. »Bist du schon unten gewesen? In Doris' Haus?«

»Hätte noch nicht mal Sinn gehabt, nach Fingerabdrücken zu suchen. Diese verfluchte Schwiegertochter hat doch wahrscheinlich alles verschmiert. Die hat buchstäblich überall rumgeschnüffelt.« Er rülpste wieder leise, legte seine Stummelfinger aufs Brustbein und rieb es. »Doris' Junge kann einem wirklich leidtun. Verheiratet mit so einer Frau.«

•••

Als Harley in dieser Nacht durch die Stadt fuhr, ließ er den Rückspiegel nur selten aus den Augen. Er patrouillierte von Nord nach Süd, dann von Ost nach West. Und wie es sich ergab, war das Haus von Virginia Reddick das letzte. Keine Spur vom Pick-up ihres Sohnes.

Außerhalb der Stadt machte er seine Runde über die verlassenen Höfe. Auf dem Schneider-Hof war alles ruhig. Das Rasmussen-Haus, ruhig. Das alte Carberry-Gehöft, ruhig.

Harley ging noch einmal um den Knudsen-Hof herum. Die

Eingangstür war immer noch verschlossen, genau wie das Bruthaus. Im Pferdestall befanden sich nur die verschimmelten Heuballen und der Generator. Die Heuscheune mit dem alten Plymouth und den ausrangierten Fliegengittern sah nicht anders aus als vorher.

Blieb nur noch das alte Zuhause, und das war der letzte Ort, an dem er sein wollte. Er würde versuchen, rein- und rauszukommen, bevor sie aufkreuzte.

Aber als er in die Einfahrt einbog, war es bereits zu spät. Er sah das Schimmern auf der hinteren Stoßstange und ihre angewinkelten Beine, die über das Gras ragten.

20

Pam hockte auf der Kofferraumhaube des Autos, ihr einst kaltes Bier jetzt nur noch kühl. Die Dose schwitzte an den Stellen, wo sie ihre Oberschenkel zusammenpresste, um sie zu halten. Wie sie hier saß, quasi über dem Gebüsch schwebend, blieb die Zeit stehen und tickte dann langsam weiter.

Zunächst hatte jedes Knacken eines Astes, jedes Wedeln eines Blattes ihre Muskeln verkrampfen und sie fast über den Highway rasen lassen. Aber sie zwang sich, keinen Mucks zu machen, so wie die Kiffer damals in der Schule, die sich gegenseitig zu überbieten versuchten, wer seine Hand am längsten über die Feuerzeugflamme halten konnte. An irgendeinem Punkt verschmolz sie dann mit ihrer Umgebung. Sie saß da und lauschte den Grillen, dem Rauschen des Grases und der Blätter, wenn sich die Luft bewegte, dem gelegentlichen Stöhnen der Bretter des Hauses.

Die Luft war warm, aber nicht heiß, und eine kurze, feuchte Brise wehte vom nahen Mais und Gras. Der Himmel über ihr war so klar und die Sterne so zahlreich, dass sie wie eine leuchtende Gaze aussahen, die Milchstraße eine Falte, in der sich der heruntergeworfene Stoff über sich selbst legte. Wenn das Leben nur so wäre, dachte Pam, dann könnte es halbwegs lebenswert sein.

Vielleicht könnten weitere fünfzehn Jahre so sein. Alles nur eine Frage des Verschmelzens. Vielleicht würde sie verschmelzen und ganz natürlich aufhören zu versuchen, immer wieder davonzurennen. Sie müsste lediglich weitere fünfzehn Jahre ihre Hand über eine Flamme halten.

Auf dem Highway wurde ein Auto langsamer, und in ihren Ohren pochte das Blut. Auf dem ausgeschalteten Blaulicht des

Streifenwagens spiegelten sich die Sterne. Ihre Brust schmerzte. Sie wusste nicht, ob vor Angst oder Schrecken oder irgendwas anderem. Einfach nur eine Art brennender Schmerz.

Er bog in die Einfahrt ein, blieb stehen und blendete sie mit den Scheinwerfern. Nachdem er vorbeigerollt war, parkte er näher am Haus. Er schaltete auf P, und der Motor verstummte.

»Ich bin nicht deinetwegen hier«, rief er vom Fenster aus.

Sie merkte das Bier. Sie war nicht betrunken, nur ein bisschen keck. »Ich dachte, du hättest mir das eine oder andere zu sagen.«

Er schwieg, als müsste er darüber nachdenken. »Schlaues Mädchen. Wo ist dein Schwager?«

»Die sind draußen in Thedford. Sollte ein paar Tage dauern.« Sie hatte vorhin gehört, wie Paul im Hintergrund zu Rick sagte, er solle verdammt noch mal schlafen. Rick rief vom Motel aus an. Sie schenkte sich die Bemerkung, dass Telefonieren aus einem Motel genauso viel kostet wie die Zimmer selbst. Sie war immer noch zu erleichtert, dass er dort war und sie hier.

Harleys Tür öffnete sich mit einem lauten Knacken. Seine Schritte harkten durchs Gras, als er am Haus vorbeiging.

Er fragte, wie lange sie schon hier sei. Ungefähr zwei Biere, sagte sie. Und sie hatte niemanden gesehen? Irgendwas Ungewöhnliches gehört?

»Wenn ja, wäre ich nicht mehr hier.«

»Na, vernünftig bist du ja.«

Er überprüfte die Scheune und ließ den Lampenstrahl dann über die Fenster des Hauses wandern. Er verschwand um die Seite herum. Nachdem er das Haus einmal umrundet hatte, ging er zur Veranda. Er zögerte, dann stieg er die Stufen hinauf und übersprang dabei die dritte. Er öffnete die Tür, und der Strahl seiner Taschenlampe wanderte durch das Zimmer, in dem sie neulich nachts gewesen waren.

Nachdem er die Stufen wieder hinuntergekommen war, stand

er mit dem Rücken zu ihr vor dem Haus. »Weiß nicht, was du glaubst, was hier passieren kann.«

»Ich wollte nicht, dass du es so herausfindest.« Oh Gott. Das klang ja wie aus der Seifenoper *Jung und leidenschaftlich.*

»Du wolltest, dass ich es herausfinde?« Das Feuerzeug klickte und das Reibrad kratzte.

»So weit hatte ich nicht vorausgedacht.« Sie wünschte, er würde sich umdrehen und ihr eine Zigarette anbieten. »Ich war jung«, sagte sie. »Als ich geheiratet habe.«

»War, hm?«

Er nannte sie dumm und naiv. Aber er hatte auch irgendwie recht. Sie war erst vierundzwanzig. Eine Sekunde lang stellte sie sich vor, was sie tun würde, wenn sie sich aus dem Leben, in das sie hineingeschlittert war, herauszupfen könnte. Sie würde sich einen Job suchen, ihr eigenes Geld verdienen. Eine Wohnung in der Stadt. Die über dem Waschsalon, neben Ohrt's Bar & Grill. Einmal die Woche würde sie einen Burger und Fritten zum Mitnehmen bestellen. Sie würde ihre eigene Wohnung haben, wo es nachts ruhig und sauber war und nach Waschmittel und Weichspüler roch. Vielleicht würde er in manchen Nächten auftauchen, sich hereinschleichen, wenn er eigentlich Streife fahren sollte, und dann wieder gehen. Sie würde so lange schlafen, bis der Morgen durch die Vorhänge leuchtete und sie aufweckte.

»Ich bin mir sicher, dass da noch ein bisschen mehr war. Irgendwann zumindest«, sagte er.

So war es. Es hatte eine Zeit gegeben, in der sie alles an Rick, was sie jetzt nicht mehr sehen oder ertragen konnte, fasziniert hatte. Dieser Blick, der sie völlig fertig machte – Sehnsucht und Traurigkeit in einem. Das hatte etwas Geheimnisvolles, vermutete sie. Etwa im fünften Monat ihrer Schwangerschaft erinnerte sie sich daran, wo sie diesen Blick schon mal gesehen hatte. Draußen, in der Scheune ihrer Eltern, bei einer Katze, die in ein Frostschutzmittel geraten war.

»Warst du mal verheiratet?«, fragte sie ihn.

»Ja, hab's versucht.« Er kratzte sich mit dem Daumen an der Augenbraue.

»Was ist passiert?«

»Es war eigentlich kein einzelnes Ereignis«, sagte er. »Weißt du noch, wie ich dich in der Nacht hier unten gebeten habe, mich von einer Reaktion abzuhalten?«

Sie sagte Ja.

»Wenn man so gestrickt ist, macht das aus einem keinen besonders guten Ehemann.«

Sie fragte sich, ob sie Kinder hatten. Der Gedanke brachte sie zum Schweigen und sie atmete kaum. Sie dachte wieder über Helen Nelsons Neigung nach, sich das Maul zu zerreißen. Anna in einem Laden zurückzulassen und wegzufahren, musste irgendwie gesetzwidrig gewesen sein. Gefährdung. Aussetzung. Pam hatte sie wieder im Trailer zurückgelassen. Das musste auch irgendwas sein. Vernachlässigung. Falls er fragen sollte, würde sie sagen, Anna wäre über Nacht bei Pams Eltern.

»Ich fühle mich nicht schlecht deswegen, weißt du«, sagte sie. »Was passiert ist.«

»Ist ja auch nicht viel passiert, wenn man's genau nimmt.« Er hörte auf, das Haus anzustarren, drehte sich um und kam näher. Ihr Bauch pochte bei seinen Schritten. Vor seinem Kofferraum blieb er stehen. Er lehnte sich zurück, stellte einen Fuß auf die Stoßstange und blickte in die gleiche Richtung wie sie, zum leeren Highway. »Meinst du, Paul hat schon was gesagt?«

»Keine Ahnung.« Sie lehnte sich vor, die Ellenbogen auf den Knien. Das fragte sie sich schon den ganzen Tag. Sie fragte sich, was es bedeuten würde, falls ja. Aber sie hatte noch keine Punkte miteinander verbunden. Sie bat Harley um eine Zigarette. Er hielt ihr eine hin, ohne sie anzusehen, und gab ihr das Feuerzeug. »Weswegen habt ihr überhaupt Stress, Paul und du?«

»Hauptsächlich? Weil er sich auf direktem Weg in den Knast befindet. Oder Schlimmeres.«

»Bin ziemlich sicher, dass uns allen Schlimmeres bevorsteht.« Sie zündete sich die Zigarette an.

»Wohl wahr«, sagte er. Das brennende Papier seiner Zigarette zischte leise. Er atmete blau aus. »Ich denke, das meiste ist auf die Leiche seines Bruders zurückzuführen, die wir nie gefunden haben.«

Bei der Erwähnung von Dell junior fuhr sie sich unwillkürlich mit der Hand durchs Haar und kratzte sich am Kopf. Dafür, dass er bald zwanzig Jahre tot war, hatte der Junge eine Art, immer und überall präsent zu sein. Der allgegenwärtige Grund, weswegen Pam dankbar sein sollte. Der Grund, warum sie sich nicht darüber aufregen sollte, wenn sie im Supermarkt Butter zurücklegen musste oder dass sie nicht in der Lage war, ein beschissenes Paar Schuhe zu ersetzen, aus denen Anna innerhalb eines Monats herausgewachsen war. Nein, Dell junior war immer zur Stelle, um Pam daran zu erinnern, dass sie eine gottverdammte Party feiern sollte, weil noch keiner von ihnen tot war. »Ich finde, die Leute nehmen den Jungen ein bisschen zu wichtig«, sagte sie. »Paul war nicht mal alt genug, um sich an ihn zu erinnern.«

»Könnte sogar noch schlimmer sein, wenn man nie etwas halbwegs Normales kennengelernt hat.«

Pam stellte sich ihren Dad im schummrigen Licht der Küche vor, das Summen der Vieh-Termingeschäfte im Radio, die hohen Decken und das solide Fundament des Hauses. »Wenn alles, was man kennt, erbärmlich ist, vielleicht weiß man dann gar nicht, dass es das ist.«

»Ich vermute, dass Paul davon inzwischen eine ziemlich gute Vorstellung hat.«

»Wenn du mich fragst, haben sie es ausgeschlachtet. Achtzehn Jahre lang. An irgendeinem Punkt lässt man das doch hinter sich.«

Harley stieß einen kurzen Atemzug aus. Sie konnte nicht sagen, ob es Zustimmung oder ein gemeines Lachen war.

»War da was witzig?«, fragte sie ihn.

»Hinter sich lassen.« Als er das sagte, spürte sie, wie seine Stimme sich näherte. Schließlich sah er sie an. »Du weißt schon, wo wir hier stehen, oder?«

Tat sie. Und dann wusste sie, worin für sie die eigentliche Anziehungskraft dieses Ortes lag. Auch Harley hatte etwas Rätselhaftes an sich. Kein besonders gutes Omen, diese Rätselhaftigkeit. »Heißt das, du hast es nie hinter dir gelassen?«

»Ich bin weggegangen. Mit dreizehn habe ich südlich von Junco einen Job als Landarbeiter angenommen. Seit damals war ich einmal in dem Haus, als wir Dell junior gesucht haben. Aber, nein, so was lässt keiner einfach hinter sich. Oder irgendetwas anderes, wahrscheinlich. Man ist das, was einem passiert ist.«

»Na ja … Zumindest hast du's versucht. Das haben die Reddicks nie getan. Und sie lassen es niemanden vergessen.«

»Du kannst darauf wetten, dass niemand es sie vergessen lässt.«

Sie trank den letzten Schluck Bier und rutschte den Kofferraumdeckel hinunter, um die Seite des Novas zu umrunden. Sie wollte nicht weg, doch falls er das dachte, machte er zumindest keine Anstalten, sie aufzuhalten. Sie griff in den Wagen nach dem dritten Bier, das sie mitgebracht hatte, und warf die leere Dose auf den Boden vor dem Beifahrersitz, bevor sie zu ihrem Platz auf dem Kofferraum zurückkehrte.

Im Mondlicht waren seine Schultern breit, fast doppelt so breit wie ihre eigenen.

Die Hälfte der Male, die sie ihn gesehen hatte, hatte Harley ihr den Rücken zugewandt. Das war das Besondere an seiner Rätselhaftigkeit. Harley mochte in gewisser Weise ein Wrack sein, doch er versuchte nicht, ihr irgendetwas abzunötigen. Was Harley anders machte, was sie dazu brachte, sich immer noch seinen Daumen auf dem Weg zu der Vertiefung ihres Hüftknochens zu wünschen, war, dass er nichts Flehentliches an sich hatte.

»Weißt du viel über ihre Mutter?«, fragte er.

Pam überlegte, ob sie es ihm erzählen sollte. Dass Virginia abgehauen war. Aber auch wenn Virginia eine Belastung für sie selbst darstellte, war ein Teil von Pam auf ihrer Seite. Zumindest in einem Punkt stimmte sie Paul zu. Auch Virginia hatte Rechte.

Pam zuckte mit den Schultern. »Sie ist ziemlich distanziert.«

Er ließ seine Zigarette auf den Boden fallen und trat sie aus. Das Haus gab ein Ächzen von sich.

Sein Nacken streckte und sein Arm beugte sich, und die Hand griff nach einem dunklen Etwas, das sie als seine Waffe erkannte. Er berührte sie nicht. Schließlich bewegte er sich. Er ging zu den Stufen hinüber.

Pam wollte ihm sagen, dass alles in Ordnung sei. Dass dieser Ort die Geräusche machte. Sie hatte die gleichen Geräusche gehört, seit sie hier war. Sie machte einen Schritt auf ihn zu, um ihm das zu sagen, doch er streckte eine Hand aus, die Finger gespreizt, um ihr zu sagen, sie solle bleiben, wo sie war. Es war dieselbe Geste, die er neulich nachts auch gemacht hatte, als das Tier im Gras Paul gewesen war.

Er ging die Stufen hinauf. Er hielt seine Stiefel dicht an der Kante, in der Nähe des Geländers, und wieder übersprang er die dritte Stufe. Als er die Veranda überquerte, gab nur eine Bohle ein kurzes Knarren von sich. Ansonsten waren seine Schritte lautlos. Genau wie ihre, als sie durch den Flur des Trailers gegangen war, bevor sie hierherkam. Es war die Art von Stille, die daher rührte, dass man jede Stelle kannte, die zu weich und schwach war, um sie ohne auch nur ein Seufzen zu belasten. Er öffnete die Tür und sein Rücken verschwand in der Schwärze des Eingangsbereichs.

Sie wartete auf die Bewegung seines Lampenstrahls auf den Wänden des vorderen Zimmers. Doch nichts leuchtete auf.

Die Zeit blieb wieder stehen. Eine laue Brise, nicht kühl, bewegte die Luft. Er war immer noch da drin, immer noch ohne Licht.

Sie ging zum Fuß der Treppe. Dann glitt sie nach oben, übersprang die dritte Stufe und überschritt die Schwelle.

21

Rick betrachtete Paul beim Schlafen. Er wusste nicht, wie lange er Paul schon beim Schlafen zugesehen hatte. Sie hatten im Broken Wheel ein Zimmer mit zwei getrennten Betten gemietet. Paul blieb ausnahmsweise mal vor Ort und sagte, er wäre zu müde vom Teppichverlegen, um zurückzufahren. Rick wusste, dass an der Sache mehr dran war, doch er wusste nicht, was. Es war etwas, das zu groß und zu nah war, um es zu erkennen.

Während sie arbeiteten, hatte Rick Paul dabei erwischt, wie der ihn anstarrte. Er hatte ihn die ganze Zeit beobachtet, wann immer Rick an der Antenne herumfuhrwerkte und versuchte, das schrille Fiepen abzustellen. Der Fernseher hatte während der Nachrichten und Richard Pryor in der *Tonight Show* die ganze Zeit hindurch gefiept. Er fiepte während der Nationalhymne und es wurde jedes Mal schlimmer, wenn der Bildschirm wegen des einen oder anderen Gebäudes in Washington komplett weiß wurde. Als würde der Marmor mit seinem eigenen Klang summen. Jedes Mal, wenn Rick aufstand, um die beiden Zimmerantennen anders auszurichten, sah er beim Umdrehen, wie Paul ihn anstarrte. Beobachtete. Paul wollte, dass Rick endlich schlief. Er wiederholte es ständig. Schlaf endlich mal 'ne Runde. Also tat Rick nur so. Er tat so, als würde er schlafen, bis Paul eingenickt war. Dann setzte er sich auf. Er saß mit umklammerten Knien auf der Einzelbett-Matratze.

Einzel. Das Bett fühlte sich so verdammt einsam an. Rick starrte und wartete, als würde Paul vielleicht im Schlaf reden. Tat er nicht. Er lag nur da und schnarchte, sehnig und goldig. Seine Haut sah aus wie gemalt. Schimmerte wie Messing. Vermutlich das Licht der Parkplatzlaterne.

Das Telefon stand auf dem Nachttisch. Neben einer Snoopy-Seifenschale aus Plastik. Die war im Badezimmer des toten Cowboys gewesen. Rick wusste nicht, warum. Er wusste nicht, warum ein Landarbeiter eine Snoopy-Seifenschale aus Plastik hatte. Aber da war sie.

Er hätte sie gern erneut angerufen. Doch das würde er nicht. Er hatte für die vorherigen Anrufe insgesamt vier Dollar und fünfundsiebzig Cent ausgegeben. Pam würde den Anruf vermutlich damit verschwenden, herumzumeckern, wie viel er kostete.

Der Tank des Vans war fast leer. Keine Tankstelle wäre offen, um ihn aufzufüllen. Er käme höchstens bis Hasley. Aber der Tank des Pick-ups war voll. Paul hatte auf dem Weg zum Motel getankt.

Pauls Schlüssel lagen neben denen von Rick auf dem Nachttisch. Rick würde ihm seine eigenen dalassen. Er hatte sowieso einen Ersatzschlüssel für den Trailer in seinem Portemonnaie. Vorsichtig nahm er Pauls Schlüssel, damit sie nicht klimperten. Dann griff er sich Snoopy.

Nach zwei Stunden bohrten die Scheinwerfer des Pick-ups ein gelbes Licht über den Asphalt. Die Straße war noch schmaler als auf dem Hinweg. Viel enger. Der Pick-up passte nicht zwischen die Linien. Die Straße war eindeutig nicht nach der gottverdammten Baunorm.

Irgendetwas huschte an ihm vorbei. Es sah aus wie ein Paar strahlend weiße Beine, die durch das kniehohe Gras gingen. Er nahm den Fuß vom Gas. Dann lehnte er sich vor und schaute in den Beifahrerspiegel. Keine Beine. Er bremste und schaute wieder in den Spiegel. Immer noch keine Beine. Er legte den Park-Gang ein.

Es könnte jemand sein, der Hilfe benötigte. Scheiße. Es könnte Mom sein, die draußen herumwanderte und die Gräben durchforstete. Doch andererseits könnte es auch jemand sein, der nichts Gutes im Schilde führte.

Er ging auf Nummer sicher. Er hob die Winchester aus der Halterung, öffnete die Tür, sprang heraus und ging in die Hocke. Er watschelte die gesamte Länge der Ladefläche bis zur Heckklappe. Sein Herz pumpte heftig. Durch das Pumpen zitterten seine Arme. Als Erstes schob er den Lauf vor, dann blickte er schnell um die Stoßstange herum. Die Straße und das Gras wurden von den Rücklichtern hell erleuchtet. Es war niemand dort. Zumindest niemand, den er sehen konnte.

Er lehnte sich mit dem Rücken gegen die Seitenwand der Ladefläche und blieb in Deckung. »Mom?«, brüllte er laut.

Nichts.

»Mom, bist du das?«

Keine Antwort. Noch nicht mal das Geräusch von Beinen, die an Gras vorbeistreiften. Wer immer es war, hatte sich versteckt, um zu warten, bis es vorbei war. Das, oder es war niemand dort.

Er richtete sich weit genug auf, dass sein Kopf immer noch von der Ladefläche geschützt war. Dann rannte er zurück zur Tür. Er sprang hinein und packte die Waffe in die Halterung. Dann atmete er das Zittern weg und fuhr im Anschluss mit quietschenden Reifen davon.

22

Im dunklen Wohnzimmer brannte der bleiche Schimmer des Mondlichtes aus der Küche auf dem Boden neben ihm. Es war immer noch niemand hier, den er spüren konnte. Mit Sicherheit kein Kettenraucher. Was er gehört hatte, waren Setzgeräusche. Das Setzen eines Hauses, das alt und müde geworden war und sich in Staub verwandelte. Es war das Geräusch eines Hauses, das all das tat, von dem jemand, gute fünf Meter von ihm entfernt, mit einer Gewehrkugel entschieden hatte, sich auszuklinken. Er wünschte, das Haus würde sich vom Acker machen und verschwinden. Einstürzen. Sich vom Gras überwuchern lassen.

Er hörte das Tapsen von Pams Füßen, die die Veranda überquerten. Als sie hinter ihm stand, konnte er sie spüren. Die Anwesenheit einer Person, durch deren Adern Blut floss. Ein Körper, durch den winzige elektrische Signale feuerten.

»Es ist nur ein Haus«, flüsterte sie. »Das Geräusch. Das macht es schon die ganze Nacht.«

»Geh trotzdem raus. Steig in deinen Wagen und fahr nach Hause.« Er wartete. Sie bewegte sich nicht. »Hier ist niemand«, erklärte er ihr. »Aber ich muss trotzdem eine Begehung machen.«

Sie machte keine Anstalten zu gehen. Sie würde mit ihm kommen, sagte sie. In der Art, wie sie es sagte, lag etwas Endgültiges.

Er tastete nach ihrem Handgelenk. Er packte es. Wo er zwischen den tauben Stellen seiner Schwielen etwas spürte, war ihre Haut warm und trocken.

Die Anzahl an Schritten von einer Wand zur anderen schien weniger zu sein, als wäre das Haus geschrumpft. Am Kücheneingang bog er scharf links ab, sodass er von dem Raum nur die Hintertür sah. Die trüben Scheiben, die hinaus in den Garten gingen, wirkten im Mondlicht stumpf. Er machte drei Schritte, von denen er sicher war, dass es einst fünf gewesen waren. Er bog ein weiteres Mal links ab, zum engen, steilen Treppenhaus, und merkte, wie sie leicht zog. Nicht fest, nicht so gemeint, als wolle sie ihn daran hindern weiterzugehen. Der Widerstand war leicht. Sie verweilte noch in dem Raum hinter ihm.

Im Treppenhaus schaltete er die Taschenlampe ein. Der Handlauf war abgefallen und lag quer über den Stufen. Es war ein klares Anzeichen dafür, dass schon eine ganze Weile niemand mehr dort oben gewesen war. Er schob den Handlauf mit seinem Stiefel beiseite. Kurz vor dem oberen Treppenende stieß er sich an etwas den Kopf. Er schaute auf und sah, dass die Geländerstangen umgekippt waren, wie Gitterstäbe eines Käfigs. Ihn durchfuhr eine Welle der Seelenruhe. Ein Gefühl wie Erleichterung. Es war ein weiteres Anzeichen dafür, dass eine ganze Weile niemand mehr hier oben gewesen war.

»Warte«, sagte er und ließ ihr Handgelenk los. Er schob das Geländer hoch und lehnte es gegen die Flurwand. Als er einen weiteren Schritt machte, hielt sie sich an seinem Unterarm fest. Sie ließ die Hand dort und folgte ihm.

Oben befanden sich die beiden Schlafzimmer und ein Bad. Die Tür des Elternschlafzimmers war verschlossen. Er ging vorbei, weiter den Flur hinunter, sie in seinem Kielwasser, und kontrollierte zunächst das Bad. Im Säulenwaschbecken lagen Brocken von Putz. Das Becken war von der Wand weggeneigt, als versuche es, sich von den Leitungen zu befreien.

Auf der anderen Seite war das Zimmer, das er sich mit seiner Schwester geteilt hatte, bis sie das Klügste tat, was sie tun konnte, und sich von Carl Shumway schwängern ließ und mit ihm nach Oregon ging. Das Zimmer war leer. Was immer an Möbeln dort gewesen war, war verkauft oder verschenkt worden. Auch das

Loch unter dem losen Dielenbrett war leer. Er wusste es, ohne nachzusehen. Bei seinem Auszug hatte er es selbst geleert. Es befand sich darin eine alte, durchsichtige Glasmurmel, in der eine weiße Kuh aus Sulfiden eingeschlossen war. Ein altes Zigarettenbild, das anders aussah als alles, was er bis dahin und seitdem gesehen hatte: Ein roter Fuchs auf einem Tisch, die Pfote auf einer hautfarbenen Maske. Er hatte es hinten im Rübenkeller gefunden. Und er fragte sich, was er überhaupt mit diesen Dingen gemacht hatte.

Vor dem Schlafzimmer seiner Eltern blieb er stehen. Er drehte den Türknauf. Verschlossen. Er griff über den Türrahmen und holte sich den Schlüssel. Dann rüttelte er an dem Schloss, bis es aufsprang. Er spürte Pams Anwesenheit, die Wärme ihres Atems hinter ihm. Er öffnete die Tür.

Das Bett war immer noch gemacht. Die Tagesdecke lag ausgebreitet über den Kuhlen, die ihre Körper hinterlassen hatten. Der Schrank, eine Chiffarobe, wie sie ihn genannt hatte, stand geschlossen zwischen Bett und Fenster. Das Wenige, das sie besessen hatte, war zweifellos noch da. Auf der Kommode lag die Bürste mit dem dicken Rücken, ein Handspiegel, die Puderdose, das Parfumfläschchen und Zierdeckchen. Alles war noch da, überzogen von einer Schicht aus Spinnweben und Staub. Ihm fiel wieder ein, was er über Staub gehört hatte. Dies war der erste Ort, an dem er daran dachte. Dass Partikel von ihr dort in einer feinen Schicht auf der Kommode lagen. Staubpartikel, die genauso wenig sie waren, wie das Parfum es gewesen war. Einmal hatte er sich hereingeschlichen und es versprüht. Und dabei festgestellt, dass ein Parfum nicht so duftete wie die Person, die es trug, sondern nur dann, wenn es mit ihrem Eigengeruch verbunden war.

Er zog die Tür zu, verschloss sie und steckte den Schlüssel in die Tasche. Wo er sein Gewicht deutlich spürte. Er zog ihn wieder heraus und legte ihn oben auf den Türrahmen zurück.

Pam hatte die ganze Zeit über nichts gesagt. Wofür er dankbar war. Er führte sie die kurze Entfernung zur Treppe. Auf dem Drittel der Strecke zog er das Geländer vor, sodass es wie ein Rost auf einer Kanalöffnung lag. Auf der vorletzten Stufe schaltete er die Taschenlampe aus. Er zog seinen Unterarm aus ihrem Griff und nahm wieder ihre Hand.

In der Küche wartete er, bis seine Augen sich an das körnige Halbdunkel gewöhnt hatten und versuchte, nicht zu atmen. Um die Luft des Raums nicht einzuatmen.

Es gab keinen Tisch. Keine Stühle. Keinen Herd zwischen dem Eingang des Garderobenraums und der klaffenden Dunkelheit der offenen Vorratskammer. Es gab keine Spüle, obwohl die Rohre noch die Wand hochführten. Er sah die scharfe Linie zur weißen Stelle, wo sie einst angebracht war. Die alte Farbe. Die mussten sie ändern. Sie hatten die Wände gescheuert, mussten sie aber dennoch streichen. Sie hatten die Dielen geschrubbt. Strichen auch die. Dad hatte günstig Farbe bekommen. Ein Blaugrau. In erster Linie blau, mit nur einem Hauch grau. Sie strichen den gesamten Raum damit, er, seine Schwester und Dad. Wände, Decke und Boden. Wo die Wand endete und die Decke begann, konnte man nur anhand der Schatten erkennen.

Sie hatten Karbid-Gasbeleuchtung. Das Licht war vor dem Blaugrau zu hell. Sie wirkten alle drei bleicher, die Augen größer. Und so trugen sie ständig einen Ausdruck des Schocks auf den Gesichtern. Nicht Überraschung. Schock. Wie nach einem komplizierten Bruch oder einem Autounfall. Es war so schlimm, dass sie wegen dieser Farbe den Anblick der jeweils anderen nicht mehr ertragen konnten.

Ihr Vater war durchgedreht und hatte den Stuhl verbrannt. Sie hatte auf einem Stuhl gesessen. Um mit ihrem Zeh den Abzug zu drücken. Ihren Stuhl, obwohl er sich nicht von den anderen unterschied.

Sie hatte ihn vom Tisch weggezogen, der bereits gedeckt war. Aus der Sauciere mit brauner Bratensoße stieg Dampf auf. Wie eine Gardine, hatte er gedacht. Eine Gardine, von der er wünschte, sie wäre dicker gewesen. Auf der Bratensoße hatte sich an der Schöpfkelle bereits eine gerunzelte Haut gebildet. Er war der Erste, der hineinkam. Er roch das Pulver, die abgeschossene Patrone und einen Geruch wie Eisen. Einen Geruch, der so dickflüssig war, dass er ihn auf der Zunge schmeckte. Der Stuhl hatte eine hohe Lehne mit Latten. Eine geflochtene Sitzfläche. Unbequem. Er war umgepustet worden. Er sah den grauen Dreck unter ihren Fußsohlen. Das war es, an das er sich am deutlichsten erinnerte. Der graue Dreck unter ihren Fußsohlen.

Sie war nur eine Sache. Nicht nur da, sondern die ganze Zeit. Sie alle waren es. Sachen. Das hatte er bis dahin noch nicht gewusst.

Genau in diesem Moment kam ihm ein einfacher, klarer Gedanke, den er schon immer in sich getragen hatte, wenn auch schemenhaft und trüb. Ein klarer, einfacher Gedanke, der ihn nie mehr verließ, nicht, wenn er mit anderen zusammen war, und nicht, wenn er allein war: Was sie getan hatte, war etwas, das ein Mensch tun konnte. Das hatte es immer gegeben, und das würde es immer geben.

Er atmete.

23

Pam wusste nicht, was er sah, und wollte es auch nicht wissen. Was sie wollte, war frische Luft. Was sie wollte, war, nicht hier drinnen zu sein, in diesem Raum zu stehen, von dem sie nichts wissen sollte, es aber tat, einen Raum, den sie sich vorgestellt hatte, weil sie nicht anders konnte, genauso wenig, wie sie den Gedanken aus ihrem Kopf verbannen konnte, sich den Pick-up-Reifen auf Pooleys Nacken vorzustellen, und wie sich der Kopf unter dem Druck aufblähte wie ein Ballon und dann platzte. Am schlimmsten war, dass sie sich diesen Raum anders vorgestellt hatte. Ein Raum, der luftig war, sonnengelb, mit weißen Vorhängen, die sich in der Brise aufblähten, und alles dahinter war in einem blendenden Grün, und ein blauer Himmel mit diesen Wattewolken, die unten flach sind und künstlich aussehen, wie gemalt. Keinen Raum, der so dunkel und beengend war, dass sie keine Luft bekam.

Als sie konnte, bewegte sie sich. Sie berührte die kühle Wand hinter sich und tastete nach der Kante zum anderen Zimmer, der Stelle, wo er vor Kurzem ihre Hüfte gehalten hatte. Sie wich in diese Richtung zurück, doch er hielt ihren Arm still, sodass er ihr Zurückweichen nicht spüren konnte. Als sie nicht weiterkam, versuchte sie es noch ein paar Zentimeter weiter. Dann bewegte er sich, flüssig. Er drehte sich um und folgte ihr, als hätte er nichts gesehen. Als hätte er nicht dort wie angewurzelt gestanden und Dinge gesehen, von denen sie nichts wissen wollte.

»Alles in Ordnung mit dir?«, fragte er, als wäre sie diejenige mit einem verdammten Problem. Als wäre sie diejenige mit all dem Elend, dem Irrsinn und der Schwere, die die Luft erfüllte wie dieser dichte, ölige Staub im Oldsmobile. Ob mit ihr alles in

Ordnung wäre. Sie war die Einzige, mit der halbwegs alles in Ordnung war. Von allen, die sie kannte, war sie es.

Sie zog ihn zur schweren Eingangstür, die noch angelehnt war, wollte mit ihm hinaus an die Luft, die schwül sein würde, jedoch nicht halb so schwül wie drinnen, als die Tür sich schloss. Sie schloss sich direkt vor ihr, saugte den schmalen Streifen Licht und Luft aus dem Raum, und eine halbe Sekunde dachte sie mit einem stechenden Kribbeln überall, dass sie sich von selbst geschlossen hätte. Dann sah sie seinen Arm über ihrem Kopf, die Hand flach auf dem Holz. Seine Achsel war auf gleicher Höhe mit ihren Schläfen und der warme Old Spice-Geruch erfüllte ihren Kopf mit Klarheit. Sie spürte seine Hand heiß auf ihrer Taille und sie drehte sich um, ihm entgegen. Die Gürtelschnalle strich hart und gebogen über ihren Bauch.

»Lass mich zuerst hinausgehen«, sagte er.

Sie bewegte sich nicht und sprach nicht.

»Mit dir alles in Ordnung?«, fragte er wieder.

Worte kamen, Worte wie *Ich brauche dringend frische Luft, verdammt*, doch sie blieben ihr im Hals stecken und sie sprach sie nicht aus. Stattdessen tat sie etwas, das keinen Sinn ergab. Stattdessen tat sie das Unvernünftigste, was sie tun konnte. Sie drückte sich der Länge und Breite nach an ihn. Er holte Luft, dehnte sich aus. Seine Arme glitten ihre Schulter und den Arm hinunter, jedoch nicht, um sie zu berühren. Er griff nach dem Türknauf hinter ihr. Sie streckte die Arme aus, legte sie ihm um den Nacken und zog sein Gesicht zu ihrem heran. Als ihr Wangenknochen die Kante seines Unterkiefers berührte, erstarrte er. Er gab nicht mehr nach, also stellte sie sich auf Zehenspitzen, und stellte fest, dass sein Mund eine verkniffene Linie war. Sie strich mit ihrer Unterlippe über seine, und er versuchte, die Tür hinter ihr aufzuziehen. Doch dafür war kein Platz. Nicht mit ihr dazwischen. Dann spürte sie, endlich, die Kuppe seines Daumens. Sie strich ein einziges Mal die Innenseite ihres Hüftknochens hinunter. Er versuchte, sie zur Seite zu schieben. Doch sie umschlang den rauen Stoff seiner Hose mit ihrem nackten Bein und hielt ihn fest.

Er stand so lange bewegungslos da, dass sich von dem Winkel ihre Hüfte verkrampfte. Doch sie ließ nicht los. Seine Handfläche löste sich vom Türknauf und berührte ihren Rücken.

Dann gab es nur noch Atmen. Sie hielt ihn mit ihren Beinen, als sie beide zu Boden glitten und stolperten, und sie erschrak nicht bei dem Aufprall und Gepolter, dem comicartigen Boing, als die Taschenlampe zu Boden fiel.

Was folgte, war langsam, das Gleiten von Stoff, dann warme Handflächen und Fingerspitzen über den Erhebungen des Schlüsselbeins. All sein Gewicht auf ihr, das auf sie drückte, und die Breite seiner Schultern. Die Senke in seinem Rücken, um die ihre Oberschenkel gewickelt waren und ruhten. In ihr nur warme Ruhe.

In der Stille hinterher spürte sie die raue Haarlinie seines Bauches auf ihrem. Ihre Knie waren um seine Seiten gegrätscht und sie spürte den harten Boden unter ihrem Rücken, unter den Fersen und Zehen. Sie spürte wieder die Luft, eine Hitze, die nicht von den Körpern kam.

Sie wartete. Auf das andere Gewicht. Die einsinkende Schwere dessen, was sie getan hatte. Oder auf den Stoß gegen die Brust. Oder das Rieseln von Sand durch ihre Kehle in den Bauch. Oder die juckenden Nerven eines Blitzschlags. Doch da war nur Wärme. Keine Benommenheit, sondern ein weiches, konstantes Summen.

Er glitt aus ihr heraus, stand auf und zog die Hose hoch. Vor dem schimmernden Licht sah er aus wie ein sauberer Scherenschnitt, den sie mit den Augen nach Details absuchte. Die feinen, gelockten Haare unter den Achseln, als er sein Unterhemd anzog. Die Kanten seines Holsters. Sein leicht gesenkter Kopf sagte ihr, dass er die Knöpfe seiner Uniform nach Gefühl schloss. Er betrachtete ihren Körper. Sie bekam eine Gänsehaut.

Dann beugte er sich vor, sammelte ihre Unterwäsche und die Hotpants auf und hielt dann inne.

»Was?« Sie schob sich auf den Ellenbogen hoch, als er zur Tür griff und sie einen Spalt öffnete. Das Licht der Sterne zog sich in einer schmalen Linie über den Boden.

Statisches Rauschen. Eine blecherne Stimme rief, aus einer Dose. Sein CB. Er gab ihr die Kleidung und verschwand um die Ecke. Seine Stiefel raschelten über das Gras. Er sprach, doch sie konnte nicht verstehen, was er sagte. Sie zog die Unterwäsche und die Hotpants an und bedeckte die Brust mit ihrem T-Shirt, bevor sie hinauslinste.

Er rief ihr leise und ernst vom Fuße der Treppe etwas zu. »Es gibt ein Feuer«, sagte er. »Fahr nach Hause. Jetzt.«

Sie zog gerade ihr T-Shirt über, als der Streifenwagen dröhnend zum Leben erwachte. Sie hatte das T-Shirt auf links angezogen. Sie zog es wieder aus, drehte es richtig herum und zog es wieder an. Als sie die Tür hinter sich zuzog, war er bereits am Ende der Einfahrt. Sie stand auf der Veranda und sah ihm hinterher, wie er links abbog, Richtung Madson.

Sie wollte nicht gehen. Sie konnte ihn immer noch spüren, merkte noch die Dielenbretter in ihrem Rücken. Sie wollte sich im Nova zusammenrollen und hierbleiben. Nie gehen. Oder zumindest nie zurückkehren.

Doch hinter dem Haus hörte sie ein Geräusch wie Wind. Hinter den Schindelecken des Hauses füllte eine helle Wolke die Luft und ein Glühen, wie die entfernten Straßenlaternen einer Stadt, erleuchtete den Himmel. Das Geräusch näherte sich. Licht sickerte um die Kanten und schärfte sie, sodass der Hof im schwarzen Schatten des Hauses lag.

Sie sprintete die Stufen hinunter zum Nova. Sie stieg ein, drehte den Schlüssel und rammte den Rückwärtsgang ein. Die Räder schlitterten rückwärts über das Gras. Dann fuhr sie auf den Highway.

24

In der Dunkelheit, dreißig Kilometer von zu Hause entfernt, sah Rick in den Augenwinkeln Lichtstreifen. Sie waren es, die er versehentlich für Beine entlang des Highways gehalten hatte. Er hatte sie wieder und wieder gesehen, bis ihm klar wurde, dass es sich nicht um Beine handelte. Er wusste, er bräuchte einfach nur etwas Schlaf. Er hatte seit Mittwochabend nicht mehr geschlafen und inzwischen musste es Samstagmorgen sein. Dennoch fragte er sich, ob die Striche schon immer dort gewesen waren und er sie nur nie bemerkt hatte. Nachdem sie ihm jetzt aufgefallen waren, schienen sie nirgendwohin mehr zu verschwinden, soviel war sicher.

Er bog in die Park Meadows ein und fuhr bis ans Ende ihrer Straße. Der Nova war fort. Wo er hätte stehen sollen, war nur ein leerer Raum mit Erde und Büscheln Fingerhirse im Dunst der Straßenlaterne.

Er stand im Leerlauf dort. Das letzte Mal war sie zickig gewesen, als sie zurückkam und den Van sah. Wenn sie jetzt zurückkam und Pauls Pick-up sah, wusste er nicht, wie zickig sie dann sein würde. Rick ging auf Nummer sicher. Er setzte einen Block zurück und parkte hinter Evelyn Muellers Parzelle.

Näher am Highway verlief die Straße an einer Böschung entlang. Von dort, wo er parkte, hatte er freie Sicht auf den Trailer. Anna war dort drinnen, das wusste er. Schlief. Ahnte nicht mal, dass sie allein war. Gar nicht allein, schätzte er, wo er doch jetzt da war, um auf sie aufzupassen. Aber wenn sie im Schlaf schrie, wenn sie verängstigt aus einem Traum über Werwölfe aufwachte – er hätte sie nie diese Sendung über Werwölfe sehen lassen dürfen –, könnte sie niemand hören. Und sie lag immer noch in dem

Kinderbettchen, aus dem sie längst herausgewachsen war. Sie könnte versuchen, es zu verlassen. Über die Stangen klettern. Einer ihrer Pyjamafüßlinge könnte abrutschen und sie könnte fallen und sich die Luftröhre an der Querstange zerschmettern.

Bei dem Gedanken sprang er aus dem Pick-up und stürmte die Böschung hinunter. Das hohe Gras, braun und sandfarben, streifte vorbei und verschmolz miteinander. Er quetschte die Snoopy-Seifenschale aus Gummi in seiner Hand zusammen, während er über die Straße lief und die Stufen zum Trailer hinauf. Er drehte den Türknauf. Nicht abgeschlossen. Pam hatte die Tür wieder nicht abgeschlossen. Er ging durchs Wohnzimmer und den Flur hinunter zu dem Zimmer, wo Anna schlief. Er legte den Snoopy neben sie, auf den Rücken, als würde er in einer Wanne voll Wasser treiben.

Er schob die Arme unter seine Kleine, unter ihren schweren Kopf und die schlaffen Beine und hob sie zu sich hoch. Er hielt sie im Arm wie ein Baby. Sie wachte nicht auf. Das beunruhigte ihn, dass er hereinkommen und sie hochnehmen konnte, ohne sie aufzuwecken. Sie musste gewusst haben, dass er es war. Sie musste gewusst haben, dass es Daddy war. Das war es, sagte er sich. Er trug sie ins Elternschlafzimmer. Er legte sie dorthin, wohin sie zwischen ihn und Pam gepasst hätte, wenn Pam da wäre.

Ohne die Stiefel auszuziehen, legte sich Rick ebenfalls hin. Er schlief immer noch nicht ein. Vor allem musste er wach sein, wenn Pam nach Hause kam. Er musste wach sein, um ihr zu sagen, dass sie die verdammte Tür abschließen musste. Und sie konnte nicht einfach gehen und Anna allein im Trailer zurücklassen. Das waren genau die Momente, in denen Dinge passierten, die man nicht mehr rückgängig machen konnte. Wenn niemand dort war, um aufzupassen.

Zum anderen brauchte Rick anscheinend keinen Schlaf mehr. Er hatte seit dem Vortag kein Speed mehr eingeworfen, aber das war auch nicht nötig gewesen. Es war, als hätte er einen Wind Stärke zwölf erwischt, der nicht aufhörte zu blasen.

Trotzdem schloss er die Augen. Sie fühlten sich so trocken an wie eine Zwiebelhaut.

Er legte seinen Kopf neben Annas und roch an ihrem Haarschopf. Sie duftete nach sauberem Schweiß. Aber ein weiterer Duft schlich sich ein. Er war auch Schweiß, aber noch etwas anderes. Ein Geruch wie die verkohlte Holzverkleidung eines Trailers. Der Duft erinnerte ihn an etwas. Nicht wie warme Seife, aber genauso vertraut.

Es war Aftershave. Brut. Dort auf seinem eigenen Kissen.

Ein Schwarm Käfer verteilte sich über Ricks Magenwand. Das Nichts, das etwas war, war hier auf den Laken. Das war der Grund, warum Paul verschwiegen hatte, dass er Pam gestern Morgen gesehen hatte. Deshalb wollte Pam nicht sagen, dass Paul hier gewesen war. Deshalb hatte sich Pam mitten in der Nacht hinausgeschlichen und war schuldbewusst zurückgekommen, mit einem weißen Streifen, wo ihr Ehering hätte sein sollen. Am selben Abend hatte Paul angeblich ein heißes Date mit einer Blondine. Deshalb hatte Paul, als Rick in Dads Haus sagte, Pam brauche ihn zu Hause, Rick angesehen, als wäre er ein angefahrenes Reh, das in den Straßengraben geschleudert worden war, wo es auf der Seite lag und immer noch versuchte, wegzurennen.

Rick hätte eine Gabe, sagte Paul. Eine Gabe, nur das zu sehen, was er sehen wollte.

Rick stand auf und nahm Anna hoch, als bestünde das Bett aus glühenden Kohlen. Diesmal öffnete sie die Augen und wirkte verärgert, weil sie geweckt worden war. Sie beruhigte sich, als sie ihn sah. Sie schlang die Arme um seinen Hals. Er war versucht, sie unter dem Wasserhahn abzuspülen. Jede Spur der Laken abzuwaschen. Er wollte sie aus diesem Zimmer haben. Aus diesem Trailer.

Er drückte Anna fest an sich und rannte fast den Flur hinunter, weiter durch die Tür und über die Straße. Der Kies flog in weißen Lichtstreifen an seinen Augenwinkeln vorbei. Als er die Böschung hochkletterte, wachte sie gerade genug auf, um zu fragen, wohin sie gingen. Sein Stiefel rutschte ab. Sein Knie schlug auf, aber er hielt Anna hoch, hielt Anna vom Boden fern. Zu Oma, erklärte er. Aber sie müsse zuerst etwas schlafen. Hier oben in Onkel Pauls Pick-up. Der Name hinterließ in seinem Hals einen galligen Stich. Als er sie im Wagen hatte, rollte sie sich auf dem Sitz zusammen.

Er wollte den Pick-up anlassen und warf einen Blick auf die Tankanzeige. Leer. Er hatte einen vollen Tank verbraucht, um herzukommen. Vielleicht würde er es noch nicht mal bis zu Mom schaffen, bevor der Tank komplett trocken war. Er würde Benzin brauchen. Er musste Anna etwas zu essen besorgen.

Anna. Wo war Anna, als Pam seinen Bruder auf Ricks eigenen Laken fickte? Der Gedanke stieg in ihm auf und schnürte seine Kehle zu. Hatte Anna zugehört, worüber sie nachher sprachen, noch glitschig voneinander?

Er schloss die Pick-up-Tür und sah das Gewehr in der Halterung. Er konnte Anna nicht mit einer Waffe hier allein lassen. Er nahm sie, lief zurück über die Straße und lehnte sie hinter der Haustür an die Wand. Pam bewahrte das Geld in der Küche auf, er wusste nur nicht wo. Zunächst durchwühlte er die Schubladen. Er riss gefaltete Handtücher auseinander. Er leerte die Krempelschublade in die Spüle aus.

Die Schränke. Er hob mit dem Daumen Teller- und Schalenränder an. Nichts.

Die Tupperdosen. Er zog die Behälter herunter und öffnete sie. Er schob die Finger durch den Zucker, siebte die Körner. Der Zucker war in seiner Plastikdose immer noch in der Tüte. Vielleicht hatte sie das Geld darunter versteckt. Er drehte den Behälter um und entleerte ihn in die Spüle. Nichts. Nur Zucker.

Auch das Mehl war noch in der Tüte. Er kippte es aus.

Die Scheine flatterten heraus. Eine ganze Menge, wie's aussah. Reichlich, wenn man bedachte, welches Gemecker und Geschiss sie ständig wegen Geld machte. Er schnappte es sich, stopfte es in seine Taschen und versuchte dabei, nicht den Rest der Pillen zu zerdrücken, nur für den Fall. Er wischte und klopfte den Mehlstaub ab, die weißen Fingerabdrücke, die er auf seiner Jeans hinterlassen hatte.

Jeans. Kleidung. Er ging in Annas Zimmer. Er schnappte sich ihre Decke und Mr. Turtle aus dem Bettchen, zog dann Schubladen auf. Er hatte Einbauschubladen für Annas Zimmer geschreinert. Richtig schöne Einbauschränke. Er schnappte sich eine Handvoll Kleidung und knüllte alles in die Mitte ihrer Decke. Er machte ein Bündel daraus.

An der Haustür schnappte er sich die Waffe und ging nach draußen.

Benzin. So spät würde nichts mehr auf sein, wo man Benzin kaufen konnte.

Neben dem Trailer lag ihr zusammengerollter Gartenschlauch. Er hatte ihn nie für etwas anderes benutzt, als den Dreck von seinen Stiefeln zu spritzen. Er hatte nie einen anderen Grund gehabt, ihn zu benutzen. Er hatte nie Grassoden verlegt oder etwas im Garten ausgesät. Auch gut.

Er legte das Gewehr und das Bündel mit Annas Sachen ins Gebüsch und zog sein Klappmesser heraus. Dann bearbeitete er mit der Klinge den Schlauch. Er schnitt ein Stück ab, das lang genug für einen Benzintank war.

Von dieser Seite des Trailers würde er nicht sehen, wenn Pam kam. In seinem Kopf stellte er sich vor, was er nicht sehen würde. Wie der Nova in die leere Parklücke fuhr, wie sie in ihre Sandalen schlüpfte, die Erde und die Fingerhirse überquerte und enttäuscht aussah. Enttäuscht, weil Paul nicht dort aufgetaucht war, wo immer sie sich normalerweise trafen. Sie würde hineingehen, den Flur hinunter, und sich aufs Bett legen – Ricks Bett. Ricks Matratze. Ricks Laken. Sie würde nicht mal sehen, dass Anna nicht mehr da war. Pam würde direkt ins Bett gehen und den Kopf in seinem Kissen vergraben, das nach Paul stank. Sie würde tief einatmen.

Er stellte sich ihre Knöchel auf dem Rand der Matratze vor, Pauls ekelhaft weißen Hintern, der sich über ihr hob und senkte. Rick stellte es sich wieder vor. Und wieder. Nicht, weil er nicht anders konnte. Er tat es, weil sich das flaue Gefühl im Magen jedes Mal setzte und abstumpfte, wenn er es wieder sah. Er tat es, weil es wie ein Wort war, das man zu oft sagte. Bis es nichts mehr bedeutete. Er wusste, dass alles zurückkehren würde, wenn sie dort ankäme, wenn der Nova einbog. Es würde zurückkehren und ihm unter die Haut gehen, bis sie kurz vorm Platzen wäre. Doch vorerst spielte er es im Kopf durch und stumpfte sich ab, während er den Schlauch durchsäbelte. Er hatte bereits ein Stück für das Absaugen abgeschnitten. Jetzt säbelte er, um zu säbeln. Um etwas mit den Händen zu tun.

Ein Summen. Vom Highway. Es wurde tiefer und lauter. Er hörte den Motor und das Rollen der Räder auf dem Hauptweg des Trailerparks.

Er machte sich bereit. Er legte die stumpfe Seite des Messers auf seinen Oberschenkel, klappte es zusammen und steckte es zurück in sein Futteral. Sein Kopf pochte synchron zu seinem Herzen, als drückte er sein Ohr auf ein Kissen. Ein Kissen, das jetzt nach Brut und Schweiß stank.

Das Blut rauschte so heftig in seinen Ohren, dass sie klingelten. Der Wagen lief im Leerlauf, bis der Motor ausgestellt wurde. Bei jedem ihrer Schritte auf den Trailer zu, biss er die Zähne zusammen. Seine Brust zog sich zusammen, als sie die Fliegengittertür öffnete, und dann wieder, als sie zuschlug.

Er lauschte auf Getrippel. Gepolter. Einen Schrei, wenn sie sah, dass Anna nicht mehr dort war, wo sie sie zurückgelassen hatte. Er lauschte auf fieberhaft trippelnde Schritte. Ein weiteres Schlagen des Fliegengitters.

Rick lauschte. Doch es kam nichts.

***

Die Fahrt nach Madson hinein war wie Schlafen und Aufwachen. Zeitabschnitte rasten vorbei wie Asphalt zwischen gelben Strichen. In seinem Kopf, in den Stirnhöhlen, waberte Benzin. Er hatte versucht, bei Evelyn Muellers Mercury etwas abzusaugen und dann bei einem schäbigen Datsun, bevor er schließlich bei Les Bowmans Dodge Ram erfolgreich war. Das Benzin berührte kaum seine Zungenspitze, da hatte er es schon ausgespuckt. Er hatte eine Dose Bier geöffnet und es heruntergezischt, doch die Dämpfe blieben. Benzin war besser als Brut, vermutete er.

Für den Fall, dass Paul aus Thedford herauskam und seinen Pick-up suchen sollte, parkte Rick in der Schotterstraße nordwestlich von Moms Haus, auf der anderen Seite von McKinneys. Der ausgedehnte Friedhof an Autos, Lastern und Bussen des Mechanikers verstellte jeglichen Blick auf den Pick-up.

Rick trug Anna zu den Robinien um Moms Haus. Beim Näherkommen fiel ihm auf, dass etwas nicht stimmte. Mit dem Haus.

Die Lampe leuchtete nicht mehr rot durch die Vorhänge. Die Lampe, die immer eingeschaltet blieb. Immer. Tag und Nacht.

Als er Anna hineintrug, war es stockdunkel. Ihm kam die Deckenbeleuchtung in den Sinn. Die sie nie benutzten. Mom benutzte immer die Lampe. Er strich mit der Hand die Wand auf und ab, bis er den Schalter fand und ihn umlegte.

Das Licht blendete. Es glänzte auf dem Vinylsessel, dem Beistelltisch und dem Zenith-Radio. Das Rot der Vorhänge wurde zu grell beleuchtet. Er schaltete es wieder aus. Kniff die Augen zusammen. Inzwischen war Anna wach und wand sich. Er umklammerte sie zu fest. Er lockerte den Griff und öffnete die Augen in die Dunkelheit hinein. Stand still da und blinzelte, bis er etwas erkennen konnte.

Jemand hatte die Lampe ausgeschaltet. Der einzige Mensch, der hier sein sollte, war Paul. Doch Paul hätte die Lampe nicht ausgeschaltet. Paul sagte, man solle den ganzen Scheiß normal weiterlaufen lassen. Dass die Lampe an war, war normal. Mom? Vielleicht war Mom hier und schlief wieder in ihrem Zimmer.

Er machte es Anna mit ihren Sachen auf dem Sofa gemütlich. Er zog die Schildkröte heraus und gab sie ihr. Sie rieb sich mit den Fäusten die Augen und rollte sich an der Armlehne des Sofas zusammen. Bevor er den Flur hinunterging, wuschelte er ihr durchs Haar.

Das Haus stank nach verfaultem Gemüse. Wie alte Bücher und feuchte Zigaretten. Er ging durchs Haus und überprüfte mehrfach alle Zimmer, bis ein Lichtstreifen im Augenwinkel ihn im Flur stoppte. Dort hing das Bild. Hinter Glas saß dort Dell junior rittlings auf seinem Schwinn-Fahrrad. Der Rahmen war alt. Eiche. Nachdem die Cops die Suche abgeblasen hatten, hatte sie das vergilbte Bild von steifen, nicht lächelnden, toten Vorfahren herausgenommen und durch das von Dell junior ersetzt. Dell junior, ausgetauscht gegen tote Leute, die Dell junior nie gekannt hatte.

Vielleicht erklärte das Moms Verschwinden. Vielleicht tauschte sie sich selbst auch irgendwie gegen Dell junior aus. Mom war nirgendwo und Dell junior war nirgendwo. Rick wusste nicht, was das bedeuten könnte. Aber der Gedanke jagte ihm einen Schauer über den Rücken.

Der Gedanke jagte ihm einen Schauer über den Rücken, bis er strahlte. Bis er glühte. Dann wusste Rick es.

Das Wissen schimmerte wie ein Licht. So wie die Streifen. Sie waren am selben Ort, Mom und Dell junior. Derselbe Ort, der nirgendwo war. Der Gedanke beruhigte ihn. Der Gedanke ergab irgendwie Sinn. Irgendwie war es in Ordnung.

Er schaltete die Wohnzimmerlampe ein. Die Glühbirne war kaputt. Auch das ergab einen Sinn, vermutete Rick.

Anstatt nach einer neuen Glühbirne zu suchen, setzte er sich im Dunkeln neben das Sofa auf den Boden. Er saß dort, wo Anna Mr. Turtle hielt. Rick würde nicht schlafen. Er musste natürlich auch nicht mehr schlafen, aber er konnte auch nicht, das wusste er. Selbst wenn es gut war, dass Mom und Dell junior wieder zusammen waren, an einem Ort, der nirgendwo war, wollte er nicht, dass Anna auch dorthin wanderte. Zumindest nicht ohne ihn. Nicht allein.

Er griff nach hinten, um ihren Knöchel zu halten. Um ihn dortzubehalten. Er hielt im Dunkeln ihren Fußknöchel.

25

Harley parkte neben der Einfahrt des Knudsen-Gehöfts. Er hatte Platz für die Feuerwehrwagen gelassen, die auf dem Highway kamen und wieder fuhren. Die Freiwillige Feuerwehr von Madson und Wilton arbeitete daran, den Brand einzudämmen und auf das Haus und die Windschutzhecke zu beschränken. Er lehnte in der Dunkelheit am Streifenwagen und sah zu, wie die Flammen in kurzen Wellen aufflackerten. Über ihnen bauschte sich der Rauch wie weiße, schnell ziehende Wolken, obwohl Harley wusste, dass der Rauch gar nicht weiß sein konnte. Es musste eine Täuschung sein und an dem Kontrast liegen, dem schwarzen Nachthimmel über dem roten Schein. Durch die Rauchschwaden und darüber, vor dem Hintergrund der Dunkelheit, schossen Glutpartikel auf, funkelten und erloschen wie Meteoriten. Sternschnuppen, unterwegs in die falsche Richtung.

Als es Morgen wurde, war es zwischen den geschwärzten Ruinen dunstig. Sie dampften. Er war dankbar dafür, wie der Dunst die Ränder des Tages milderte und den Morgen wie Herbst erscheinen ließ, anstatt wie Hochsommer. Er konnte sich vorstellen, dass dies ein Herbstmorgen war, weit weg von den schrillen, konkurrierenden Bildern in seinem Kopf: der blasse Schein ihrer Hüften, die sich vom Boden hochreckten, dann der graue Schmutz unter ihren Fußsohlen. An einem Herbstmorgen in einigen Monaten würde alles wieder Routine sein.

Die Wilton-Crew war schon weg, aber ein paar der Madson-Jungs waren noch drinnen. Sie stapften in ihren schweren Gummianzügen herum und schrien sich gegenseitig mit Stimmen an, die genauso schwer klangen. Was auch immer sie sagten, es hörte sich müde und erschöpft an, wurde gedämpft von dem, was von den Wänden noch übrig war. Sie suchten nach Brandherden und stellten sicher, dass alles genug durchtränkt war, um nicht wieder aufzuflammen.

Während sie arbeiteten, ging er am Brutstall vorbei. Das Gebäude war immer noch fest mit einem Bolzenschloss verriegelt. Er ging zum ausgeräumten Pferdestall, um zu sehen, was es zu sehen gab, und um sich die Zeit zu vertreiben, bevor er ins Haupthaus gehen konnte, um das zu finden, von dem er bereits wusste, dass es da war: Knöpfe, Schnallen, Reißverschlüsse. Asche von Zeitungspapier und den Gestank von Benzin. Leere Schnapsflaschen, gefüllt mit Zigarettenstummeln.

Etwas war anders. Im Pferdestall. Etwas stimmte nicht. Vom offenen Tor aus, wo er stand, sah er die Oberkanten der verschimmelten Heuballen und den Generator oben auf dem Heuboden. Er stand dort und starrte und konnte nicht sagen, was anders war.

Er ging zur größeren Heuscheune und schob eine der Türen zur Seite.

Der Plymouth war fort. Er hatte sich das Kennzeichen nicht notiert. Hatte nicht daran gedacht. Er hatte angenommen, der Wagen wäre auf einer Auktion ersteigert worden.

Wie lange würde es dauern, Nummernschilder aus dem Jahr 1960 zurückzuverfolgen? Sie müssten sich durch Kisten alter Akten graben und die ganzen Unterlagen nach allen Plymouth Savoys durchforsten. Auf dem Weg zum Streifenwagen, von wo er Carol anfunken würde, um sie zu bitten, sich auf die Suche zu machen, kam er wieder an dem kleineren Pferdestall vorbei und warf einen kurzen Blick hinein, immer noch davon angefressen wegen dem, was anders war.

Die Leiter zum Heuboden. Sie war fort. Er fragte sich, ob sie beim letzten Mal, ein paar Stunden zuvor, noch dort gewesen war. Spuren der Pfosten zogen sich über den Boden und das Heu und verschwanden im Gras zu seinen Füßen. Es waren genug Spuren, um sich zu fragen, ob einige davon tags zuvor nicht da gewesen waren. Wenn sie es waren, hätte er sie doch bemerkt. Sein Blick senkte sich und folgte ihnen.

Eingebettet im spärlichen Heu, leuchtete etwas Orangefarbenes wie buntes Glas. Er ging hin und hockte sich davor. Eine Arzneimittelflasche. Er drehte den Zylinder, um die Aufschrift zu lesen. Quaaludes, dreißig Stück, noch zwei übrig. Verschrieben für Virginia Reddick.

Pam hatte gesagt, beide Brüder wären in Thedford. Bevor ein Bild von ihren Hüftknochen, die sich ihm in der Dunkelheit entgegenreckten, in Harleys Kopf aufblitzen konnte, spielte er vor seinem geistigen Auge den Moment ab, an dem er ihr etwas zugerufen hatte. Als er ihr sagte, sie solle nach Hause fahren. Sie hatte ihn verständnislos angestarrt, nichts ahnend. Sie hatte niemand anderen gedeckt, hatte nicht gelogen, was Pauls Aufenthaltsort anging. Zumindest nicht vorsätzlich. Sie hatte wirklich geglaubt, Paul sei in Thedford. Aber sie hatte sich geirrt. Paul war zweifellos zurückgefahren, nachdem Pam mit ihrem Mann telefoniert hatte. Paul war in dem Wissen zurückgefahren, eine glaubwürdige Geschichte dafür zu haben, wo er gewesen war.

Harley folgte der Spur der Leiter zur Rückseite des Hauses, wo sich der treppenlose Eingang oberhalb des Felssockels befand. Die Tür darüber stand offen. Er rief hinein und fragte die Feuerwehrleute, wie es aussähe.

Einer von ihnen, der älteste der Braasch-Jungs, der überhaupt kein Junge mehr war, sondern ein großer Mann fast mittleren Alters, streckte seinen Kopf aus der Tür. Seine Haut hatte Rußflecken. »Wenn du schweben kannst, komm rein. Aber ich würde dem, was vom Fußboden übrig ist, nicht trauen. Ist auf der Vorderseite praktisch komplett weg. Wir tänzeln hier von Balken zu Balken wie dicke Ballerinas.«

»Ist irgendetwas von einer alten Leiter übrig? Aus Holz? Runde Sprossen?«

»Ja, direkt hier quer über dem Boden«, sagte Braasch, als wäre das nichts Besonderes. »Die ganze Bude hier wird bei der nächsten steifen Brise einstürzen. Penke wird es zügig abreißen müssen.« Er rieb sich mit dem Daumen seines dicken Handschuhs über die Stirn. Die Asche hinterließ einen Schmierstreifen. »Aber es ist jetzt gelöscht. Soweit wir das sagen können.«

Harley bedankte sich und sagte, er und die Jungs sollten da drinnen vorsichtig sein.

•••

Auf dem Revier glänzte Glenn nicht. Wenn überhaupt, sah er zu trocken aus. Und bleich. Er sollte endlich in den gottverdammten Ruhestand gehen, genau das sollte er tun.

Harley erkundigte sich, ob sich Carol schon mit Daten zu dem Plymouth gemeldet hätte.

Glenn schüttelte den Kopf. Sie hätte angerufen, sagte er, aber bislang kein Glück gehabt. Er starrte geistesabwesend auf seinen Schreibtischkalender und die darauf gekritzelten Notizen.

»Paul Reddick. Nimmt wieder die Ludes seiner Mutter.« Harley warf das Medizinfläschchen auf Glenns Schreibtisch. Er erzählte Glenn, was er wusste, über die Leiter und davon, dass die Haustür neulich verriegelt war. Paul musste die Leiter benutzt haben, um von hinten ins Haus zu kommen, und hatte sie dann hinter sich hochgezogen. Anschließend musste er den Brand gelegt und vorne wieder hinausgegangen sein. Wenn man nach den Spuren ging, musste er mehrfach dort gewesen sein.

»Harley.« Glenn sah ernst aus. »Du und ich, wir müssen reden.«

»Sag jetzt nicht, ich würde voreilige Schlüsse ziehen.«

»Du hast nicht erwähnt, dass du ihn vorletzte Nacht einkassiert hast.«

»Willst du die Wahrheit wissen?«, sagte Harley und merkte dann, dass er sie nicht erzählen konnte. Nicht die Wahrheit über Pam. Nicht, wenn es sich vermeiden ließ. Sie war eine verheiratete Frau mit einem Kind. Er konnte einem Sheriff, selbst wenn dieser Sheriff Glenn war, nicht sagen, dass er Pams Ehemann einen Scheidungsgrund geliefert hatte. Während er im Dienst war. Und wenn er Glenn nichts von Pam erzählen konnte, würde sich der ganze Rest völlig absurd anhören – Paul, der ihm während der Streife folgte, Paul, der das Feuer in der Verbrennungstonne bei seinem alten Zuhause legte, Paul, der sich absichtlich in die Ausnüchterungszelle stecken ließ. »Du hast ausgesehen, als stündest du schon mit einem Bein im Grab. Bei Doris Luschen war gerade eingebrochen worden.« Er ging zu seinem Schreibtisch und schlug das Telefonbuch auf. »Sieh dir Carols Protokoll an, wenn du willst. Ich hab einen Anruf bekommen, dass ich ihn festnehmen soll, ich habe ihn festgenommen. Hab ihn in die Ausnüchterungszelle gesteckt und am nächsten Morgen entlassen. Rechtzeitig genug, um Doris' Kleider zu stehlen.«

Glenn drehte gedankenverloren die Pillenflasche zwischen den Fingern. Langsam und ruhig sagte er: »Wegen der Pillen war er nicht zwangsläufig in Doris' Haus. Und noch nicht mal auf dem Knudsen-Hof.« Er zog die Stiftschublade seines Schreibtisches auf. »Außerdem, auf dem Rezept steht Virginias Name.«

»Hört sich für mich an wie ein merkwürdiges Wunschdenken deinerseits«, sagte Harley. »Wieso, Glenn?«

»Paul Reddick hat einen Ford.« Er lehnte sich auf seinem Stuhl zurück und massierte den Rand seiner Glatze, als würde er sich Kopfschmerzen wegreiben, hatte die Augen geschlossen. »Du suchst nach jemandem, der einen Plymouth fährt.«

Harley blätterte im Telefonbuch auf seinem Schreibtisch zum Buchstaben R. Es gab drei Einträge für Reddick. Dell senior, Rick und Virginia. Rick. Harley kritzelte die Adresse des Trailerparks in sein Notizbuch. Als Erstes würde er raus nach Fall Meadows fahren und nachsehen, ob Paul bei seinem Dad oder seinem Bruder war. Harley riss die Seite heraus. Er steckte sie in seine Zigarettenpackung.

•••

Er fuhr bis zum Ende von Pams Block. Der rote F-250 war nicht zu sehen, aber der Nova stand vor dem Trailer. Er wollte anhalten. Er hatte eine gute Ausrede. Aber das war nicht die cleverste Idee. Nicht, wo die Häuser hier draußen so dicht beieinanderlagen. Nicht angesichts der Neigung der Nachbarn zu tratschen. Er fragte sich, ob sein Urteilsvermögen gelitten hatte, weil er es überhaupt in Erwägung zog. Er brauchte eine Auszeit. Er brauchte etwas Abstand von den Bildern, die in seinem Kopf abliefen wie Dias in einem Projektor. Im einem Moment war es das feine, flaumige Haar auf ihrer Haut. Im nächsten war es der Boden eines umgestürzten Rattanstuhls. So viel zu angenehmen Erinnerungen.

Harley fuhr über den Hof zum Haus von Dell senior. Auch hier war Pauls Pick-up nicht. Harley hielt trotzdem an und parkte.

Das Haus war die doppeltbreite Trailer-Version eines Herrschaftshauses, das auf einem hellgrünen Hügel in einem Garten stand, der doppelt so groß war wie die umliegenden Grundstücke. Harley schritt über den gepflegten Rasen, ging an einem Springbrunnen aus Beton vorbei, in dessen Mitte ein fetter, nackter kleiner Junge in einer muschelförmigen Schale stand und Wasser pinkelte.

Die längste Zeit, die Harley in unmittelbarer Nähe von Dell senior verbracht hatte, war in dem Gerichtssaal nach der Sache mit dem Wasserturm gewesen. Er hatte dasselbe übertrieben freundliche Grinsen gehabt wie auf seinen Werbeanzeigen für Reparatur und Verkauf von Trailern im Mitteilungsblatt des Midwest Speedways. In den Flyern für Stockcar-Rennen und Demolition Derbies lächelte er mit harten, weißen, kantigen Zähnen unter einem dünnen Douglas-Fairbanks-Schnurrbart. Der Richter kaufte ihm alles ab. Dell senior hätte ihm halb Fall Meadows andrehen können, wenn er es gewollt hätte.

Harley zog die Fliegengittertür auf und sah einen Messingklopfer, ein Löwenkopf mit einem Ring im Maul. Er klopfte mit den Knöcheln dreimal gegen das Holz und wartete.

Es gab das Gerücht, dass Dell senior ein Trinker und ein Arschloch war. Harley mochte ihn nicht, doch er genoss solche Gerüchte immer mit Vorsicht. Auch über die Jensens gab es reichlich Getratsche. Affären, Alkoholismus. Getuschel darüber, dass Dad Harleys Mutter geschlagen hatte. Einer Theorie zufolge hatte sie eine Fehlgeburt. Dass sie durch die Menopause verrückt geworden sei. Nichts davon stimmte, aber die Leute brauchten das. Denn andernfalls war es ein Problem, dass jemand, der nicht anders war als man selbst, einfach das tun konnte, was sie getan hatte. Und Probleme brauchen Lösungen. Fragen brauchen Antworten. Also stöberten die Leute herum, bis sie eine fanden, mit der sie sich zufriedengeben konnten. Was sie jedoch nie verstanden, war, dass es überhaupt nie ein Problem oder eine Frage gegeben hatte. Nur ein Ereignis. Vermutlich genau wie bei Dell senior. Einer der Söhne des Mannes war umgebracht worden. So etwas Sinnloses konnten die Menschen nicht ertragen. Sie mussten glauben, dass er es irgendwie nicht anders verdient hatte.

Obwohl sein auf Hochglanz polierter Lincoln unter dem Carport stand, öffnete Dell senior nicht. Harley funkelte den Löwenkopf an, holte tief Luft, um die Ruhe zu bewahren, und klopfte mit dem Messingring an. Das Klacken war leiser als das Klopfen mit seinen Knöcheln, doch jetzt waren Schritte hinter der Tür zu hören. Es herrschte eine kurze Stille, bevor sie sich öffnete.

Die Augen des Mannes sahen ein wenig glasig aus, leicht gerötet. Anscheinend stimmte es, dass er Trinker war. »Ah«, sagte er gepresst. Mit so viel Nachdruck, dass sich sein Brustkorb hob. Er war nur vier, fünf Zentimeter kleiner als Harley. »Jensen. Ich vermute, Sie suchen Paul. Wie immer.«

»Irgendeine Idee, wo er sein könnte?«

»Wissen Sie, ich hatte diesen anderen Sohn, den ich euch gebeten habe zu finden, oh, muss so ungefähr zwanzig Jahre her sein.« Er strich seinen Schnurrbart glatt, obwohl es nichts brachte. »Hab letzte oder vorletzte Woche zufällig Glenn getroffen. Anständige Leute, Glenns Familie. Ein beschissener Sheriff, aber anständige Leute. Hab ihm gesagt, sein Deputy bringt vielleicht durcheinander, welchen Jungen ich meinte.«

Harley fragte sich, ob das Gespräch der Grund für Glenns Wunschdenken war.

»Sehen Sie«, sagte Dell senior mit einem leichten Lachen, »Sie finden ständig den, der nicht vermisst wird. Und was den anderen betrifft, na ja –.« Seine Stimme nahm einen verächtlichen Ton an, der an Paul erinnerte, »Da können Sie die Suche abblasen! Wir hatten die Beerdigung ohne ihn.«

Harley blieb ruhig und neutral. »Hab's gehört.«

»Ach, das haben Sie gehört, ja?«, blaffte er.

Harley biss die Zähne zusammen. Er hakte den Daumen durch seine Gürtelschlaufe.

»Echt unglaublich, wie das läuft. Man kann achtzehn Jahre tot sein, aber es ist erst offiziell, wenn jemand ein Formular unterschreibt.« Er beugte sich ein wenig vor, sodass sein Kopf aus dem Türrahmen ragte, und schaute mit seinen glasigen Augen von links nach rechts. »Haben Sie gehört, dass wir's getan haben, um von der Versicherung das Geld zu kassieren?« Er hielt den Handrücken an die Seite des Mundes, als vertraue er Harley ein Geheimnis an. Er flüsterte: »Das habe ich auch gehört.«

»Irgendeine Idee, wo Paul letzte Nacht war?«

Dell senior machte eine wohlüberlegte Pause, bevor er sprach.

»Vielleicht wollen Sie ja gar nicht so rüberkommen, wie Sie's tun, Jensen. Aber meinen Sohn zu jagen, ihn zu durchsuchen und ihn in die Ausnüchterungszelle zu werfen, und vorher das Irrenhaus – das alles lässt mich glauben, dass Sie an seiner Kinderstube zweifeln. Wie er aufgezogen wurde. Ist es das? Glauben Sie, ich verdiene es nicht, Vater des Jahres zu werden?«

Harley sagte nichts. Er griff die Gürtelschlaufe mit der einen Hand und den billigen Rahmen des Windfangs mit der anderen.

»Ich gebe meinen Jungs ein Zuhause, Geld und Arbeit. Zum Teufel, ich sorge dafür, dass diese durchgeknallte Daffy Duck Frau unten in der Stadt Strom und fließend Wasser hat«, sagte er. »Ich kümmere mich um die Meinen. Kann mich nicht erinnern, dass Ihre Leute in dieser Kategorie irgendwelche Preise gewonnen hätten.«

Harley hielt seine Wut in Schach. Sein Mund war ein schmaler Strich.

»Sagen Sie, Jensen: Ich weiß ja, dass Sie meinen Sohn für verrückt halten. Das haben Sie ja deutlich gezeigt, als Sie dafür gesorgt haben, dass er weggesperrt wurde. Aber, haben Sie je darüber nachgedacht, dass Sie es vielleicht sind, wenn Sie ihn alle zehn Minuten anhalten, als hätten Sie nichts Besseres zu tun? Haben Sie je mal eine Minute innegehalten und darüber nachgedacht, dass Ihnen das vielleicht im Blut liegt?«

Harley sah Dell senior direkt in die Augen. Dann senkte er den Kopf, um einen vierteldollargroßen Klecks Speichel auf die Fußmatte des Mannes zu spucken. Er verrieb ihn mit der Spitze seines Stiefels. »Wo ist Paul?«

Dell seniors Augenlider wurden schmal hinter seiner Bifokalbrille. »Haben Sie eine richterliche Anordnung?«

»Ich brauche keine richterliche Anordnung, um eine Frage zu stellen.«

»Und ich brauche Ihre Frage nicht zu beantworten. Aber das

werde ich trotzdem, weil ich ja weiß, dass Sie das richtig nerven wird. Er ist auf dem Rückweg von Thedford.« Er sah zufrieden aus und lächelte mit seinen eckigen, weißen Zähnen. »Wo er die ganze letzte Nacht war. Wenn Sie einen Beweis wollen, ich habe eine Western-Union-Quittung von heute Morgen.«

•••

Harley raste über die uneinsehbare Kreuzung an der County Road K, vorbei an seinem alten Haus und an der Lucas-Einfahrt, an der County Oil und an den abgebrannten Überresten des Knudsen-Hofs. Er steckte sich eine frische Zigarette an der alten an. Dann überquerte er die Brücke, die sich über den Wakonda spannte, trat an dem Stoppschild kurz auf die Bremse und bog rechts auf die Walnut ein. Dell senior konnte sich seine gottverdammten Western-Union-Quittungen in den Arsch schieben. Das Geld hätte genauso gut an den Sohn überwiesen worden sein können, der tatsächlich in Thedford war.

Als Harley bei Virginias Haus ankam, legte er den Park-Gang ein, ließ den Motor jedoch laufen. Er ging zur Tür, eine qualmende Zigarette in der Hand. Er hatte nicht vor, irgendwen zu beeindrucken, nicht nach letzter Nacht und heute Morgen. Nicht zu diesem Zeitpunkt.

Während Harley an die Tür klopfte, sah er keine Spur vom F-250 ihres Sohnes. Von drinnen kam kein Pieps. Falls Paul dort drinnen war, so öffnete er nicht. Harley wusste nicht, wieso er meinte, Paul könnte dort sein. Wahrscheinlich auch wieder nur lückenhaftes Urteilsvermögen. Im Gegensatz zu Paul, der absolut von sich überzeugt war.

Harley lehnte sich weit genug von der kleinen Betonveranda zurück, um das andere Ende des Hauses zu sehen. Mitten im verdorrten Garten stand die Feuertonne. Genau das war zweifellos die Verbindung, die Tonne, vor der Virginia Reddick nackt gestanden und Müll verbrannt hatte. Die Verbindung zu den Kleidern von Jack Christiansen und Doris Luschen, die in verlassenen Häusern angezündet worden waren, war ohne Frage so klar wie Kloßbrühe. Eine Fixierung auf Kleidung und Feuer, die wie ein Grübchen im Kinn von der Mutter an den Sohn weitergegeben wurde.

Ohne es zu wollen, stellte er sich die Unterseite eines Stuhls mit geflochtener Sitzfläche vor und eine Sauciere in der Küche, um deren Schöpfkelle sich Haut bildete. Dann Pams gertenschlanke Beine.

Er schlug erneut gegen die Tür. Keine Reaktion. Er entschied, froh darüber zu sein. Für heute hatte er genug von den Reddicks. Außerdem stellte er sich gern vor, dass die Menschen belastbarer waren, als Glenn es ihnen zutraute. Virginia eingeschlossen. Das Letzte, was Harley gebrauchen konnte, war, dass sie ihm jetzt die Tür aufmachte und ihm das Gegenteil bewies.

26

Rick hatte immer noch nicht geschlafen.

Im goldenen Schein der Morgensonne saß er auf dem Boden von Moms Wohnzimmer und sah weiterhin aus den Augenwinkeln diese Lichtstreifen. Inzwischen konnte er sie besser erkennen und sah, dass sie Formen und Farben hatten. Links strich eine Locke schwarzen Haares vorbei. Rechts ein kurzer, gestreifter Hemdsärmel, rot, blau und elfenbeinfarben. Dann ein Streifen Haut wie die von Rick. Wie die von Anna. Ein Streifen Haut mit dunklem Teint.

Es gehörte alles zu Dell junior – dieses Haar, diese Haut, dieses Hemd, das er an dem Morgen getragen hatte, als er losgegangen und ermordet worden war. Was schon seltsam war. Rick hatte sich letzte Nacht gefragt, ob diese Streifen, diese Blitze schon immer in seinen Augenwinkeln gewesen waren, ob er sie nur einfach nie bemerkt hatte. Aber so etwas hätte man bemerken und sich merken müssen, dass Dell junior nach seinem Tod durch die Gegend flitzte.

Das Einzige, was noch seltsamer war als die Streifen, war, dass Rick sich selbst auf dem Boden vor sich sah. Rick spürte sich in seinem erwachsenen Körper, die Couch im Rücken, aber da lag er, genau dort auf dem Wohnzimmerteppich, fast sechs Jahre alt.

Also musste es noch der Morgen sein, an dem Dell junior starb. Das war ungefähr so seltsam wie die Streifen, aber so war's. Achtzehn Jahre später, und es war immer noch dieser Morgen.

Rick sah sich dabei zu, wie er an der Spielzeuglokomotive herumbastelte. Er fragte sich, was aus der Spielzeuglok aus kaltem, scharfkantigem Metall geworden war. Oder aus der verchromten

Rakete. Oder dem Brummkreisel. Oder Dell juniors Sammlung von Baseballkarten und Comicheften. Die Picknicks, sagte Paul immer. Mom verschwand immer mit Dell juniors Spielsachen, wenn sie zum Picknick bei dem alten, baufälligen Haus waren, dessen Verandadach sich löste.

Ein Teil von Paul war ebenfalls dort im Wohnzimmer, ein Aufblitzen von ihm, wie er den untersten Bauklotz eines Turms wegkickte, den er gebaut hatte, nur um ihn einstürzen zu sehen. Mehr war von Paul nicht da. Dieser Fuß, der den Klotz wegtritt. Was schon in Ordnung war. Im Moment wollte Rick den Rest von Paul nicht sehen.

Streifen von Dell junior glitten vorbei, brüllten irgendwas.

Mom rief aus der Küche. Ein kurzer Aufschrei. Keine Worte, sondern ein Geschrei. Dann war sie also auch hier, nur eben nicht ganz. Nur ein kurzes Geschrei aus der Küche, wo sie ein großes Theater um nichts machte.

Die Streifen von Hemd und Haut und schwarzer Locke überquerten den Boden, und die Tür sprang auf und zu. Dell juniors Schwinn schrammte nicht wie sonst gegen die Schindeln. Dort lehnte er das Fahrrad immer an. Man hatte ihm gesagt, dass er das nicht tun solle. An jenem Tag hatte er es dort zurückgelassen. Monate nach seinem Verschwinden wünschte Rick sich ein Fahrrad. Mom sagte, er solle das seines älteren Bruders nehmen. Es stand draußen im Schuppen. Schließlich bekam es Paul, als er groß genug war. Rick mochte nicht damit fahren. Er hatte kein gutes Gefühl dabei. Aber Paul machte es nichts aus. Paul konnte sich nicht mal mehr an Dell junior erinnern.

Ein Schlag an der Tür. Drei Schläge. Dann waren die Streifen verschwunden. Der kurze Aufschrei war verschwunden. Anna gab hinter ihm ein leises Grummeln von sich.

Rick wendete sich zu ihr um und sah sie an. Er hielt ihren Fußknöchel fest umklammert. Er lockerte den Griff. Sie rieb sich mit geballten Fäusten die Augen. Rick legte einen Finger an seine Lippen. Ein Schatten verdunkelte den Vorhang neben der Tür.

Drei weitere Schläge. Dann schrumpfte der Schatten. Wurde kleiner. Rick kroch zum Fenster. Mit zwei Fingern hob er eine Ecke des Vorhangs.

Ein Cop. Er ging. Aber es war ein Cop. Er könnte zurückkommen. Cops machten so was.

Warum suchten die Cops ihn? Rick musste nachdenken. Die Pillen? Er brauchte sie nicht mehr, und es waren nur noch sechs übrig. Er könnte sie die Toilette hinunterspülen. Aber er hatte auch das Benzin gestohlen. Und Pauls Pick-up. Paul?

Rick könnte im Motel anrufen. Pauls Stimme war die letzte, die er hören wollte, aber Rick könnte ihn aushorchen und hören, ob er die Cops verständigt hatte. Rick kroch über den Boden zum Telefon und blieb unten, damit sein Schatten nicht durch die Vorhänge zu sehen wäre. Für den Fall, dass der Cop nicht wirklich fort war. Für den Fall, dass er das Haus observierte.

Rick erhielt die Nummer von der Auskunft und rief im Motel an. Er fragte nach Pauls Zimmer.

Der Angestellte fragte, ob er den Jungen mit dem Van meinte. Den mageren Jungen mit den vielen Haaren. Genau den, sagte Rick. Der ist weg, sagte der Angestellte. Hätte ihn gerade verpasst. Hat den Schlüssel abgegeben und ist gefahren.

Rick legte auf. Er hatte gedacht, Paul hätte das ganze Geld vom Wilton-Job benutzt, um den Pick-up aufzutanken. Das stimmte – sie hatten das Geld für den Wilton-Job bekommen. Dreißig Mäuse. Rick hatte das Geld in dem Umschlag hinter seinem Portemonnaie ganz vergessen. Er hatte nicht mehr daran gedacht, bevor er den Mehlbehälter ausgekippt hatte. Na ja, jetzt hatten Anna und er ein bisschen mehr.

Vielleicht war Paul zu dem Job rausgefahren, zu dem Trailer des toten Cowboys in Seneca. Nein, Paul war ein Nichtsnutz. Allein würde er keinen Finger krumm machen. Er würde sich auf den Weg hierher machen. Also, nicht hierher, nicht zu Mom, denn auch dafür war er zu nichtsnutzig. Wenn er so auf Mom aufgepasst hätte, wie er es sollte, wenn er den einzigen richtigen Job, den er hatte, anständig erledigt hätte, dann wäre Mom noch da. Würde Paul zu Dad fahren? Nein, Dad wäre sauer, dass er nicht bei dem Trailer in Seneca war. Andererseits war Dad nie besonders sauer auf Paul.

Pam. Paul würde direkt zu Pam fahren. Paul würde direkt zu Pam fahren und sie reiten, wie er dieses Fahrrad von Dell junior geritten hatte.

Rick wählte seine eigene Nummer. Er klingelte sieben Mal. Acht Mal. Schön, er würde es klingeln lassen.

Sie meldete sich. Sie hörte sich an, als wäre sie vom Telefon geweckt worden.

Seine Stimme kam als wortloses Krächzen heraus. Er hatte sie gefühlt seit Tagen nur im Flüsterton benutzt. Es könnten tatsächlich Tage gewesen sein. Wie lange war er jetzt wach? Drei, vier Tage? Ihm gegenüber reckte sich Anna.

Er räusperte sich. »Was machst du so?«, fragte er.

»Ich –«, antwortete sie und verstummte. »Ich wollte gerade die Küche sauber machen.«

Die Küche sauber machen. Ihre Art, ihm zu sagen, sie wüsste, dass er dort gewesen war. Dass sie wüsste, dass er Anna und das Geld mitgenommen hatte. Dass sie jede gottverdammte Sache wüsste, die es zu wissen gab.

Aber das konnte sie nicht wissen. Nicht mit Sicherheit jedenfalls. Sie dachte nur, sie wüsste. Was wusste sie denn, es könnte jemand dort reinspaziert sein und Anna und das Geld gestohlen haben. Deswegen muss man ja auch die Tür abschließen, Pam. Deswegen kann man nicht einfach mitten in der Nacht abhauen und Ricks eigenen Bruder vögeln und sein kleines Mädchen allein lassen, das von einem Albtraum mit Werwölfen aufwacht und sich den Hals am Bettgeländer bricht, Pam.

Er blieb ganz cool. »Wo ist Anna?«, fragte er.

Sie war still. So ist's recht. Wo ist Anna, Pam? Dachtest, du wüsstest es, stimmt's?

»Sie macht gerade ein Schläfchen. In ihrem Zimmer.«

Sein Blick schoss zu Anna. Nein, sie war immer noch hier, saß auf dem Sofa. Das war Anna. Waren Teile von ihr auch noch im Trailer? Funktionierte das so, und er hatte es nur nie gewusst? So wie die Streifen? Anna musste inzwischen hungrig sein. Rick würde ihr etwas zu essen suchen. Irgendwo im Schrank war bestimmt noch eine Dose grüne Bohnen oder so. Er legte wieder seinen Finger an die Lippen.

»Wie läuft's mit der Arbeit?«, fragte Pam. »Seid ihr noch länger dort draußen?«

»Scheiße«, sagte er, »die Vermittlung hat sich gerade eingeschaltet. Wir werden gleich unterbrochen.«

»Alles klar«, sagte sie.

Alles klar, hatte sie gesagt. Er legte auf.

Rick musste nachdenken. Er musste herausfinden, warum der Cop hinter ihm her war. Der Cop könnte zurückkommen. Rick musste mit Anna von hier weg, bevor der Cop zurückkam. Er fragte sich, ob der Cop wegen der Pillen hinter ihm her war. Er würde die Pillen wegwerfen. Aber vielleicht war's das geklaute Benzin. Oder Pauls Pick-up.

Paul. Er war auf dem Rückweg. Paul war auf dem Weg zu Pam. Nun, das war gut. Kam ihm gelegen. Rick würde wie letzte Nacht an der Böschung parken. Darauf warten, dass er den verfickten Reinschleicher auf Ricks eigener Veranda erwischte.

27

Pam saß am Küchentisch, wo sie den Snoopy auf seine Füße gestellt hatte, sodass er strammstand, statt herumzuliegen wie eine Leiche. Es waren nur sie zwei. Anna war fort. Das Geld war fort. Rick hatte gerade angerufen, er war außerhalb, in Thedford.

Ihr Gehirn vibrierte vor winziger Impulse, über die sie nicht den Überblick behalten konnte. Sie wollte eine Liste machen. Sie wollte eine Liste machen, die ihr helfen sollte, Ordnung in die Dinge zu bringen. Aber Babe hatte ihr immer gesagt, wenn's nicht um Geld geht, sollte man es nie aufschreiben. Das schien richtig zu sein. Das schien im Moment gerade der richtige Rat zu sein.

Als Pam letzte Nacht nach Hause gekommen war, war sie hineingestürmt, um Harley im Büro des Sheriffs anzurufen. Sie musste ihm sagen, dass jemand hinter dem Jensen-Hof vorgefahren war, bevor sie verschwand. Als sie dann reinkam und die verwüstete Küche sah, wollte sie ihn erst recht anrufen. Sie stand da und betrachtete die Schrauben und Bolzen, das Telefonbuch und das Mehl in der Spüle, die schäbigen Geschirrtücher, die über den Küchentresen geworfen worden waren. Vor dem Telefon war sie stehen geblieben und hatte auf Geräusche im Trailer gelauscht. Aber da war nur der Ventilator im Fenster am Ende des Flurs. Gott, wie sie diesen verfluchten Ventilator hasste.

Statt jemanden anzurufen, schnappte sie sich das Messer mit dem Holzgriff. Das, welches sie für Hackbraten benutzte. Es war kein Fleischmesser. Sie besaß kein Fleischmesser. Das Teil war eher eine Machete. Sie wusste nicht, wofür es gut war. Sie war mit dem Messer in der Faust den Flur hinunter. Dann hatte sie das leere Kinderbettchen gesehen. Den Snoopy.

Er hatte dort gelegen, mit den Armen gerade an seinen Seiten, wie niemand absichtlich je lag. Sarg-Arme. Er hatte keinen Mund und sah wächsern aus. Sein Bauch war konkav, damit man ein Stück Seife hineinlegen konnte. Er sah aus wie ausgeschabt, als wäre er bei einer Obduktion ausgeweidet worden. Pam stellte sich den Anfang von *Quincy* vor, Jack Klugman am Rand des Kinderbettchens, wie er einen Cartoon-Hund ausnahm, während eine Reihe frisch gebackener Cops bleich wurde und einer nach dem anderen umkippte.

Ihre Wangenmuskeln verkrampften sich. Ihr Brustbein bebte. Sie hätte laut loslachen können, so ganz allein. Sie hätte breit und makaber grinsen und kichern können. Doch das hatte sie nicht. Sie hatte die offenen Schubladen in Annas Zimmer gesehen. Die fehlende Decke und Schildkröte. Und sie hatte Snoopy mit an den Tisch genommen und dort gesessen, während sich das Licht draußen veränderte, vom Weiß der Straßenbeleuchtung zum Roségold des Morgengrauens bis zum grellen Gelb, das jetzt herrschte.

Das Telefon hing an der Wand, direkt über ihrem Kopf. Es gab einen guten, handfesten, pragmatischen Grund, nicht den Hörer zu nehmen und die Polizei anzurufen. Wenn sie es tat, würde es keine fünfzehn Minuten dauern, bis der Zwischenfall im Gordon's in der Stadt die Runde machte, wenn dem nicht schon so war. Und der Mann, mit dem sie gevögelt hatte, nur ein Zimmer von dem entfernt, wo sich seine Mutter am helllichten Tag den Kopf weggeblasen hatte, hätte sicher kein Problem damit zu glauben, dass Pam die Art von Mensch war, die ihr eigenes Kind in einen Brunnen werfen würde. Pam wäre die erste und einzige Verdächtige.

Und es gab noch andere, weniger solide, weniger pragmatische Gründe, jetzt nicht anzurufen. Gründe, die vielleicht genauso gut wären, doch die niemand verstehen und noch weniger ihr abkaufen würde.

Ein drogenabhängiger Irrer auf Entzug würde nicht bewaffnet mit einem Gummi-Badespielzeug einbrechen und Geld stehlen, und ein Perverser, der Anna missbrauchen und danach in eine Zisterne werfen wollte, hätte nicht ihre Kleidung, die Decke und die Schildkröte mitgenommen. Wer auch immer sie mitgenommen hatte, wollte sie haben. Wollte sie bekleidet, warm und glücklich. Oder zumindest zufrieden. Zumindest wohlbehalten.

Pam stand auf und ging zur Spüle. Sie nahm die Kramschublade, steckte sie wieder auf ihre Schienen, ließ den Snoopy hineinfallen und schloss sie. Sie würde die Sauerei nicht aufräumen. Zum einen spürte sie weder ihre Hände noch Füße. Zum anderen war sie nicht sicher, ob es nötig war. Sie war nicht sicher, was als Nächstes kam.

Sie hob den Hörer ab.

Nach dem vierten Klingeln ging Babe an den Apparat. Sie klang fast menschlich, als sie antwortete und noch nicht wusste, wer anrief. Sie klang sogar freundlich. Pam hielt den Klang in ihrer Brust fest, bevor sie sprach. Sie versuchte es mit Smalltalk und erzählte, Rick sei unterwegs in Thedford. Sie versuchte zu witzeln, dass es einfacher war, hinter nur einem Kind aufzuräumen, während er fort war, aber dann glitt ihr Blick über den Mehlstaub in der Spüle. Ihre Stimme stockte. Sie war im Smalltalk auch nicht besser als Babe. Pam fragte, wo Dad sei, und hoffte, dass er zufällig da war und ihre Mutter ihm den Hörer geben würde. Er war nicht da, und Babe wollte wissen, warum Pam anrief.

»Wir stecken in der Klemme«, sagte sie und war schockiert, dass sie es über die Lippen brachte. Sie war schockiert, dass es so klar und deutlich und mit tiefer Überzeugung aus ihr herauskam. »Die Miete für den Trailer ist fällig, und wir haben sie nicht. Dell senior kann nicht zahlen, vermute ich. Sagt, sein Geld sei bis nächste Woche gebunden.«

In der Leitung herrschte eine klickende Stille.

»Es wäre ein Darlehen bis nächste Woche«, sagte Pam. Sie fühlte sich schlecht dabei. Sie hatte nicht die Absicht, nächste Woche noch hier zu sein. »Du weißt, dass ich nicht fragen würde …«

In den Worten, die als Nächstes kamen, lag nichts Sanftes. Soweit Pam wusste, gab es an Babe nichts Sanftes. Aber es lag eine Neutralität in ihnen. Eine aufrichtige Neutralität, die Pam als Überraschung erkannte. »Nein«, sagte Babe. »Ich weiß, das würdest du nicht.«

»Es ist ein ziemlicher Batzen.« Pam würde es nicht ausreizen. Sie würde nicht um mehr bitten, als die Miete tatsächlich betrug. »Wir bräuchten fünfzig.«

Babe rechnete im Flüsterton einige Zahlen durch. »Ja, das kriegen wir hin.«

Pams Augen brannten an den Unterlidern. »Ich frage nicht gern.«

»Das weiß ich doch.« Immer noch keine Härte, nur eine kurz angebundene Art, das Gespräch zu beenden. Ein Signal, es gut sein zu lassen. Babe sagte, sie sei noch eine Stunde zu Hause. Danach müsse sie in die Stadt, ein paar Dinge erledigen. »Komm jetzt vorbei, ich habe noch eine Kiste Kinderkleidung hier, die vom Kirchenflohmarkt übrig geblieben ist. Arlene Penke meinte, manches davon könnte Anna passen. Sieht aus wie ein Paar Jeans, in die sie hineinwachsen kann, ein paar T-Shirts. Die könnten allerdings schon zu klein sein. Bring sie mit, dann kann sie sie anprobieren. Was du nicht gebrauchen kannst, gebe ich zurück.«

»Ich glaube –.« Pam suchte nach etwas. Sie sah das Macheten-Messer auf dem Küchentresen. »Ich habe einen Hackbraten im Ofen. Noch fünfundvierzig Minuten.«

»Du machst frühmorgens Hackbraten?«

Pam sprach und hoffte, dass sie die richtigen Worte fand. »Ich dachte, dann hab ich's aus dem Kopf. Bevor es zu heiß wird. Anna macht es nichts aus, wenn's aufgewärmt ist. Da hab ich Glück. Sie ist nicht wählerisch.« Sie zwang sich zu lachen. Sie hätte nicht sagen sollen, dass Rick in Thedford war. Sie hätte sagen sollen, Rick sei zu Hause. Wenn sie gesagt hätte, dass Rick zu Hause sei, hätte sie rüberfahren und sagen können, sie hätte Anna bei Rick gelassen. Sie hätte eine Ausrede erfinden können. Sie hätte sagen können, Anna wäre erkältet. Dass sie gerade schlief.

»In Ordnung«, sagte Babe mit einer Stimme, in die sich ihre gewohnte Ungeduld zurückschlich. »Dann komm danach vorbei, gegen Mittag. Ich wollte eigentlich noch etwas mehr Kohl pflanzen, bevor es zu heiß wird, aber das hat auch Zeit bis morgen, schätze ich.«

Pams Kopf fühlte sich an wie das Ende einer Antenne. Als könne sie all die Signale und Radiowellen empfangen, die gleichzeitig durch die Luft jagten. Alles vor ihr wirkte zu nah und alles in ihrem Kopf verschwamm. »In Ordnung«, brachte sie heraus. »Wir sehen uns dann«, sagte sie, obwohl sie wusste, dass sie das nicht würden. Sie würden nicht, weil ihr keine einzige Ausrede einfiel, warum sie allein kam. Keine einzige Erklärung dafür, wo Anna wäre, wenn nicht bei ihr. Sie spürte das Gewicht des Hörers, als sie ihn auf die Gabel legte.

28

Als Harley zum Dienstbeginn hereinkam, sagte er laut und mehr zu sich als zu dem glatzköpfigen Mann im Container: »Warum bist du hier, Glenn?« Harley hatte eine Woche lang zwölf bis vierzehn Stunden Nachtschicht geschoben. Das Einzige, was er an einem Samstagabend erwartete, war, dass Glenn zu Hause bei Miriam war. Harley ging zur Kaffeemaschine und griff sich das labberige, einen Tag alte Gebräu. Er würde ihn in die Toilette kippen und einen frischen aufbrühen. »Hat sich Carol wegen der Zulassung gemeldet?« Vom Waschbecken aus rief er: »Sie hätte ruhig eine Nachricht hinterlassen können.«

»Wir brauchen weder Carol noch die Zulassung«, sagte Glenn.

Harley trat mit der leeren Kaffeekanne aus dem Bad. »Was?«

Glenns Augen blickten glasig in die Ferne. »Der Plymouth«, sagte er, »gehört Virginia Reddick.«

Harley betrachtete ihn. Glenn sah gräulich aus. Bei einer grauen Blässe war es das Herz. Das war nicht gut. »Hast du das heute Morgen schon gewusst?«

Er nickte.

In Glenns Blick lag mehr als nur die Niedergeschlagenheit über den allgemeinen Zustand der Welt. Etwas anderes als sein übliches, sentimentales Mitleid. Fetzen von Gesprächen der letzten paar Tage hingen in der Luft zwischen ihnen. Jedes war ein Lichtpunkt eines Sternbildes, das darauf wartete, gezeichnet zu werden. Als Harley sagte, er hätte Paul in seinem alten Zuhause gesehen, hatte Glenn geantwortet, er solle es vorsichtig angehen. Als Harley bei den Christiansens die Robinien im Rückspiegel beäugt hatte, als er die DeKalb-Kappe gefunden hatte, sagte Glenn, er solle nicht direkt zu Reddick gehen. Er hatte nie gesagt, zu welchem. Glenns Reaktion auf die Quaaludes – sie seien Virginia verschrieben worden, hatte er gesagt. Und jetzt der Plymouth. Glenn hatte keine verrückten Wunschvorstellungen gehabt. Glenn hatte sich direkt für ein viel schlimmeres Worst-Case-Szenario entschieden.

»Du denkst, sie sei diejenige. Virginia.«

Glenn sah ihn nicht an. Nickte nur.

»Paul wohnt bei ihr, weißt du. Hat Zugang zu ihrem Wagen.« Harley fiel ein, dass der F-250 an diesem Abend im Avark nirgendwo an der Main gestanden hatte. Als Paul dann am Morgen Pam anrief, sagte er, er stünde in Wilton. Durchaus möglich. Aber der alte Plymouth hatte in Knudsens Scheune gestanden. Und von der Scheune zum Avark waren es gerade mal anderthalb Kilometer zu Fuß. »Ist das nicht wahrscheinlicher? Paul?«

»Denkst du, das wäre besser?«, fragte Glenn. »Sie hat doch nur noch den Jungen.«

Weitere Lichtpunkte glitzerten auf. Wie Glenn diese ersten Quaaludes ins Klo geworfen und weggespült hatte. Wie gereizt Glenn jedes Mal reagierte, wenn Harley mal wieder Paul angehalten hatte. Wie Glenn die Sache mit dem Wasserturm als Blödsinn eines betrunkenen Teenagers abtun wollte.

Glenn blickte weiter auf einen weit entfernten Punkt jenseits des Raums. »Hab sie in dieser Nacht einfach dort zurückgelassen. Wie sie nackt Müll verbrannt hat. Habe die Tonne woanders hingestellt, damit sie weitermachen konnte.«

Harley wunderte sich über Glenns Blässe. Ob er in Wilton einen Krankenwagen bestellen sollte.

Glenn sprach weiter. »Ich habe sie in Ruhe gelassen, damit sie weiter in das dunkle Loch hinabsteigen konnte, dass sie grub. Ich habe nur dafür gesorgt, dass sie es vor Blicken geschützt tun konnte.«

Unter Harleys Haut breitete sich Hitze aus. »In Ordnung. Wenn es also Virginia ist, die es nicht ist, was denkst du? Meinst du, wenn du die Feuertonne mitgenommen, sie in deinen Kofferraum geworfen hättest und damit weggefahren wärst, hätte das alles geändert? Glaubst du, eine Nacht in der Ausnüchterungszelle hätte sie wieder zu sich kommen lassen?« Er griff nach dem Päckchen in seiner Tasche. Er würde jetzt keine rauchen. Nicht bei Glenns Blässe. »Hätte es nicht«, sagte Harley scharf. »Wahrscheinlich hätte es keinen Unterschied gemacht.«

Glenn sah Harley an, mit wässrigen Augen, wie es die von June Christiansen gewesen waren. »Das glaubst du.« Harley wusste nicht, ob das eine Feststellung war oder eine Frage. Glenn wandte wieder den Blick ab.

»Menschen tun, was sie tun«, sagte Harley. »Sie tun das, was sie tun, aus einer ganzen Lebenszeit voller Gründe. Nicht wegen einer einzelnen Sache.«

»Das ist alles, was eine Lebenszeit ausmacht. Ein ganzer Haufen einzelner Dinge.« Glenns Stuhl rutschte über die Linoleumplatten und seine Schlüssel klimperten. Er hatte sie von seinem Gürtel abgenommen. »Ändert man eine Sache, kann sich der ganze Verlauf ändern.«

»Ja, nun, man kann es nicht wissen. Man kann es nicht wissen, und man kann nicht sein ganzes Leben damit verbringen, sich zu fragen, ob alles anders gekommen wäre, wenn man eine Sache mehr oder weniger getan hätte, eine winzige Sache. Wahr oder nicht wahr. So kann man nicht durchs Leben gehen.« Harley holte tief Luft. »Du hast selbst gesagt, wir hätten alles getan, was wir tun konnten.« Glenn durchquerte den Raum zur Tür. »Pass auf. Ich fahre dort vorbei und sehe nach dem Rechten.«

»Schon erledigt. Keine Spur von ihr oder dem Auto.«

»Dann halte ich weiter die Augen auf.«

Glenn nickte, bevor er die Tür aufzog und hinaus auf den Treppenabsatz trat. Das Tageslicht wurde weicher. Ein Luftzug wehte herein, kühler als zuvor. »Diese gottverdammt arme Frau.«

»Glenn.«

»Ja. Wir seh'n uns.« Er zog die Tür hinter sich zu.

Harley füllte die Kanne und ging zur Kaffeemaschine. Während sie arbeitete, zeichnete er gedankenverloren die Grundstücksgrenzen auf einer Flurkarte des Pickard Countys nach, die gerahmt über der Maschine hing. Die Karte war alt, aus dem Atlas von 1936, heute nutzlos und für die Nachwelt gerahmt. Ziskes Name stand über dem von Lucas und unter dem von Jipp, der schräg gegenüber von dem von Knudsen lag. *Ich wette, dass Sie sich bestimmt von allen Häusern rund um den alten Lucas-Hof fernhalten,* hatte Paul gesagt. Harley las die Namen in den Quadraten westlich davon, von rechts nach links, in Wellen entlang der stillgelegten Eisenbahngleise. Knudsen. Jipp. Ziske. Lucas. Jensen.

Der Einzige, der noch da war, war Ziske, dessen Grundstück durch die County Oil vom Knudsen-Hof getrennt wurde. Der alte Mann konnte zwar kaum noch sehen oder hören, aber er lebte noch. War ja schon mal was. Das war eine Nachfrage wert.

Falls Ziske überrascht war, dass er einen Anruf vom Sheriff erhielt, ließ er es sich zumindest nicht anmerken. Harley wies darauf hin, dass er nicht lange reden könne. »Haben Sie etwas Ungewöhnliches gesehen oder gehört? Seit ich bei Ihnen draußen war?«

»Ich weiß nicht, was heute noch als ungewöhnlich durchgeht oder nicht. Dieser Hurensohn Logemann hat gestern jedenfalls auf dem Jipp-Hof alles abgemäht. Jetzt liegen überall die Haufen rum. Ich wette, der wird sich den windigsten Tag des Monats aussuchen, um abzubrennen, was noch übrig ist, und uns alle damit umbringen. Ich behaupte immer noch, dass er dieses alte Haus abgefackelt hat, als wär's nur eine Waldrodung.«

Harley versuchte sich vorzustellen, wie es sein würde, wenn der Jipp-Hof vollständig verschwunden wäre. Die Grundstücksgrenzen, die auf einem Luftbild so aussahen wie verblichene Narben, wären vollständig verschwunden. Harley gefiel es auch nicht, dass Logemann Land aufkaufte, nur, um es dann wieder zu verlieren. Doch einstweilen gehörte es ihm, und wenn er davon leben wollte, brauchte er mehr Platz, um durchzuhalten. Das konnte ihm niemand vorwerfen. Der Vorwurf ging an Gerald Ford. An den Rohstoffmarkt. »Logemann hat den Jipp-Hof nicht abgefackelt«, sagte Harley. »Haben Sie etwas gesehen? Irgendwas gehört?«

»Ich habe gesehen, wie dieser besoffene Hurensohn mitten in der Nacht nackt an meinem Zaun entlanggeschlichen ist.«

Über Harleys Haut lief ein Schauer, wie eine schwache, elektrische Ladung. Er stellte sich Paul Reddick vor, wie er von dem Laufgang hing, angeleuchtet von den Flutlichtern des Wasserturms. Er sah Virginia in den Flammen der brennenden Feuertonne glühen. »War nicht Logemann.« Zum Teufel, Harley wünschte wirklich, er wäre es gewesen. »Worüber reden Sie da?«

»Wüsste nicht, wer sonst an der Grundstücksgrenze entlanglaufen sollte. Und er ist ein Säufer. Wahrscheinlich war das Saufen der Grund, dass er nackt war. Das, oder er hatte mein Benzin überall auf der Kleidung – hat meinen verdammten Benzintank geleert –, als Betty vor zwanzig Minuten loswollte, hat sie vorher tanken wollen, aber der Tank war knochentrocken. Der Bastard will mich im Schlaf mit meinem eigenen Benzin verbrennen. Hat sogar den Zehn-Liter-Kanister aus der Garage mitgenommen.«

Die Anzeigen wegen der gestohlenen Benzinkanister. Harley sagte Ziske, er solle um Himmels willen einen Gang runterschalten. Harley musste wissen, was der alte Mann gesehen hatte. In der richtigen Reihenfolge.

Ziske schnaubte hörbar. Angefressen begann er von Neuem, die Stimme voll von mühevoller Beherrschung. »Zuerst ist ein Wagen auf der Schleswig-Holstein entlanggefahren. Hat mich geweckt. Hab da gelegen, ich weiß nicht wie lang. Schließlich bin ich pinkeln gegangen, wenn's recht ist, und hab' dann oben am Old German etwas Weißes gesehen. Hat sich bewegt. Konnte nicht erkennen, was zum Teufel es war. Hab gedacht, mein letztes Stündlein würde schlagen, um ehrlich zu sein.« Er stockte und blaffte: »Und jetzt erzählen Sie mir keinen Müll. Man sieht was ganz Weißes, das sich oben am Old German bewegt, wo die Hälfte der eigenen Familie begraben liegt, und dann denkt man sich seinen Teil. Aber dann habe ich gesehen, dass es gegangen ist, und nicht – Teufel auch«, sagte er frustriert. »Woher, zum Teufel, soll ich wissen, was Geister tun, aber ich wette, dass ihnen Schotter nicht unter den Füßen wehtut, und dem da machte er zu schaffen. Also habe ich mir die Chuckster am Lauf geschnappt und bin raus auf die Terrasse –.«

»Himmel, Ziske – Sie können doch nicht ...«

»Eine verdammte Zweiundzwanziger«, schnauzte der alte Mann zurück. »Erbsenpistole. Damit betäubt man noch nicht mal ein Erdhörnchen. Hab's wegen des Lärms mitgenommen, damit er wieder auf sein Grundstück verschwindet. Und ich hab doch nicht geschossen, oder?«

»Das haben Sie nicht gesagt.«

»Na ja, hab ich nicht. Ich hab dagestanden und beobachtet, wie der, wer immer es war – und jetzt sagen Sie mir, es war nicht Logemann, also denke ich mal, dann war es so ein nackter Hobo-Zigeuner – meine Wasserpumpe ankurbelt.«

»Was?«

»Ich sagte, meine verdammte Wasserpumpe! Oben, an der Straße. Die brauche ich, wenn der Strom ausfällt. Wenn der Strom ausfällt, dann habe ich kein Wasser, wissen Sie. So was nennt man Fortschritt. Schließ alles an eine Sicherung an, die rausfliegen kann –.«

»Und was dann?«

»Dann? Hat was getrunken, wie's aussah. Hat sich umgedreht und ist gegangen. In Richtung von Logemann und eurem alten

Hof. Direkt die Schleswig-Holstein entlang. An der hinteren Grundstücksgrenze.«

Carol quakte aus dem Funkgerät in der anderen Zimmerecke.

»Um wie viel Uhr war das?« Harley hatte Pam allein zurückgelassen, bei seinem alten Zuhause. Aber heute Morgen hatte er ihren Wagen gesehen. Er hatte gesehen, dass sie gut nach Hause gekommen war.

»Himmel, kann ich nicht sagen. Spät, früh. Immer noch dunkel.«

Carol quakte wieder.

»Bleiben Sie im Haus. Ich komme vorbei und schaue mich mal um.«

»Faire Warnung, aber, wenn ich herausfinde, dass derjenige, der das Benzin gestohlen hat, auch meine Zeitung klaut – irgend so ein nackter Hobo-Zigeuner-Geist –, dann hole ich die verdammte Schrotflinte raus.«

Ziskes Zeitung. Die zerknüllten Reste Zeitungspapier. Doris Luschens Todesanzeige in der Beilage, die allen, die sie gründlich lasen, verriet, wann genau niemand zu Hause sein würde. Jack Christiansens Todesanzeige war in der Dienstagsausgabe gewesen. Später am Abend, am Mittwochmorgen, brannte der Jipp-Hof. Zugegeben, die *Post Gazette* hätte von überall herkommen können. Doch durch Ziskes Nähe zum Jipp- und Knudsen-Hof befand sich sein Briefkasten in bequemer Nähe.

»Ist die Beilage gekommen?«

»Nein, und natürlich hat dieser gottverdammte Gene –.«

Carol quakte.

»Haben Sie das gehört?«, wollte Ziske wissen. »Was zum Teufel ist dieser Lärm?«

»Ich muss los. Ich kümmere mich drum.« Harley legte auf.

Als er endlich ans Funkgerät ging und »Kommen« sagte, war Carol wütend. Babe Reinhardt hatte angerufen. Warum, wollte sie nicht sagen. Sie hatte gefragt, wer Dienst hat, und als Carol antwortete, Harley, da sagte Babe, er solle sofort seinen Arsch zu ihr rüberschwingen.

Er sprintete die Stufen hinunter zum Streifenwagen. Er musste raus auf die alte Schleswig-Holstein Road. Es wurde langsam dunkel, und er musste dort ankommen, solange es noch hell genug war. Babes Anruf hatte Priorität. Aber er würde schnell machen und hoffte, dass das, was zum Teufel sie auch wollte, nichts mit dem zu tun hatte, was er befürchtete. Er wüsste allerdings auch nicht, inwiefern. Außer, Pam war hingegangen und hätte es der Frau selbst erzählt.

Mit einem flauen Gefühl im Bauch raste er zu ihr. Harley wusste nicht, ob es die Sorte Frau, zu der Babe Reinhardt gehörte, überall gab. Er war noch nie überall. Aber im Pickard County und den umliegenden Hügeln und Tälern waren sie so heimisch wie der Bleiwurz. Wenn sie dich nicht kannten, warst du verdächtig, und wenn sie dich kannten, wurde man nur sehr langsam mit ihnen warm. Die Kälte war keine Vorsicht, denn Vorsicht bedeutete Angst, und Frauen wie Babe hatten keine Angst. Was sie jedoch hatten, war die unerschütterliche Überzeugung, dass man im Begriff war, ihre schlimmsten Erwartungen zu bestätigen. Sie taxierten dich und warteten nur darauf, dass man es durchzog. Und Harley war sich ziemlich sicher, dass er es durchgezogen hatte.

Er war nicht gerade versessen darauf, in die Kieseinfahrt einzubiegen, und er war noch weniger versessen darauf, als er sah, dass Reds Pick-up nicht da war. Harley musste kurz rein und schnell wieder raus.

Als er anhielt, stand sie auf der Veranda. Er ließ den Motor laufen und die Tür weit offen. Als er den Fuß der Treppe erreichte, wich er ihrem stechenden Blick aus.

»Harley«, sagte sie.

Er fühlte sich wie eine Maus im Visier eines Falken, und es war keine Zeit für höfliche Floskeln. »Ich habe gehört, dass du angerufen hast. Carol hat nicht gesagt, warum.«

»Das muss sie auch nicht wissen. Sie weiß sowieso schon viel zu viel Dreck über jeden, noch von damals, als sie die Gemeinschaftsleitung abgehört hat.« Bevor sie in der Telefonzentrale arbeitete, war Carol das Fräulein vom Amt gewesen. »Davon abgesehen, ist es wahrscheinlich sowieso nichts«, sagte sie.

»Ich glaube kaum, dass du wegen nichts anrufst.«

Sie atmete einmal laut und tief durch die Nase und sagte: »Es geht um unsere Jüngste. Pam.«

Er kickte mit der Schuhspitze gegen ein Stück Kalksteinschotter. Er stemmte die gespreizten Hände in seine Hüften und schaute zur Windschutzhecke hinüber. Er hätte gern eine Zigarette gehabt.

»Sie hat vorhin angerufen. Irgendwas stimmte nicht. Dann sollte sie eigentlich schon vor Stunden herkommen, kam aber nicht. Sie ist auch nicht ans Telefon gegangen, also bin ich rüber zu ihr. Der Wagen steht draußen und die Haustür ist abgeschlossen. Sie schließt sonst nie ab. Denkt immer noch, sie wohnt hier draußen.«

Eine dunkle, noch nicht ganz ausgebildete Vorahnung durchfuhr ihn. Aber er hatte den Nova gesehen. Hatte gesehen, dass sie gut nach Hause gekommen war. Er hatte sich gesagt, dass es so war. »Ich werd's überprüfen«, sagte er. Er drehte sich zur offenen Tür des Furys um.

»Da ist noch was.« An den Worten klebte eine näselnde Warnung. »Sie hat um Geld gebeten. Fünfzig Dollar.«

Harley wusste nicht, was er damit anfangen sollte. »Was schließt du daraus?«

»Sie ist ziemlich stolz. Sie bittet nicht um Geld.«

»Das könnte schon alles sein«, sagte er. »Sie hat sich schlecht gefühlt, weil sie gefragt hat, und jetzt geht sie dir aus dem Weg. Ich fahre vorbei und sehe nach.«

Die nächsten Worte platzten so schnell heraus, als wäre sie verärgert, sie aussprechen zu müssen. »Helen Nelson sagt, Pam hätte ihre Kleine allein im Obergeschoss vom Gordon's zurückgelassen. Vor ein paar Tagen. Hat versucht, einfach wegzufahren.« Und genauso schnell fügte sie hinzu: »Bevor du jetzt voreilige Schlüsse ziehst – wir sprechen von Helen Nelson. Bin mal wegen eines Topfdeckels da gewesen, und sie hat mich eine Stunde festgequatscht. Hatte irgendeine Sendung über Sekten gesehen und war überzeugt, jeder sei ein Moon-Anhänger.«

»Was glaubst du?«

»Was ich glaube?« Babes Stimme war stechend und direkt. »Ich glaube, Pam ist kopflos.« Sie verstummte, und als sie wieder ansetzte, war sie zögerlicher. Babe zögerlich reden zu hören, entnervte ihn mehr als der stechende Tonfall . »Ich muss dich etwas fragen, das aber diese Veranda hier nicht verlassen darf.« Sie wartete auf seine Zustimmung, seine Einwilligung in die Bedingungen.

»In Ordnung«, sagte er.

»Wenn Pam meint, in einer üblen Klemme zu stecken, kann man nicht sagen, wie sie reagiert. Ich gehe mal davon aus, dass sie diesem Mädchen niemals etwas antun würde. Sie ist weiß Gott zu zimperlich, um ein Huhn abzustechen. Aber sich selbst, ich weiß nicht«, sagte sie. »Vermutlich weiß ich nicht, worauf ich achten muss. Diesbezüglich.«

Harley betrachtete Babe eingehend. Er suchte nicht nach einem Hinweis, ob sie irgendwas von ihm und Pam wusste oder nicht. Er suchte nach Bestätigung für das, was sie andeutete. Dass Babe dachte, er hätte irgendeine Art Einblick. Dass er verräterische Zeichen erkannte, wenn ein Mensch kurz davor stand, sich die Kugel zu geben.

Tatsächlich hatte er jeden einzelnen Menschen, dem er in den letzten vierzig Jahren begegnet war, bezüglich dieser Neigung ausgemessen. Und hin und wieder dachte er, er würde es sehen. Dass jemand der Typ war, Schluss zu machen. Er dachte, er hätte es bei Paul gesehen, an dem Abend am Wasserturm. Doch wenn man lang genug und genau genug hinsah, dann erkannte man, dass es nicht den einen Typ gab. Dass kein Zusammenhang bestand zwischen einer Person, die es tat, und einer anderen, die es nicht tat. Es war jedes Mal anders. Jedes einzelne Mal. Am Ende wusste Harley trotz all seines Ausmessens und Beobachtens genauso wenig wie Babe, wonach er Ausschau halten musste. Am Ende wusste Harley nur, dass es etwas war, das ein Mensch tun konnte.

Sie sah ihn abwartend an. Ihr Blick war so ernst, so frei von Urteil, wie er ihn noch nie gesehen hatte und vermutlich auch nie wieder sehen würde. Außer vielleicht, wenn er derjenige sein würde, der den Notruf entgegennahm, der, bei dem man sie eines Tages am Fuß einer Kellertreppe finden würde. Bei diesem Blick bekam er einen Kloß in den Hals. Er tat es schrecklich ungern, doch er schüttelte den Kopf.

»Nein«, sagte sie, beinahe unhörbar. »Nein, ich schätze nicht. Vermutlich ist es eines dieser Dinge, bei denen man die Zeichen erst hinterher sieht. Nach dem Motto hinterher weiß man's immer besser.«

»So sieht's wohl aus«, sagte er. »Oft.«

Sie umklammerte den Pfosten der Veranda, als wolle sie ihn aufrecht halten, und rieb mit dem Daumen über das Holz.

»Ich fahr jetzt rüber.« Er ging zurück zur offenen Tür des Streifenwagens. »Sobald ich weiß, was los ist, gebe ich Bescheid.«

»Harley«, sagte sie. Sie blickte ihn weiter an, suchend, aber nicht mehr ernst. Ihr Blick war wachsam. Musternd. »Weißt du denn, wohin du musst?«

Er sah zu ihr hinauf. Ausdruckslos, wie er hoffte. »Ich dachte, ich funke Carol an. Lass mir von ihr die Adresse durchgeben.«

Sie nickte kurz und knapp. »Sieh einfach nur nach, ob's ihnen gut geht.« Ihr Blick lag weiter auf ihm, während ihr schlaffes Gesicht verhärtete. Sie ließ den Pfosten los, verschränkte die Arme vor der Brust und sah ihm hinterher, als er fuhr.

Er rauchte und drückte das Gaspedal des Furys durch. Was immer Pam getan haben mochte oder gerade tat, er hatte seinen Anteil daran. Er dachte an Glenns graue Blässe. Die brennende Feuertonne. Harley war schon immer besonders gut darin gewesen, sich möglichst nicht zu sehr zu beteiligen. Darum war seine Ehe auseinandergegangen. Er hatte sich nicht beteiligt.

Draußen in Park Meadows stand der Nova in dem, was eigentlich ein Garten sein sollte. Nach einem ersten Anklopfen probierte er den Türknauf. Abgeschlossen, wie Babe schon gesagt hatte. Bei dem wenigen Licht, das vom Tag noch übrig war, ging er die teilweise mit Gebüsch bewachsene Grenze des Grundstücks ab. Er kam an einem halb vergrabenen Hohlblockstein und einem zerschnittenen Gartenschlauch vorbei. Durch die Fenster sah er nichts. Sie waren zu weit oben, um mehr zu sehen als nur Gardinen. Er ging um die Seite herum und kehrte zu den Gitterstufen zurück. Es waren die gleichen wie beim Container des Sheriffbüros. Vermutlich war ein Trailer letzten Endes auch nichts weiter als ein Container. Er dachte an Dell senior, der mit seinen blutunterlaufenen Augen und diesem Lächeln seiner kantigen weißen Zähne im Grunde nichts anderes verkaufte als schlampig verarbeitete Schiffscontainer mit Fenstern. Und den Leuten erzählte, es wären quasi Häuser. Häuser, die sie entweder kostspielig versetzen oder zurücklassen mussten, wenn die Grundstücksmiete durch die Decke ging oder das Land unter ihnen verkauft wurde.

Er klopfte wieder, diesmal fester, und rief ihren Namen. Nachdem er ihn ausgesprochen hatte, wusste er, dass sein Tonfall viel zu vertraut klang. Gottseidank war keiner der Nachbarn herausgekommen, als der Streifenwagen gehalten hatte. Die meisten von ihnen suchten wahrscheinlich gerade hektisch nach einem Versteck für ihr Gras.

Als er wieder rief, fügte er hinzu, er wäre Harley Jensen, Deputy Sheriff. Die Förmlichkeit trieb ihm eine warme Röte ins Gesicht. Er stellte sich vor, wie sich ihre weißen Hüften vom Dielenboden hoben. Er versuchte, das Bild im Kopf zu behalten, ohne dass es verlosch, ohne den Boden eines Stuhls mit geflochtener Sitzfläche zu sehen, oder den grauen Dreck an den Sohlen stiller Füße. Doch selbst, als er Pam nackt und gertenschlank vor sich sah, fühlte er den nachtblauen Schimmer der Küche im Rücken. Er schlug mit der flachen Hand fest gegen die Tür. Er sagte, sie müsse ihm unbedingt aufmachen.

Stille. *Bin ziemlich sicher, dass uns allen Schlimmeres bevorsteht,* hatte sie letzte Nacht gesagt.

Er klopfte wieder. Das dünne Holz des Türfurniers splitterte zu einem V auf. Ein Splitter bohrte sich in seinen kleinen Finger. Er klopfte weiter. Sagte, wenn sie nicht öffnen würde, käme er hinein.

Dann ließen tapsende Schritte den Vorbau unter seinen Stiefeln vibrieren. Die von seinen Schultern ausgehende und bis zu den zusammengebissenen Zähnen reichende Anspannung löste sich.

Sie öffnete die Tür gerade weit genug, dass ihr Kopf hindurchpasste. Sie starrte ihn an, die Lippen geöffnet, vermutlich in berechtigtem Schrecken, dass er dort auf dem Treppenabsatz stand und ihre Tür ruinierte.

»Ist er hier?« Er sagte es so leise er konnte, während er durchatmete.

Sie schüttelte den Kopf und blinzelte, als wollte sie eine Benommenheit vertreiben. Er wusste nicht, ob er ihr glauben sollte. Er meinte, diesen Blick schon mal gesehen zu haben, als Darlene Wulf wegen ihres betrunkenen, nichtsnutzigen Arschlochs von Ehemann angerufen hatte. Darlene hatte ihm ein Zeichen gegeben. Sie hatte mit einem Zucken des Kopfes auf etwas hingewiesen. Sie hatte die Augen zur Seite bewegt, um zu sagen, dass der Mann direkt neben ihr stand. Harley hatte gewartet, bis sich ihr

Griff lockerte und sie das Holz kaum noch berührte. Dann hatte er gegen die Tür getreten und den Mann bewusstlos geschlagen. Harley achtete jetzt auf irgendein Zeichen von Pam. Auf ein Zucken. Auf einen schnellen Blick irgendwo hin.

»Deine Mutter hat uns angerufen«, sagte er und musterte sie. »Sie sagt, du hättest eigentlich zu ihr rauskommen sollen. Sagt, du hättest dich am Telefon komisch angehört. Sagt, sie wäre hergekommen, und du hättest nicht aufgemacht.«

Sie sah zerstreut aus. »Mir geht's gut.« Sie wirkte, als wollte sie unbedingt, dass es so war, um sich zurechtzufinden. »Du solltest wahrscheinlich nicht hier sein.«

Das erleichterte ihn etwas, zumindest nahm es ihm die Sorge, ihr Mann könnte in Hörweite sein. »Ich habe deine Tür ein bisschen beschädigt.«

»Gut.« Sie schenkte ihm ein kurzes, müdes Lächeln. »Dann passt sie ja jetzt zu dem ganzen Rest hier.«

»Gibt es einen Grund, warum du Babe aus dem Weg gehst?«

»Du kennst sie doch.«

Was an Anspannung noch da war, löste sich. Er atmete durch. Sein Blick wanderte ihren Hals hinunter, wo sich eine Sehne hob. Ihre knochigen Schultern unter dem dünnen T-Shirt zeigten leicht in seine Richtung. Er erinnerte sich daran, was Babe über die Tochter gesagt hatte, darüber, dass Pam sie im Gordon's allein zurückgelassen hatte. »Dann sind nur du und das Mädchen hier?«

Ihre Augen huschten zu der Stelle hinter seinem linken Bizeps. Er drehte sich. Da war niemand. Sie musste paranoid sein, dachte wohl, dass jemand sie beobachtete. Sie belauschte.

»Hab sie schon ins Bett gebracht«, sagte sie.

Er stand da und wusste nicht, was er sagen sollte. »Ich komme wohl besser nicht rein.«

Da sah sie ihn an. Sie blickte ihn direkt an, erst das eine Auge, dann das andere. Ihre Lippen verzogen sich. Die Ränder kräuselten sich ein wenig in einem merkwürdigen, kurzen Grinsen, das genauso schnell verschwand, wie es gekommen war. Dem Mädchen ging es gut. Pam wollte, dass er hereinkam. So viel war klar.

»Jemand war letzte Nacht da«, sagte sie mit kaum mehr als einem Flüstern. »Nachdem du weg warst. Jemand ist hinter das Haus gefahren.«

Ziskes nackter Hobo-Geist, wahrscheinlich einer von Pams angeheirateten Verwandten. Harley überlegte, ob er es ihr sagen sollte. Er entschied, dass es für sie sicherer wäre, wenn sie es nicht wüsste. »Ich bin auf dem Weg dorthin, sobald ich überzeugt bin, dass es dir gut geht.«

Sie sagte, alles sei in bester Ordnung.

»Ich muss es wissen«, sagte er. »Ich muss wissen, dass es dir gut geht.«

Sie lächelte wieder, nicht glücklich, und verlagerte ihr Gewicht von einem dünnen Bein aufs andere.

Er wollte schon die Hand ausstrecken, seine Hand auf ihre Hüfte legen. »Wäre eine gute Idee, wenn du heute Nacht zu Hause bleibst. In Sicherheit.« Die Straßenbeleuchtung hinter ihm schaltete sich flackernd ein. »Ich mein's ernst. Wenigstens heute Nacht.«

»Werde ich.«

»Ich muss los«, sagte er.

»Ich weiß.« Sie sah ihm wieder tief in die Augen. Erst ins eine, dann ins andere. Er wollte sie wieder fragen, ob es ihr wirklich gut ginge, aber er tat es nicht. Er würde sich heute Nacht abschließend um diese Sache kümmern, denjenigen festnehmen, der es verdient hatte – wahrscheinlich Paul – und ihn wegen Diebstahls und Brandstiftung drankriegen. Danach würde er anrufen. Sich vergewissern, dass es ihr weiterhin gut ging.

»Es wird andere Nächte geben«, sagte er.

Sie blickte nach unten, an seiner Taille vorbei, und nickte. Dann schloss sie die Tür.

29

Rick lag bäuchlings im Gestrüpp der Böschung neben Evelyn Muellers Trailer, beobachtete und wartete, dass dieses hinterhältige Arschloch Paul vor Ricks Tür aufkreuzte. Rick hatte das Gewehr eigentlich gar nicht mitnehmen wollen. Als klar war, dass Dell juniors Streifen und Anna nicht im Pick-up bleiben würden, hatte er die Waffe eigentlich in der Halterung lassen wollen. Doch er lagerte sie sicher auf einer Seite, Anna auf der anderen. In der Zwischenzeit zick-zackte Dell junior überall herum. Immer wieder sagte er in einem tiefen, schnarrenden Ton, der an eine Mundharmonika erinnerte, nur tiefer: *hambone-hambone-hambone-hambone.* Irritierend. Ergab keinen Sinn. Machte Rick fast wahnsinnig.

Dell junior hätte sich ein Beispiel an Anna nehmen können. Sie war launisch, okay, aber sie war ruhig. Rick hatte ihr gesagt, dass sie ganz leise sein müssten, um Onkel Paul zu überraschen. Einmal musste sie Pipi machen, und er war mit ihr ein Stück den Hügel hinuntergeklettert. Er hatte ihr gezeigt, wie man es draußen am besten machte. Er ließ sie sich so hinhocken, dass der Bach abwärtsfloss und nicht auf ihre Schuhe kam. Wäre sie ein Junge gewesen, wäre es ein echter Vater-Sohn-Moment gewesen. Aber stattdessen war es eines der Dinge, die ihre Mutter ihr hätte zeigen sollen. Wie man im Freien pinkelt. Es musste einen Trick geben, den er allerdings nicht kannte.

Ein Blitz von Dell juniors gestreifter Schulter zischte am Rand von Ricks Blickfeld vorbei. Rick schlug danach. Befahl ihm, still zu sein. Anna schlug auch und kicherte. Rick befahl ihr, still zu sein. Er wünschte, Mom wäre hier, aber sie schien es nicht zu sein.

Er wettete, dass Mom ihn richtig laut anbrüllen würde, damit Dell junior die Schnauze hielt.

Anna sagte, sie sei durstig. Bald, sagte Rick ihr. Sie war wieder still. Sie warteten. Sie kratzte sich und zappelte im Gras herum. Als er das Geräusch von Autoreifen von der Hauptstraße kommen hörte, legte Rick eine Hand auf Annas Rücken. Sie beruhigte sich.

Die lange Kühlerhaube eines Streifenwagens, eines Furys, rollte an der Ecke von Evelyn Muellers Trailer vorbei. Der Cop. Derselbe Cop, der vorher bei Mom gewesen war. Er parkte, ging die Stufen hoch und klopfte. Dann kam er wieder herunter und ging um den Trailer herum. Der Schlauch. Er würde die Schlauchstücke sehen, die Rick zurückgelassen hatte, als er ihn fürs Benzinabsaugen zerschnitten hatte. Der Cop kehrte zur Treppe zurück und hämmerte gegen die Tür. Er rief Pams Namen. Dann sagte er, wer er war. Sagte, er wäre der Deputy Sheriff. Er sagte, sie müsse ihm aufmachen. Und hämmerte weiter.

Wieso rief er Pams Namen? War er nicht auf der Suche nach Rick?

Rick sah sie. Also, nicht ganz. Nur ihr Knie. Es lugte weiß und schmal aus dem Trailer. Das Blut pumpte heiß durch seine Gliedmaßen. Sein ganzer Körper schmerzte. Er fühlte sich krank von seinem eigenen Blut. Alles, was er tun konnte, war, dortzubleiben.

Anna fragte, ob das ein Polizist wäre. Rick nickte. Er legte einen Finger an den Mund. Sie flüsterte, fragte, warum Mama den Polizisten gerufen hätte.

Rick dachte angestrengt nach. Warum sollte Pam die Polizei rufen?

Ja, natürlich. Rick konnte es nicht fassen. Rick konnte es, verdammt noch mal, nicht fassen. Das war's.

Pam hat die Cops gerufen. Weil Anna verschwunden war. Natürlich hatte sie das. Aber warum hatte sie dann am Telefon nichts gesagt? Warum hatte sie gelogen, dass Anna da war, wenn sie es gar nicht war?

Dell juniors Hemdsärmel huschte durch Ricks Blickfeld und er *hambone-hambonete.*

Rick schlug zu. Brachte ihn zum Schweigen. Anna schlug auch zu, kicherte aber nicht.

Dell junior. Die Scheiße mit Mom, die verschwunden war. Deshalb sagte Pam nichts. Sie wusste, was es für Rick bedeuten würde. Was es mit ihm machen würde, wenn auch noch Anna verschwand. Das konnte Pam ihm nicht antun. Sie hatte ihn beschützt.

Der üble Schmerz des pumpenden Blutes legte sich etwas, dann noch ein bisschen. Und dann kam wieder dieses Gefühl, als würde Licht durch ihn strahlen. Sie hatte es vermasselt. Pam hatte es vermasselt, und darum würde er sich kümmern müssen. Aber etwas war immer noch da, von ihrer Seite aus. Sie empfand immer noch etwas für ihn. Was bedeutete, dass es noch etwas zu retten gab.

Er wollte sofort aufstehen. Er wollte hinüberrufen und winken. Ihnen zeigen, hier – Anna war genau hier. Anna ging es gut. Pam hatte seinen Bruder gefickt, aber alles würde gut werden. Fast wäre er da runtermarschiert und hätte Pam hochgehoben und so fest umarmt, bis ihr Rücken knackte. Aber da war noch der verdammte Absaugschlauch. Und Pauls gestohlener Wagen. Rick würde warten.

Was Pam und der Cop sagten, war zu leise, als dass er es hören konnte, was eigentlich unmöglich schien. Alles andere war so laut. Laut wie das Tuckern eines Motors. Das Klappern von Blechen und Seitenverkleidungen.

Der Van. Er hörte den Van. Er fuhr auf dem Highway hinter ihm vorbei. Auf der anderen Seite der Böschung runter. Er wartete, dass er bremste und in den Trailerpark einbog. Er hielt die Luft an und wartete auf die Reifengeräusche auf dem Hauptweg. Das Geräusch kam nicht. Aber es war Paul gewesen, ganz klar. Rick kannte das Geräusch seines eigenen Vans. Er fuhr nach Osten. Um ihn würde Rick sich demnächst kümmern. Jetzt musste er sich erst mal auf das nackte Knie im Türrahmen konzentrieren.

Es war verschwunden. Pams Knie. Rick blinzelte. Das Knie war fort. Sein Herz kam ins Stottern. Die Tür war zu. Sie war nicht verschwunden. Sie hatte nur die Tür zugemacht.

Der Cop ging zu seinem Streifenwagen. Er wendete und kehrte zurück zur Hauptstraße. Rick hielt Anna auf den Boden gedrückt, bis er sicher war, dass der Cop weg war. Dann stand Rick auf.

Lass uns gehen, sagte er zu Anna. Planänderung. Sie würden Onkel Paul später überraschen. Jetzt würden sie erst mal Mama überraschen. Anna fragte, ob sie *Überraschung* rufen dürfte. Wie bei einer Party. Wie im Fernsehen. Er sagte, klar. Klar, sie könnte Überraschung brüllen. Er könnte es selbst gerade brüllen. Er nahm Annas Hand fest in seine eigene. Zu fest, jammerte Anna, und er versuchte, seinen Griff ein bisschen zu lockern. Ihm fiel das Gewehr wieder ein, er bückte sich und hob es auf. Dann gingen sie die Böschung hinunter. Dell junior irrlichterte hin und her, als würde er feiern. Als wäre er ein Feuerwerk. Lichtblitze. Der Himmel wurde immer dunkelblauer und die ersten Sterne begannen zu leuchten. Rick fühlte sich schwerelos. Pam hatte Mist gebaut. Und das musste geklärt werden. Doch jetzt gab es Wichtigeres. Etwas, das er retten konnte.

Die Tür war abgeschlossen. Gut. Sie hatte endlich kapiert, dass sie die Scheißtür abschließen musste.

30

Pam stand am Ende des Flurs, als schwere Arbeitsstiefel die Treppe heraufstampften. Der Van war nicht vorgefahren. Wäre er vorgefahren, hätte sie ihn gehört, das Schütteln und Klappern, wenn er das Ding abschaltete. Er war nicht vorgefahren. Doch das waren seine Stiefel. Das waren seine Stiefel auf dem Weg in ein Haus, in dem Anna nicht war. Und Pam konnte immer noch nicht sicher sein, ob Paul Rick von Harley erzählt hatte oder nicht. Selbst wenn er es nicht hatte, selbst wenn Rick nichts von ihrer Affäre wusste, oder davon, dass sie Anna im Gordon's zurückgelassen hatte, würde er es sicher herausfinden, wenn er erstmal die Cops angerufen hätte, um mitzuteilen, dass Anna verschwunden war. Und nichts davon sprach für sie.

Pams Handtasche war beladen mit dem Kleingeld, das sie aus ihrer Sparbüchse, der alten Kaffeedose, die neben dem Bett stand, gekippt hatte. Das meiste davon Fünf-Cent-Münzen. Viele Pennys. Der Riemen rutschte ihr aus der Armbeuge bis aufs Handgelenk, wo das zusammengebundene Ende eines Kopfkissenbezugs hing. Sie hatte zwei Garnituren Kleidung hineingestopft, ihre Empfängnisverhütung, einige Tampons, eine Zahnbürste, eine Hotelseife und das Macheten-Messer. Die Schneide war so stumpf, dass sie kaum durch den Hackbraten kam, doch das Messer sah bedrohlich aus. Sie hätte es noch nicht mal in eines der Handtücher wickeln müssen, die sonst zu nichts zu gebrauchen waren, hatte es aber dennoch getan.

Der Türknauf klickte zweimal – zurück, vor. Bevor der Schlüssel im Schlüsselloch kratzte, schlüpfte sie aus ihren Sandalen, und schlich damit lautlos den Flur hinunter zur Hintertür.

Sie hatten die Hintertür nicht mehr benutzt, nachdem Rick die Seitenverkleidungen angebracht hatte, also gab es keine Stufen. Sie öffnete die Tür und ließ ihre Sachen auf den Boden fallen. Seine Stiefel liefen am anderen Ende des Trailers über den Boden. Er rief ihren Namen.

Sie setzte sich, ließ sich dann nach unten gleiten und landete mit einem nackten Fuß in etwas Dornigem. Sie biss die Zähne zusammen, griff nach oben und schob die Unterkante der Tür mit den Fingerspitzen so weit wie möglich zu. Dann balancierte sie auf einem Bein und zog zwei Dornen aus der dünnen Haut ihres Fußgewölbes. Sie schlüpfte in ihre Schuhe und raffte ihre Sachen zusammen. Die Taschen raschelten über das Unkraut.

Sie hatte die Tür hinter sich nicht ganz verschlossen. Möglicherweise bemerkte er es nicht. Sie glitt um das schmale Ende des Trailers und drückte sich mit dem Rücken gegen die Wand- und Sockelverkleidung. Sie versuchte, tief durchzuatmen und das Hämmern in ihrer Brust zu beruhigen. Er rief ihren Namen.

Der Plan war, so lange zu fahren, bis der Nova kein Benzin mehr hatte. So nah wie möglich an die Interstate heranzukommen. Wenn der Tank leer war, würde sie per Anhalter in Richtung Osten nach Chicago, oder Westen nach Cheyenne, oder nach Süden an Orte mit Namen wie Nacogdoches oder Tishomingo oder Natchez fahren. Sie würde sagen, sie hätte dort eine Schwester. Eine dringende Familienangelegenheit. Und wenn sie mit einem Trucker fahren musste, würde sie eine Hand in dem Kissenbezug lassen, die Finger um den Holzgriff dieses Messers gelegt.

Ihr Schlüsselring mit dem großen Messing-P war bei ihrem Sprung aus der Hintertür verrutscht. Nun bohrte er sich in ihre Leiste.

Wenn sie den Nova jetzt anließ, würde er herausgerannt kommen und wissen wollen, was los wäre. Er würde wissen wollen, wo Anna sei, und Pam würde erklären müssen, warum sie einen Kissenbezug voller Toilettenartikel und ein Messer in Form einer Machete dabeihatte, und warum sie all die Fünf-Cent-Stücke und Pennys aus der Kaffeedose in ihre Handtasche gekippt hatte. Er würde wieder hineinrennen und die Cops rufen, Harley anrufen und das wäre dann das Ende. Genau da und dort wäre es dann das Ende von allem.

Nein. Sie müsste ihm gar nichts sagen. Sie würde den Nova anlassen, er würde rausgerannt kommen und sie würde Gas geben.

Sie spürte seine Schritte an ihrem Rücken. Sie vibrierten durch die dünne Wand, durch die Dämmung und durch die Wandverkleidung, die so geformt war, dass es aussehen sollte wie Schindeln. Sie hörte, wie sich der Türknauf der Hintertür drehte. Als sie sich mit einem Seufzer öffnete, schoss Pam vorn um den Trailer zum Wagen, zur Straße.

Überraschung!

Annas Schrei und das Quietschen, das folgte, waren für Pam wie ein Tritt in den Magen. Sie blieb wie angewurzelt stehen, keine zehn Schritte von der Tür des Novas entfernt. Anna stand auf dem oberen Treppenabsatz, die Hände vor Aufregung über den Mund gelegt.

Überraschung, Mama, sagte sie wieder, diesmal ein wenig verdrießlich, weil Pam nicht so reagiert hatte, wie erhofft.

Pam stand, wo sie war, die Handtasche schwer in einer Hand, von der anderen baumelte der Kissenbezug. Sie schloss ihren Mund. Er war bereits trocken. Ihr Kopf war wirr. Schwindelig. Als wäre die ganze Welt zur Seite gekippt.

Hinter Anna, an der offenen Sturmtür, die locker gegen das Geländer schwang, tauchte Rick aus dem dunklen Loch der Trailertür auf. Er trat ins Licht der Straßenbeleuchtung.

Er sah nicht richtig aus. Die Form seiner Gliedmaßen, die abgetragene und geflickte Jeans mit ihren silbernen Strichen von Dachversiegelung, der inzwischen dichte Fu-Manchu in einem

Meer von Stoppeln – all das gehörte zu Rick. Sie begriff, dass es zu ihm gehörte. Aber ansonsten stimmte nichts. Sein Körper und Rick passten für sie nicht zusammen.

Sein T-Shirt und die Jeans hingen herunter. Seine wettergegerbte Haut wirkte so blutleer, dass seine Bräune einen Gelbstich hatte. Seine Lippen waren zu blass. Seine Haarzotteln standen in spitzen Locken zu allen Seiten ab und die Augen waren nicht seine Augen. Sie waren wild und glasig.

Es hatte eine Zeit gegeben, da kannte sie Ricks Augen gar nicht wirklich. Sie sah in ihnen nur diese Sehnsucht, das Flehen und das Rätselhafte, das sie durchströmten. Jene Augen hatten nicht so ausgesehen wie diese hier.

Er hatte eine Schrotflinte. Der Lauf war seitlich nach oben gerichtet. Seine Finger ruhten über dem doppelten Abzug. Nicht auf dem Bügel.

»Überraschung, Mama«, sagte er, als hätte er einen Kloß im Hals. Als wäre er ein Soldat, der gerade aus einem Krieg zurückgekehrt war.

Sie warteten auf ihre Reaktion, er und Anna. Dass sie etwas sagte. Sie sagte das einzige Wort, an das sie denken konnte, das einzige, das ihr in den Sinn kam. »Überraschung.« Sie sprach kaum laut genug, um es selbst zu hören.

Er nahm Annas Hand und sagte, »Na, komm«, als wäre nichts von all dem eine große Sache. Er sagte es, als wäre es nur irgendein Moment, als wären sie auf dem Weg zu einem Drive-in oder zu einem Besuch bei Red und Babe. Geduldig führte er sie die erste Stufe hinunter.

Pam wünschte, dass sich ihre eigenen Beine bewegen würden. Um sie die kurze Distanz zu ihrem Wagen zu tragen. Aber ihre Beine waren wie festgeklebt. Sie wusste nicht, was das bedeutete. Sie wusste nicht, worauf irgendetwas hiervon hinauslief. Rick und Anna waren verschwunden gewesen. Pam war kurz davor gewesen, zu verschwinden. Aber jetzt waren sie alle wieder hier und Rick sah so verrückt aus, wie sie sich fühlte, nur, dass er eine Flinte hatte.

Als er direkt vor ihr stand, sprach er. »Ich weiß«, sagte er, »was du getan hast.«

Der Van war nirgends. Das stimmte. Sie hatte nicht gehört, wie er angefahren kam. Doch er war hier. War er die ganze Zeit hier draußen gewesen? Als Harley vorbeigekommen war? Er musste es sich zusammengereimt haben. Oder Paul hatte es ihm erzählt. Vielleicht war Rick derjenige gewesen, der letzte Nacht dort war. Der, der hinter dem Jensen-Hof gehalten hatte.

»Okay.« Ihre Stimme kratzte gegen ihren Rachen.

»Wir müssen nur alles wieder in Ordnung bringen.« Er war verhalten, als hielte er etwas zurück. Sie konnte nicht sagen, was.

»Okay.« Sie holte tief Luft und schaute forschend in seine Augen. Suchte nach etwas, das vertraut genug war, damit sie ihre Beine wieder spürte. Um ihre Füße mit dem Erdboden unter sich zu verankern. Selbst, wenn es das Elend und das Flehen war, das sie immer auswrang, und das sie stets an den Stallkater bei ihren Eltern erinnerte, der schlapp auf dem Boden zwischen dem Heu lag, während Pam mit dem Daumen den kälter werdenden Streifen zwischen seinen Ohren streichelte. Er hatte nach oben gestarrt, sein Körper schlaff, der Blick auf sie gerichtet, mit einem Flehen, das er nicht anders ausdrücken konnte. Einem Flehen, an dem sie einen Scheiß hätte ändern können.

Den würde sie nehmen. Sie würde diesen Blick direkt nehmen, wenn das bedeutete, dass sie ihre Beine wieder spürte. Aber dieser Blick war nicht da. Sie wusste nicht, was da war.

Zum ersten Mal schaute er nach unten und sah den Kissenbezug.

»Etwas Kleidung«, sagte sie. »Seife. Tampons.« Wenn er es wusste, wusste er es. Vielleicht erkannte er, dass es keinen Zweck hatte. Vielleicht würde er sagen, *na, dann fahr los, schätze ich. Mach dich auf den Weg. Steig ein.*

Rick nickte. Sie konnte nicht einschätzen, ob das, was sie gesagt hatte, bei ihm angekommen war. Sie konnte nicht sagen, welche Schlüsse er daraus zog, wenn überhaupt. Er schlug in die Luft vor sich, auf eine Motte oder Mücke, die Pam nicht sehen konnte. Die Waffe rutschte herunter und der Doppellauf zeigte nun genau auf ihre Brust. »Wir bringen es einfach in Ordnung«, sagte er wieder und stützte den Lauf in seiner Ellenbeuge ab. Er schaute hinunter auf Anna und wieder hoch zu Pam. »Na, komm«, sagte er wieder, mit zu sanfter Stimme. Er deutete mit der Flinte, zielte in Richtung der fernen Hügel, zwischen den Trailern.

Sie versuchte, nicht wegzulaufen. Sie wusste nicht, ob das nötig war. Sie ging vor ihm her, mit schwerem Gepäck an hängenden Schultern. Alle paar Schritte strich das glatte Metall über die feinen Haare auf ihrem Arm. Ihre Brust und ihr Rücken pulsierten im harten Takt. Sie konnte nicht sagen, ob der Takt von ihren Füßen herrührte, die auf den Boden schlugen, oder von ihrem pumpenden Herzen. Als sie bei Evelyn Mueller vorbeikamen, nagte eine Erinnerung an ihr, bis es ihr wieder einfiel: Babe hatte ihr mal von einem Mann erzählt, der gezwungen wurde, sein eigenes Grab zu schaufeln, bevor er ermordet wurde. Es stand in der Zeitung. »Kannst du dir das vorstellen?«, hatte Babe gefragt.

Pam dachte, sie könnte. Sie dachte, sie könnte sich das Gewicht der Schaufel vorstellen, die Holzfasern des Griffs an ihren Handflächen und Fingern, das Anschwellen und Platzen von Blasen, während der Geruch der aufbrechenden Erde eine Flut von Erinnerungen an kleine, vergessene Dinge mit sich brachte. Aber wenn es das war, was hier gerade passierte, wenn Pam zu ihrem eigenen Grab geführt wurde, war es nichts gegen das Grauen und die Schwere und die Flut an Erinnerungen, die sie sich vorgestellt hatte. Was hier gerade passierte, war nicht bedeutsam. Es war ein

Tatbestand. Das ergab Sinn, vermutete Pam. Es ergab Sinn, dass das Gehirn einen Schalter hatte, dachte sie. Dass es sich selbst abschaltete, und den Körper einfach Körper sein ließ, wenn alles zu viel wurde.

Als sie Pauls Pick-up erreichten, der die Straße hoch parkte, dichter am Highway, fragte sie nicht, warum Rick ihn hatte. Sie warf einen kurzen Blick auf die Ladefläche und suchte nach einem Spaten. Da war keiner. Die drei gingen zunächst auf die Beifahrerseite, wo er die Tür für Anna öffnete und ihr beim Einsteigen half. Pam kam als Nächstes. Er schloss die Tür, ging vorn um den Wagen herum und stieg auf der Fahrerseite ein.

Die Waffe lehnte zwischen seinen Beinen und zielte auf seine Stirn und die Decke. Sie sagte ihm nicht, dass er sie weglegen sollte. Er tat es sowieso, stellte sie so hin, dass sie zwischen seinem Bein und der Fahrertür klemmte. Er schlug wieder in die Luft, in den Bereich zwischen seinem Gesicht und dem Lenkrad. »Ja, ist schon gut«, sagte er, verkniffen und gereizt. Sie wusste nicht, wen er meinte.

»Was?«, fragte sie.

»Dell junior. Irgendein *hambone-hambone*-Scheiß.«

Sie sah nach Anna. Hielt Ausschau nach Anzeichen von Panik. Das Mädchen sah aus wie eine alte, mürrische, geschrumpfte Frau. Sie hatte den Hals gereckt, um über das Armaturenbrett gucken zu können. Sie schlug in die Luft, wie Rick es getan hatte, und sagte Pscht jetzt.

»Genau«, sagte Rick und ließ den Pick-up an. Er knallte den Rückwärtsgang rein. Der Wagen wälzte sich nach hinten und stoppte. Er legte den Vorwärtsgang ein. Der Wagen machte einen Satz nach vorn und der Kühlergrill stieß mit Getöse Bowmans Mülltonne um. »Scheiße – Bowmann.« Dann gab er Gas.

Sie packte die Armlehne der Tür. Sie wollte es nicht wissen, dachte sie, aber fragte: »Wohin fahren wir?«

Seine schwarzen Augen flackerten sie an. Sie waren zu groß. »Das weißt du besser als ich. Ich weiß nicht, wo zum Teufel du dich mit ihm triffst.« Der Pick-up raste in Richtung Hauptstraße. »Habe ihn auf dem Highway nach Osten fahren hören.« Er bog so scharf ab, dass eine Seite von ihr schwerelos wurde. »Ihr beide müsst das doch wissen. Ihr beide müsst doch wissen, dass ein Mensch nicht hingehen kann und tun kann, was du getan hast.« Er bog, ohne hinzusehen, auf den Highway ein. Sie hielt sich an der Armlehne fest und versteifte sich, um nicht gegen ihn zu fliegen. Auf dem Asphalt drückte er das Gaspedal durch. Das Heck scherte aus. »Hab gehört, wie er in diese Richtung gefahren ist. Du musst mir sagen, wo ich abbiegen soll.«

Wenn Rick nicht wusste, wo er hinfahren sollte, war er nicht derjenige, der letzte Nacht am Jensen-Hof gehalten hatte. So viel wusste Pam. Die Räder rollten mit einem stetigen Rauschen über den Asphalt. Sie musste pinkeln. Sie musste nachdenken. An der ersten Schotterstraße nach dem Trailerpark sagte sie ihm, er solle rechts abbiegen. Was er tat, brummelnd. Um sich schlagend. Als sie die nächste Kreuzung erreichten, war ihr Kopf nicht viel klarer. Er war leer. Hohl. Diesmal entschied sie sich für links.

Er bremste ausreichend ab, um die Kurve ohne Schlingern zu nehmen. Der Pick-up scherte hinten wieder aus. Er trat aufs Gas und schaltete aus heiterem Himmel die Scheinwerfer aus. Sie schrie nicht. Sie wollte nicht schreien. Er fuhr schnell. So schnell, dass es sich anfühlte, als würden sie durch den Weltraum geschleudert, als würden sie schneller, ohne sich zu bewegen. Sie schwebten, abgekoppelt.

»Da. Siehst du das?«, fragte er. Pam packte das Kunstleder der Armlehne fester. Es war gerissen. Der aufgebrochene, kaputte Kunststoff schnitt ihr in die Haut. Vor ihnen erfüllte Scheinwerferlicht die Luft hinter einem Hügel wie Dunst. Er brüllte über den Wind, der durch die Kabine zog, und das Röhren des Motors hinweg. »Weißt du, auf was sie sich verlassen, Pam? Die Leute in dem Auto? Weißt du, warum eine Sache läuft?« Er lehnte sich über das Lenkrad vor. Seine bleiche, gelbliche Haut war neben den entfernten Lichtern das einzig Leuchtende. »Das unausgesprochene Versprechen, dass ich nicht hier draußen bin und wie eine gesengte Sau fahre, ohne –.«

Ihr Arm schoss durch die Dunkelheit und ihr Ellenbogen streifte Annas Stirn. Pams Finger schnappten zu und legten sich um das Lenkrad.

Er schlug auf ihre Hand und schaltete die Scheinwerfer wieder ein. »Verdammt, Pam, das tue ich nicht. Ich versuche, etwas klarzustellen. Das ist der Unterschied zwischen dir und mir, Pam. Ich halte meinen Teil der Vereinbarung.«

Der Dunst vor ihnen war verschwunden. Der Wagen musste abgebogen sein.

Sie spürte in ihren Beinen und Armen einen Schmerz und ein Zittern, als wäre man gerade auf der Straße einem Tier ausgewichen.

Im matten Licht des Tachometers blähten sich seine Nasenflügel und er kniff die Lippen zusammen. Sein Kinn kräuselte sich. Das war vertraut. Genau wie die Art, wie dieser Anblick oben in ihrem Magen brannte. So sah er aus, wenn er schmollte. Er kniff die Lippen zusammen und sein Kinn zog sich zu diesem Kräuseln zusammen. Es war die vierundzwanzigjährige Version eines Schmollens, für das sein inneres Kleinkind zu alt war.

Im selben Tacholicht sah sie seine Jeans. Was sie an seinen Taschen und dem Schoß für Streifen von silberner Dachversiegelung gehalten hatte, war nicht silbern. Es war weiß. Weißer Staub. Von dem Mehl, das er in der Küche ausgeschüttet hatte.

Er hatte Anna mitgenommen. Er hatte das Geld mitgenommen.

Die ganze Sache war ein gottverdammter Trotzanfall. Große Babys, hatte ihre Mutter gesagt. Babe hatte wieder mal recht.

Große, hilflose Scheißbabys. Nun, Pam war es leid. Pam war es leid, eine gute Mama zu sein.

Als sie Babe um Geld gebeten hatte, waren ihre Worte ruhig und fest gewesen. Jetzt klang es härter und kälter. »Hier kommt jetzt also mein Einsatz?«, sagte sie. »Wo ich dich wieder beruhige?«

Er antwortete nicht. Er schlug nur durch die Luft.

»Denkst du wirklich, du kannst mit der Waffe umgehen?«

»Verdammtes *hambone-hambone*«, sagte er.

»Womit hast du in deinem Leben je geschossen, Rick? Mit ein paar Luftgewehrkugeln? Auf irgendwelche Dosen auf einem Baumstumpf?« Einen Atemzug lang stellte sie ihn sich vor. Ein Junge, der draußen im Gras vor diesem heruntergekommenen, kleinen Haus seiner Mutter lag, eine Daisy, die auf eine leere Coladose gerichtet war. Sie fühlte ein Pressen in ihrer Brust. Ein Pressen, von dem sie sich viel zu lange, zu viele Male hatte auswringen lassen. Pam war nicht seine Scheißmama. Und er war nicht ihr kleiner Junge.

»In Ordnung«, sagte sie. Wenn er dorthin wollte, dann würde sie ihn dorthin bringen. Direkt zu Harley. »Bieg links Richtung Becken ab. Der Jensen-Hof.«

31

Als Harley neben seinem alten Zuhause anhielt, war es schon dunkel. Er hatte den Highway vom Westen genommen und war an der uneinsehbaren Kreuzung links auf die County Road K eingebogen, wo die Windschutzhecke das Haus und die Scheune vor Blicken verbarg. Am Ende des Gartens hielt er an der alten Schleswig-Holstein Road, die vom County neuerdings in »15« umbenannt worden war und stellte sich direkt neben den Streifenwagen. Er richtete den Suchscheinwerfer die wenig gepflegten Spurrillen hinunter, die entlang der Grundstücksgrenze zwischen Ziskes Feldern und seinem alten Zuhause führten, in der Hoffnung, die nackte, weiße Erscheinung würde sich als genau das entpuppen, etwas, durch das Licht hindurchschien und das keine Kugel ankratzen konnte. Das Fantasiegebilde eines halb schlafenden, halb blinden Mannes.

Aber im Gebüsch blitzte noch nicht mal ein Paar gelbe Augen auf. Der Schein seiner Lampe flutete über die Rückseite ihrer alten Scheune, das Gras, die Stufen zur Tür, die sie immer benutzt hatten, den Rübenkeller, der aus dem richtigen Blickwinkel aussah wie ein Tor zu etwas anderem. Von hier aus funktionierte die Illusion nicht. Von hier aus senkte sich der Lehmboden so klar und deutlich in die Erde hinab, wie es nur ging.

Er schwenkte den Scheinwerfer Richtung Windschutzhecke. Das Licht glitt über die Stelle, wo der Haufen verrottetes Holz der Kutsche liegen sollte, der dort aufgetürmt war, solange er denken konnte.

Der Stapel gesplitterter Bretter war niedriger. Als wären sie verschoben worden und manche davon geplündert.

Harley schaltete den Scheinwerfer aus und griff sich die Taschenlampe von der Sitzbank. Er passte genau auf, wohin er im Gras trat und hielt am Boden nach versteckten Löchern und Hohlräumen Ausschau. Als er sich der Windschutzhecke näherte, sah er, dass die Hälfte des Holzes nicht mehr gestapelt war. Es war ausgebreitet, verzogene und verrottete Bretter lagen Kante an Kante, wie ein schäbiges Floß.

Er ging langsam drum herum und sah eine klaffende Dunkelheit. Ein Loch. Ein Grab, dachte er zuerst, bis er nähertrat. Seine eckigen Kanten waren mit Balken und von Mörtel zusammengehaltenen Steinen gesäumt. Eine grobe Leiter mit runden Sprossen aus abgesägten Ästen führte in die Erde.

Ein Keller. Wo sich, solange Harley zurückdenken konnte, die Bretter einer alten Kutsche stapelten, befand sich ein Keller.

Harley kniete sich hin. Er hätte rufen sollen, das wusste er, hätte seine Anwesenheit ankündigen sollen. Doch es hatte ihm den Atem verschlagen. Er packte den Rand des Loches und leuchtete mit seiner Taschenlampe hinein.

Er schaute sich in dem kleinen Raum um. Auf dem gestampften Erdboden lag Plunder. Der Teil einer Spielzeugeisenbahn, eine Lokomotive aus Metall. Eine staubige Chrom-Rakete. Ein Paket Spielkarten, von Staub überzogen. Ein kleiner Stapel Papier. Es waren Comichefte. Ein Murmelspiel. Ein Brummkreisel. Und weiter hinten am Rand des Raums, wo Wand und Boden aufeinandertrafen, gespenstisch weiße Seile, Wurzeln von hohem Gras und den Bäumen der Windschutzhecke, die herunterhingen wie wirres Haar. Sie zeigten auf einen Haufen geschwärztes Sackleinen. Ein Teil davon lag flach auf dem Boden. Der Rest war zurückgezogen worden und lag zusammengeknüllt an der Wand wie ein weggeworfenes Grabtuch. An einem Ende lagen ein paar dunkle Haarlocken. Daneben ein Stück gestreifter Stoff, vertrocknet und verrottet wie ein Laubblatt. Harley sah, dass es Teil eines Hemds war

– der Rest davon lag ordentlich gefaltet in der Ecke, auf schmutzigen Jeans und einem Paar Turnschuhen in Kindergröße.

Er schob sich hoch, hinaus in die Finsternis, um Luft zu schnappen. Er wischte seine Handflächen an den Oberschenkeln ab. Die Taschenlampe fiel neben ihm zu Boden und das Licht sickerte durch das Gras und das verrottete Holz.

Ole Braasch kannte nur den einen Grundriss, hatte Ziske gesagt. Harley konnte sein altes Zuhause hinter sich fühlen. Hundert Meter, mehr oder weniger. Ein zweiter Keller, genau wie der auf dem Lucas-Hof. Genau wie der, den Rollie Asher an jenem Tag mit dem Spaten gefüllt hatte.

Vor achtzehn Jahren bog ein Pick-up mit der Leiche eines toten Jungen auf der Ladefläche auf den Highway vom Lucas-Hof nach Westen ab; von dem Haus, in dem Rollie lebte, dem Hof, den Ole Braasch identisch mit diesem gebaut hatte, bis hin zum Nagel für die Plumpsklo-Zeitung. Und mit Sicherheit wusste Rollie von der Ähnlichkeit. Ziske hätte es ihm gesagt, wenn er nicht selbst darauf gekommen wäre. Der Pick-up fuhr in die Richtung des sich schlängelnden Wakonda, doch hatte nicht an dem Fluss angehalten. Er war hinübergefahren und direkt hierher.

Als Harley wieder sicher auf den Beinen war, richtete er sich auf. Er ließ das Loch so in die Nacht hinein gähnend offen, wie es war. Dann ging er zum Streifenwagen und glitt auf den Sitz.

Er fuhr die Schleswig-Holstein zurück bis dort, wo sie auf die County Road K traf und fuhr dann zum Haupthaus, wo er hoffte, dass die Tür geschlossen war, so wie immer. Er fuhr bis zum Ende der Schotterstraße, zu der uneinsehbaren Kreuzung auf den Highway. Er wäre gern dortgeblieben, auf dieser uneinsehbaren Kreuzung, ohne noch etwas davon zu sehen oder zu hören, doch das konnte er nicht.

Er bog ab und die überwucherte Einfahrt hinunter. Die Haustür war geschlossen. Vor der Scheune parkte kein roter F-250. Was auf dem Hof stand, im rechten Winkel zur Veranda, war ein schwarzer Econoline Van, der schon bessere Tage gesehen hatte. Auf der Seite stand REDDICK TRAILER REPARATUR.

Harley richtete den Scheinwerfer auf die Windschutzscheibe. Niemand.

Der einzige Mensch, von dem Harley wusste, dass er diesen Van fuhr, war Pauls Bruder. Er und Harley kannten sich nicht. Sie waren auf dem Highway ein paarmal aneinander vorbeigefahren, wobei jeder von ihnen grüßend den Zeigefinger gehoben hatte. Harleys Gesicht wurde heiß. Er fühlte sich schuldig. Nicht dafür, mit Pam geschlafen zu haben, doch wegen des Unglücks, das es zweifellos nach sich gezogen hatte.

Harley schwenkte das Licht des Scheinwerfers über den Hof, hin und her. Dann stellte er den Motor ab und löste die Daumenbremse seines Holsters. Er blieb sitzen und lauschte. Die einzigen Geräusche waren die Grillen und das Summen einer einzelnen Zikade.

»Reddick«, rief er durch das offene Fenster des Streifenwagens. Es fühlte sich falsch an, den Namen für jemand anderen als Paul zu benutzen.

»Jensen«, äffte ihn jemand nach. Das Wort schnitt aus einiger Entfernung von weiter oben durch die Nacht. Harley hätte schwören können, dass es dieselbe unerschütterliche Ruhe hatte, bei der er immer die Zähne zusammenbiss. Doch er hatte auch in der Stimme von Dell senior etwas Ähnliches gehört. Möglicherweise lag es in der Familie.

Er schwenkte den Scheinwerfer nach oben. Auf dem Verandadach unter dem Fenster im ersten Stock saß Paul, leicht zurückgelehnt. Zumindest war er bekleidet. Er trug das T-Shirt mit dem geschlechtslosen weißen Engel, der entweder auf- oder herabstieg. Er erinnerte Harley an die Flammen auf dem Knudsen-Hof, die Glutpartikel wie Sternschnuppen, unterwegs in die falsche Richtung. Paul kniff trotz des Lichts nicht die Augen zusammen. Er war auf seine Ellenbogen gestützt, mit ausgestreckten Beinen, die Stiefel an den Fußgelenken übereinandergeschlagen. Er hob die Hand, winkte und sank zurück auf die Ellenbogen.

Harley zog die .38er aus dem Holster und hielt sie. »Wo ist er?«

»Sie müssen schon deutlicher werden.«

»Dein Bruder.«

»Welcher?«

Harley antwortete nicht.

»Wenn Sie sich Gedanken um den lebenden machen, kann ich Ihnen versichern, dass Ihr Gevögel mit seiner Frau ganz unten auf meiner Liste an Sorgen steht. Aber, um Ihre Frage zu beantworten, ich weiß es nicht. Unterwegs mit meinem Pick-up.«

»Und auch deiner Waffe?«

»Scheißen sich vor Angst in die Hose, was? Ich hab's ihm nicht erzählt, Harley. Das mit dem Vögeln. Außerdem bezweifle ich, dass er ein guter Schütze ist.«

Paul erzählte zwar Halbwahrheiten, neigte aber nicht dazu, einem direkt ins Gesicht zu lügen. Harley steckte die .38er zurück ins Holster, aber ließ die Daumenbremse geöffnet. Er zog eine Zigarette heraus. »Komm runter.«

»Füße zuerst?«

»Ist mir egal.« Das Feuerzeug klickte auf, er rieb, doch es kamen nur Funken. Leer. Er zog ein Streichholzheftchen aus dem Handschuhfach.

»Ist es Ihnen nicht.« Paul lächelte leicht kokettierend, mit halb abgewandtem Gesicht. »Aber warum – das ist das Dilemma. Ich habe eine Theorie.«

»Du hast einige.«

»Haben Sie schon mal von Projektion gehört? Wo man nur das sieht, was man schon in sich trägt?«

Weniger aus Höflichkeit als eher, um Pauls Gesicht nicht mehr sehen zu müssen, senkte Harley den Scheinwerfer einen Hauch.

»Sie sollten sich nicht verfolgt fühlen«, sagte Paul, »denn alles, was die Leute sehen können, ist ihr eigener Bezugsrahmen.« Eines der Fenster hinter ihm stand offen. Die Jalousie war noch zugezogen. Die Risse darin hinterließen scharf gezeichnete, dunkle Lücken. Er war aus ihrem Zimmer gekommen. Dem Zimmer mit der Chiffarobe und der Matratze, in der man immer noch die Umrisse ihres Körpers erkennen konnte. »Haben Sie jemals innegehalten und sich angeguckt, wie Sie leben, Harley? Keine Familie. Keine Freunde. Wach, wenn der Rest der Welt schläft. Denken Sie darüber nach. Ihr einziger Job: Den berühmten Frieden zu sichern. Dafür zu sorgen, dass diese Person hier sich nicht mit der Person dort drüben anlegt.«

»Scheint, als hättest du viel drüber nachgedacht. Glaubst du, das deutet auf eine Fixierung hin?«

»Sie retten sich heraus. Lassen sich nicht verwickeln«, sagte Paul. »Kommen Sie – Sie wissen, worauf ich hinauswill. Sie haben genug Tatorte gesehen, um zu wissen, dass es mehr als eine Art der Selbstzerstörung gibt. Man muss nur nicht mehr leben.«

»Tiefsinnig.«

»Dann gucken Sie alle anderen an und sehen dasselbe. Dieselbe Neigung. Doch alles, was Sie sehen, sind Sie selbst. Und vielleicht, Harley, müssen Sie einfach nur den ganzen Scheiß abfackeln.«

Harley beäugte das zweiflügelige Tor der Scheune. Wenn kein alter Plymouth in der Scheune stand, und kein F-250, hatte er es vielleicht nur mit einem Reddick zu tun.

»Ich steige jetzt aus«, rief Harley hoch. Paul zuckte mit den Achseln. Die Tür des Streifenwagens öffnete sich mit dem lauten Knacken, und irgendetwas hinter Paul, etwas im Zimmer, flatterte weiß. Es konnte die zerrissene Jalousie sein, obwohl Harley keinen Wind spürte. Er ließ die Tür des Furys offen stehen. Seine Nerven waren zu angespannt, um das Knacken ein zweites Mal zu ertragen. Er beobachtete die Dunkelheit des Fensters. Es gab dort keine weitere Bewegung. Er ließ die Auto- und den Suchscheinwerfer an und die .38er in Griffnähe, als er aus dem Streifenwagen stieg. »Was machst du um diese Uhrzeit hier? Suchst du noch etwas?«

»Nee. Hab ich schon vor einer Weile gefunden.«

Harley ging ein paar Schritte auf die Scheune zu.

»Wo wir gerade von Finden sprechen, haben Sie gehört, dass man keine dreißig Kilometer von hier, wo wir uns gerade unterhalten, Nashornknochen gefunden hat?«

Harley ignorierte ihn. Er schob die linke Tür auf. Die Rücklichter und die schmalen Heckflossen des Savoys strahlten ihm entgegen.

»Nashornknochen stellen einen großen Gesamtzusammenhang dar, wussten Sie das? Die Dinosaurier sind wann ausgestorben, vor zweihundert Millionen Jahren oder so? Mehr oder weniger? Man sagt, diese Nashörner sind vor nicht länger als zwölf Millionen Jahren verendet. Massensterben. Lagen lediglich so tief unter der Erde, dass ein heftiger Regen die Knochen freigelegt hat. Ein heftiger Regen und drei Meter zwischen uns und zwölf Millionen Jahren, Harley. Dieser Scheiß ist vergänglich. Nehmen Sie dieses verfluchte Haus. In einer Minute noch da, in der nächsten nicht mehr.«

»Ist das ein Geständnis?«

»Nur eine Tatsache.«

Harley brauchte nicht zu fragen, doch tat es. »Ist das der Wagen deiner Mom?«

»Blauer Plymouth? Ein '57er?«

»So ist es.«

Paul holte tief und dramatisch Luft. »Mutter«, brüllte er, »du wurdest überführt!«

Harley blieb wie angewurzelt stehen. Er lauschte. Es kam keine Antwort. Selbst die Zikade hörte auf zu summen. Die dicke

Schicht Dreck und Heu in der Scheune roch feucht, trotz der Trockenperiode.

Paul sagte in einem gespielten, lauten Flüsterton: »Sie hat das, was man selektives Hören nennen würde.«

Harley schob das Scheunentor zu. »Hast du die Unordnung da hinten gemacht?«

»Nee, das war sie. Ich habe sie gewarnt, das sei unerlaubtes Betreten, aber sie ist stur.«

Harley wusste nicht, wie das Best-Case-Szenario aussehen könnte: Dass Paul eine Art Norman Bates war, oder dass Virginia wirklich diejenige welche gewesen war. Die, welche die Kleidung in den Häusern angezündet hatte, und die, welche die Kutschenbretter verteilt hatte.

»Zugegeben, ich habe sie nur vor den *Buchstaben* des Gesetzes gewarnt. Ich habe ihr nicht gesagt, sie soll nicht einbrechen«, sagte Paul. »Wissen Sie warum, Harley?«

»Ich habe das Gefühl, du erzählst es mir sowieso.«

»Paradoxerweise aus dem Grund, warum es das Gesetz überhaupt gibt. Um die Autonomie zu schützen.« Die Zikade summte wieder. Ein paar andere stimmten ein. Sie summten wie ein Chor zwischen Strophen. »Verdammte, grundlegende Menschenrechte.«

»Komm zum Teufel da herunter«, sagte Harley.

»Das Leben verliert man auf die eine oder andere Weise. Eigentum? Glückssache. Das bedeutet, alles, was wir haben, ist das Recht, herumzuirren, bis wir sterben. Oder bis jemand anderes kommt und uns zu unserer eigenen Sicherheit oder der Sicherheit anderer einsperrt. Bis wir sterben.«

Harley hatte den Drang, Paul am Adamsapfel zu packen und ihm die Stimme aus dem Leib zu schütteln. »Hast du deswegen das Ferguson-Mädchen herausgefordert, den Steinbruch hinunterzuspringen? Besorgt um ihre Freiheit? Ihrer Fähigkeit, herumzuirren?«

Er spottete. »Klar. Du traust dich nicht, und plopp.« Paul blickte an dem Scheinwerfer vorbei in die Dunkelheit. Was immer er dort sah, wenn er überhaupt etwas sah, schien ihn zu ernüchtern. »Nee. Jeannie wollte nicht mehr herumirren. Alles, was ich gesagt habe, war, dass sie das Recht dazu hätte, es nicht mehr zu tun. Wollen Sie als Nächstes über Vern Sawyer sprechen? Vern wollte eine Chance, um sich zu beweisen. Die habe ich ihm gegeben und er hat's verkackt. Aber ich habe ihm nicht den Fuß amputiert, oder? Das hat die Chevelle getan.«

»Vermutlich kann man dann auch dem Stacheldrahtzaun die Schuld am Arm von Wagners Sohn geben.«

Paul blinzelte erstaunt nach unten. »Dafür bekomme ich die Lorbeeren? Der Junge ist ein Arschloch, aber dass ich da war, war nur ein Glücksfall. Wollen Sie auch noch den Zwischenfall am Wasserturm klären, solange wir schon dabei sind, unserem Ärger Luft zu machen?«

Harley machte ein paar Schritte auf das Haus zu. »Wenn du nicht runterkommst, dann bleib halt oben. Ich werde jetzt ins Haus hineingehen.«

»Ich glaube, Sie werden wünschen, es nicht getan zu haben.«

»Ist das eine Warnung?«

»So in der Art.« Paul zog eine Grimasse, als hätte er eben einen üblen Sturz auf einem vereisten Gehweg gesehen. »Es gibt einigen Scheiß, den kann man nicht mehr nicht sehen, wenn man ihn mal gesehen hat. Das brauche ich Ihnen ja wohl nicht zu erklären.«

Harley starrte nach oben, während Rauch von seiner Zigarette aufstieg, die zwischen seinen Lippen klemmte. Er setzte eine geübte, ausdruckslose Miene auf. Er brauchte mehr Übung als sonst.

»Sie hatten recht an dem Abend«, sagte Paul. »Wenn ich hätte sterben wollen, hätte ich loslassen können. Obwohl ich vielleicht gewollt habe, als ich hochgeklettert bin. Doch wie sich herausstellte, war es nur eine Stimmung.«

»Und mich dazu zu bekommen, passte zur Stimmung.«

»Das, mein Freund, war ein erhabener, nobler Plan. Machen Sie ihn nicht schlecht. Ich dachte, nachdem Sie den Abzug gedrückt und festgestellt hätten, dass die Winchester nicht geladen war, hätte ich Sie so weit verarscht, dass sie es endlich kapiert hätten. Kapiert, dass Sie nie Ihre Hände im Spiel hatten. Nur die Rolle des Schicksals gespielt hätten. Dann hätten Sie vielleicht das ganze Chaos von dem anderen Scheiß losgelassen, das Sie zu einer solchen Nervensäge macht.« Paul blickte wieder an dem Scheinwerfer vorbei. »Hören Sie das?«

Es war eine Ablenkung, wusste Harley. Paul schindete Zeit. Aber wenn er ehrlich war, wusste Harley nicht, ob er nicht auch Zeit schindete. Wer wusste, was zum Teufel er da drinnen vorfinden würde? »Kann ich dir eine Frage stellen, wo du gerade so offen bist?«

»Schießen Sie los«, sagte Paul. »Sehen Sie, das sage ich, weil ich inzwischen weiß, dass Sie es nicht sein werden.«

»Warum die Kleidung? Warum die Einbrüche in die Häuser von Verstorbenen, um ihre Kleidung zu stehlen und sie anzuzünden?«

Paul sah hinab, im Gesicht genauso wenig Arglist wie im Gefängnis, als er schlief. »Verstorbener?« Er lächelte ein wenig, mit, wie es schien, ehrlicher Überraschung. Er schaute hoch und wieder fort, die Augen nicht groß, aber größer als sonst. »Verstorbener.«

»Das sagte ich ja.«

»Ich habe die Kleidung auf dem Jipp-Hof gesehen. Nach dem Brand. Aber von Verstorbenen – das nenne ich mal Detailtreue.«

»Was soll das heißen?«

»Kleiner Insiderwitz. Vor langer Zeit hat sich Dell senior einen Streich erlaubt. Hat ihr eine Kiste mit Asche und verbrannter Kleidung gegeben und gesagt, das sei alles, was von ihm übrig sei. Von Dell junior. Hat ihr gesagt, sie soll drüber hinwegkommen. Natürlich kam das nicht besonders gut an. Zum einen hatte er die Kleidung des falschen Kindes verbrannt. Zum anderen hatte sie ihn bereits gefunden. Dell junior. Das hätte sie ihm vielleicht auch gesagt, wenn Dell senior nicht so ein Arschloch wäre.«

»Erklärt das irgendwie, warum sie nackt Müll verbrannt hat?«

»Ich weiß, dass sie irgendwann ihre Kleidung verbrannt hat. Symbolisch, vermute ich. Falsche Kleidung – Lebende versus Tote – die Asche aus der Feuertonne – Himmel, ich weiß nicht, Harley. Nach einer ausreichenden Dosis Whiskey werden eine Menge abstrakter Ideen sehr konkret.« Paul sah mit zusammengekniffenen Augen in die dunkle Ferne. »Pscht.«

Harley hörte es auch. Schotter. Er drehte sich gerade um, um nachzusehen, als ein Paar Scheinwerfer die County Road K hinunterleuchteten.

»Ob Sie's glauben oder nicht«, sagte Paul, »das ist mal eine unvorhergesehene Wendung.«

An der dunklen Form und der Höhe der Scheinwerfer erkannte Harley, dass es ein Pick-up war. Einen Herzschlag lang ließ er sich hoffen, dass der Fahrer vielleicht Loren Braasch war. Doch selbst wenn Harley die Farbe auf diese Entfernung in der Dunkelheit nicht erkennen konnte, wusste er gut genug, wem dieser Pick-up gehörte, und er wusste, dass ein weiterer Reddick auf dem Fahrersitz saß. Der Ford bremste am Stoppschild kaum ab, bevor er direkt auf den Highway geschlingert kam und über die uneinsehbare Kreuzung ballerte. Bevor er die Einfahrt erreichte, sprintete Harley zum Streifenwagen. Er würde dort in Deckung gehen, Carol anfunken, um alle zur Verstärkung zu schicken, die sie kriegen konnte.

Er zog die Tür zu und versank tief im Sitz. Er holte die .38er aus dem Holster und lauschte auf das Rollen von Reifen. Sie stoppten nah an der Straße, ein gutes Stück hinter dem Streifenwagen. Der Pick-up stand im Leerlauf dort.

Bevor Harley das Funkgerät nehmen konnte, durchschnitten ein Rütteln und ein Quietschen die Nacht. Es war vom Haus gekommen. Harley schaute nach oben. Paul hockte noch immer dort, immer noch auf die Ellenbogen gestützt. Mit dem Daumen auf dem Hammer der .38er schob sich Harley weit genug hoch, um über das Armaturenbrett sehen zu können.

In der Küche klaffte Dunkelheit an einer Stelle, wo eine Fensterscheibe in den Scheinwerferlichtern glänzen sollte. Jemand hatte von innen den Fensterflügel hochgeschoben. Durch das Fliegengitter sah man kurz etwas Bleiches aufscheinen. Dann war es fort.

Ein leiser Klick. Das Rauschen eines Wasserhahns. Eine Fanfare entfernter Hörner blendete sich ein und wurde wieder von rauschendem Wasser abgelöst. Das Geräusch war ein Radio zwischen verschiedenen Sendern. Das Einstellrad jaulte, bevor es bei einem weiteren Radiosprecher landete. Die Stimme trieb durch die Nacht. Irgendwo regnete es. Der Mann listete Zahlen und Hinter-Kommastellen auf, die aus Städten, von Farmen und Ranches gemeldet worden waren, die weit außerhalb von Pickard County lagen.

Das Einstellrad zischte wieder und landete bei einem dumpfen, schmachtenden Gesang. Harley kannte den Sänger. Es war George Jones. »Least of All.«

Er rutschte wieder tiefer in seinen Sitz. Er versuchte, sich zu erinnern, ob es nachdem, was passiert war, Musik im Haus gegeben hatte. Vorher hatte es das. Ob danach, wusste er nicht mehr.

Hinter ihm stand der Pick-up im Leerlauf. Vom Haus wuselte der Klang einer Pedal-Steel-Gitarre um die Kanten, und ein weiterer Klang sickerte durch das offene Fenster, zu klar, um aus dem Radio zu kommen. Es war die Stimme einer Frau, die den Chor begleitete.

Einen flüchtigen Moment stellte sich Harley seinen Vater vor, wie er am Tisch die Zeitung las und mitsummte.

32

Dell junior blitzte und *hambone-hambonete* wieder, und Rick und Pam und Anna waren alle zusammen, alle an einem Ort, eins-zwei-drei. Hier – wo sie gepicknickt hatten. Das alte, verfallene Haus mit dem schiefen Verandadach, von dem Mom gesagt hatte, in welcher Farbe sie die Zimmer streichen und welche Vorhänge sie vor die Fenster hängen würde. Der Ort war die ganze Zeit hier am Highway gewesen. Und obwohl Rick so viele Male daran vorbeigefahren war, hatte er es nie gewusst. Doch jetzt, als er davorstand und das Haus direkt ansah, wusste er es. Das gab's doch nicht.

Das Chrom des Cop-Wagens vor ihm glitzerte und funkelte im Scheinwerferlicht des Pick-ups und die Welt bestand nur noch aus Flaggen und glänzendem Schimmer, besser als jedes Feuerwerk. Rick nahm sich einen Moment. Um alles in sich aufzusaugen. Sich daran zu ergötzen. Denn es waren die kleinen Dinge. Ab und zu musste man sich die Zeit nehmen, sich an den kleinen Dingen zu ergötzen.

Abgesehen davon war Paul hier, der hoch oben über dem Boden hockte. Paul war hier und sie mussten ein ernstes Wort miteinander reden.

Die Tür des Pick-ups öffnete sich mit einem Kreischen, das Ricks Trommelfell zum Platzen brachte. Er ließ sie offen stehen, damit sie nicht erneut kreischte und schnappte sich die Flinte, damit sie nicht bei Anna und Pam im Wagen blieb. So waren sie davor sicher. Er sprang herunter, hatte sie fest in der Hand und dann fiel ihm der Cop ein. Rick wollte nicht, dass der Cop die Waffe falsch interpretierte. Das taten Cops. Er rief zu Paul hoch. »Wo ist der Cop?«

»Danke, dass du meinen Pick-up zurückbringst, du Arschloch.«

»Ist er bei dir? Wenn er bei dir ist, kannst du ihm dann sagen –.« Rick dachte darüber nach, was er dem Cop alles sagen musste. »Anna geht es gut. Anna ist direkt hier hinter mir. Sag ihm – sag, ich würde Bowman das Benzin bezahlen. Und ich hätte deinen Pick-up zurückgebracht. Aber die Drogen sind weg.« Rick hatte die letzten Pillen auf der Böschung weggeworfen. Eine Sache weniger, um die er sich Gedanken machen musste, und er brauchte sie sowieso nicht mehr. »Sag ihm, die Drogen sind weg.«

»Ja, das glaub ich gern.«

Rick blinzelte. »Ich habe die Drogen genommen.«

»Ja. Hatte ich schon angenommen. Leg die Waffe zurück, du Idiot.«

»Anna ist dort drin«, sagte Rick. Er konnte sie nicht wieder zurücklegen, wenn Anna dort drinnen war. Wenn Paul Kinder hätte, wüsste er das. Paul brauchte Kinder. Paul brauchte eine Perspektive. Ein paar kleine Orgelpfeifen. »Du und ich, wir müssen das bereden. Du kannst nicht einfach – mit Dell juniors Fahrrad war es genau das Gleiche.«

»Worüber auch immer du da redest, das ist jetzt nicht der richtige Zeitpunkt.«

Hambone-hambone-hambone.

»Hör auf.« Rick schlug mit dem Lauf durch die Luft.

Hinter ihm erscholl eine Stimme. Es war Pam. »Harley, er hat eine Waffe«, rief sie.

»Du musst jetzt nach Hause fahren«, sagte Paul. »Nimm den Pick-up. Kehr um und fahr nach Hause.«

Ricks Stimme stockte. »Meine eigene verfluchte Frau?«

»Was?«, fragte Paul.

Was meinte er mit was? »Auf meinen Laken. Du hast meine eigenen Laken vollgestunken.« Seine Stimme blieb an dem letzten Wort hängen. Auf seiner Haut um die Augen funkelte Licht. Das

Licht machte es schwer, etwas zu erkennen. »Der Gestank von Brut auf meinem eigenen, verdammten Kissen.«

»Harley«, sagte Pam, diesmal wie eine Warnung mit zusammengebissenen Zähnen. Rick fragte sich, ob das Wort ihm etwas sagte. Tat es nicht.

Jemand sagte Ricks Namen. Die Stimme war zu tief, um Pauls zu sein, oder die von Pam oder Anna, und nicht tief genug, um Dell juniors *hambone* zu sein. Rick konnte nicht sehen, woher sie kam. Nicht bei all dem Funkeln und Blitzen.

Paul redete wieder, doch jetzt saß er mit angezogenen Knien und beugte sich vor. »Ich habe da einen Mittagsschlaf gemacht, du Trottel. Nachdem ich aus dem Gefängnis gekommen bin. Ich habe einen Scheißmittagsschlaf gemacht.«

Rick musste nachdenken. Warum erzählte Paul ihm das? Der Gestank. Ein Mittagsschlaf? Ein Mittagsschlaf erklärte nicht, wie nichts etwas sein konnte. »Was ist mit der blonden Nummer und meinen Resten vom Essen und dass es eine Gabe ist, dass ich nichts sehe? Wenn du meine Frau nicht gevögelt hast, was soll das dann alles?«

»Junge, du musst dich echt mal ausschlafen.«

Das stimmte vermutlich. Rick musste sich vermutlich mal verdammt lange ausschlafen.

»Du musst jetzt nach Hause fahren und dich ausschlafen.«

Ein Trällern. Kein Brüllen. Ein Trällern. Ein zwitscherndes Trällern.

Deswegen war Paul hier. Paul hatte Mom gefunden. Sie war hier. Die Picknicks. Weil es hier war, wo sie gepicknickt hatten.

»Mom?«, rief Rick aus.

»Rick«, sagte Paul. Er klang jetzt müde. Er sah auch müde aus. Er rieb sich die Augen. Es war spät. Rick wettete, dass alle müde waren. Er war es auf jeden Fall.

»*Harley!*« Pam durchstieß die Luft mit ihrer Stimme.

»Was ist mit Harley?«, rief Rick über die Schulter zurück. »Mit wem redest du da, Pam?«

Niemand sagte etwas. Niemand außer Dell junior *hambone.*

»Rick«, sagte die tiefere Stimme wieder, und Rick sah jetzt, woher sie kam. Vorbei an allem Funkeln und Blitzen. Im Fenster des Streifenwagens sah man ein Stück von einem Kopf. Der Cop. Der Cop konnte ihn sehen und Rick hielt eine Waffe in den Händen. Rick riss die Arme in die Höhe und hielt die Flinte weit über seinen Kopf. Hoch genug, um dem Cop zu zeigen, dass er nicht vorhatte, die Waffe zu benutzen. Er hielt sie nur von Anna fern. Von Pam. Damit sie in Sicherheit waren. Rick sagte immer: Wenn es um die Familie geht, tut man, was man tun muss.

Harley.

Jetzt fiel es Rick wieder ein. Der Cop hatte gesagt, sein Name sei Harley. Er hatte es gesagt, als er gerufen hatte, Pam solle die Tür öffnen.

33

Pam hielt den Atem an und beobachtete den Streifenwagen.

Auf dem Sitz neben ihr schlug Anna die Sohlen ihrer Schuhe gegeneinander. Sie waren falsch herum. Rick hatte Anna die Schuhe falsch herum angezogen.

Pam stieß einen kopfschüttelnden, verärgerten Schnaufer aus und löste die Schnallen. Anna machte Theater. Sie sind am falschen Fuß, blaffte Pam. Sie tauschte sie. Dann schloss sie eine Schnalle und versuchte, die andere zu schließen. Anna schlug auf Pams Hand. Sie würde es selbst machen, sagte sie.

Draußen fantasierte Rick und schlug um sich.

Pam brüllte nach Harley. Er musste etwas unternehmen. Er musste Rick dazu bringen, die Waffe fallen zu lassen.

Rick fragte, wer Harley sei. Er fragte, mit wem sie reden würde. Harleys Augen kamen hoch, doch konnten ihre durch die Windschutzscheibe nicht sehen.

Könnte Harley ihm nicht einfach in den Arm schießen? Ihn anschießen, sodass er die Waffe fallen ließ? Ricks Finger lag um einen der beiden Abzüge. Vermutlich nur, weil er den Unterschied zwischen einem Abzug und dem Bügel nicht kannte, doch der Finger sollte ausreichend Grund sein, um ihn anzuschießen – wie er dort draußen stand, wie ein Irrer wirres Zeug über *hambone* redete.

Was macht Daddy da draußen?, wollte Anna wissen. Sie schlug in einem gleichmäßigen Takt die Sandalen gegeneinander.

Da draußen. Er stand dort draußen.

Der Pick-up lief noch. Pam beugte sich an Anna vorbei, um die Tankanzeige zu sehen. Viertel voll. Ein viertelvoller Tank reichte. Er reichte, um von hier wegzukommen.

Sie behielt Rick im Auge, doch schwenkte herum, um Anna unter den Achseln zu nehmen, über ihren Schoß zu ziehen und die Seiten zu wechseln. Anna machte Theater. Natürlich tat sie das. Sie war erschöpft. Und wenn man ehrlich war, mochte sie Pam nicht besonders. Was fair war. Pam hatte ihr nicht viel Grund dazu gegeben. Es gab keine Regel, dass Kinder ihre Eltern mögen mussten, und umgekehrt. Eigentlich nicht. Nicht, wenn man das große Ganze betrachtete.

Im großen Ganzen sorgte man für sie, bis sie für sich selbst sorgen konnten. Man hielt sie am Leben und brachte ihnen bei, sich selbst am Leben zu halten. Das war Pam bisher gelungen. Obwohl sie nicht dafür gemacht war, obwohl sie das wusste und es jeden Tag ihres Lebens herunterschluckte, war Pam klargekommen. Mehr konnte sie nicht tun. Klarkommen. Das war alles, was sie dafür aufbringen konnte.

Babe hatte recht. Pam hatte sich das selbst eingebrockt. Und sie hatte recht, dass Pam es nicht besser verdiente. Aber etwas zu verdienen, schien verflucht nirgendwo berücksichtigt zu werden. Zumindest war Pam das noch nicht untergekommen. Was zählte, war, was sie eine Weile haben konnte. Besser. Was auch Anna haben konnte.

»Du wirst Grandma Babe und Grandpa Red mögen«, sagte sie zu Anna. Anna nickte, nicht, als würde sie verstehen, sondern eher, als würde sie im Takt ihrer Schuhe den Kopf fallen lassen und heben. Sie wirkte leer und müde. Sie sagte ihre Namen und wiederholte sie.

Im Scheinwerferlicht des Pick-ups betrachtete Pam die Schmutzstreifen auf Ricks Rücken und die schweißnassen Achseln. Er hielt die Waffe hoch, als würde er aufgeben, einlenken.

Sie fragte Anna, ob sie gern eine Weile bei ihnen bleiben wolle. Bei Grandma Babe, Grandpa Red.

Anna schlug die Sohlen ihrer Schuhe gegeneinander. Als die

Frage einsickerte, sagte sie, sie schätze schon. Das war ein Erwachsenen-Ausdruck, *ich schätze schon.* Aber andererseits war Anna zurzeit eine winzige, abgestumpfte, alte Frau. Sie und Babe würden sich gut verstehen.

Im Hof war es still.

Rick rief nach seiner Mom. So, wie er es tat, klang es wie ein kleiner Junge. Ein trauriger kleiner Junge. Bei diesem Klang beschlugen Pams Augen.

Harley rief Ricks Namen, bewegte sich aber nicht. Er linste aus dem Streifenwagen. Sie betrachtete seine Miene. Er wirkte nicht ängstlich. Er wirkte nicht böse. Er wirkte noch nicht mal angestrengt. Dieser Blick war höchstens zögerlich. Als sähe er ein verwundetes Tier. Eines, das er einschläfern musste, sich aber dazu nicht überwinden konnte.

Rick war schon ein verwundetes Tier, solange sie ihn kannte. Eines, dessen Haut nie abkühlte und dessen Augen nie glasig wurden. Eines, was dort ausgebreitet lag und flehentlich zu ihr hochsah.

Pam rutschte auf die Fahrerseite hinüber. Sie ergriff das Lenkrad. Dann legte sie den Rückwärtsgang ein, doch behielt den Fuß auf der Bremse.

Rick ließ die Arme sinken. Langsam. »Harley«, rief sie wieder, mit belegter, stockender Stimme.

Die Waffe sank. Der Schaft lehnte auf Ricks Hüfte. Der Lauf war nach oben gerichtet, gen Himmel, genau wie vorhin, als er aus der Dunkelheit des Trailers gekommen war. Wie, als er mit ihnen zum Pick-up ging und das Metall über ihre feine Armbehaarung strich.

Rick drehte sich zu ihr um. Er suchte durch die Windschutzscheibe nach ihr. Sie hielt die Gangschaltung noch gepackt.

»Wer ist Harley, Pam?«, fragte er, über das Motorengeräusch hinweg kaum hörbar.

34

Rick war fast blind, so blendeten ihn die grellen Scheinwerfer. Doch im Licht des Armaturenbretts konnte er ihr Gesicht erkennen – den bleichen Schein. Um ihn herum blitzte und funkelte es, so, wie es auch in seinen Lungen aussehen musste. Glaswoll-Höhlen, die wie Quarz glitzerten. Ruinierte Lungen. Ruiniert, weil er tat, was er tun musste. Seinen Teil der Vereinbarung eingehalten hatte. Ruiniert, weil Vertrauen aus der Gewissheit entspringen sollte, dass man sich auf jemand anderen verlassen konnte wie auf sich selbst.

Sie hatte einen Kissenbezug voller Kleidung und Tampons, hatte sie gesagt. Sie wollte verschwinden. So ganz und gar. In dem Wissen, was Verschwinden ihm antat.

Er konnte ihre Knöchel auf dem Lenkrad erkennen. Er stellte sie sich nicht am Rand der Matratze vor, so, wie er es letzte Nacht getan hatte, während er auf der gegenüberliegenden Seite des Trailers darauf wartete, dass sie nach Hause kam. Er wusste, dass die Vorstellung eines ekelhaft weißen Hinterns, der sich über ihr hob und senkte, das flaue Gefühl im Magen nicht abstumpfen würde. Er wusste, selbst wenn er sich das Bild wieder und wieder vor Augen hielt, würde das, was sie getan hatte, nie zu dem bedeutungslosen Unsinn eines Wortes werden, das man zu oft sagte.

Sein Blut fühlte sich zu dickflüssig an. Zu dickflüssig und heiß, wie bei einer Krankheit. Als könnten seine Venen davon platzen.

Hinter ihm trällerte seine Mutter. Um ihn herum blitzte und glitzerte Dell junior. Sie waren hier, sie schienen ihn immer wieder daran zu erinnern. Sie waren direkt hier.

Rick und Pam und Anna waren auch hier. Eins-zwei-drei. Selbst wenn es nicht genauso war, wie es sein sollte. Hier, an diesem Ort, der nirgends war. Wo Mom und Dell junior aus Klang und Licht bestanden.

Vielleicht wäre Pam der Duft von ihrem Haar. Dieser Geruch nach warmer Seife. Vielleicht wäre Rick die Gänsehaut eines gerupften Vogels. Vielleicht wäre Anna, seine Anna, das leise Schnurren ihres Atems im Schlaf.

Er versuchte, all das zu spüren, was in ihm kribbelte und dann strahlte, wie ein schimmerndes Licht. Doch alles, was er spürte, war das zu dicke Blut und die Biegung des Doppel-Abzugs der Flinte.

Er hob den Lauf. Dahinter schwebte Pams Gesicht, ein bleiches Glühen über dem Lenkrad. Er legte den Schaft gegen die Schulter.

Man hörte ein Knacken. Es musste jetzt sein. Wenn er noch etwas retten konnte, musste es jetzt sein.

Er drückte ab.

35

Das Knacken von Harleys Streifenwagentür durchschnitt die Stille. Dann ein Krachen. Eine Stichflamme schoss gen Himmel, als die Waffe den Mann wippend zurückwarf.

Die Tür des Pick-ups schloss sich kreischend, als der F-250 einen Satz nach vorn machte. Die Hinterräder drehten durch und schleuderten eine Wolke Dreck auf. Mit auf Rick gerichteter Waffe brüllte Harley Pams Namen. Er schrie ihn. Doch der Ford wälzte sich vorwärts. Die staubige Chrom-Stoßstange rammte in Ricks Brust. Die Winchester flog hoch, um mit einem weiteren Krachen auf die Windschutzscheibe zu prallen und segelte dann zwischen die Bäume. Der Mann krümmte sich und seine Stiefel hoben vom Boden ab. Sein Kopf und die Schultern schlugen mit einem dumpfen Knall auf der Kühlerhaube auf. Bei dem dumpfen Knall drehte sich Harleys Magen um. Sie trat auf die Bremse und ihr Ehemann schwebte, ein volles Blinzeln lang, in der Luft. Sein Körper noch so gekrümmt, wie die Front des Wagens ihn geformt hatte. Dann fiel er hinunter. Er entrollte sich und lag flach mit dem Rücken auf dem Boden.

Harley blieb bei der offenen Tür des Streifenwagens stehen. Er hielt die .38er direkt vor seiner Brust. Obwohl er mit der Waffe auf niemanden zielte. Sie war auf die Hecke gerichtet. Sein Blick schoss zur Windschutzscheibe. Das Glas war intakt. Der Stoß hatte Teile der Ladung hoch in den Himmel geschleudert.

»Heiliger Himmel«, flüsterte Paul von oben, ernster, als Harley ihn je gehört hatte.

Dann erhob sich ein Geräusch. Der stechende Flötenton eines Kinderschreis. Er kam ins Stottern. Auf dem Boden, zwischen hohem Gras und Sand, tastete eine Hand über das Gebüsch. Ein Knie beugte sich. Rick bewegte sich. Er war am Leben, wenigstens das. Bis auf Weiteres war er am Leben.

Das Schreien des Kindes wuchs zu einem lauteren, stärkeren Geheul an. Ein Scharnier seufzte. Harley kannte das Seufzen. Und obwohl er wusste, dass es nicht kommen würde, lauschte er auf die Borsten eines Strohbesens, der über die Schwelle kratzte. Stattdessen hörte er tapsende Schritte. Die Verandadielen knarrten leicht. Er zwang seine Augen in diese Richtung, weg von dem Pick-up im Leerlauf und dem Mann im Gras, der zu atmen versuchte.

Virginia Reddick erglühte im Licht der Scheinwerfer und dem Suchscheinwerfer des Streifenwagens, das Haar eine verfilzte Mähne, drahtig und gelb. Ihre Haut hatte die Farbe von trockener Erde, ab den Schultern und der Brust faltig und rissig. Die Haut wurde glatter, wo ihre Brüste flach herunterhingen, um lang gezogen auf dem runden Ball ihres Bauches zu wippen. Ihre Fäuste waren in die nackten Hüften gestemmt.

Unter den tiefen Falten zwischen den Augenbrauen glitt Virginias Blick über den Hof, als wollten sie die Szene und alles darüber hinaus niederbrennen. Selbst wenn sie ihren Sohn im Gras und ihre Schwiegertochter und Enkelin im Pick-up erkannte, so wurde ihr Blick dadurch nicht weicher. Ihre Augen loderten wie eine Eiche, die er mal gesehen hatte, als er südlich von Junco als Landarbeiter tätig gewesen war. Sie war von einem Blitz getroffen worden. Die Rinde war nur weit genug aufgeplatzt, um sehen zu können, wie der Baum von innen nach außen brannte.

Das Kind im F-250 hatte bis zur Atemlosigkeit gekreischt und atmete nun in einem schnellen Muster.

In der Stille rief Paul leise den Namen des Mädchens. »Bleib dort, Anna«, sagte er. Harley sah ihn an. Paul machte eine ruckartige Kopfbewegung und stupste Harley damit zum Pick-up.

Harley ging an der Stelle vorbei, wo Rick lag, zur Beifahrerseite des F-250. Bevor er die Tür aufzog, steckte er die .38er ins Holster. Das Mädchen saß drinnen auf der Bank, ihre Miene zu einem stillen Schrei verzogen. Sie atmete ruckweise.

Davon abgesehen wirkte sie okay. Zumindest unverletzt.

Pam hielt immer noch das Lenkrad gepackt. Sie starrte die Frau auf der Veranda bleich und mit aufgerissenen Augen an.

»Mit dir alles in Ordnung?«, fragte Harley leise. War es nicht. War es ganz eindeutig nicht. Aber er wusste nicht, was er sonst sagen sollte.

Sie sah ihn an, als wäre er ein Fremder. Dann blinzelte sie, genau wie vorhin in der halb geöffneten Trailertür, als es dunkel wurde. Sie sah aus, als würde sie zu sich kommen, aufwachen. Einen kurzen Moment wünschte sich Harley, dass sie das nicht täte. Es wäre einfacher für sie, wenn sie es nicht täte.

Sie sah ihn an, zuerst ein Auge, dann das andere. »Bring Anna zu meiner Familie.«

»Er hat geschossen«, erklärte Harley ihr. »Du kommst nicht ins Gefängnis. Ich habe gesehen, was passiert ist.«

»Ich weiß, dass ich das nicht komme.«

Der kalte, dunkle Gedanke, der Harley bereits Stunden zuvor ergriffen hatte, hielt ihn wieder fest. Man kann nicht sagen, was Pam tun könnte, sagte Babe, wenn sie übel in der Klemme steckt. Das hatte Harley jetzt erkannt. Er hatte es erkannt, und das Beste, was er tun konnte, war, den Schaden zu minimieren. Sie davon abzuhalten, etwas anderes zu tun. »Du kommst nicht ins Gefängnis«, sagte er noch einmal. »Alle haben gesehen, was passiert ist.«

»Das weiß ich.« Inzwischen waren ihre Augen wieder vollständig klar. Sie sah ihn an, als würde er nicht verstehen, was sie sagte. Vielleicht tat er das auch nicht. Er sah wieder hinunter auf die Kleine, deren Atem hakte wie Schluckauf. Auf dem Boden, neben ihren kleinen Füßen, lag Pams Handtasche. Und ein zugeknoteter Kopfkissenbezug. Sie ging fort.

»Du kannst jetzt nicht einfach abhauen. Das ist das Einzige, was wirklich nicht geht.«

Obwohl er vermutete, dass sie es doch könnte. Er hatte gesehen, was passiert war. Und wenn am Ende sein Wort gegen Pauls stand, würde Harleys Bericht dem sicher standhalten.

»Du kannst nicht gehen«, sagte er wieder. Diesmal hatte es nichts damit zu tun, den Schaden zu minimieren. Es hatte nichts damit zu tun, den Frieden zu sichern.

Sie wandte den Blick ab und schaute in den Rückspiegel. »Bring sie zu meiner Familie.«

Was hatte er ihr letzte Nacht gesagt? *Weiß nicht, was du glaubst, was hier passieren könnte.* Nicht viel, wenn man ehrlich war. Nicht jetzt. Sie wusste es. Er war derjenige, der daran erinnert werden musste.

Harley nickte, obwohl sie es nicht sah.

Er streckte die Arme zu der Kleinen aus. Sie musterte ihn kritisch, auf eine vertraute Art, die ihn an eine Feldmaus im Visier eines Habichts denken ließ. Dann rutschte sie zu ihm hinüber. Er nahm sie auf den Arm und hielt sie seitlich. Er nickte wieder, obwohl Pam es auch diesmal nicht sah. Er schloss die Pick-up-Tür. Dann zwang er sich, zurückzutreten.

Das Brummen des F-250-Motors wurde lauter, als sie rückwärts auf den Highway fuhr und dort den Vorwärtsgang einlegte, wo das Dröhnen anstieg und dann langsam erstarb, bis es still war.

Harley versuchte, Annas Gesicht von der Szenerie um sie herum abzuschirmen. Er hielt sie mit dem Rücken zu Virginia, deren Augen weit über den Hof hinausleuchteten, als könne sie alles in der Dunkelheit deutlich sehen. Er hielt sie mit dem Rücken zu ihrem Vater, der auf dem Boden versuchte, wieder Atem zu schöpfen. Rick hatte sich weit genug gedreht, um die Veranda zu sehen und lag wie gelähmt da. Er sah aus wie der Tod. Seine Haut war gelblich und seine Wangen eingefallen, die Augen wild, aber fokussiert. Er versuchte, sich auf die Seite zu rollen und zuckte vor Schmerz zusammen. Vermutlich gebrochene Rippen, und wer weiß was noch.

»Dell junior ist hier, Mom.« Seine Stimme klang stockend und atemlos.

Harley griff nach der Tür zum Rücksitz. Er setzte Anna hinein und sagte ihr, sie solle sich ein bisschen hinlegen. Es wäre das Beste, wenn sie sich einfach ein wenig hinlegte. Harley stieg vorn ein. Er nahm das Sprechteil vom Funkgerät und teilte Carol mit, dass sie einen Krankenwagen bräuchten. Draußen auf dem Jensen-Hof.

»Er ist direkt hier«, röchelte Rick.

»Das weiß sie«, sagte Paul vom Verandadach. Er hatte sich aufgesetzt und die Arme um die Knie geschlungen. »Das weiß sie schon sehr lange.«

Virginia ging zurück ins Haus.

»Haben Sie einen Krankenwagen gerufen?«, fragte Paul Harley.

Harley sagte, sie wären auf dem Weg.

Paul rutschte zum Rand des Daches. Als Harley aufsah, stoppte Paul und hob die Hände, um zu zeigen, dass sie leer waren. Er rollte sich auf den Bauch, schwang die Beine, um einen der Stützpfähle zu fassen zu bekommen und glitt zum Geländer hinunter.

Er kam die Veranda herunter und streckte eine leere Hand aus. Er sah Harley nicht an, bat um Feuer. Harley fiel wieder ein, dass das Feuerzeug leer war. Er ging zu Paul hinüber und gab ihm das Streichholzheft.

Paul stieg die Stufen hoch und lehnte sich neben der Haustür gegen die Schindeln. Er verschränkte die Arme vor der Brust, blickte mit zusammengekniffenen Augen in den Himmel und atmete tief ein.

Harley beobachtete ihn. Pauls Miene war nicht verhärtet. Sein

Blick war nicht weich, aber er war auch nicht feindlich oder gleichgültig. Er sah müde aus. Die Tür neben ihm stand gähnend offen, wie Virginia sie zurückgelassen hatte.

Harley ging die Stufen hoch, ohne sich darum zu kümmern, die dritte auszulassen. Als er die Verandadielen erreichte, ließ er sie unter seinen Schritten knarren.

Drinnen, unter der unsinnig hohen Decke, kniete Virginia, dort, wo die Scheinwerfer von Harleys Streifenwagen einen Schatten warfen. Das wenige Licht der Wohnzimmerfenster und aus dem Kücheneingang schimmerte auf ihrem Körper. Als er den scharfen, metallischen Geruch ausmachte, verstand Harley, was er sah. Sie war ab dem Hals in Benzin getränkt. Sie kniete dort, wo sich ihm in dem staubigen Boden Hüftknochen entgegengestreckt hatten, gute fünf Meter von der Stelle entfernt, wo ein Stuhl mit geflochtener Sitzfläche umgepustet worden war. Neben ihr stand eine fast geleerte Flasche Cutty Sark, neben einem halb leeren Becherglas. Ihre Nacktheit und die Tatsache, dass sie in Benzin getränkt war, kam Harley weniger merkwürdig vor als der Umstand, ein Becherglas zu benutzen.

Von ihren Lippen baumelte eine unangezündete Zigarette. In ihrer Hand, die auf einem Oberschenkel ruhte, hielt sie ein Heftchen unbrauchbarer Streichhölzer. Sie waren auch durchweicht, entweder vom Benzin oder vom Scotch. Harley trat einen Schritt auf die Tür zu. Ein Dielenbrett knarrte. Sie sah ihn an. Mit einem ironischen Lächeln und einer hochgezogenen Augenbraue hielt sie das nasse Streichholzheftchen hoch. Als wäre das ruinierte Streichholzheft ein Witz.

In einem Halbkreis vor sich hatte sie die Kleidung ausgebreitet. Die aus der Chiffarobe, aus der Kommode mit der Bürste, dem Kamm und dem Staub. Harley erkannte ein Nachthemd mit Knöpfen vorne wieder, dessen Stoff über die Jahre vergilbt war. Daneben lagen Strumpfhosen und Unterwäsche. Sie lagen auf einem Haufen, neben einem einfachen Kleid aus cremefarbenem Satin. Es war ein Kleid, das seine Mutter einmal getragen hatte und es dann nur aufbewahrte, um es zu behalten. Bis sie aufhörte, irgendetwas zu behalten.

Die Dämpfe waren erstickend. Harley wurde schwindelig. »Wir holen Ihnen eine Decke. Wir wickeln Sie ein und bringen Sie hier raus«, sagte er. Doch er hatte keine Decke. Er hatte sie vor ein paar Tagen für die Feuertonne gebraucht.

Sie ließ die ruinierten Streichhölzer fallen und nahm die Zigarette aus dem Mund. Dann hob sie das Becherglas und trank einen Schluck. »Ich brauche keine Decke.« Sie lächelte, nicht glücklich, sondern eher aus Höflichkeit. Auch Virginia sah müde aus. Ihre Augen waren nicht mehr die brennenden Flammen, die sie auf der Veranda gewesen waren. »Verdammt, sie zwingen einen, sie zu tragen, nicht wahr?«

Harley bekam von den Dämpfen Kopfschmerzen. Sie zwingen einen, sie zu tragen. Er wusste nicht, was das bedeuten sollte. Vielleicht die Trauer oder die Vergangenheit. Die eigene Haut. Oder vielleicht nur Kleidung. Harley trat von der Türschwelle zurück, um wieder zu sich zu kommen und durchzuatmen. Ohne erstickende Dämpfe.

Als sein Schatten sich zurückzog, sah er die hintere Ecke des Raums. Dort waren Benzinkanister gestapelt und umgekippt. Seine Augen brannten, also waren sie gefüllt. Als würde er durch ein Trinkglas schauen, sah er, was hinter ihr lag. Ein Durcheinander von braunen und gelben Fragmenten, die auf der versengten militärgrünen Decke angehäuft waren. Es waren Hunderte. Sie musste jeden Knochen in dem Keller aufgesammelt haben. Sie waren sauber. Nicht von der Sonne ausgeblichen, wie ein herumliegender Rinderschädel. Von der Zeit gesäubert.

Sie musste gesehen haben, wie er den Haufen betrachtete. Sie warf einen Blick zurück und schaute ihn dann wieder an. »Sagen

Sie's ihm«, sagte sie. »Sagen Sie ihm, dass er sich jetzt zum Teufel damit abfinden kann.«

»Dell senior«, sagte Paul, der an der Wand lehnte. Seine Stimme hörte sich immer noch müde und leise an, doch ihr Klang rüttelte Harley auf, als wäre er aus einem Traum erwacht. »Er wird schon wissen, was das heißt.«

Harley verstand. Das war es, was Menschen wollten. Das Wissen, dass man nach einer solchen Sache entweder drüber hinwegkam oder ihr erlag. Man sich entweder damit abfinden würde oder kaputter war, als sie es je sein würden. Wenn man nicht beharrlich weitermachte, konnte man entweder böse werden oder verrückt, es ging entweder das eine oder auch beides, sofern man sich außerhalb von etwas befand, was sie kannten. Wie Paul gesagt hatte, außerhalb ihres Bezugsrahmens. Dell senior wollte, dass sie sich zum Teufel damit abfand.

Harley griff geistesabwesend in seine Tasche. Um sich eine Zigarette herauszuholen.

Paul blickte auf Harley, dann auf seine Hand. Er packte Harleys Schulter, kurz, wie zur Bestätigung. Harley zuckte nicht zusammen. Er zitterte nicht.

Paul trat durch die offene Tür. Er hockte sich vor seine kniende Mutter. Er gab ihr die Streichhölzer.

Harley schritt ein. »Sie wollen das hier nicht«, sagte er. Er sagte es instinktiv. In Wahrheit wusste er es nicht. In Wahrheit wusste er nicht, ob Wollen hier überhaupt zutreffend war.

Paul nahm das Gesicht seiner Mutter in beide Hände. Er drückte seine Lippen auf ihre Stirn. Die Falten waren geglättet und verschwanden, als sie die Augen schloss. Sie sagte etwas zu ihm. Etwas Leises. Als er aufstand, schwankte er ein wenig und stützte sich kurz mit den Fingerspitzen am Boden ab. Dann zwang er sich, aufzustehen. Harley trat zurück, um ihn durchzulassen.

Aus dem Nebenraum, in dem die Wände, die Decke und der

Boden blaugrau gestrichen waren, und wo unter der Karbidbeleuchtung das Weiße der Augen so leuchtete, als stünde man nach einem komplizierten Bruch unter Schock, sickerte Licht herein. Schock, wusste Harley, war die Gnade des Gehirns. Schock war das Abschalten von Schmerz, wenn der Körper es nicht mehr ertragen konnte. Als sich ein schmerzender Knoten in seinem Hals bildete, wünschte er sich diesen Schock herbei. Er konnte den Knoten nicht herunterschlucken. Er konnte ihn nicht wegräuspern.

Er konnte das Wort ebenso wenig aussprechen, wie er es von dort abrufen konnte, wo es hinterlegt war: Warum?

Vielleicht war das nicht die richtige Frage. Letztendlich hatte Paul es ihm bereits erklärt. Paul hatte ihm die Antworten gegeben, die es gab. Antworten über Rache, Leidenschaft, über Wut, Trauer und darüber, Standpunkte darzulegen. Die Tatsache, dass sie diesen Ort ausgewählt hatte, identisch mit dem Ort, an dem ihr Junge umgebracht wurde, ein Ort, an dem ein anderer Mensch einst entschieden hatte, sich aus allem auszuklinken – das passte alles gut zusammen. Fäden, miteinander verwoben, wie diese Art von Antworten es tun. Wie leicht gewebte Gaze. Transparent. Leicht zu zerreißen. Genug, um einen Wimpernschlag lang einen Sinn zu ergeben. Genug, um dich erneut fragend und leer zurückzulassen, mit dem Versuch, das blutende Loch, das zurückblieb, mit anderen, verschiedenen Gründen zu füllen. Alles davon so viel Gaze.

Dennoch. Es fühlte sich natürlich an, zu fragen, selbst wenn niemand es hörte. So natürlich wie die Leere, die Harley nun in seiner Brust spürte.

Sie bog ein Streichholz um die Kante des Heftchens. Zwischen dem Anreißen und dem Aufflammen zog Harley die Tür zu.

36

Sie hatte schon zweimal angehalten, das erste Mal, um den Krankenwagen durchzulassen, das andere Mal, um Pauls Pick-up beim Trailer abzustellen. Der Nova hatte einen noch volleren Tank, und außerdem stand ihr Name in den Papieren. Weil die Sonne im Osten aufging, fuhr sie nach Westen, noch nicht bereit, sich dem Tageslicht zu stellen. Eine längere Strecke fuhr sie schnell, folgte dem Auf und Ab durch die Dünen, bis sie das Dröhnen ihres Herzschlags nicht mehr hörte oder spürte, bis das dichte, knisternde statische Rauschen in ihrem Kopf zu Stille verebbte.

Nachdem sie nun von der Straße auf den sandigen Randstreifen gefahren ist, atmet sie durch. Unter der Kuppel des Sternenlichts spürt sie die Luft auf ihrer Haut. Sie lauscht auf das, was da zu hören ist. Ein paar Kröten und Grillen huschen im Gras nahebei. Hauptsächlich Luft.

Wenn sie wieder in den Nova steigt, wird sie nach Thedford fahren. Das Geld aus der Kaffeedose würde reichen, um den Tank zu füllen und ein paar Kleinigkeiten zu essen zu kaufen. Wenn sie durch Seneca kommt, wird die Uhr eine Stunde zurückgestellt. Sie wird durch Entfernung Zeit gewinnen.

Wenn sie noch weiter draußen ist, wird sie zum Chimney Rock runterfahren, einer Felsnadel der Brule-Formation, die sich zerklüftet und spitz gegen den aufhellenden Himmel abzeichnet. Es ist ein Ort, den sie bislang nur auf Fotos gesehen hatte. Früher hatte sie mal gelernt, dass es ein Wegweiser war, ein Orientierungspunkt, der den Leuten sagte, sie befänden sich auf dem richtigen Weg, oder sie doch zumindest wissen ließ, wo sie sich befanden.

Sie hat gehört, dass die Spitze heute niedriger sei als früher, Sand und Wind haben ihr Jahr für Jahr zugesetzt.

Sie wird Alliance erreichen, wenn der Morgen hell und zartblau ist. Die Stadt, die kleine Stadt, wird gerade groß genug sein, dass sie zumindest eine Weile eine Fremde sein kann, groß genug für einen kurzen Aufenthalt und trotzdem immer noch Durchreisende zu bleiben.

Da wird sie einige Nächte im Nova schlafen, vielleicht auch länger. Sie wird das Waschbecken auf der Toilette einer Tankstelle als Dusche nutzen, und sie wird Arbeit finden als Tellerwäscherin oder Burgerbraterin. Hoffentlich Tellerwäscherin. In manchen Lokalen räumen die Kellner am Ende ihrer Schicht die Geschirrspüler ein, und der ölige, süßliche Film ist schwer von der Haut zu schrubben. Bei beidem bekommt man allerdings eine Gratismahlzeit pro Schicht, und beides wird ihr helfen, zu bleiben oder zu gehen, sie vielleicht weiter nach Westen treiben, nach Wyoming und schließlich Utah. Es interessiert sie nicht besonders, bis zum Ozean zu gelangen, aber den Green River hatte sie schon immer mal sehen wollen.

Sie weiß, dass sie Anna eher vermissen wird, als sie denkt. Das Vermissen wird kommen und gehen, wie das Auf und Ab der Hügel, eine verkrampfende, brennende Abwesenheit in ihrem Brustbein, wenn sie in einem Fernseher in einer Lobby oder einem Warteraum das Geplänkel von Ernie und Bert hört. Dann wird das Gefühl so schnell wieder vergehen, wie es eingetreten ist, so lange nicht da, bis es wiederkehrt.

Noch mehr wird sie Rick vermissen. Sie wird ihn vermissen, wann immer ein neuer Überdruss den alten ersetzt, wenn die dicken Schwielen, die sie davon abhalten, ausgewrungen zu werden, wieder geschmeidig werden. Sie wird seine Gestalt und seine Wärme an ihrem Körper vermissen, und das Zucken, wenn er einschläft. Sie wird die kleinen, dummen Dinge vermissen. Das kindliche Kichern von damals, als er seinen Zeh benutzt hatte, um seine Unterwäsche gegen die Schlafzimmerlampe zu schießen. Sie wird den stechenden Gestank von verbrannter Trailerverkleidung vermissen und den Teer in seinen T-Shirts. Sie wird seine dämliche Smokey-the-Bear-Beharrlichkeit vermissen, dass sie über die Runden kämen, selbst wenn sie nie die geringste Chance hatten. Sie wird wünschen, sie hätte ihn lieben können, nicht mehr, sondern so, wie er es brauchte. Sie wird wünschen, sie hätte das Flehen in ihm weglieben können.

Pam wird vermissen, und Pam wird zweifeln.

Aber jetzt, in diesem Augenblick, steht sie hier, so klein, wie sie es von sich selbst schon immer gewusst hatte. Klein und unangefleht und nur eine Minute lang hier.

Sie atmet tief ein.

Danksagungen

Zunächst meinem Ehemann, der entweder Will oder Bill heißt. Wer auch immer du bist, du Mensch, der mir auf der Welt am nächsten steht: Ich danke dir. Ohne dich hätte ich weder dieses Buch schreiben noch den Verlust von Rowland S. Howard und George Jones verkraften können.

Ich bin zutiefst dankbar für meine Familie, von der niemand in diesem Buch vorkommt, weil es sich um Fiktion handelt, Mom. Ich liebe und danke (in keiner besonderen Reihenfolge, weder ausdrücklich noch implizit): Mom, Dad, Greg, Bill, Joy, Brack, Peg. Das Gleiche gilt für meine Tanten, Onkeln, Cousins, Stiefgeschwister und Schwiegereltern. Dank an die elf Großeltern, mit denen ich das Glück hatte, geboren zu werden und sie zu kennen, und ganz besonders an die beiden, die geholfen haben, mich großzuziehen.

Ich bin der Familie von Freunden zu Dank verpflichtet, die mich ohne ersichtlichen Grund unterstützen: Brittany Dabestani (geborene Madson), nach der ich eine Stadt benannt habe; Jackie Sterba, die mit mir durch halb Nebraska gelaufen ist; Jennifer Bryan, mein Fels in der Brandung, die mir zugehört und zugehört und dieses Buch zwanzigmal gelesen hat; und Devin Murphy, der sich für diesen Roman eingesetzt und mir gezeigt hat, dass ich dreihundert Seiten lang denselben Satz geschrieben habe. Danke an Tracy Johnson und Steve Carmichael, einfach nur so. Vielen Dank an alle Autoren und Freunde, die frühe Versionen gelesen oder mich stundenlang bemitleidet haben: Jeff Alessandrelli, Megan Gannon, Kathleen Massara, Heather Akerberg, Jeremy Schnitker, Richard Stock, Jonathan Tvrdik, Nate Sindelar, Rebecca

Rotert, Erinn Tighe, Justin O'Connor, Ethan Jones, Gabe Houck, Julie Cymbalista, Rudy Ciavarro, Chris Fischer, Mike Tulis, Jan und Doc Mahoney, Tracy Tucker, Erich Christiansen und alle, die ich nicht vergesse – es gibt einfach ein Seitenlimit.

Danke an meine Agentin Emily Forland, deren Freundlichkeit, Vertrauen und Fähigkeit, mit der Genauigkeit eines Skalpells zu diagnostizieren, was ich falsch mache, mich dazu gebracht haben, mit meiner Lektorin bei MCD / Farrar, Straus and Giroux zusammenzuarbeiten: der witzigen, offenen und charismatischen Daphne Durham. Danke, Lydia Zoells, für deine grenzenlose Geduld und deinen Scharfsinn. Und an Dave Cole, der dieses Buch lektoriert hat: Du, mein Freund, bist ein Heiliger.

Ich danke Richard Duggin, der mir den Anstoß gab, der mich auf Umwegen hierherführte, und ich danke allen anderen, mit denen ich studiert habe. Ich bin erstaunt, dass ich überhaupt in einem Raum mit Charles Johnson sitzen durfte, geschweige denn, dass ich ihn meinen Doktorvater nennen durfte. Der großartige Jonis Agee hat die Arbeit öfter gelesen, als einer von uns beiden zählen möchte, und mir Rückmeldungen gegeben, an deren Umsetzung ich viel zu lange saß. Ich stehe auch in der Schuld von Ted Kooser, dessen Anregungen zu meiner früheren Arbeit dazu beigetragen haben, die Welt dieses Werks zu formen. Ein grenzenloser Dank geht an meine Workshop-Freunde, zu denen unter anderem gehören, aber nicht nur: Lowell Brower, Zachary Watterson, Kirsten Rue, Jordan Farmer, DeMisty D. Bellinger, Casey Pycior, Adrian Koesters, Tom Coakley, Kate Kostelnik und Karen Babine.

Ich danke auch der Sewanee Writers' Conference, wo ich zum ersten Mal schüchtern Fremde fragte, ob ich mit ihnen essen dürfe, und bis spät in die Nacht mit Leuten wie Dino Enrique Piacientini und Richard Bausch plauderte. Ich bin unendlich dankbar für die Möglichkeit, bei zwei literarischen Größen, Steve Yarbrough und

Bobbie Ann Mason, zu studieren. Ich bin dankbar dafür, dass ich bei den Lesungen von Venita Blackburn, Tony Earley und Randall Kenan gegrölt, gelacht und gestaunt habe. Und natürlich bin ich dankbar dafür, dass ich die Ehre hatte, mit unglaublichen Schriftstellern zu arbeiten, die ich jetzt meine Freunde nennen darf. Zu ihnen gehören Rob Roensch, Emily Chiles, David Bumke, Sheila Lamb, Mickey Hawley, Sharon Bandy, Yang Huang, Jenni Moody, Lynn Schmeidler und Colin Orr.

Ich bin im Grunde für jeden dankbar. Dankeschön.

Kleine Feuer, überall

Ein Nachwort von Marcus Müntefering

»Und vielleicht, Harley, müssen Sie einfach nur den ganzen Scheiß abfackeln.«
Paul Reddick in »Pickard County«

»I've always done an honest job, honest as I could.
Got a brother named Frankie, Frankie ain't no good.«
Bruce Springsteen, »Highway Patrolman«, vom Album »Nebraska«

Seit 2014 gibt es den Polar Verlag, und er hat sich inzwischen auch einen Namen als deutsche Heimat einer Spielart von Kriminalroman gemacht, die allgemein Country oder Rural Noir genannt wird. Geschichten von Losern und Usern, von desperaten Menschen am Rande der Gesellschaft, von Männern und wenigen Frauen, die weitab von den großen Städten ihr Unwesen treiben oder – leider meist vergeblich – versuchen, das Richtige zu tun. Geschichten, erzählt von bekannteren Altmeistern wie William Gay *Stoneburner*, vor allem aber von hierzulande zuvor völlig Unbekannten wie J. Todd Scott *Die weite Leere,* James Anderson *Lullaby Road* oder Benjamin Whitmer *Im Westen nichts*. Romane, die, das darf mit Fug und Recht gesagt werden, ohne den Polar Verlag nie in Deutschland veröffentlicht worden wären. Kein schöner Gedanke.

In diese Reihe von Noir-Autoren gehört auch Chris Harding Thornton – und gehört sie auch nicht.

Die 1973 geborene Thornton ist eine Debütantin, ihr Roman *Pickard County Atlas*, so der Originaltitel, erschien am 5. Januar 2021. Einen Tag, bevor in Washington ein Mann mit orangenen Haaren mittels eines entfesselten Mobs versuchte, die amerikanische Demokratie zu beenden. Ein klassischer Fall von miesem Timing, über den sich Thornton heute amüsiert: Ihr US-Verlag hatte die Veröffentlichung extra um ein paar Monate verschoben, um mehr Aufmerksamkeit zu bekommen, als man es während der Präsidentschaftswahlen erwartete.

Pickard County passt zum Polar Verlag, weil er eine neue Autorin in Deutschland einführt, deren Roman auf dem Land spielt. Es gibt Tote, einen Sheriff, viel Finsternis. Und trotzdem ist das Buch im Programm ein Solitär, denn anders als die oben genannten Autoren, hat Thornton eigentlich gar keinen Country Noir geschrieben. Zumindest, so sagt sie selbst, lag das überhaupt nicht in ihrer Absicht: »Für mich ist es eine Ehre, in Gesellschaft dieser Autoren zu sein. Es fühlt sich aber auch noch ein bisschen merkwürdig an. Man hat den Roman einen Rural Noir genannt, aber es gibt gar keine richtigen Verbrechen darin, nur kleinere Vergehen.« Und tatsächlich: Viele Motive aus dem Country Noir fehlen hier. Es gibt keine Meth-Kocher, keine Schlangenbeschwörer, keine Bankräuber, keinen religiösen Wahnsinn. Und dennoch ist *Pickard County* sehr noir. Weil es von Menschen erzählt, die in ihren Traumata gefangen sind. Menschen, die nicht an sich böse sind, aber manchmal Dinge tun, die zu nichts Gutem führen.

Thornton ist in Nebraska geboren und aufgewachsen, in einfachen Verhältnissen, abwechselnd bei der Mutter und den Großeltern. Heute lebt sie wieder hier, unterrichtet in Lincoln an der University of Nebraska Schreiben und Literatur. Und sie schreibt über das, was sie kennt: Menschen, die am Rande der Armut in Trailern leben, Einsamkeit, Schmerz, das Gefühl abgehängt zu sein. Sie schreibt über Nebraska, ihre Heimat, die bislang kaum nachhaltige Einträge auf der kulturellen Landkarte der USA hinterlassen hat. Nebraska liegt im Mittleren Westen, mit Grenzen zu sechs weiteren Bundesstaaten, darunter Wyoming und Iowa. Immerhin: Die erfolgreiche Indie-Band Bright Eyes und ihr einflussreiches Label Saddle Creek Records kommen hierher, berühmte Schriftsteller: Fehlanzeige. Wright Morris müsste man eigentlich kennen, sagt Thornton. Aber in den USA ist der gleich doppelt mit dem National Book Award ausgezeichnete Autor fast vergessen, bei uns in Deutschland wurde er gar nicht erst entdeckt.

Und dann ist da noch Bruce Springsteen, der 1982 sein wohl bestes Album »Nebraska« nannte. Darauf findet sich der Song »Highway Patrolman«, der Sean Penn so sehr beeindruckte, dass er ihm 1991 als Basis für seinen so meisterhaften wie unterschätzten Film »Indian Runner« diente. Song und Film erzählen die Geschichte zweier Brüder, Frankie, ein Vietnamveteran und Tunichtgut, und Joe, ein Polizist und hingebungsvoller Familienvater. Das Drama, das sich im Film entfaltet, spiegelt sich, wenn auch ganz anders und wie Thornton betont, unabsichtlich, in *Pickard County* wider. Die Handlung des Romans entspinnt sich zwar im Jahr 1978, könnte aber genauso gut in der Jetztzeit angesiedelt sein – die ländlichen Gegenden in den USA scheinen in ihrer Verlassenheit und Verzweiflung zeitlos zu sein.

Bei Thornton heißen die ungleichen Brüder Rick und Paul. Beide arbeiten für ihren Vater, meistens reparieren sie die Trailer, die viele der Menschen hier in dieser armen Gegend – der Roman spielt in den Sandhills, einer aus Sanddünen bestehenden Region im Westen Nebraskas – ihr Zuhause nennen.

Beide Brüder müssen mit einem Trauma leben; als sie noch Kinder waren, wurde ihr älterer Bruder von einem Landarbeiter umgebracht – die Leiche wurde nie gefunden, das Motiv blieb im Dunkeln, der Mörder hat sich nach der Tat selbst gerichtet. Ein wenig klingt das wie in Springsteens Titelsong vom Album »Nebraska«: »I guess there's just a meanness in this world«, sagt der 19-jährige Killer Charles Starkweather im Song auf die Frage des Sheriffs, warum er zehn Menschen getötet hat. Seine Lebensgeschichte, und hier schließt sich ein Kreis, diente als Vorlage für einen der Lieblingsfilme von Thornton, den Kinoklassiker »Badlands« (1973) von Terrence Malick.

Die scheinbare Motivlosigkeit des Mordes an Pauls und Ricks Bruder und die sich anschließende Frage, warum Menschen Böses tun, ist ein Leitmotiv des Romans. »Das ist ein Thema, das mich extrem stark beschäftigt«, sagt Thornton. »Warum wir so unbedingt Ursache und Wirkung brauchen, fast wie Magie, so sehr, dass wir Ursachen konstruieren, wo gar keine sind.« Alles sei eine Reaktion auf eine Reaktion auf eine Reaktion, so Thornton, und zu einfache Narrative, scheinbare Linearität, machten uns blind für die tatsächlichen, viel komplexeren Zusammenhänge.

Die beiden Brüder gehen ganz unterschiedlich mit ihrem Trauma um, während Rick zu jung geheiratet und ein Kind gezeugt hat und jetzt in einer unglücklichen Ehe lebt – was er nie zugeben würde –, ist Paul ein *bad boy*, einer, der Drogen nimmt und verkauft und der immer wieder in Konflikt mit dem Gesetz gerät. Paul ist die lebendigste Figur im Roman – und die komplexteste. Thornton hat ihn auf einigen Freunden aus ihrer Jugend basiert: »Menschen, die keine Zukunft für sich sehen und es genießen, die Leute auf die Palme zu bringen. Ein bisschen was hat Paul auch von mir, wir beide haben Probleme im Umgang mit Autoritätspersonen.«

Thornton hatte lange Mühe, Paul als Figur in den Griff zu bekommen, sagt sie. Erst nachdem sie ihren Roman eine Zeitlang beiseitegelegt und ein Semester Shakespeare unterrichtet hatte, kam ihr die Idee, Paul als eine Art Iago-Figur anzulegen. Als jemand, der wie der Schurke aus »Othello« scheinbar ohne jeden Grund Unheil anrichtet, in Wahrheit aber Empathie besitzt, tiefe Gefühle.

Pauls Nemesis ist Harley Jensen, ein typischer Kleinstadt-Cop, der seinen Job vor allem wegen der finanziellen Sicherheit macht, nicht weil er großartig an das Gesetz glaubt. Und was er zu tun hat, sind vor allem Petitessen – Otto Ziske, die wohl lustigste Figur in diesem bei aller Düsternis stellenweise auch komischen Roman, dessen (kostenlose!) Zeitung gestohlen wird, ein paar geklaute Klamotten, kleine Feuer, die immer wieder in verlassenen Farmhäusern ausbrechen – und das große, reinigende Feuer am Ende vorwegnehmen, als Hayley Virginia die Streichhölzer reicht, mit denen sie sich und sein altes Haus in Flammen aufgehen lässt. Einer der großartigsten kathartischen Showdowns seit Ewigkeiten, zugleich tragisch und erlösend.

Jede Figur in *Pickard County* ist auf ihre eigene Art todunglücklich, ist gefangen in ihrer eigenen Subjektivität, und keiner versteht das Unglück des anderen. Einsam ziehen sie ihre Runden, und wenn es einmal zu Kontakten kommt, dann geht das oft nicht gut aus. Niemand hier ist wirklich böse, aber Gutes zu tun, das schaffen die wenigsten.

Thornton, das merkt man, empfindet große Sympathie für ihre Figuren. Weil sie sind wie sie selbst und wie viele Menschen, die sie aus Nebraska kennt. Ihr Großvater verdiente wie Dell Senior sein Geld mit Trailer-Reparaturen, Babe, so etwas wie die das Unheil vorhersagende Cassandra des Romans, sei, so Thornton, wie die Frauen in ihrer Familie. Und sie selbst wurde wie Anna im Roman als Kind – zeitweise – von ihrer Mutter verlassen und wuchs bei ihren Großeltern auf. Ihr Zuhause war lange ein Trailer. Doppelbreit zum Glück.

Was Thorntons Roman so außergewöhnlich macht, ist, dass sie ihre Geschichte nicht auf eine Figur fokussiert. Die Erzählperspektive wechselt ständig, was ihr schon Vergleiche mit William Faulkners Meisterwerk *Als ich im Sterben lag* eingebracht hat, und auch wenn der Roman mit Harley Jensen, dem Cop, beginnt, so ist er doch nicht, wie man vermuten könnte, die Haupt- oder gar Identifikationsfigur der Geschichte – es ist ein Ensembleroman. Und jede Figur hat ihren eigenen Klang. Thorntons Art zu erzählen hat etwas extrem Rhythmisches, vor allem im amerikanischen Original kann man fast schon hören, wie die Worte klingen, wie die Sätze ihr Tempo suchen und finden.

Musik spielt eine wichtige Rolle im Leben und im Schreiben von Thornton, die früher als Plattenhändlerin gearbeitet hat und das heute noch oft vermisst. Die vielleicht wichtigste Musik für sie stammt von Rowland S. Howard. Die Songs, die der 2009 an Leberkrebs gestobene Musiker mit Bands wie Birthday Party, Crime & the City Solution und These Immortal Souls gespielt hat, grundieren den Roman, sagt Thornton: »Daher kommt meine Art zu erzählen, die Bereitschaft, die Geschichte langsam aufzubauen, die Verwendung von Wiederholungen, die Atmosphäre voller düsterer Vorahnungen.«

Für jede ihrer Figuren hatte Thornton einen eigenen Soundtrack im Kopf. Während Harley eher Country aus den Sechzigern hört und Virginia die tieftraurigen Balladen von George Jones, passe zu Pam die Musik von Tom Petty & the Heartbreakers. Und Paul steht natürlich auf den harten Rock von Black Sabbath oder Led Zeppelin: »Als ich an einer Szene mit Paul saß, habe ich einmal acht Stunden am Stück *When the Levee breaks* von Led Zeppelin gehört.«

Männer kommen nicht unbedingt besonders gut weg in *Pickard County*. Einen »Haufen riesiger, hilfloser, verdammter Babys« seien sie allesamt, befindet Babe, und gerade mal gut genug dafür, Geld zu verdienen. Babe ist fast schon witzig in ihrer anscheinend bodenlosen Negativität; in Thorntons Familie waren viele Frauen wie sie: »Sie sagten Sachen wie, ›Was Besseres als das hier gibt es nicht für dich‹ oder ›Du lebst, und dann stirbst du‹. Aber andererseits: Nebraska ist ja auch lebensgefährlich. Tornados können dich im Frühjahr umbringen oder Blizzards im Winter. Und es ist ein Ort, der dir mit seiner Weite immer wieder zeigt, wie klein und unbedeutend du bist.«

Eine Erfahrung, die sich ganz am Ende des Romans wiederfindet, als Pam die Entscheidung trifft, die Sandhills, ihren Mann und ihre kleine Tochter zurückzulassen und endlich in eine selbstbestimmte Zukunft aufzubrechen. Ein radikaler Akt der Befreiung – der Thornton durchaus auch heftige Kritik von Müttern eingebracht hat –, den sie aber völlig anders inszeniert, als es andere Schriftsteller tun würden. Nicht triumphal ist Pam im Augenblick ihrer Selbstermächtigung, sondern vielleicht ein bisschen erleichtert, vor allem aber unsicher: »Pam wird vermissen, und Pam wird zweifeln. Aber jetzt, in diesem Augenblick steht sie hier, so klein, wie sie es von sich selbst immer schon gewusst hatte. Klein und unangefleht und nur eine Minute lang hier.«

Pam ist die Figur, mit der die lange Genese von *Pickard County* begonnen hatte. Das war 2008, damals versuchte sich Thornton am Schreiben von Kurzgeschichten. Doch als die immer länger und komplizierter wurden als geplant, hatte sie die Idee, einen Roman zu schreiben. Und eines Tages hörte sie diese Stimme im Kopf, erregt und wütend, und sie begann zu schreiben. »Als ich Pam hatte, von der ich von Anfang an wusste, dass sie eine zu junge Mutter sein sollte, kamen bald alle anderen Figuren.« Trotzdem sollte es noch mehr als zehn Jahre dauern, bis sie den Roman vollenden konnte, immer wieder kam etwas dazwischen, meist hatte es damit zu tun, dass sie ihren Lebensunterhalt verdienen musste.

So lange wie für ihren Erstlingsroman braucht Chris Harding Thornton inzwischen nicht mehr. Im Sommer 2022 hat sie ihren neuen Roman fertiggestellt, und diesmal ist es tatsächlich ein Noir geworden. Er spiele in den Dreißigerjahren, verrät Thornton, und ein Privatdetektiv spiele darin eine wichtige Rolle. Und natürlich Nebraska.